Kellers Metier

Keller ist ein Killer. Durch und durch Profi, cool, selbstsicher, kompetent, zuverlässig. Aber er ist auch eine vielschichtige Persönlichkeit: in sich gekehrt und zurückgezogen, eiskalt und gnadenlos effizient, aber zugleich anfällig für Selbstzweifel und Einsamkeit, Albträume und Zukunftssorgen. Seinem Therapeuten gegenüber gibt er sich als »Troubleshooter« eines großen Unternehmens aus, aber sein eigentliches Metier ist Mord. Sein Leben ist das eines gut verdienenden, aber einsamen Geschäftsmanns, sein Habitat anonyme Hotelzimmer, unpersönliche Fastfood-Ketten und lange Autofahrten auf endlosen Highways. Ein gebürtiger New Yorker, träumt er von einem beschaulichen Leben auf dem Land und spinnt sich an jedem Ort, den er bei seinen »Geschäftsreisen« aufsucht, in Fantasien hinein, sich dort niederzulassen, um den Stress und die moralischen Verwicklungen, die seine Tätigkeit mit sich bringt, hinter sich lassen zu können.

Kellers Metier ist das Debüt unseres Helden, das erste von fünf Büchern über ihn, die ebenfalls bald in deutscher Übersetzung erscheinen werden. Aber erst einmal ein paar Rezensionen:

Kirkus Reviews

»Schon seit einigen Jahren dokumentiert Block die Abenteuer des fatalistischen Auftragskillers J.P. Keller. Wenn er im Auftrag des alten Mannes in White Plains von seinem Apartment in New Yorks First Avenue zu einer amerikanischen Stadt nach der anderen aufbricht, schlägt er sich mit der Frage herum, ob er einen Mann töten soll, der ihm ans Herz gewachsen ist, oder er bügelt sein Versehen aus, wenn er die falsche Zielperson ausgeschaltet hat, hält als Handlanger für Killer her, die zunächst gerissener sind als er, oder zerbricht sich den Kopf darüber, welchen von zwei Auftraggebern, die sich gegenseitig umbringen lassen wollen, er enttäuschen soll. Neben seinen methodisch durchgeführten Eliminierungsaktionen sieht er sich in Oregon Häuser an, frequentiert einen Therapeuten, beginnt Briefmarken zu sammeln, macht sich Gedanken darüber, ob es sein Leben bereichern würde, wenn er mehr über Pflanzen wüsste, kauft der Frau, die seinen Hund ausführt, Ohrringe und beschäftigt sich mit der Frage, wie viel Verantwortung er sowohl für die Frau als auch für den Hund übernehmen kann. Es ist die Kombination aus den vielen Fragen, mit denen sich Keller befasst, und den vielen Fragen, mit denen er sich nicht zu befassen versucht (»Für moralische Erwägungen ist das die falsche Branche«, erklärt ihm die Sekretärin des alten Mannes), die der Hauptfigur ihren besonderen melancholischen Reiz verleiht. Ist das Endprodukt ein Roman oder ein Zyklus von Erzählungen? Blocks heißhungrigen Fans, die begeistert sein werden, mindestens drei Meisterwerke (»Keller zu Pferd«, »Kellers Therapie« und »Keller in schimmernder Rüstung«) in einem Band vereint zu sehen, dürfte das genauso egal sein wie Keller.«

Boston Herald

»Da schreibt Block also einen umwerfenden Roman über einen Auftragskiller in der Midlife Crisis ... Block teilt eine Links-rechts-Kombination in Sachen Humor und Innenschau aus ... Im weiteren Verlauf wird sich der Leser dabei ertappen, dass er sich darüber klar zu werden versucht, warum ihm so viel daran liegt, dass der Killer inneren Frieden findet.«

San Francisco Examiner & Chronicle

»Eine ebenso schräge wie reizvolle Mischung aus ›hard-boiled‹, surreal und schrullig. Keller wächst uns von Story zu Story mehr ans Herz ... Aber er ist ein kaltblütiger Killer ... Im Gegensatz zu Keller, der auf Filme steht, in denen vollkommen klar ist, wer die Guten sind, dürfen sich Blocks Fans glücklich schätzen, ein Buch vor sich zu haben, in dem sich das oft nicht so ohne weiteres sagen lässt.«

Kellers Metier

LAWRENCE BLOCK

Aus dem Amerikanischen übersetzt von Sepp Leeb

A LAWRENCE BLOCK PRODUCTION

Danksagung

Keller kommt viel herum, und dazu passt vielleicht ganz gut, dass der Autor ähnlich viel unterwegs war, als er seine Abenteuer zu Papier gebracht hat. Deshalb möchte er den folgenden Einrichtungen und Orten danken, an denen verschiedene Teile dieses Buchs geschrieben wurden: dem Virginia Center for the Creative Arts in Sweet Briar; der Ragdale Foundation in Lake Forest, Illinois; der Park Plaza Motor Lodge in Johnson City, New York; der SS *Nordlys* in norwegischen Küstengewässern; Emily Poe Woods Haus in Lucedale, Mississippi; Continental-Airlines-Flug 214 von Houston nach Newark; und in New York City, dem Writers Room (Waverly Place), dem Writers Room (Astor Place), dem Peacock Caffé (Greenwich Avenue), dem Caffé Lucca (Bleecker Street) und der Donnell-Zweigstelle der New York Public Library.

Mein Dank gilt auch jenen Publikationen, in denen einige von Kellers Abenteuern in geringfügig veränderter Form erschienen sind: *Murder on the Run*, eine Sammlung von Storys von Mitgliedern des Adams Round Table; *Murder Is My Business*, eine von Mickey Spillane und Max Allan Collins herausgegebene Anthologie; und natürlich *Playboy*.

Hört auf Soldier

Keller flog mit United nach Portland. Auf dem Flug vom JFK zum O'Hare las er eine Zeitschrift, während der Zwischenlandung in Chicago aß er zu Mittag, und auf dem Weiterflug nach Portland sah er sich den Film an. Als er um viertel vor drei Uhr Ortszeit mit seinem Handgepäck die Maschine verließ, musste er nur noch eine Stunde auf seinen Anschlussflug nach Roseburg warten.

Als er sah, wie groß das Flugzeug war, ging er an den Hertz-Schalter und sagte, dass er für ein paar Tage ein Auto mieten wollte. Er legte einen Führerschein und eine Kreditkarte vor, und sie gaben ihm einen Ford Taurus mit 230.000 Meilen auf dem Tacho. Sich das Flugticket von Portland nach Roseburg erstatten zu lassen, versuchte er erst gar nicht.

Der Hertz-Angestellte erklärte ihm, wie er auf den I-5 kam. Keller richtete den Wagen in Richtung Fahrtziel aus und stellte den Tempomat auf fünf km/h über der zulässigen Höchstgeschwindigkeit. Alle anderen fuhren ein bisschen schneller, aber er hatte es nicht eilig und wollte möglichst vermeiden, dass jemand einen zu genauen Blick auf seinen Führerschein warf. Wahrscheinlich war er okay, aber warum ein Risiko eingehen?

Es war immer noch hell, als er die zweite Ausfahrt nach Roseburg nahm. Er hatte ein Zimmer im Douglas Inn reserviert, einem Best Western in der Stephens Street, das er ohne Probleme fand. Das Zimmer lag im Erdgeschoss und nach vorne raus. Er ließ sich eins geben, das eine Etage höher und nach hinten raus lag.

Er packte aus und duschte. Im Telefonbuch war ein Stadtplan vom Zentrum Roseburgs, den er eine Weile studierte, um sich schon einmal grob zu orientieren. Dann riss er ihn heraus und steckte ihn ein, bevor er zu einem

Spaziergang aufbrach. Die kleine Druckerei war nur ein paar Straßen weiter in der Jackson, zwei Häuser von der Kreuzung entfernt, zwischen einem Tabakladen und einem Fotografen, dessen Schaufenster voller Hochzeitsfotos war. Ein Schild im Fenster von Quik Print lockte mit einem Sonderangebot für Hochzeitseinladungen, möglicherweise um die Brautpaare auf sich aufmerksam zu machen, die den Fotografen nebenan aufsuchten.

Quik Print war natürlich geschlossen, ebenso wie der Tabakladen und der Fotograf und der Juwelier neben dem Fotografen und, soweit Keller das beurteilen konnte, die meisten Geschäfte des Viertels. Er blieb nicht lange. Zwei Straßen weiter war ein mexikanisches Restaurant, das schäbig genug aussah, um authentisch zu sein. Er nahm eine Zeitung aus dem Münzkasten vor der Tür und las sie, als er seine Chicken Enchiladas aß. Das Essen war gut und unglaublich billig. Wäre das Lokal in New York gewesen, wäre alles drei- bis viermal so teuer gewesen, glaubte er, und die Leute hätten vor dem Eingang Schlange gestanden.

Die Bedienung war eine schlanke Blondine, die überhaupt nicht mexikanisch aussah. Sie hatte kurzes Haar, eine Omabrille, einen starken Überbiss und am richtigen Finger einen Verlobungsring mit einem winzigen Diamanten. Vielleicht hatten sie und ihr Verlobter ihn bei dem Juwelier ein paar Straßen weiter ausgesucht, dachte Keller. Vielleicht würde der Fotograf daneben ihre Hochzeitsfotos machen. Vielleicht würden sie Burt Engleman beauftragen, ihre Hochzeitseinladungen zu drucken. Super Qualität, günstige Preise, zuverlässiger Service.

Am Morgen kehrte er zu Quik Print zurück und schaute durchs Fenster nach drinnen. Eine Frau mit braunem Haar saß an einem grauen Metallschreibtisch und telefonierte. Am Kopiergerät stand ein Mann in Hemdsärmeln. Er trug eine Hornbrille mit runden Gläsern, und das Haar auf seinem eierförmigen Kopf war kurz geschnitten. Seine angehende Glatze ließ ihn älter aussehen, aber Keller wusste, dass er erst achtunddreißig war.

Keller stand vor dem Juweliergeschäft und stellte sich vor, wie sich die Bedienung und ihr Verlobter die Ringe aussuchten. Natürlich würden sie eine Doppelring-Trauung haben und auf den Innenseiten ihrer Ringe etwas eingravieren lassen, was sonst niemand zu sehen bekäme. Würden sie in einer Wohnung oder einem Haus leben?, fragte er sich. Bis sie genügend gespart hatten, um die Anzahlung für ein eigenes Haus leisten zu können, musste es wahrscheinlich eine Wohnung tun.

In einem Drugstore eine Straße weiter kaufte er einen unlinierten Block und einen schwarzen Filzschreiber. Er brauchte vier Blatt Papier, bis er mit dem Ergebnis zufrieden war. Wieder zurück bei Quik Print, zeigte er der braunhaarigen Frau sein Werk.

»Mein Hund ist verschwunden«, erklärte er ihr. »Deshalb dachte ich, ich lasse mir ein paar Flyer drucken und hänge sie überall in der Stadt auf.«

HUND ENTLAUFEN, hatte er in Druckschrift geschrieben. ZUM TEIL SCHÄFER, HÖRT AUF SOLDIER. TEL. 555-1904.

»Hoffentlich bekommen Sie ihn zurück«, sagte die Frau. »Ist es ein Er? Soldier hört sich jedenfalls nach einem Rüden an, aber man weiß ja nie.«

»Ja, es ist ein Rüde«, sagte Keller. »Vielleicht hätte ich das erwähnen sollen.«

»Das spielt wahrscheinlich keine Rolle. Möchten Sie eine Belohnung aussetzen? Normalerweise tun das die Leute, obwohl ich nicht weiß, ob es wirklich etwas bringt. Wenn ich den Hund von jemand fände, wäre mir die Belohnung egal. Ich würde ihn seinem Besitzer in jedem Fall zurückgeben.«

»Nicht jeder ist so anständig wie Sie«, sagte Keller. »Vielleicht sollte ich doch eine Belohnung aussetzen. Daran habe ich gar nicht gedacht.« Er legte die Handflächen auf den Schreibtisch und beugte sich vor, um auf das Blatt Papier zu schauen. »Aber irgendwie sieht das Ganze ziemlich selbstgestrickt aus. Sollte ich es vielleicht richtig setzen lassen? Was meinen Sie?«

»Keine Ahnung«, sagte sie. »Ed? Könntest du eben mal kommen und dir das ansehen?«

Der Mann mit der Hornbrille kam zu uns und sagte, seiner Meinung nach wäre bei der Suche nach einem entlaufenen Hund eine handschriftliche Nachricht besser. »Das sieht persönlicher aus«, sagte er. »Ich kann es Ihnen natürlich setzen, aber so ist die Wirkung besser, glaube ich. Vorausgesetzt, jemand findet den Hund überhaupt.«

»So tragisch ist das Ganze sowieso nicht«, sagte Keller. »Meine Frau hängt sehr an dem Hund, und deshalb würde ich ihn, wenn möglich, gern zurückbekommen. Aber mein Gefühl sagt mir, dass er nicht mehr auftaucht. Mein Name ist übrigens Gordon. Al Gordon.«

»Ed Vandermeer«, sagte der Mann. »Und das ist meine Frau Betty.«

»Angenehm«, sagte Keller. »Ich schätze, fünfzig Stück müssten genügen. Das sind wahrscheinlich mehr als genug, aber ich nehme fünfzig. Dauert das lange?«

»Wenn Sie möchten, kann ich sie Ihnen gleich machen. Dauert etwa drei Minuten und kostet sie drei fünfzig.«

»Was will ich mehr?« Keller zückte den Filzstift. »Ich setze nur noch schnell die Belohnung drauf.«

Zurück in seinem Motelzimmer, ließ er sich zu einer Nummer in White Plains durchstellen. Als eine Frau dranging, sagte er: »Kannst du ihn mir schnell mal geben, Dot?« Es dauerte ein paar Minuten, dann sagte er in den Hörer: »Ja, ich bin hier. Er ist es, ganz sicher. Inzwischen nennt er sich Vandermeer. Seine Frau heißt immer noch Betty.«

Der Mann in White Plains wollte wissen, wann er zurückkäme.

»Heute haben wir was, Dienstag? Ich habe für Freitag einen Flug gebucht, aber es könnte sein, dass ich etwas länger brauche. Lieber nichts überstürzen. Ich habe was gefunden, wo ich gut essen kann. Ein Mexikaner, und im Motel haben sie HBO. Deshalb lasse ich mir Zeit und mache es gescheit. Engleman läuft mir ja nicht davon.«

Er aß in dem mexikanischen Lokal zu Mittag. Diesmal bestellte er das Kombigericht. Die Bedienung fragte, ob er es mit rotem oder grünem Chili wollte.

»Was schärfer ist«, sagte er.

Ein Wohnwagen vielleicht, dachte er. Man bekam sie oft sehr günstig. Ein schöner, besonders geräumiger; wäre doch ein super Einstieg für sie und ihren Typen. Oder noch besser, sie kauften sich ein Doppelhaus und vermieteten erst eine Hälfte und dann, sobald sie sich was Schöneres leisten konnten, auch die andere. Mit Immobilien geht das ziemlich schnell, man bekommt eine gute Rendite und kann zusehen, wie seine Investitionen an Wert zunehmen. Sie müsste nicht mehr als Bedienung arbeiten, und ihr Mann bräuchte sich nicht mehr im Sägewerk den Buckel krumm schuften und in wirtschaftlich schlechten Zeiten wegen drohender Personaleinsparungen Sorgen machen.

Du machst dich aber ganz schön ran, mein Lieber, dachte er.

Den Nachmittag brachte er damit zu, in der Stadt herumzugehen. In einem Waffenladen nahm der Inhaber, ein Mann namens McLarendon, ein paar Gewehre und Schrotflinten von der Wand, damit er sich einen Eindruck verschaffen konnte, wie sie in der Hand lagen. Auf einem Schild an der Wand stand SCHUSSWAFFEN TÖTEN MENSCHEN NUR, WENN MAN WIRKLICH GUT ZIELT. Keller unterhielt sich mit McLarendon über Politik, und über Sozioökonomie. Es war nicht allzu schwer, sich seinen Standpunkt zusammenzureimen und als seinen eigenen zu übernehmen.

»Was ich eigentlich kaufen will«, sagte Keller, »ist eine Handfeuerwaffe.«

»Sie wollen sich und Ihr Eigentum schützen«, sagte McLarendon.

»Genau.«

»Und Ihre Lieben.«

»Sowieso.«

Er ließ sich von ihm eine Pistole verkaufen. Bei Waffen gibt es, regional unterschiedlich, eine so genannte Cooling-off-Frist, damit man sich erst mal abreagiert. Man sucht sich eine Waffe aus und füllt ein Formular aus, und vier Tage später kann man wieder vorbeikommen und sie abholen.

»Sind Sie ein Hitzkopf?«, fragte ihn McLarendon. »Sind Sie jemand, der sich schnell mal das Autofenster runterlässt und auf dem Heimweg einen State Trooper abknallt?«

»Eher nicht.«

»Dann will ich Ihnen einen Trick verraten. Wir datieren dieses Formular einfach ein paar Tage zurück, und schon haben Sie Ihre Abkühlphase. Für mich sehen Sie jedenfalls cool genug aus.«

»Sie sind ein guter Menschenkenner.«

Der Mann grinste. »Das muss man in dieser Branche auch sein.«

Es hatte schon was, eine kleine Stadt wie Roseburg. Man brauchte sich bloß zehn Minuten ins Auto zu setzen, und schon war man auf dem Land.

Keller hielt mit dem Taurus am Straßenrand an, machte die Zündung aus, öffnete das Fenster. Er nahm die Knarre aus der einen Tasche, die Schachtel mit der Munition aus der anderen. Die Knarre – McLarendon hatte sie hartnäckig eine Waffe genannt – war ein 38er Revolver mit einem Zwei-Zoll-Lauf. McLarendon hätte ihm gern etwas Schwereres und Durchschlagskräftigeres angedreht. Hätte Keller gewollt, hätte er ihm wahrscheinlich mit wahrer Begeisterung eine Panzerfaust verkauft.

Keller lud den Revolver und stieg aus. In etwa zwanzig Meter Entfernung lag eine Bierdose auf dem Boden. Er hielt den Revolver mit einer Hand und zielte darauf. Vor ein paar Jahren hatten sie in Fernseh-Krimis zweihändig zu schießen begonnen, und inzwischen sah man nichts anderes mehr: Fernsehpolizisten, die durch Türen sprangen und um Ecken wirbelten, die Knarre wie einen Feuerwehrschlauch mit beiden Händen weit von sich gestreckt. Keller fand das lächerlich. Er wäre sich komisch vorgekommen, eine Knarre so zu halten.

Er drückte ab. Der Revolver bockte in seiner Hand, und er verfehlte die Bierdose bestimmt um einen Meter. Das Krachen des Schusses hallte lange nach.

Er zielte auf alle möglichen anderen Dinge – auf einen Baum, eine Blume, einen weißen Felsbrocken von der Größe einer Faust. Aber er konnte sich nicht überwinden, noch einmal abzudrücken und die Stille mit einem weiteren Schuss zu brechen. Und wozu auch? Wenn er den Revolver verwendete, wäre er zu nah dran, um danebenzuschießen. Man kam nah ran, zielte, drückte ab. So schwer war das wirklich nicht. Dafür musste man nicht studiert haben. Jeder konnte das.

Er ersetzte die benutzte Patrone und verstaute den geladenen Revolver im Handschuhfach. Den Rest der Munition ließ er in seine Handfläche kullern und ging ein paar Meter vom Straßenrand weg, schleuderte sie mit einer seitlichen Bewegung des Arms von sich. Er warf die leere Munitionsschachtel hinterher und stieg wieder ein.

Kein unnützer Ballast, dachte er.

Zurück in der Stadt, fuhr er an Quik Print vorbei, um sich zu vergewissern, dass sie noch offen hatten. Dann folgte er der Route, die er in den Stadtplan eingezeichnet hatte, an den nördlichen Stadtrand zur Cowslip Lane 1411, einem Haus im holländischen Kolonialstil. Der Rasen war frisch gemäht und knallgrün, und auf beiden Seiten des Wegs, der vom Gehsteig zur Haustür führte, war jeweils ein Beet mit Rosensträuchern.

In einer der Broschüren im Motel hatte es geheißen, dass Rosen eine lokale Besonderheit waren. Aber die Stadt war nicht nach den Blumen benannt, sondern nach Aaron Rose, einem frühen Siedler.

Er fragte sich, ob Engleman das wusste.

Er fuhr einmal um den Block und parkte zwei Häuser weiter auf der anderen Straßenseite. »Vandermeer, Edward« hatte der Eintrag im Telefonbuch gelautet. Keller fand das einen ungewöhnlichen Decknamen. Er fragte sich, ob sich Engleman selbst dafür entschieden hatte, oder ob ihn das FBI für ihn ausgesucht hatte. Wahrscheinlich letzteres, vermutete er. »Das ist Ihr neuer Name«, hatten sie ihm vermutlich erklärt, »und hier werden Sie jetzt leben, und beruflich werden Sie Folgendes machen.« Die Willkürlichkeit des Ganzen sprach Keller irgendwie an, so, als ob sie einem die Last der Entscheidung abnähmen. Hier ist Ihr neuer Name, und hier ist Ihr neuer Führerschein, in dem bereits Ihr neuer Name steht. Sie mögen in Ihrem neuen Leben Rohrkartoffeln und sind allergisch gegen Bienenstiche, und Kobaltblau ist Ihre Lieblingsfarbe.

Betty Engleman war jetzt Betty Vandermeer. Keller fragte sich, warum ihr Vorname gleich geblieben war. Trauten sie Engleman nicht zu, das hinzukommen? Hielten sie ihn für einen Schussel, der im falschen Moment mit »Betty« herausplatzte? Oder war es reiner Zufall oder gar Schlamperei ihrerseits?

Gegen halb sieben kamen die Englemans von der Arbeit nach Hause. Sie hatten einen Honda Civic mit Ortskennzeichen. Offensichtlich hatten sie auf dem Heimweg Lebensmittel eingekauft. Engleman hielt in der Einfahrt an, und seine Frau öffnete die Heckklappe und nahm eine Einkaufstüte heraus. Dann fuhr er das Auto in die Garage und folgte ihr ins Haus.

Keller sah, wie im Haus Lichter angingen. Er blieb, wo er war. Als er zum Douglas Inn zurückfuhr, wurde es allmählich dunkel.

Keller sah sich auf HBO einen Film über eine Bande von Kriminellen an, die in eine Stadt in Texas gekommen waren, um eine Bank auszurauben. Ein Bandenmitglied war eine Frau, die mit einem der Bankräuber verheiratet war und mit einem anderen ein Verhältnis hatte. Keller fand, da war die Katastrophe schon vorprogrammiert. Am Ende kam es zu einer langen Schießerei, bei der jeder in Zeitlupe starb. Als der Film aus war, stand er auf und schaltete den Fernseher aus. Dabei fiel sein Blick auf den Packen Flyer, den Engleman für ihn gedruckt hatte. HUND ENTLAUFEN, ZUM TEIL SCHÄFER, HÖRT AUF SOLDIER. TEL. 555-1904. BELOHNUNG.

Guter Wachhund, dachte er. Kinderlieb.

Es war schon fast Mittag, als er aufstand. Er ging in das mexikanische Lokal und bestellte *huevos rancheros* und machte viel scharfe Soße darauf. Er beobachtete die Hände der Bedienung, als sie das Essen servierte, und dann wieder, als sie den leeren Teller abtrug. In dem kleinen Diamanten brach sich das Licht. Vielleicht landen sie und ihr Mann in der Cowslip Lane, dachte er. Natürlich nicht gleich; erst einmal kam das Doppelhaus, aber davon träumten sie wahrscheinlich, ein Haus im holländischen Kolonialstil mit so einem komischen Steildach. Wie nannte man das eigentlich genau? War das ein Giebeldach, oder bezeichnete man damit etwas anderes? Ein Mansardendach vielleicht?

Er fand, dass er so etwas lernen sollte. Man sah die Wörter und wusste nicht, was sie bedeuteten, man sah die Häuser und konnte sie nicht richtig beschreiben.

Er hatte sich auf dem Weg in das Lokal eine Zeitung gekauft, und jetzt hatte er den Anzeigenteil aufgeschlagen und las die Immobilienangebote.

Häuser schienen hier sehr günstig zu sein. Man konnte ein billiges Haus für das Doppelte von dem kaufen, was er für diese eine Woche Arbeit bekam.

Er hatte unter einem Namen, den er für nichts anderes verwendete, ein Schließfach angemietet, von dem niemand etwas wusste, und darin hatte er genügend Bargeld, um sich hier, bar auf die Hand, ein schönes Haus kaufen zu können.

Vorausgesetzt, das ging noch. Neuerdings hatten die Leute bei Bargeld etwas Manschetten. Sie hatten ständig Angst, zum Waschen von Drogengeld benutzt zu werden.

Aber spielte das eine Rolle? Er würde sich nicht hier niederlassen. Aber die Bedienung konnte gern hier leben, in einem schnuckeligen Häuschen mit Giebeln und Mansarden.

Engleman war gerade über den Schreibtisch seiner Frau gebeugt, als Keller Quik Print betrat. »Wen haben wir denn da?«, sagte er. »Und? Haben Sie Soldier schon zurückbekommen?«

Er erinnerte sich an den Namen, fiel Keller auf.

»Ob Sie's glauben oder nicht«, sagte er. »Der Hund ist von allein zurückgekommen. Wahrscheinlich wollte er die Belohnung.« Betty Engleman lachte.

»Da sehen Sie, wie schnell Ihre Flyer gewirkt haben«, fuhr Keller fort. »Der Hund ist von allein zurückgekommen, bevor ich sie überhaupt verteilen konnte. Aber irgendwann werde ich sie wohl doch noch brauchen. Früher oder später wird der gute, alte Soldier bestimmt wieder abhauen.«

»Solange er wieder von selbst zurückkommt ...«, meinte sie.

»Warum ich vorbeikomme«, sagte Keller. »Wie Sie sich vielleicht schon gedacht haben, bin ich neu in der Stadt, und ich habe eine Geschäftsidee, die ich gern umsetzen würde. Dafür brauche ich einen Drucker, und deshalb dachte ich, vielleicht könnten wir uns mal zusammensetzen und reden. Haben Sie Zeit, auf eine Tasse Kaffee mit mir zu kommen?«

Hinter der Brille waren Englemans Augen schwer zu lesen. »Klar«, sagte er, »gern.«

Sie gingen die Straße runter zur nächsten Ecke, und Keller sagte, was für ein schöner Tag es war. Engleman sagte kaum etwas, außer dass er ihm zustimmte. An der Ecke sagte Keller: »So, Burt, wo sollen wir Kaffee trinken?«

Engleman erstarrte. »Hab ich's doch gewusst.«

»Ich weiß, dass Sie's gemerkt haben. In dem Moment, in dem ich zur Tür reingekommen bin. Woran?«

»Die Telefonnummer auf dem Flyer. Ich habe sie gestern Abend anzurufen versucht. Dort hat aber niemand was von einem Mr. Gordon gehört.«

»Dann ist es Ihnen also gestern Abend klar geworden. Sie hätten sich natürlich bei der Nummer täuschen können.«

Engleman schüttelte den Kopf. »Ich habe mich dabei nicht auf mein Gedächtnis verlassen. Ich habe einen Flyer behalten und die Nummer davon abgelesen. Kein Mr. Gordon und kein entlaufener Hund. Aber abgesehen davon habe ich es schon vorher gewusst. Ich glaube, von dem Moment an, als Sie zur Tür reingekommen sind.«

»Dann gehen wir erst mal Kaffee trinken«, sagte Keller.

Sie gingen in ein Lokal, das Rainbow Diner hieß, und tranken ihren Kaffee an einem Tisch auf der Seite. Engleman gab Süßstoff in seine Tasse und rührte lange genug darin, um Marmorbröckchen aufzulösen. Er hatte drüben an der Ostküste für den Mann, den Keller in White Plains angerufen hatte, als Buchhalter gearbeitet. Als das FBI Englemans Boss wegen eines RICO-Vergehens dranzukriegen versuchte, bot sich Engleman als naheliegendster Ansatzpunkt an. Er war nicht wirklich kriminell, er hatte nicht wirklich etwas ausgefressen, aber sie drohten ihm mit Gefängnis, wenn er sein Schweigen nicht bräche und gegen seinen Boss aussagte. Wenn er täte, was sie von ihm verlangten, bekäme er einen neuen Namen und würde an einem sicheren Ort untergebracht. Wenn nicht, könnte er einmal im Monat durch ein Drahtmaschengeflecht mit seiner Frau reden und bekäme zehn Jahre Zeit, um sich daran zu gewöhnen.

»Wie haben Sie mich gefunden?«, wollte er wissen. »Hat jemand in Washington nicht dichtgehalten?«

Keller schüttelte den Kopf. »Ziemlich verrückte Geschichte das. Jemand

10

hat Sie auf der Straße gesehen und erkannt und ist Ihnen nach Hause gefolgt.«

»Hier in Roseburg?«

»Nein, ich glaube nicht. Waren Sie vor einer Woche oder so verreist?«

»Ich fasse es nicht«, sagte Engleman. »Wir waren übers Wochenende in San Francisco.«

»Das könnte hinkommen.«

»Ich habe mir nichts dabei gedacht. Ich kenne nicht mal jemand in San Francisco. Ich war vorher noch nie dort. Es war an ihrem Geburtstag. Wir dachten, es wäre vollkommen ungefährlich. Ich kenne dort keinen Menschen.«

»Aber jemand hat Sie gekannt.«

»Und ist mir bis hierher gefolgt?«

»Das weiß ich nicht. Vielleicht hat er sich auch nur Ihre Autonummer notiert und von jemand überprüfen lassen. Vielleicht hat er im Gästebuch des Hotels nachgesehen. Spielt das denn eine Rolle?«

»Nein, keine.«

Engleman griff nach seiner Kaffeetasse und starrte hinein.

»Sie haben es schon gestern Nacht gewusst«, sagte Keller. »Sie sind im Zeugenschutzprogramm. Gibt es denn niemand, den Sie in so einem Fall anrufen sollen?«

»Schon«, sagte Engleman und stellte seine Tasse ab. »So berauschend ist das Programm aber nicht. Sie stellen es zwar als was ganz Tolles hin, wenn sie es einem schmackhaft machen wollen, aber in der Praxis lässt das Ganze einiges zu wünschen übrig.«

»Das habe ich auch schon gehört«, sagte Keller.

»Wie auch immer, ich habe niemand angerufen. Was sollten sie außerdem groß tun? Sagen, dass sie mein Haus und die Druckerei überwachen und mich abholen. Selbst wenn sie Ihnen was anlasten können, nützt mir das herzlich wenig. Wir müssen trotzdem wieder umziehen, weil der Typ einfach jemand anders losschickt, oder?«

»Wahrscheinlich schon.«

»Jedenfalls, ich ziehe nicht mehr um. Sie haben uns dreimal woanders hingebracht, und ich weiß nicht mal, warum. Ich glaube, das passiert automatisch, es ist Teil des Programms. Sie lassen einen in den ersten ein, zwei Jahren einfach ein paarmal umziehen. Das hier ist das erste Mal, dass wir uns heimisch zu fühlen begonnen haben, nachdem das alles angefangen hat, und inzwischen wirft Quik Print sogar was ab, und es gefällt mir hier. Ich mag die Stadt, und ich mag die Arbeit. Ich will nicht von hier weg.«

»Die Stadt macht einen netten Eindruck.«

»Allerdings«, sagte Engleman. »Es ist schöner hier, als ich dachte.«

»Und Sie wollten nicht wieder als Buchhalter zu arbeiten anfangen?«

»Um Himmels willen, nein«, sagte Engleman. »Davon habe ich endgültig die Nase voll. Sehen Sie doch selbst, was es mir eingebracht hat.«

»Sie müssten ja nicht unbedingt für Gangster arbeiten.«

»Woher wollen Sie wissen, wer ein Gangster ist und wer nicht? Aber egal, ich will keinen Job mehr, bei dem ich Einblick in die Firma von jemand anders bekomme. Lieber habe ich da mein eigenes kleines Geschäft, in dem ich zusammen mit meiner Frau arbeiten kann. Wir sind direkt an der Straße, für alle deutlich zu sehen, man braucht nur durch das Ladenfenster zu schauen. Jeder braucht Briefpapier, jeder braucht Visitenkarten, jeder braucht Rechnungsformulare und Quittungen, und ich drucke sie den Leuten einfach.«

»Wie haben Sie das Handwerk gelernt?«

»Es ist so ein Franchisesystem, ein Komplettpaket. Das kann jeder in zwanzig Minuten lernen.«

»Im Ernst?

»Klar, überhaupt kein Problem.«

Keller nahm einen Schluck Kaffee. Er fragte Engleman, ob er seiner Frau etwas erzählt hätte, was er verneinte. »Das ist gut«, sagte Keller. »Dann erzählen Sie ihr auch jetzt nichts davon. Ich bin einfach jemand, der verschiedene Projekte hat, einen Drucker braucht und erst mal sicherstellen muss, dass es keine Cashflow-Probleme gibt. Außerdem rede ich nicht gern im Beisein von Frauen über geschäftliche Dinge, weshalb wir beide ab und zu zusammen Kaffee trinken gehen.«

»Okay«, sagte Engleman.

Der arme Teufel macht sich halb in die Hosen, dachte Keller. »Wissen Sie, Burt«, fuhr er fort, »ich will Ihnen nichts tun. Wenn ich das wollte, würden wir dieses Gespräch nicht führen. Dann würde ich Ihnen eine

Knarre an den Kopf halten und tun, was ich tun soll. Sehen Sie hier irgendwo eine Knarre?«

»Nein.«

»Die Sache ist nur, wenn ich es nicht tue, schicken sie jemand anders. Wenn ich unverrichteter Dinge zurückkomme, wollen sie wissen, warum. Deshalb muss ich mir was einfallen lassen. Sie wollen also auf keinen Fall abhauen?«

»Nein. Ich habe keine Lust mehr, ständig wegzulaufen.«

»Gut, dann werde ich mir was einfallen lassen. Das wird ein paar Tage dauern. Aber irgendwas fällt mir schon ein.«

Am nächsten Morgen fuhr Keller nach dem Frühstück in das Büro eines Immobilienmaklers, dessen Anzeigen er gesehen hatte. Eine Frau, die etwa im gleichen Alter wie Betty Engleman war, zeigte ihm drei Häuser. Nichts Großartiges, aber nett und gemütlich, und sie kosteten zwischen vierzig- und sechzigtausend Dollar.

Er hätte jedes von ihnen mit dem Geld aus seinem Schließfach kaufen können.

»Hier hätten wir Ihre Küche«, sagte die Frau. »Hier Ihre Gästetoilette. Hier Ihren eingezäunten Garten.«

»Ich melde mich bei Ihnen«, sagte er und steckte ihre Visitenkarte ein. »Ich stehe gerade in wichtigen Geschäftsverhandlungen, von deren Ausgang viel abhängt.«

Am nächsten Tag ging er mit Engleman mittagessen. Sie waren in dem mexikanischen Lokal, und Engleman wollte alles so wenig scharf wie möglich. »Nicht umsonst war ich mal Buchhalter«, sagte er zu Keller.

»Aber jetzt sind Sie Drucker«, sagte Keller. »Drucker vertragen scharfes Essen.«

»Nicht dieser Drucker. Nicht der Magen dieses Druckers.«

Beide tranken eine Flasche Carta Blanca zum Essen. Keller genehmigte sich danach eine zweite. Engleman bestellte eine Tasse Kaffee.

»Wenn ich ein Haus mit eingezäuntem Garten hätte«, sagte Keller, »könnte ich mir einen Hund zulegen, ohne ständig fürchten zu müssen, dass er wegläuft.«

»Ja, könnten Sie.«

»Als kleiner Junge hatte ich mal einen Hund«, sagte Keller. »Nur dieses eine Mal. Ich hatte ihn etwa zwei Jahre, als ich elf, zwölf war. Er hieß Soldier.«

»Ich habe mich schon gefragt.«

»Er war aber nicht zum Teil ein Schäfer. Irgend so ein kleiner Kläffer. Wahrscheinlich irgendeine Terriermischung.«

»Ist er weggelaufen?«

»Nein, er wurde von einem Auto überfahren. Was Autos angeht, war er total blöd, er rannte einfach auf die Straße. Der Fahrer konnte nichts machen.«

»Wieso haben Sie ihn Soldier genannt?«

»Das weiß ich nicht mehr. Und als ich dann den Flyer bestellt habe, keine Ahnung, bei ›Hört auf ...‹ musste ich ja was einsetzen. Und mir sind nur Namen wie Fido und Rover und Spot eingefallen. Das ist etwa so, wie wenn man sich in einem Hotel mit John Smith einträgt. Und dann ist es mir wieder eingefallen. Soldier. Ist schon Jahre her, dass ich das letzte Mal an den Hund gedacht habe.«

Nach dem Mittagessen kehrte Engleman in die Druckerei zurück, und Keller ging im Motel sein Auto holen. Er fuhr auf derselben Straße aus der Stadt, die er an dem Tag genommen hatte, als er den Revolver kaufte. Diesmal fuhr er ein paar Meilen weiter, bevor er am Straßenrand anhielt und den Motor abstellte.

Er nahm den Revolver aus dem Handschuhfach, klappte die Trommel aus und ließ die Patronen in seine Handfläche kullern. Er warf sie weg, dann wog er kurz den Revolver in der Hand, bevor er ihn ins Gebüsch schleuderte.

McLarendon wäre entsetzt, dachte er. So mit einer Waffe umzugehen. Da sah man wieder, was für ein guter Menschenkenner der Mann war.

Keller stieg ein und fuhr in die Stadt zurück.

Er rief in White Plains an. Als die Frau drangte, sagte er: »Du brauchst ihn nicht zu stören, Dot. Sag ihm einfach, ich habe meinen Flug heute nicht mehr erreicht. Ich habe jetzt für Dienstag einen gebucht. Sag ihm, es ist alles okay, es dauert nur etwas länger als ursprünglich gedacht.« Sie fragte ihn, wie das Wetter war. »Richtig gut«, sagte er. »Sehr angenehm. Glaubst du etwa, dass es nicht zum Teil auch daran liegt? Wenn es hier ständig regnen würde, hätte ich es längst erledigt und wäre wieder zu Hause.«

Samstags und sonntags war Quik Print geschlossen. Am Samstagnachmittag rief Keller Engleman zu Hause an und fragte ihn, ob er Lust auf einen kleinen Ausflug hätte. »Ich komme Sie abholen«, bot er ihm an.

Als er vor dem Haus eintraf, wartete Engleman bereits auf ihn. Er stieg ein und schnallte sich an. »Schöner Wagen«, sagte er.

»Es ist ein Mietwagen.«

»Hätte mich auch gewundert, wenn Sie mit Ihrem eigenen Auto bis hierher gefahren wären. Sie haben mir übrigens einen ganz schönen Schreck eingejagt. Als Sie gefragt haben, ob ich Lust auf einen kleinen Ausflug hätte. Sie wissen ja, woran man da in meiner Situation gleich denkt.«

»Eigentlich hätten wir Ihren Wagen nehmen sollen«, sagte Keller. »Ich dachte, ob Sie mir vielleicht die Gegend ein bisschen zeigen könnten.«

»Es gefällt Ihnen wohl hier, hm?«

»Ja, sehr«, sagte Keller. »Ich bin schon am Überlegen. Angenommen, ich bleibe einfach hier.«

»Würde er dann nicht jemand anders schicken?«

»Meinen Sie? Ich weiß nicht. Er hat sich ja auch nicht gerade die Beine ausgerissen, um Sie zu finden. Erst schon, klar, aber dann hat er es vergessen. Bis Sie zufällig irgend so ein Streber in San Francisco sieht, und klar, dann schickt er mich natürlich her, damit ich mich der Sache annehme. Aber wenn ich einfach nicht zurückkomme ...«

»Dem Reiz von Roseburg erlegen.«

»Ich weiß nicht, Burt, so schlecht ist es hier doch wirklich nicht. Aber ich werde damit aufhören müssen.«

15

»Womit?«

»Sie Burt zu nennen. Sie heißen jetzt Ed, deshalb nenne ich Sie jetzt einfach Ed. Wie finden Sie das, Ed? Klingt das gut, Ed, altes Haus?«

»Und wie soll ich Sie nennen?«

»Einfach Al«, sagte Keller. »Was soll ich tun, hier links abbiegen?«

»Nein, fahren Sie noch ein paar Straßen weiter«, sagte Engleman. »Dort gibt es eine Nebenstraße, führt durch eine landschaftlich richtig schöne Gegend.«

Nach einer Weile fragte Keller: »Fehlt es Ihnen sehr, Ed?«

»Was? Für ihn zu arbeiten?«

»Nein. Das Großstadtleben.«

»New York? Ich habe sowieso nie richtig in der Stadt gelebt. Wir waren oben in Westchester.«

»Trotzdem, die ganze Region. Fehlt Ihnen das nicht?«

»Nein.«

»Ich wüsste gern, wie es mir damit ginge.« Darauf fuhren sie schweigend weiter, bis Keller etwa fünf Minuten später sagte: »Mein Vater war Soldat. Er ist gefallen, als ich noch ein Baby war. Deshalb habe ich den Hund Soldier genannt.«

Engleman sagte nichts.

»Allerdings glaube ich, meine Mutter hat mir was vorgemacht«, fuhr Keller fort. »Ich glaube nicht, dass sie verheiratet war, und ich habe den Verdacht, dass sie nicht wusste, wer mein Vater war. Aber das habe ich nicht gewusst, als ich den Hund Soldier genannt habe. Eigentlich ein blöder Name für einen Hund, wenn man sich's genauer überlegt. Soldier. Es ist auch ziemlich blöd, einen Hund nach seinem Vater zu nennen.«

Am Sonntag blieb er auf seinem Zimmer und schaute im Fernsehen Sport. Das mexikanische Lokal war geschlossen; er aß zu Mittag in einem Wendy's und zu Abend in einem Pizza Hut. Montagmittag ging er wieder in den Mexikaner. Er hatte die Zeitung dabei und bestellte das Gleiche wie beim ersten Mal, Chicken Enchiladas.

Als ihm die Bedienung hinterher einen Kaffee brachte, fragte er sie: »Wann ist die Hochzeit?«

Sie sah ihn verständnislos an. »Die Hochzeit«, wiederholte er und deutete auf den Ring an ihrem Finger.

»Ach so«, sagte sie. »Ich bin nicht verlobt. Der Ring ist von meiner Mom, aus ihrer ersten Ehe. Sie hat ihn nie getragen, deshalb habe ich sie gefragt, ob ich ihn tragen könnte, und sie hatte nichts dagegen. Ursprünglich habe ich ihn an der anderen Hand getragen, aber hier passt er besser.«

Seltsamerweise ärgerte ihn das, gerade so, als hätte sie die Fantasie betrogen, die er um ihre Person gesponnen hatte. Er ließ das gleiche Trinkgeld wie immer auf dem Tisch und machte einen langen Spaziergang durch die Stadt, schaute in Schaufenster, ging eine Straße rauf, die nächste runter.

Er dachte, dann könntest doch *du* sie heiraten. Einen Verlobungsring hatte sie bereits, Ed konnte die Einladungen drucken, aber wen würde er einladen?

Und ihr könntet euch ein Haus mit einem eingezäunten Garten kaufen und einen Hund zulegen.

Lächerlich, dachte er. Vollkommen lächerlich.

Als es Zeit zum Abendessen wurde, wusste er nicht, was er tun sollte. Er wollte nicht in das mexikanische Lokal gehen, hatte perverserweise aber auch keine Lust, woanders hinzugehen. Noch ein mexikanisches Essen, dachte er; am liebsten hätte er den Revolver wieder gehabt, um sich erschießen zu können.

Er rief Engleman zu Hause an. »Könnten wir uns in der Druckerei treffen. Es ist wichtig.«

»Wann?«

»So bald wie möglich.«

»Wir sitzen gerade beim Essen.«

»Dann lassen Sie sich auf keinen Fall beim Essen stören«, sagte Keller. »Wie spät ist es jetzt, halb acht? In Ordnung, wenn wir uns in einer Stunde treffen?«

Er wartete im Eingang des Fotografen, als Engleman in seinem Honda vorfuhr und vor der Druckerei parkte. »Ich wollte Sie nicht stören«, sagte er, »aber mir ist eine Idee gekommen. Könnten Sie aufschließen? Ich möchte Ihnen drinnen was zeigen.«

Engleman schloss die Tür auf, und sie gingen nach drinnen. Währenddessen erzählte ihm Keller, er wüsste jetzt eine Möglichkeit, wie er in Roseburg bleiben könnte, ohne sich wegen des Mannes in White Plains Sorgen machen zu müssen. »Dieses Ding da«, sagte er und deutete auf eins der Kopiergeräte. »Wie funktioniert es?«

»Wie es funktioniert?«

»Wofür ist dieser Knopf da?«

»Der hier?«

Engleman beugte sich vor, und Keller zog die Drahtschlinge aus seiner Tasche und schlang sie ihm um den Hals. Die Garrotte wirkte rasch, effektiv, lautlos. Keller vergewisserte sich, dass Englemans Leiche an einer Stelle war, wo man sie von draußen nicht sehen konnte, und wischte seine Fingerabdrücke von allen Oberflächen, die er berührt haben könnte. Er machte das Licht aus und schloss die Tür hinter sich.

Im Douglas Inn hatte er bereits ausgecheckt, und jetzt fuhr er direkt nach Portland. Der Tempomat des Ford war knapp unterhalb der erlaubten Höchstgeschwindigkeit eingestellt. Nach etwa einer halben Stunde machte er das Autoradio an und versuchte, einen erträglichen Sender zu finden. Als er keinen fand, der ihm gefiel, gab er auf und schaltete das Radio aus.

Irgendwo nördlich von Eugene sagte er laut: »Mein Gott, Ed, was hätte ich denn anderes machen sollen?«

Er fuhr durch Portland und nahm sich in einem ExecuLodge am Flughafen ein Zimmer. Am Morgen gab er den Leihwagen zurück und vertrieb sich mit einer Tasse Kaffee die Zeit, bis sein Flug aufgerufen wurde.

Nach der Landung am JFK rief er sofort in White Plains an. »Alles klar«, sagte er. »Ich komme morgen irgendwann vorbei. Erst mal möchte ich bloß noch nach Hause, ein bisschen schlafen.«

Am nächsten Nachmittag fragte ihn Dot in White Plains, wie ihm Roseburg gefallen hatte.

»Gut«, sagte er. »Richtig nette kleine Stadt, nette Leute. Ich wollte dort bleiben.«

»Ach, Keller«, sagte sie. »Hast du dir etwa wieder Häuser angesehen?«

»Nicht wirklich.«

»Egal, wo du hinfährst«, sagte sie, »willst du dich dort immer gleich niederlassen.«

»Es war wirklich schön dort, Dot. Und im Vergleich zu hier ist das Leben dort unglaublich billig. In diesem Bundesstaat haben sie nicht mal eine Mehrwertsteuer, stell dir vor.«

»Ist die Mehrwertsteuer ein großes Problem für dich, Keller?«

»Dort könnte man ein anständiges Leben führen«, sagte er.

»Eine Woche vielleicht«, sagte sie. »Dann würdest du durchdrehen.«

»Glaubst du wirklich?«

»Jetzt hör aber mal. In Roseburg, Oregon? Das glaubst du doch selbst nicht.«

»Wahrscheinlich hast du recht«, sagte er. »Länger als eine Woche würde ich es dort wahrscheinlich wirklich nicht aushalten.«

Ein paar Tage später durchsuchte er seine Taschen, bevor er ein paar Sachen in die Reinigung brachte. Er fand den Stadtplan von Roseburg und studierte ihn. Er wusste noch genau, wo was war. Quik Print, das Douglas Inn, das Haus in der Cowslip Lane. Der Mexikaner, die anderen Lokale, in denen er gegessen hatte. Der Waffenladen, die Häuser, die er sich angesehen hatte.

Es schien alles so lang her zu sein, dachte er. So lang her und so weit weg.

Keller zu Pferd

Keller kaufte sich in der Flughafenbuchhandlung ein Taschenbuch, einen Western. Das Cover bediente die üblichen Klischees: ein großer, schlanker Kerl, Typ Marlboro-Mann, der mit einem Schießeisen an der Hüfte die staubige Straße eines Wildwest-Städtchens hinunterschritt. Weder der Titel noch der Name des Autors sagten Keller etwas. Was sein Interesse weckte, war ein Satz auf dem Cover, der ihn geradezu ansprang.

»Er ritt tausend Meilen«, stand dort, »um einen Mann zu töten, den er nie gesehen hatte.«

Keller bezahlte das Buch und steckte es in seine kleine Reisetasche. Als das Flugzeug in der Luft war, holte er es heraus und betrachtete das Cover und fragte sich, warum er es gekauft hatte. Er las nicht viel, und wenn doch, keine Western.

Vielleicht sollte er dieses Buch auch gar nicht lesen. Vielleicht sollte er es als Talisman betrachten.

Alles nur wegen dieses einen Satzes. Das musste man sich mal vorstellen, tausend Meilen zu reiten, egal, aus welchem Grund, und dann auch noch, um einen Fremden umzubringen. Wie lang brachte man etwa, um zu Pferd tausend Meilen zurückzulegen? Ein Rennpferd schaffte eine Runde in etwa zwei Minuten, aber es konnte dieses Tempo unmöglich den ganzen Tag durchhalten, genauso wenig wie ein Mensch sechsundzwanzig Vier-Minuten-Meilen aneinanderhängen und das Ganze dann einen Marathon nennen konnte.

Welche Entfernung schaffte man auf einem Pferd, fünfzig Meilen am Tag? Hundert Meilen in zwei Tagen, tausend Meilen in zwanzig. Sagen wir mal drei Wochen, an deren Ende man wahrscheinlich am liebsten jeden umbringen würde, egal ob das ein Fremder oder ein Blutsverwandter war.

Wurde der alte Cowboy für seine tausend Meilen bezahlt? War er in derselben Branche tätig? Keller drehte das Buch um und las den Text auf der Rückseite. Es hörte sich nicht besonders vielversprechend an. Irgendwas über einen Rumtreiber in Arizona, einen berittenen Vagabunden, der eine alte Rechnung aus dem Bürgerkrieg begleichen wollte.

Besser, du vergibst und vergisst, riet ihm Keller.

Keller, der deutlich mehr als tausend Meilen zurücklegen musste, wenn auch nicht zu Pferd, sondern in einem Flugzeug, hatte einen ähnlichen Auftrag. Er sollte einen Mann töten, dem er nie begegnet war. Und er war in den guten, alten Wilden Westen unterwegs, um es zu tun, zuerst nach Denver, dann nach Casper, Wyoming, und schließlich in eine Stadt namens Martingale. Das war Grund genug gewesen, das Buch zu kaufen, aber war es auch Grund genug, es zu lesen?

Er ließ es auf einen Versuch ankommen. Er las ein paar Seiten, bis sie mit dem Getränkewagen den Mittelgang herunterkamen, las ein paar mehr, während er seinen V-8 trank und die gesalzenen Nüsse aß. Dann nickte er offensichtlich ein, denn das Nächste, was er mitbekam, war, dass ihn die Stewardess weckte, um sich zu entschuldigen, dass sie den Früchteteller, den er bestellt hatte, nicht hatten. Er sagte ihr, das machte nichts, er nähme das reguläre Essen.

Als es kam, aß er es bis auf das dubiose Fleisch fast ganz auf. Danach schlief er erneut ein und wachte erst wieder auf, als die Maschine zum Landeanflug auf den Stapleton Airport ansetzte.

Das Buch hatte er in die Tasche auf der Rückseite des Sitzes vor ihm gesteckt, denn eigentlich hatte er vorgehabt, es eingeklemmt zwischen dem Spuckbeutel und der Plastikkarte mit den Notfallanweisungen in den Sonnenuntergang reiten zu lassen. Doch im letzten Moment überlegte er es sich anders und nahm das Buch mit.

Er verbrachte eine Stunde auf dem Flughafen von Denver, eine weitere auf dem Flug nach Casper. Der gutgelaunte junge Mann am Avis-Schalter hatte eine Autoreservierung für Dale Whitlock vorliegen. Keller reichte ihm einen in Connecticut ausgestellten Führerschein und eine American-Express-Karte, und der junge Mann händigte ihm einen Satz Schlüssel aus und wünschte ihm einen schönen Tag.

Die Schlüssel gehörten zu einem weißen Chevy Caprice. Als er auf dem Interstate Highway nach Norden fuhr, merkte Keller, dass ihm an dem Wagen bis auf den Namen alles gefiel. Seine Mission hatte nichts Kapriziöses. Tausend Meilen zu reiten, um einen Mann zu töten, dem man nie begegnet war, war nichts, was man aus einer Laune heraus unternahm.

Im Idealfall, dachte er, wäre er in einem Mustang oder vielleicht auch einem Bronco auf einer zweispurigen Asphaltstraße dahingezuckelt. Selbst ein Pinto hätte besser zu einem kantigen, wettergegerbten Desperado wie Dale Whitlock gepasst als ein Caprice.

Der Wagen war jedoch komfortabel, und er mochte, wie er sich fuhr. Und die Farbe war auch okay. Aber von wegen weiß. Für ihn war der Wagen ein Palomino.

Er brauchte etwa eine Stunde nach Martingale, ein Zehntausend-Seelen-Städtchen am I-25, auf halber Strecke zwischen Casper und Sheridan. Man brauchte sich nur kurz umzusehen, um zu wissen, dass man die Ostküste weit hinter sich zurückgelassen hatte. In der Ferne Berge, darüber ein unermesslich weiter Himmel. Und direkt vor seiner Nase lauter Holzhäuser, die Kulissen für einen Randolph-Scott-Film hätten sein können. Ein Lebensmittelladen, ein Geschäft für Westernklamotten, ein heruntergekommenes Hotel, in dem man sich nicht gewundert hätte, wenn Wild Bill Hickock mit einem Blatt Assen und Achter im Saloon gesessen oder Doc Holliday sich in einem Zimmer im ersten Stock die Lunge aus dem Leib gehustet hätte.

Natürlich gab es auch ein paar Supermärkte und Tankstellen, ein Kino mit zwei Sälen und einen Toyota-Händler, einen Pizza Hut und einen Taco John's. Insofern war es also nicht allzu schwer, auf die Reihe zu kriegen, in welchem Jahrhundert man war. Aus dem Taco John's sah er einen Mann kommen, der dem jungen Randolph Scott verdammt ähnlich sah, angefangen bei seinen Stiefeln bis hinauf zu seinem Stetson; allerdings zerstörte er die Illusion ein wenig, als er in einen Pick-up stieg.

Das Hotel, das Hickock-Holliday-Fantasien auslöste, war das Martingale, das genau im Ortszentrum an der breiten Hauptstraße lag. Keller stellte sich vor, wie er zur Tür reinmarschierte und eine Kreditkarte auf die Theke klatschte. Dann würde der Typ an der Rezeption – im Kino spielte ihn immer Henry Jones – sagen, dass sie kein Plastik nahmen. »Und P-p-papier auch nicht«, würde er hinzufügen, während seine Blicke bereits durch den Raum zuckten, um nach einer Stelle zu suchen, wo er in Deckung gehen konnte, wenn die Schießerei losging.

Und Keller würde einen Silberdollar auf der Theke kreiseln lassen. »Ich werde ein paar Tage bleiben«, würde er sagen. »Und falls ich noch Wechselgeld kriege, kaufen Sie sich neue Hosenträger davon.«

Und Henry Jones würde auf seine Hosenträger hinabschauen, um zu sehen, was mit ihnen nicht in Ordnung war.

Er seufzte, schüttelte den Kopf und fuhr zu dem Holiday Inn, das am nächsten an der Interstate-Ausfahrt lag. Sie hatten jede Menge Zimmer und gaben ihm, worum er bat, ein Nichtraucherzimmer im zweiten Stock, das nach hinten raus ging. An der Rezeption war eine Frau, sehr jung, sehr blond, sehr kess, und sie hatte gar nichts von Henry Jones an sich. Sie sagte: »Ich wünsche Ihnen einen angenehmen Aufenthalt bei uns, Mr. Whitlock.« Kein Stottern, der Blick unverwandt.

Er packte aus, duschte und stellte sich ans Fenster, um den Sonnenuntergang zu betrachten. Es war die Sorte Sonnenuntergang, in den ein Held davonritt und eine schlanke Blondine zurückließ, die ihm, mit den Tränen kämpfend, hinterherrief: »Ich hoffe, Sie hatten einen angenehmen Aufenthalt bei uns, Mr. Whitlock.«

Lass den Scheiß, sagte er sich, und reiß dich gefälligst zusammen. Du bist ein paar tausend Meilen geflogen, um einen Mann zu töten, dem du nie begegnet bist. Bring es hinter dich. Der Sonnenuntergang kann warten.

Er war dem Mann nie begegnet, aber er wusste, wie er hieß. Allerdings wusste er nicht, wie sein Name ausgesprochen wurde.

Der Mann in White Plains hatte Keller eine von Hand beschriftete Karteikarte gegeben.

»Lyman Crowder«, las er davon ab und sprach es so aus, dass es sich auf *louder* reimte. »Oder sollte es Crowder«, ausgesprochen wie *loader*, »heißen?«

Ein Achselzucken war die einzige Reaktion.

»Martingale, WY«, fuhr Keller fort. »Noch weiter weg wäre wohl nicht gegangen. Und wo genau? Wyoming ist groß. Liegt Martingale in der Nähe von irgendwo?«

Ein weiteres Achselzucken, begleitet von einem Foto. Oder einem Teil davon; es war offensichtlich von einem größeren Foto abgerissen worden und zeigte die obere Hälfte eines Mannes in mittleren Jahren, der aussah, als hätte er viel Zeit im Freien verbracht. Groß und kräftig war er auch. Keller war nicht sicher, woher er das wusste. Die Beine des Mannes waren nicht zu sehen, und auf dem Foto war nichts, das man als Maßstab hätte heranziehen können. Aber irgendwie konnte er das sagen.

»Was hat er getan?«

Wieder ein Achselzucken, aber eines, aus dem sich Rückschlüsse ziehen ließen. Wenn der Mann, der ihm gegenüber saß, nicht wusste, was Crowder getan hatte, hatte er es offensichtlich jemand anderem getan. Das hieß, der Mann in White Plains hatte kein persönliches Interesse an der Sache. Es war was rein Geschäftliches.

»Und wer ist der Kunde?«

Ein Kopfschütteln. Hieß das, dass er nicht wusste, wer die Rechnung bezahlte, oder dass er es wusste, es aber nicht sagen wollte? Schwer zu sagen. Der Mann in White Plains war kein Mann der vielen Worte und ein Meister der keinen.

»Der zeitliche Rahmen?«

»Der zeitliche Rahmen«, wiederholte der Mann, sichtlich amüsiert über die Wendung. »Es eilt nicht. Eine Woche, auch zwei.« Er beugte sich vor, tätschelte Kellers Knie. »Lassen Sie sich Zeit. Machen Sie sich ein paar schöne Tage.«

Auf dem Weg nach draußen hatte er die Karteikarte Dot gezeigt. »Wie würdest du das aussprechen?«, fragte er sie. »Wie *crow* oder wie *crowd*?«

Dot zuckte mit den Achseln.

»Also wirklich«, sagte er, »du bist ja genauso schlimm wie er.«

»Niemand ist so schlimm wie er«, sagte Dot. »Was für einen Unterschied soll es machen, Keller, wie Lyman seinen Nachnamen ausspricht?«

»Ich habe mich nur gefragt.«

»Am besten, du bleibst bis zur Beerdigung«, riet sie ihm. »Und wartest, wie ihn der Geistliche ausspricht.«

»Du bist wirklich eine große Hilfe«, sagte Keller.

Im Telefonbuch von Martingale stand nur ein Crowder. Lyman Crowder, dazu eine Telefonnummer, aber keine Adresse. Das war bei einem der Drittel der Einträge so. Keller fragte sich, warum das so war. Nahmen diese Leute an, in einer Stadt dieser Größe wusste jeder, wo sie wohnten? Oder waren sie berittene Nomaden mit Handys und ohne festen Wohnsitz?

Wahrscheinlich irgendwo weit draußen, dachte er. Wohnten außerhalb der Stadt an einer namenlosen Straße, holten ihre Post im Postamt ab, warum also die Adresse im Telefonbuch angeben?

Super. Seine Zielperson lebte im Hinterland einer Stadt, die nicht groß genug war, um ein Hinterland zu haben, und Keller hatte nicht mal ihre Adresse. Er hatte die Telefonnummer, aber was nutzte sie ihm? Sollte er Crowder etwa anrufen und ihn fragen, wie er am besten zu ihm rauskam? »Hi, hier ist Dale Whitlock, wir kennen uns zwar nicht, aber ich bin gerade tausend Meilen geritten und …«

Nein, vergiss es.

Er fuhr in der Stadt herum und aß in einem Café im Zentrum, das Singletree hieß. Es befand sich in einem verwitterten Holzbau in der Nähe des Martingale Hotel. Der Name des Cafés war mit einem Seil geschrieben, das an die Holzverschalung der Fassade genagelt war. In Keller weckte der Name Assoziationen mit einer allein stehenden Kiefer oder Eiche inmitten weiter Weideflächen, ein Orientierungspunkt für die Viehhüter, ein seltenes Fleckchen Schatten unter der gnadenlos vom Himmel brennenden Sonne.

Auf der Speisekarte erfuhr er, dass ein Singletree eine Vorrichtung war, um ein einzelnes Pferd oder ein Gespann anzuschirren. Ihm war nur nicht ganz klar, was es genau war oder wie es funktionierte, aber mit Sicherheit war es kein Gewächs, das mitten in der Prärie seine Zweige ausbreitete.

Keller bestellte das Tagesgericht, ein gebratenes Putensteak mit in Soße schwimmenden Pommes. Er war so hungrig, dass er, obwohl es grauenhaft schmeckte, alles aufaß.

Hier willst du nicht leben, sagte er sich.

Es erleichterte ihn, das zu wissen. Als er in Martingale herumgefahren war, hatte er sich an Roseburg, Oregon, erinnert gefühlt. Roseburg war allerdings größer, ohne die Wildwestatmosphäre von Martingale, aber beides waren kleine Provinzkäffer, in die es ihn sonst selten verschlug. In Roseburg hatte sich Keller eine Weile von seinen Fantasien forttragen lassen, aber so weit sollte es nicht noch einmal kommen.

Trotzdem war es ihm beim Betreten des Singletree nicht gelungen, nicht an das kleine mexikanische Lokal in Roseburg zu denken. Wenn das Essen und der Service auf einem ähnlichen Niveau waren ...

Von wegen. Er hatte nichts zu befürchten.

Nach dem Essen stolzierte Keller durch die Fledermausflügeltüren nach draußen und ging die Straße auf einer Seite hinauf und auf der anderen Seite wieder herunter. Es kam ihm so vor, als wäre etwas an seinem Gang eigenartig, als ginge er wie ein Mann, der gerade von einem Pferd gestiegen war.

Keller hatte in seinem ganzen Leben nur ein einziges Mal auf einem Pferd gesessen und konnte sich nicht mehr erinnern, wie er nach dem Absteigen gegangen war. Folglich war dieser Gang nichts, was mit seiner Vergangenheit zu tun hatte. Es musste etwas sein, was er unbewusst aus Filmen oder Westernserien übernommen hatte, der Inbegriff aller Kinocowboys.

Aber ihm war inzwischen klar, dass er keine Angst zu haben brauchte, er könnte den Wunsch verspüren, sich hier niederzulassen. Gegenstand seiner Fantasien war nämlich im Moment nicht jemand, der hier sesshaft werden wollte, sondern jemand auf der Durchreise, ein berittener Vagabund, ein

Revolverheld, eine Lonesome Cowboy mit zusammengekniffenen Augen, der nach getaner Arbeit einfach weiterzieht.

Das war eine gute Fantasie, fand er. Mit so einer Fantasie handelte man sich keinen Ärger ein.

Zurück auf seinem Zimmer, nahm sich Keller wieder das Buch vor, aber er konnte sich nicht darauf konzentrieren. Er machte den Fernseher an und zappte sich mit der am Nachttisch festgeschraubten Fernbedienung durch die Kanäle. Mit Western, fand er, verhielt es sich wie mit Polizisten und Taxis; nie waren sie da, wenn man sie brauchte. Er hatte den Eindruck, dass er sich noch nie durch alle Programme gekämpft hatte, ohne auf John Wayne oder Randolph Scott oder Joel McCrea zu stoßen oder auf eine Wiederholung von *Rauchende Colts* oder *Tausend Meilen Staub* oder einen dieser Spaghetti-Western mit Eastwood oder Lee Van Cleef. Oder auf einen der großen Schurken – auf Jack Elam, Strother Martin oder den jungen Lee Marvin in *Der Mann, der Liberty Valance erschoss.*

Wahrscheinlich sagte es einiges über einen, dachte Keller, wenn Jack Elam sein Lieblingsschauspieler war.

Er machte den Fernseher aus und sah Lyman Crowders Telefonnummer nach. Er könnte sie wählen, und wenn jemand dranging und »Hier bei Crowder« sagte, wüsste er, wie der Name ausgesprochen wurde. »Ich wollte nur mal sehen, ob jemand zu Hause ist«, konnte er dann sagen und auflegen und ihnen was zu denken geben.

Natürlich würde er das nicht sagen, sondern nur irgendetwas Unverfängliches wie »falsch verbunden« in den Hörer nuscheln, aber war selbst so wenig Kontakt ratsam? Vielleicht machte es Crowder misstrauisch. Vielleicht war Crowder sogar schon auf der Hut. Das war das Problem, wenn man vollkommen unvorbereitet an die Sache herangehen musste, wenn man nichts über die Zielperson oder den Auftraggeber wusste.

Wenn er vom Motel aus bei Crowder anrief, wurde der Anruf vielleicht registriert und es gab eine Verbindung zwischen Lyman Crowder und Dale Whitlock. Keller konnte das egal sein, denn er würde die Whitlock-Identität bereits mit der Abreise aus der Stadt abstreifen, aber es gab keinen Grund, dem echten Dale Whitlock zusätzliche Unannehmlichkeiten zu bereiten.

Denn es gab einen echten Dale Whitlock, und Keller bereitete ihm schon genügend Unannehmlichkeiten, auch ohne ihn zu einem Mordverdächtigen zu machen.

Der Mann in White Plains ging sehr raffiniert vor. Er kannte jemand, der ein Gerät besaß, mit dem sich einwandfreie American-Express-Karten herstellen ließen. Und er kannte jemand anders, der die Namen und Kontonummern seriöser American-Express-Karteninhaber beschaffen konnte. Und dann ließ er Kreditkarten machen, bei denen es sich im Prinzip um Duplikate existierender Karten handelte. Man brauchte sich also keine Gedanken zu machen, dass der Karteninhaber seine Karte als gestohlen meldete, weil sie ihm nicht gestohlen worden war, sondern in seiner Brieftasche steckte. Man konnte sich also die halbe Welt kaufen, und er bekam erst etwas davon mit, wenn er seinen monatlichen Kontoauszug erhielt.

Auch der Führerschein war echt. Das heißt, rein technisch gesehen war er natürlich eine Fälschung, und auf dem Foto war Keller und nicht Whitlock. Aber irgendjemand hatte sich Zugang zum Computer des Connecticut Bureau of Motor Vehicles verschafft, weshalb auf dem gefälschten Führerschein dieselbe Nummer und dieselbe Adresse wie die Whitlocks standen.

Früher, dachte Keller, war alles nicht annähernd so umständlich gewesen. Man hatte keinen Führerschein gebraucht, um ein Pferd zu reiten, und keine Kreditkarte, um sich eines zu mieten. Man kaufte oder stahl sich eines, und wenn man in eine Stadt geritten kam, verlangte niemand von einem, dass man seinen Ausweis vorlegte. Wahrscheinlich fragten sie einen nicht einmal nach seinem Namen, und wenn doch, erwarteten sie keine ausführliche Antwort. »Nennt mich Tex«, hätte man in so einem Fall gesagt, und so würden sie einen auch nennen, wenn man in den Sonnenuntergang davonritt.

»Wiedersehen, Tex«, würde ihm die Blondine hinterherrufen. »Ich hoffe, Sie hatten einen angenehmen Aufenthalt.«

Die Hotelbar im Erdgeschoss entpuppte sich als der angesagte Treff von Martingale. Keller hatte es auf seinem Zimmer nicht mehr ausgehalten und war nach unten gegangen, um in Ruhe was zu trinken. Er betrat einen Raum mit dickem Teppichboden, gedämpfter Beleuchtung und einer guten Musikanlage. Es waren fünfzehn bis zwanzig Leute da, die sich alle amüsierten oder dies zumindest versuchten.

Keller ging an die Bar und bestellte sich ein Coors. In der Musikbox sang Barbara Mandrell einen Song über Treulosigkeit und Verrat. Als sie fertig war, sang ein Duo, das er nicht kannte, einen Song über Treulosigkeit und Verrat. Und dann kam Hank Williams' Klassiker »Your Cheatin' Heart«.

Wenn sich da kein Muster abzuzeichnen begann.

»Ich stehe total auf diesen Song«, sagte die Blondine.

Eine andere Blondine, nicht das kesse junge Ding von der Rezeption des Hotels. Diese Frau war größer und älter und hatte eine fülligere Figur. Sie trug einen Rock und eine Art Cowgirl-Bluse mit Paspeln und Stickereien.

»Tja, der gute, alte Hank«, sagte Keller, um etwas zu sagen.

»Ich bin übrigens June.«

»Nenn mich Tex.«

»Tex!«, lachte sie japsend. »Kannst du mir vielleicht sagen, wann dich mal jemand Tex genannt hat?«

»Tatsächlich noch niemand«, gab er zu. »Aber was nicht ist, kann ja noch werden.«

»Woher kommst du, Tex? Nein, entschuldige, so kann ich dich unmöglich nennen, das bleibt mir im Hals stecken. Wenn du möchtest, dass ich dich Tex nenne, musst du wenigstens Stiefel tragen.«

»Dass ich kein Cowboy bin, ist an meiner Aufmachung zu sehen.«

»Deine Klamotten, dein Akzent, deine Frisur. Wenn du nicht von der Ostküste kommst, bin ich noch Jungfrau.«

»Ich bin aus Connecticut.«

»Hab ich mir's doch gedacht.«

»Ich heiße Dale.«

»Das lasse ich durchgehen. Das heißt natürlich, nur wenn du es drauf anlegst, ein Cowboy zu werden. Du müsstest dich anders anziehen und anders reden und dir eine andere Frisur zulegen, dann ließe sich über Dale reden. Hast du auch noch einen anderen Namen?«

Kaum gibst du jemand den kleinen Finger, will er die ganze Hand. »Whitlock«, sagte er.

»Dale Whitlock. Jetzt aber ohne Scheiß, besser geht es ja kaum. Mit so einem Namen kriegst du unten im Agway auf der Stelle einen Kredit. Du müsstest nicht mal ein Formular ausfüllen. Bist du verheiratet, Dale?«

Was war da die richtige Antwort? Sie selbst trug einen Ring, und in der Musikbox lief inzwischen ein weiterer Song über Treulosigkeit und Verrat.

»Nicht in Martingale«, sagte er.

»Ah, das gefällt mir.« Ihre Augen blitzten. »Fände ich überhaupt eine super Idee, regionale Ehe. Ich bin in Martingale verheiratet, aber wir sind nicht in Martingale. Die Front Street ist die Stadtgrenze.«

»Wenn das so ist«, sagte er, »kann ich dich ja vielleicht auf einen Drink einladen.«

»Ihr Leute von der Ostküste«, sagte sie. »Ihr kommt immer so wahnsinnig schnell zur Sache.«

Es musste einen Haken geben.

Keller kam relativ gut bei Frauen an und machte hin und wieder einen Stich. Aber er sah keineswegs so gut aus, dass sich alle nach ihm umdrehten, und seine Verführungskünste waren auch eher bescheiden. Vor ein paar Jahren hatte er ein Buch mit dem Titel *Wie spreche ich Mädchen an* gelesen. Es war voller Anmachsprüche, die angeblich garantiert funktionierten. Keller hatte sie ziemlich dämlich gefunden. Er war bereit zu glauben, dass sie funktionierten, aber er konnte sich nicht vorstellen, dass sie das bei ihm täten.

Diese Frau hatte ihn allerdings angemacht, bevor er sich überhaupt ihrer Anwesenheit bewusst geworden war. So was kam vor, vor allem wenn man sich in einer Bar, in der sie ausschließlich Songs über Treulosigkeit spielten, mit einer verheirateten Frau unterhielt. Jeder wusste, weswegen alle anderen da waren, und niemand wollte groß Zeit verlieren. So etwas kam also vor, aber nie schien es ihm zu passieren, und deshalb war er skeptisch.

Es konnte jederzeit etwas schiefgehen. Sie konnte zu Hause anrufen und feststellen, dass ihr Kind Fieber bekommen hatte. Oder ihr Mann kam zur Tür herein, wenn die Musikbox gerade mit »You Picked a Fine Time to

Leave Me, Lucille« loslegte. Sie bekäme ein schlechtes Gewissen oder kippte um von dem Drink, den ihr Keller gerade ausgegeben hatte.

»Ich könnte natürlich fragen, bei mir oder bei dir«, sagte sie. »Aber die Antwort darauf kennen wir ja bereits. Was für eine Zimmernummer hast du?« Keller sagte sie ihr. »Geh schon mal vor«, sagte sie. »Ich komme erst in einer Weile nach. Aber fang nicht schon ohne mich an.«

Er putzte sich die Zähne, trug etwas Aftershave auf. Sie taucht bestimmt nicht auf, sagte er sich. Oder sie verlangt Geld, was der Sache etwas von ihrem Reiz nähme. Oder ihr Mann taucht auf, und sie versuchten ihn zu erpressen und ihm sein Geld abzunehmen.

Oder sie war total besoffen, oder er bekam keinen hoch. Oder sonst was.

»Wow«, sagte sie. »Du brauchst wohl doch keine Cowboystiefel. Ich nenne dich meinetwegen Tex oder Slim oder sonst was, nur damit du kommst, wenn man dich ruft. Wie lang bleibst du hier in Martingale, Dale?«

»Kann ich noch nicht so genau sagen. Ein paar Tage.«

»Was Geschäftliches, hm? Was machst du beruflich?«

»Ich arbeite für ein großes Unternehmen«, sagte er. »Die schicken mich weiß Gott wohin, damit ich nach dem Rechten sehe, wenn es irgendwo Probleme gibt.«

»Hört sich so an, als dürftest du nicht darüber reden.«

»Na ja, wir machen viel für die Regierung. Deshalb sollte ich lieber den Mund halten.«

»Sag nichts mehr«, sagte sie. »Wahnsinn, schau mal, wie spät es ist!«

Während sie duschte, griff er nach dem Taschenbuch und verfasste den Klappentext neu. Er legte tausend Meilen zurück, dachte er, um eine Frau zu reiten, der er nie zuvor begegnet war. Manchmal hatte man eben Glück. Die Sterne standen richtig, die Kräfte, die das Universum regierten, fanden, man verdiente ein Geschenk. Die Sache musste doch nicht immer einen Haken haben.

Sie stellte die Dusche ab, und er hörte die letzte Zeile des Songs, den sie gesungen hatte. »›And Celia's at the Jackson Park Inn‹«, sang sie. Wenig später kam sie aus dem Bad und begann, sich anzuziehen.

»Was soll das denn sein?«, fragte sie. »›Er ritt tausend Meilen, um einen Mann zu töten, dem er nie begegnet ist.‹ Das ist jetzt aber echt komisch, denn weißt du, ich hatte grade einen verrückten Gedanken, als ich meine zarte rosa Haut eingeseift habe.«

»Ja?«

»Das Letzte habe ich nur gesagt, um dich daran zu erinnern, was unter diesem Rock und dieser Bluse ist. Aber der verrückte Gedanke, der mir gekommen ist, war: Also, du hast doch gesagt, dass du für die Regierung arbeitest. Und deshalb dachte ich, vielleicht ist er von der CIA, vielleicht ist er ein alter Söldner, vielleicht ist er die Antwort auf die Gebete dieser unschuldigen Maid.«

»Was soll das jetzt bitte heißen?«

»Nur, dass es bereits ein wunderbarer Abend war, Dale, aber es wäre der Himmel auf Erden, wenn du nach Martingale gekommen wärst, um meinen Scheißmann umzulegen.«

Jetzt aber. War *sie* die Auftraggeberin? War die Anmache in der Hotelbar nur eine raffinierte Möglichkeit gewesen, sich mit ihm zu treffen? War es möglich, dass sie tatsächlich so blöd war, den Mann, den sie angeheuert hatte, ihren Mann umzubringen, in einer Bar anzumachen?

Aber wie hatte sie ihn dann erkannt? Nur Dot und der Mann in White Plains kannten den Namen, den er verwendete. Sie hatten ihn bestimmt für sich behalten. Und sie hatte ihn angesprochen, bevor sie seinen Namen wusste. Hatte sie ihn irgendwie erkannt? Ich sehe an deiner Aufmachung, dass du ein Profikiller bist? Irgendwas in dieser Richtung?

»Yarnell«, sagte sie. »Hobart Lee Yarnell, und er möchte gern Bart genannt werden, aber alle nennen ihn Hobie. Was sagt dir das jetzt über den Mann?«

Dass er nicht der Mann ist, den ich umbringen soll, dachte Keller. Das war eine beruhigende Einsicht, aber sie wartete trotzdem auf eine Antwort. »Dass er sich schwer durchsetzen kann«, sagte Keller. »Dass er jemand ist, dem es schwer fällt, seinen Willen zu kriegen.«

Sie lachte. »Das allerdings. Aber nicht, weil er es nicht versucht. Du gefällst mir echt, Dale. Du bist ein sympathischer Typ. Aber wenn es heute Abend nicht du gewesen wärst, wäre es jemand anders gewesen.«

»Und ich dachte noch, es läge an meinem Rasierwasser.«

»Das kannst du jemand anders erzählen. Nein, bei der Ehe, die ich habe, komme ich oft hierher. Ich habe diese Musikbox letztes Jahr ganz ordentlich mit Quartern gefüttert.«

»Und lauter Songs über Treulosigkeit und Verrat gespielt?«

»Und dabei auch ziemlich oft selber untreu gewesen. Aber es hilft nicht wirklich. Wenn ich am nächsten Morgen aufwache, bin ich immer noch mit diesem Arschloch verheiratet.«

»Warum lässt du dich dann nicht scheiden?«

»Habe ich mir durchaus schon überlegt.«

»Und?«

»So, wie ich erzogen worden bin, ist das nichts, woran ich glaube«, sagte sie. »Aber wahrscheinlich ist das nicht der wahre Grund. Ich bin auch nicht so erzogen worden, dass ich ans Betrügen glaube.« Sie runzelte die Stirn. »Zum Teil liegt es am Geld«, rückte sie heraus. »Ich will dich nicht mit den Einzelheiten langweilen, aber eine Scheidung käme mich ziemlich teuer zu stehen.«

»Mhm.«

»Andererseits, was mache ich mir wegen des Gelds Sorgen? Genug ist alles, was jemand braucht, und mein Dad hat jede Menge Geld. Er wird mich nicht verhungern lassen.«

»Wenn das so ist ...«

»Es ist nur so, dass er große Stücke auf Hobie hält.« Sie sah Keller finster an, als wäre das seine Schuld. »Geht mit ihm auf die Elchjagd, geht mit ihm Forellenfischen, hält ihn für das Tollste überhaupt. Und will das Wort *Scheidung* nicht mal hören. Kennst du den Tammy-Wynette-Song, in dem sie das Wort ausbuchstabiert? Glaub mir, er hätte bereits das Zimmer verlassen, bevor du zu *D* kommst. Es bräche Lyman Crowder das Herz, wenn sich sein kleines Mädchen scheiden ließe.«

Es stimmte tatsächlich. Wenn man den Mund hielt und die Ohren aufsperrte, bekam man einiges mit. Was er gerade mitbekommen hatte, war, dass sich Crowder auf powder reimte.

Und jetzt?

Nachdem sie gegangen war und nachdem er geduscht hatte, ging er auf und ab und dachte über eine Lösung nach. In den paar Stunden seit seiner Ankunft in Martingale hatte er mit einer Frau geschlafen, die sich als die liebende Tochter der Zielperson und aller Wahrscheinlichkeit nach auch als die nicht so liebende Ehefrau des Auftraggebers entpuppte.

Aber vielleicht auch nicht. Lyman Crowder war steinreich, lebte im Norden der Stadt auf einer großen Ranch, die er mehr oder weniger als Hobby betrieb. Sein Geld hatte er vor allem mit Öl gemacht, und damit hatte noch nie jemand wenig Geld gemacht. Entweder man ging pleite, oder man wurde reich. Reiche Männer hatten Feinde. Leute, die sie bei einem Geschäft übers Ohr gehauen hatten, Leute, die von ihrem Tod profitierten.

Aber aller Wahrscheinlichkeit nach war Yarnell der Auftraggeber. Dem lag eine Art höherer Unausweichlichkeit zugrunde. Sie macht ihn in der Hotelbar an. Nicht genug, dass sie die Tochter der Zielperson ist, muss sie auch noch die Frau des Auftraggebers sein. Das nennt man, nichts dem Zufall überlassen, sich gegen alle Eventualitäten absichern.

Was man in so einer Situation tun musste ... klar, er wusste, was er tun musste. Was er tun musste, war, erst mal ein paar Stunden schlafen und dann, in aller Frühe, den üblichen Ablauf umkehren und in den Sonnenaufgang davonreiten. Sich in ein Flugzeug setzen, nach New York zurückfliegen und Martingale als nettes amouröses Abenteuer abschreiben. Immerhin waren Männer bekanntermaßen schon weiter gereist, um mit einer Frau im Bett zu landen.

Dem Mann in White Plains würde er sagen, er sollte sich jemand anders suchen. Manchmal musste man das tun. Daran war nichts auszusetzen, solange es nicht zur Gewohnheit wurde. Er würde sagen, er sei enttarnt worden.

Was er ja auch tatsächlich war. Sehr gekonnt sogar.

Am Morgen stand er auf und packte. Er würde vom Flughafen in White Plains anrufen oder sogar warten, bis er zurück in New York war. Von seinem Zimmer wollte er jedenfalls nicht anrufen. Wenn der echte Dale

Whitlock aus allen Wolken fiel und bei American Express anrief, würden sie sich Dinge wie die Holiday-Inn-Rechnung ansehen. Es brachte nichts, etwas zu hinterlassen, was irgendwohin führen konnte.

Er dachte an June, und die Erinnerung an sie brachte ihn auf eine Idee. Er sah auf die Uhr. Acht Uhr, im Osten zwei Stunden später, um diese Zeit konnte man ruhig schon mal anrufen.

Er rief in Whitlocks Haus in Rowayton, Connecticut, an. Eine Frau ging dran. Er gab sich als Mitarbeiter eines Umfrageinstituts aus, nannte ihr den Namen eines Politikers, der ihr etwas sagen musste. Indem er ihr Fragen stellte, die zu längeren Antworten verleiteten, hatte er keine Mühe, sie davon abzuhalten aufzulegen. »Na, dann herzlichen Dank«, sagte er schließlich. »Einen schönen Tag noch.«

Sollte Whitlock das jetzt mal American Express erklären. Er packte zu Ende und war schon fast zur Tür hinaus, als sein Blick auf den Western fiel. Sollte er ihn mitnehmen? Oder dem Zimmermädchen dalassen?

Er griff danach, las den Spruch auf dem Cover, seufzte. War das, was Randolph Scott täte? Oder John Wayne oder Clint Eastwood? Oder gar Jack Elam?

Nein, sicher nicht.

Dann gäbe es nämlich keinen Film. Ein Mann reitet in die Stadt, schaut, was dort so läuft, lernt eine Frau kennen, landet bei ihr, macht dann einen Rückzieher und reitet weg? Würde man aus so was einen Film machen, schaffte er es nicht mal in irgendwelche Filmkunsttheater.

Trotzdem, das war kein Film.

Trotzdem ...

Er sah den Schmöker an und hätte ihn am liebsten durchs Zimmer gepfeffert. Aber stattdessen seufzte er schwer. Und machte sich ans Auspacken.

Er trank gerade eine Tasse Kaffee in der Stadt, als auf der anderen Straßenseite ein Pick-up anhielt und zwei Männer ausstiegen. Einer von ihnen war

Lyman Crowder. Der andere, nicht ganz so groß, war zehn Kilo leichter und zwanzig Jahre jünger. Seinem Aussehen nach zu schließen, Crowders Sohn.

Sein Schwiegersohn, wie sich herausstellte. Keller folgte den zwei Männern in einen Laden, in dem sie der Typ hinter dem Ladentisch mit Lyman und Hobie begrüßte. Crowder hatte einen langen Einkaufszettel dabei, auf dem hauptsächlich Dinge standen, für die Keller kaum Verwendung gefunden hätte.

Während der Ladeninhaber die gewünschten Gegenstände holte, schaute sich Keller die handgenähten Stiefel an. Ihre Spitzen wären in New York sehr praktisch, dachte er. Ideal, um auch in den Zimmerecken Kakerlaken zu killen. Und die Absätze würden ihn mindestens drei Zentimeter größer machen. Lyman und Hobie schienen sich jedenfalls durchaus wohl zu fühlen in ihren Stiefeln, die vorne so spitz und hinten so hoch waren wie die Modelle in der Auslage. Aber nicht weniger wohl schienen sie sich auch mit ihren Schnürsenkelkrawatten und Zehn-Gallonen-Hüten zu fühlen, in denen sich Keller bestimmt lächerlich vorgekommen wäre.

Die beiden waren ein Herz und Seele, fand er. Sie sahen gleich aus, sie redeten gleich, sie waren gleich angezogen, und sie schienen ungewöhnlich angetan voneinander zu sein.

Zurück auf seinem Zimmer stellte sich Keller ans Fenster und schaute auf den Parkplatz hinaus und dann darüber hinweg auf zwei Berge. Vor einigen Jahren hatte ihn seine Arbeit nach Miami geführt, wo er einen Kubaner kennengelernt hatte, der ihm dringend geraten hatte, nie ein Hotelzimmer über dem ersten Stock zu nehmen. »Angenommen, Sie müssen überstürzt weg«, hatte der Mann gesagt. »Erdgeschoss, kein Problem. Erster Stock, kein Problem. Aber im zweiten Stock brechen Sie sich unweigerlich die Beine.«

Diese Logik hatte Keller eingeleuchtet, und eine Weile hatte er den Rat des Mannes befolgt. Doch dann bekam er zufällig mit, dass der Kubaner nicht nur die höheren Etagen von Hotels mied, sondern sich auch weigerte, in einen Fahrstuhl oder ein Flugzeug zu steigen. Was zunächst nach dem reichen Erfahrungsschatz eines Profis ausgesehen hatte, war wohl nichts weiter als eine simple Phobie.

Keller wurde bewusst, dass er in seinem ganzen Leben noch nie ein Hotelzimmer, oder auch sonst irgendein Zimmer, durchs Fenster verlassen hatte. Was nicht hieß, dass es nie dazu kommen würde, aber es war ein Risiko, das einzugehen er bereit war. Er mochte hohe Stockwerke. Vielleicht mochte er es sogar, Risiken einzugehen.

Er griff nach dem Hörer, wählte eine Nummer. Als sie drangen, sagte er: »Hier Tex. Kannst du dir das vorstellen, mein Termin wurde abgesagt? Jetzt habe ich den ganzen Nachmittag für mich.«

»Bist du, wo du zuletzt warst?«

»Ich habe mich kaum von der Stelle bewegt.«

»Dann tu das auch jetzt nicht«, sagte sie. »Ich komme gleich vorbei.«

Gegen neun Uhr abends bekam Keller Lust auf einen Drink, aber er wollte ihn nicht in der Gesellschaft von Ehebrechern und ihrer Lieblingsmusik zu sich nehmen. Er fuhr in seinem palominofarbenen Caprice herum, bis er am Stadtrand eine Bar fand, die recht vielversprechend aussah. Sie hieß Joe's Bar. Von außen machte sie nicht viel her. Im Innern roch es nach abgestandenem Bier und schlampig verlegten Wasserrohren. Die Beleuchtung war gedämpft. Auf dem Fußboden waren Sägespäne und an den Wänden die Köpfe toter Tiere. Die Klientel war ausschließlich männlich, was Keller stutzen ließ. In New York gab es Schwulenbars, die sich mächtig Mühe gaben, so auszusehen wie diese Kneipe, obwohl sich Keller nicht recht erklären konnte, weshalb eigentlich. Aber das Joe's war keine Schwulenbar, nicht einmal annähernd.

Er setzte sich auf einen wackligen Barhocker und bestellte ein Bier. Die anderen Trinker ließen ihn – und auch alle anderen Anwesenden – in Ruhe. Die Musikbox lief mit Unterbrechungen. Wenn die Gäste die Stille nicht mehr aushielten, fütterte sie jemand mit ein paar Münzen.

Die Songs fielen alle unter ein bestimmtes Genre, stellte Keller fest. Da waren die Ich-versuche-mir-diese-Frau-aus-dem-Kopf-zu-saufen-Songs und die Das-Glück-meint-es-nicht-gut-mit-mir-Songs. Nichts von wegen Celia im Jackson Park Inn oder dass der Himmel nur eine Sünde weit entfernt war.

*　　*　　*

Die Songs waren dazu da, dass man sich beim Trinken auch noch richtig beschissen fühlte.

»Noch so ein Scheißtag«, sagte eine Stimme neben Keller.

Er musste sich nicht zur Seite drehen, um zu wissen, wem sie gehörte. Er dachte, er hätte die Stimme vielleicht wiedererkannt, aber er glaubte nicht, dass es darauf zurückzuführen war. Nein, es war mehr die Einsicht in die Unausweichlichkeit des Ganzen. Es konnte nur Yarnell sein, der ihm in dieser Bar, in der niemand mit jemandem redete, ein Gespräch aufdrängte. Wer hätte es sonst sein sollen?

»Noch so ein Scheißtag«, pflichtete ihm Keller bei.

»Ich glaube nicht, dass ich Sie hier schon mal gesehen habe.«

»Ich bin nur auf der Durchreise.«

»Sie Glücklicher«, sagte Yarnell. »Ich bin übrigens Bart.«

Wenn, dann aber auch gleich richtig. »Dale«, sagte Keller.

»Freut mich, Dale.«

»Ganz meinerseits, Bart.«

Der Barmann tauchte vor ihnen auf. »Hi, Hobie. Das Übliche?«

Yarnell nickte. »Und für Dale hier auch noch mal dasselbe.« Der Barmann schenkte Yarnell das Übliche ein, was sich als ein Bourbon mit Wasser entpuppte, und machte Keller eine Flasche Bier auf. Jemand knickte ein und steckte einen Quarter in die Musikbox, worauf sie »There Stands the Glass« spielte.

»Haben Sie gehört, wie er mich genannt hat?«, fragte Yarnell.

»Ich habe nicht aufgepasst.«

»Hobie hat er mich genannt«, sagte Yarnell. »Wie alle anderen auch. Sie werden es genauso machen, Sie werden gar nicht anders können.«

»Die Welt kann ganz schön grausam sein.«

»Wem sagen Sie das, Dale? Besser könnte man es nicht auf den Punkt bringen. Sind Sie verheiratet, Dale?«

»Im Augenblick nicht.«

»›Im Augenblick nicht?‹ Ich würde viel darum geben, wenn ich das auch von mir behaupten könnte.«

»Probleme?«

»Verheiratet mit einer Frau und verliebt in eine andere. Das kann man wohl Probleme nennen.«

»Wahrscheinlich.«

»Das süßeste, zärtlichste, bezauberndste, liebenswerteste Wesen, das man sich vorstellen kann«, fuhr Yarnell fort. »Wenn sie mir ›Bart‹ ins Ohr haucht, ist es mir völlig egal, wenn der Rest der Welt ›Hobie‹ schreit.«

»Sie reden jetzt aber nicht von Ihrer Frau«, sagte Keller.

»Weiß Gott, nein! Meine Frau ist eine böswillige, lose, hartherzige Schlampe. Ich hasse meine Frau. Ich liebe meine Freundin.« Darauf schwiegen sie eine Weile, was auch der Rest der Anwesenden tat. Dann spielte jemand »The Last Word in Lonesome Is Me«.

»Solche Lieder schreiben sie heute einfach nicht mehr«, sagte Yarnell.

Das taten sie tatsächlich nicht mehr. »Ich bin sicher nicht der Erste, der Ihnen das rät«, sagte Keller, »aber haben Sie schon mal darüber nachgedacht ...«

»June zu verlassen?«, sagte Yarnell. »Mit Edith durchzubrennen? Mich scheiden zu lassen?«

»Etwas in der Art.«

»Es vergeht keine Stunde, in der ich nicht darüber nachdenke, Dale. Tag und Nacht denke ich an nichts anderes. Ich denke darüber nach, und ich lasse mich dabei volllaufen, aber das Einzige, wozu ich nicht in der Lage bin, ist, es zu tun.«

»Warum?«

»Es gibt da einen Mann, der Vater und bester Freund für mich in einem ist. Der beste Mann, den ich je kennengelernt habe, und das einzige Falsche, was er in seinem ganzen Leben gemacht hat, war, eine Tochter zu haben, und der größte Fehler, den ich gemacht habe, war, sie zu heiraten. Und wenn es etwas gibt, woran dieser Mann glaubt, dann ist es die Unantastbarkeit der Ehe. Für ihn ist *Scheidung* das unanständigste Wort, das es überhaupt gibt.«

Deshalb konnte Yarnell seinem Schwiegervater nicht einmal erzählen, dass seine Ehe die Hölle war, geschweige denn Schritte unternehmen, sie zu beenden. Er musste sein Verhältnis mit Edith streng geheim halten. Der einzige Mensch, mit dem er reden konnte, war Edith, und sie war die ganze nächste Woche verreist, weshalb er fast umkam vor Einsamkeit und nicht einmal davor zurückschreckte, dem erstbesten Fremden sein Herz auszuschütten. Wofür er sich entschuldigte, aber ...

»Aber was, überhaupt kein Problem, Bart«, sagte Keller. »Man sollte nicht immer alles in sich hineinfressen.«

»Dass Sie mich Bart nennen, rechne ich Ihnen hoch an, wirklich. Sogar Lyman nennt mich Hobie, und er ist der beste Freund, den jemand haben kann. Mein Gott, er kann einfach nicht anders. Früher oder später nennt mich jeder Hobie.«

»Also«, sagte Keller, »ich werde so lange durchhalten, wie ich kann.«

Wieder allein, überdachte Keller seine Optionen.

Er konnte Lyman Crowder umbringen. Das wäre das Einfachste. Er führte einfach den Auftrag aus, den er erhalten hatte. Damit wären aller Probleme gelöst. June und Hobie konnten sich scheiden lassen, was beide unbedingt wollten.

Andererseits würden beide den Mann verlieren, den sie als das Größte überhaupt seit der Erfindung von Mikrowellenpopcorn hielten.

Er konnte eine Münze werfen und entweder June oder ihren Mann ins Jenseits befördern und gewissermaßen als Scheidungsrichter in höchster Instanz auftreten. Bei Kopf konnte June den Rest ihres Lebens einen Geist betrügen. Bei Zahl bekam Yarnell, was er wollte, und Edith auch. Es war nur eine Frage der Zeit, bis sie aufhörte, ihn Bart zu nennen und zu Hobie überging, und ehe er sich's versah, würde auch sie im Holiday Inn vorbeischauen und die Musikbox mit Quarters füttern, damit sie »Third-Rate Romance, Low-Rent Rendezvous« spielte.

Keller überlegte, ob es eine Lösung gab, die nicht zu einem Rückgang der Einwohnerzahl von Martingale führte. Er gab sich jedoch keinen Illusionen hin, dass er nicht unbedingt derjenige war, dem sie am ehesten einfiele.

Hatte man ein gesundheitliches Problem, hing die Behandlung, die man bekam, davon ab, zu welcher Art von Arzt man ging. Man erwartete nicht, dass einem ein Chirurg die Wirbelsäule einrenkte oder Kräuter verschrieb oder Einläufe verpasste oder dass er mit einem niederkniete und betete. Egal, was das Problem war, würde ein Chirurg als Erstes sehen, ob er etwas wegschnippeln konnte. Dafür war er ausgebildet, so sah er die Welt, das war, was er tat.

Auch Keller neigte zu einer chirurgischen Herangehensweise. Während andere Beratungsgespräche und 12-Punkte-Programme empfahlen, griff Keller zum Skalpell. Manchmal wurde allerdings nicht so schnell ersichtlich, wo der Eingriff erfolgen sollte.

Bring sie einfach alle um, dachte er finster, den Rest soll Gott richten. Oder reite mit dem Schwanz zwischen den Beinen in den Sonnenuntergang.

Am nächsten Morgen fuhr Keller nach Sheridan und flog nach Salt Lake City. Er zahlte sein Ticket in bar und buchte es auf den Namen John Richards. Am TWA-Schalter in Salt Lake City kaufte er sich ein einfaches Ticket nach Las Vegas, das er ebenfalls bar bezahlte, aber diesmal verwendete er den Namen Alan Johnson.

Am Flughafen von Las Vegas ging er auf dem Langzeitparkplatz herum, als suchte er seinen Wagen. Das hatte er etwa fünf Minuten lang getan, als ein glatzköpfiger Mann in einem karierten Sportsakko einen zwei Jahre alten Plymouth abstellte, mehrere große Koffer aus dem Kofferraum wuchtete und auf einen Gepäckwagen stellte. Egal, wohin er flog, er hatte genügend Gepäck dabei, um eine Weile dort zu bleiben.

Sobald der Mann außer Sichtweite war, ließ sich Keller auf ein Knie nieder und tastete den Unterboden des Plymouth ab, bis er den magnetisierten Ersatzschlüssel fand. Das tat er immer, bevor er ein Auto knackte, und in einem von fünf Malen hatte er damit Glück. Wie üblich freute ihn das. Den Schlüssel zu finden war ein gutes Omen. Die Sache ließ sich gut an.

Im Lauf der Jahre war Keller ziemlich oft in Las Vegas gewesen. Er mochte die Stadt zwar nicht, aber er kannte sich dort aus. Er fuhr zum Caesars Palace und ließ den geborgten Plymouth von einem Hotelangestellten wegbringen. Er klopfte so lange an die Tür eines Zimmers im achten Stock, bis seine Bewohnerin lautstark protestierte, sie versuche gerade einzuschlafen.

»Ich habe Neuigkeiten aus Martingale, Miss Bodine«, sagte er. »Machen Sie endlich auf.«

Sie öffnete die Tür einen Spaltbreit, ließ aber die Kette vorgelegt. Sie war etwa im gleichen Alter wie June, sah aber älter aus mit ihrem zerzausten schwarzen Haar, den Ringen unter den Augen und den Make-up-Spuren vom Vortag im Gesicht.

»Crowder ist tot«, sagte er.

Keller wären alle möglichen Dinge eingefallen, die sie darauf hätte erwidern können. Sie reichten von »Was ist denn passiert?« bis zu »Ist mir doch egal«. Aber diese Frau kam sofort auf den Punkt. »Was wollen Sie hier, Sie Idiot?«

Das war ein Fehler.

»Lassen Sie mich erst mal rein«, sagte er, und sie kam seiner Aufforderung nach.

Ihr zweiter Fehler.

Der Hotelangestellte brachte Keller den Wagen und schien hocherfreut über das Trinkgeld, das Keller ihm gab. Am Flughafen hatte jemand an der Stelle, an der der glatzköpfige Mann ursprünglich den Plymouth geparkt hatte, einen Toyota Camry abgestellt, weshalb ihn Keller etwa zehn Plätze seitlich versetzt in der nächsten Reihe in eine Lücke quetschen musste. Er glaubte, sein Besitzer würde ihn finden, und hoffte, er würde sich keine Sorgen machen, dass sich bereits die ersten Anzeichen von Alzheimer bei ihm zeigten.

Keller flog als Richard Hill nach Denver, als David Edwards nach Sheridan. Unterwegs dachte er an Edith Bodine, die anscheinend im Bad ihres Zimmers im Caesars Palace auf einer nassen Fliese ausgerutscht war und sich am Rand der Badewanne den Kopf angeschlagen hatte. Wegen des NICHT STÖREN-Schilds am Türgriff und der voll aufgedrehten Klimaanlage ließ sich nicht sagen, wie lang sie ungestört bliebe.

Er war zu dem Schluss gelangt, dass sie die Auftraggeberin sein musste. June oder Hobie, die beide dachten, die Welt drehte sich um Lyman Crowder, konnten es eigentlich nicht sein. Wer blieb dann also noch? Crowder selbst, der insgeheim einen ausgeprägten Todeswunsch entwickelt hatte? Irgendein alter Feind, ein Konkurrent?

Nein, Edith war die aussichtsreichste Kandidatin. Ein Kunde würde sich entweder mit Keller treffen wollen – nicht auf indirektem Weg, wie das beide Yarnells getan hatten, sondern nach vorheriger Absprache –, oder der Kunde würde dafür sorgen, dass er ostentativ nicht anwesend war, wenn es passierte. Deshalb der Ausflug nach Las Vegas.

Und der Grund? Das Crowdersche Vermögen natürlich. Sie machte Hobie Yarnell verrückt nach sich, aber der wollte aus Angst, Crowder das Herz zu brechen, seine Frau June nicht verlassen, zumal er, wenn er es doch täte, mit leeren Händen dastünde. June umbringen zu lassen brachte auch nichts, weil sie selbst kaum eigenes Vermögen hatte. Wenn dagegen der alte Herr starb, würde June alles erben, und dann konnte auch June noch etwas zustoßen.

So hatte er es sich zumindest auseinanderdividiert. Hätte er Ediths genaue Beweggründe wissen wollen, hätte er sie fragen müssen, aber das hatte er für Zeitverschwendung gehalten. Oder genauer, das Letzte, was er wollte, war, sie näher kennenzulernen. Wenn man diese Leute kennenlernte, machte das alles nur komplizierter.

Wenn man tausend Meilen ritt, um einen Mann zu töten, dem man nie begegnet war, war man gut beraten, unterwegs bei jedem Schritt auf wortkarger Fremder zu machen. Wenn man unbedingt etwas sagen wollte, konnte man es seinem Gaul ins Ohr flüstern.

In Sheridan stieg er aus dem vierten Flugzeug dieses Tages, ging zu seinem Caprice – der Name erschien ihm von Stunde zu Stunde passender – und fuhr nach Martingale zurück. Er hielt sich immer an die Geschwindigkeitsbegrenzung, musste dann aber fünf Meilen vor Martingale mit allen anderen vom Gas gehen. Von der Gegenfahrbahn wurde gerade ein Autowrack geräumt. Das hätte der Verkehr auf seiner Seite nicht beeinträchtigen müssen, was aber trotzdem der Fall war; jeder fuhr langsamer, um zu sehen, weswegen alle anderen langsamer fuhren.

Zurück auf seinem Zimmer, hatte er bereits seine Sachen gepackt, als er merkte, dass sein Auftrag noch keineswegs erledigt war. Die Kundin war tot, aber das spielte keine Rolle; da er eigentlich gar nicht hätte wissen dürfen, dass sie die Auftraggeberin war und dass sie tot war, war er weiterhin verpflichtet, seine Mission zu erfüllen. Er konnte natürlich nach Hause zurückkehren und zugeben, dass er seinen Auftrag nicht hatte erledigen können, um dann zu warten, dass entsprechende Einzelheiten durchsickerten, aus denen hervorging, dass es keinen Auftrag mehr zu erledigen gab. Damit wäre er zwar aus dem Schneider, aber er hätte sich weder mit Ruhm bekleckert, noch bekäme er sein Honorar. Der Kunde hatte mit ziemlicher Sicherheit im Voraus bezahlt, und falls es einen Mittelsmann zwischen dem Auftraggeber und dem Mann in White Plains gab, hatte er das Geld höchstwahrscheinlich bereits weitergeleitet. Außerdem war sehr unwahrscheinlich, dass der Mann in White Plains einem toten Kunden eine Zahlung rückerstatten würde, zumal es niemanden mehr gab, der das einfordern konnte. Genauso wenig würde der Mann in White Plains Keller aber auch für einen Auftrag bezahlen, den er nicht ausgeführt hatte. Der Mann in White Plains würde einfach alles selbst behalten.

Nach einiger Überlegung gelangte Keller zu der Ansicht, dass es das Beste wäre, erst einmal abzuwarten. Wie lang konnte es dauern, bis ein Hoteldieb oder ein Zimmermädchen Edith Bodines Leiche entdeckte? Und bis wann würde die Nachricht von ihrem Tod nach White Plains durchdringen?

Je länger er darüber nachdachte, desto mehr gelangte er zu der Überzeugung, dass das ziemlich lange dauern konnte. Wenn, wie das manchmal der Fall war, eine ganze Reihe von Mittelsmännern involviert war, würde die Nachricht vielleicht nie zu Garcia durchdringen.

Das Einfachste war vermutlich, Crowder umzubringen, und damit hatte es sich dann.

Nein, dachte er. Er hatte gerade einen Abstecher von, ja, mehr als tausend Meilen gemacht – und bisher noch auf eigene Kosten – und das alles nur, um den legendären Mann, dem er nie begegnet war, nicht umbringen zu müssen. Er müsste schön blöd sein, ihn nach diesem ganzen Aufwand jetzt noch umzubringen.

Aber er würde auf jeden Fall erst mal abwarten. Außerdem hatte er im Moment keine Lust mehr, noch irgendwohin zu fahren, und Flugzeuge konnte er schon gar keine mehr sehen, geschweige denn die Vorstellung ertragen, in eines zu steigen.

Er legte sich aufs Bett und schloss die Augen.

*   *   *

Er hatte einen schrecklichen Traum, in dem er mitten in der Nacht durch die Wüste ging. Er hatte sich verirrt, fror, fühlte sich völlig allein. Plötzlich kam aus dem Nichts ein Pferd angaloppiert, und auf ihm saß eine wunderschöne Frau mit einer üppigen Mähne und im Mondschein schimmernden Augen. Sie streckte ihm die Hand entgegen, und Keller sprang hinter ihr auf das Pferd und ritt mit ihr weiter. Sie war nackt. Das war auch Keller, obwohl ihm das bis dahin entgangen war.

Sie verliebten sich ineinander. Ohne Worte erzählten sie sich alles, kannten sich wie verwandte Seelen. Und als er ihr dann in die Augen schaute, merkte Keller, wer sie war. Sie war Edith Bodine, und sie war tot. Er hatte sie getötet, ohne zu ahnen, dass sie sich als die Frau seiner Träume erweisen würde. Es war passiert, es ließ sich nicht mehr rückgängig machen, und es brach ihm in alle Ewigkeit das Herz.

Keller wachte zitternd auf. Fünf Minuten lang ging er im Zimmer auf und ab und versuchte, auseinanderzudividieren, was Traum war und was Wirklichkeit. Er hatte nicht lang geschlafen. Die Sonne ging gerade unter, es war immer noch derselbe endlos lange Tag.

Was für ein höllischer Traum.

Er konnte sich nicht mit dem Fernseher ablenken, und noch weniger Erfolg hatte er mit dem Buch. Er legte es beiseite, griff nach dem Telefon und wählte Junes Nummer.

»Hier Dale«, sagte er. »Ich sitze hier grade rum und ...«

»Oh, Dale«, fiel sie ihm ins Wort, »wie rücksichtsvoll von dir anzurufen. Ist das nicht furchtbar? Einfach schrecklich!«

»Was?«, sagte er verständnislos.

»Ich kann jetzt nicht reden«, sagte sie. »Ich kann nicht mal klar denken. Ich war in meinem ganzen Leben noch nie so durcheinander. Jedenfalls vielen Dank, dass du an mich gedacht hast, Dale.«

Sie legte auf, und ihm blieb nichts anderes übrig, als verständnislos das Telefon anzustarren. Wenn sie nicht gerade eine bessere Schauspielerin war, als er ihr zugetraut hätte, hatte sie vollkommen von der Rolle gewirkt. Es wunderte ihn, dass die Nachricht von Edith Bodines Tod sie so bald erreicht haben könnte, aber noch mehr wunderte ihn, dass sie ihr so naheging. Steckte hinter dem Ganzen mehr, als er ahnte? Waren Hobies Frau und seine

Geliebte gute Freundinnen? Oder waren sie – jetzt aber! – mehr als nur gute Freundinnen?

Für Randolph Scott war jedenfalls alles wesentlich einfacher gewesen.

Im Joe's hatte derselbe Barmann Dienst. »Ich schätze nicht, dass Ihr Freund Hobie heute Abend vorbeikommt«, begrüßte er Keller. »Sie haben es wahrscheinlich schon gehört.«

»Nein, was?«, sagte Keller. Von wegen streng geheim gehaltene Affäre, dachte er, wenn die ganze Stadt Hobie schon tröstete, bevor die Leiche richtig kalt war.

»Wirklich bedauerliche Geschichte das«, fuhr der Barmann fort. »Ein schwerer Verlust für die Stadt. Ohne ihn wird Martingale nicht mehr sein wie früher.«

»Davon habe ich anscheinend noch nichts mitbekommen«, sagte Keller vorsichtig. »Was ist denn passiert?«

Er rief die Fluggesellschaften von seinem Motelzimmer an. Der nächste Flug von Casper ging erst am nächsten Morgen. Wenn er natürlich nach Denver fahren wollte ...

Er wollte nicht nach Denver fahren. Er buchte den ersten Flug am nächsten Morgen, unter dem Namen Whitlock und mit der Whitlock-Kreditkarte.

Es war nicht mehr nötig hierzubleiben, nicht, nachdem Lyman Crowder irgendwo auf einer Bahre lag und mit Konservierungsmittel vollgepumpt wurde. Ums Leben gekommen bei einem Autounfall auf dem I-25 North, genau dem Unfall, dessentwegen alle langsamer gefahren waren, als Keller aus Sheridan zurückgekommen war.

Am Begräbnis würde er nicht teilnehmen, aber sollte er einen Kranz bestellen? Wohl lieber nicht. Trotzdem, fast fühlte er sich ein bisschen dazu verpflichtet.

Er wählte 1-800-FLOWERS und schickte Mrs. Dale Whitlock in Rowayton ein Dutzend Rosen, die er von Whitlocks American-Express-Konto abbuchen ließ. Er bat darum, den Blumen eine Karte mit folgendem Text beizufügen: »Einfach weil ich dich liebe – Dale.«

Er fand, das war das Mindeste, was er tun konnte.

Zwei Tage später fand er sich im Taunton Place in White Plains ein, um Bericht zu erstatten. Unfälle waren immer gut, sagte der Mann. Unfälle und natürliche Ursachen sind immer das Beste. Klar, manchmal musste man in die Vollen gehen, um jemand eine Botschaft zu übermitteln, aber sonst ging nichts über einen Unfall.

»Gut, dass Sie es so regeln konnten«, sagte der Mann.

Da war eine Menge Glück mit im Spiel gewesen, dachte Keller. Andernfalls hätte er erst mal dafür sorgen müssen, dass Lyman Crowder in seinem Pick-up mit ordentlichem Tempo in Richtung Norden fuhr. Dann hätte er einen arbeitslosen Schafhirten namens Danny Vasco sturzbesoffen machen und in seinem eigenen Pick-up – fuhren die hier eigentlich auch was anderes als Pick-ups? – mit 150 km/h in Richtung Süden auf Martingale zurasen und auf die Gegenfahrbahn kommen lassen müssen. Und dort hätte Vasco erst einmal ein paar entgegenkommende Fahrzeuge knapp verfehlen und einen Schulbus und einen Minivan streifen müssen, um schließlich frontal mit Crowder zusammenzustoßen.

Dafür brauchte man schon ein bisschen Glück.

Falls der Mann in White Plains wusste, dass der Auftraggeber tot war, oder auch nur die leiseste Ahnung hatte, wer er war, ließ er es Keller gegenüber nicht durchblicken. Auf dem Weg nach draußen fragte ihn Dot, wie Crowders Name ausgesprochen würde.

»Reimt sich auf *chowder*«, sagte er.

»Hätte mich auch gewundert, wenn du es nicht rausgefunden hättest«, sagte sie. »Keller, hast du was? Du wirkst irgendwie anders als sonst.«

»Nur von Ehrfurcht ergriffen, wie das Schicksal so spielt«, sagte er.

»Das erklärt einiges«, sagte sie.

Auf der Zugfahrt zurück in die Stadt dachte er darüber nach, wie das

Schicksal so spielte. Vor Kurzem hatte er sich noch gesagt, dass sein Ausflug nach Las Vegas pure Verschwendung von Zeit, Geld und Menschenleben gewesen war. Er hätte nur einen Tag warten müssen, damit Danny Vasco die Sache für ihn erledigte.

Aber weit gefehlt.

Ohne seinen Abstecher nach Las Vegas wäre auf dem Highway kein Unfall passiert. Das eine Ereignis hatte einen Kanal geöffnet, der das andere geschehen ließ. Das konnte er nicht erklären, und er konnte auch keinen Sinn dahinter erkennen, aber irgendwie wusste er, dass es so war.

Alles war genau so passiert, wie es hatte passieren müssen. Dass er June in der Hotelbar begegnet war, dass er Hobie in dieser Loser-Kneipe über den Weg gelaufen war. Diese Begegnungen hätte er ebenso wenig vermeiden können, wie er sich hätte davon abhalten können, das Taschenbuch mit dem Western zu kaufen, der schon einmal die Grundrichtung festgelegt hatte.

Er hoffte, dass Mrs. Whitlock die Blumen gefielen.

Kellers Therapie

»Ich hatte einen Traum«, sagte Keller. »Ich habe ihn sogar aufgeschrieben. Wie Sie mir geraten haben.«

»Gut.«

Bevor er sich auf die Couch gelegt hatte, hatte Keller sein Jackett ausgezogen und über den Stuhl gehängt. Er stand wieder von der Couch auf und nahm sein Notizbuch aus der Innentasche des Jacketts. Dann setzte er sich auf die Couch und schlug die Seite mit dem Traum auf. Er überflog seine Notizen, klappte das Büchlein zu und sah den Therapeuten fragend an.

»Sie können sitzen bleiben oder sich hinlegen«, sagte Breen. »Wie es Ihnen lieber ist.«

»Ist es wirklich egal?«

»Was mich angeht, schon.«

Was war bequemer? Eine sitzende Haltung schien für ein Gespräch besser geeignet, während das Gewicht der Tradition dafür sprach, sich hinzulegen. Bemüht, es besonders gut zu machen, beschloss Keller, sich an die Tradition zu halten. Er legte die Füße hoch und streckte sich aus.

»Ich wohne in einem Haus«, begann er, »aber es ist mehr eine Burg. Mit endlos langen Gängen und vielen Zimmern.«

»Ist es Ihr Haus?«

»Nein, ich wohne bloß dort. Eigentlich bin ich so was wie ein Diener der Familie, der das Haus gehört. Es sind Adlige.«

»Und Sie sind ein Diener.«

»Nur habe ich so gut wie nichts zu tun und werde wie jemand Gleichgestellter behandelt. Ich spiele auf dem Tennisplatz hinter dem Haus mit anderen Familienmitgliedern Tennis.«

»Ist das Ihre Aufgabe? Mit ihnen Tennis zu spielen?«

»Nein, das ist nur ein Beispiel dafür, dass sie mich wie jemand Gleichgestellten behandeln. Ich esse auch am selben Tisch mit ihnen, nicht unten beim Rest des Personals. Mein Job ist es, mich um die Mäuse zu kümmern.«

»Um die Mäuse?«

»Das Haus ist voll von Mäusen. Ich esse mit der Familie zu Abend, auf meinem Teller türmt sich köstliches Essen, und ein Kellner mit einer schwarzen Fliege kommt herein und trägt eine Platte mit einer silbernen Glocke auf. Ich hebe die Abdeckung hoch, und darunter liegt ein Zettel, auf dem ›Mäuse‹ steht.«

»Nur dieses eine Wort?«

»Ja, sonst nichts. Ich stehe vom Tisch auf und folge dem Diener einen langen Gang hinunter, und er führt mich in ein unausgebautes Zimmer auf dem Dachboden. Dort sind überall winzige Mäuse, bestimmt zwanzig oder dreißig, und ich muss sie alle töten.«

»Wie?«

»Indem ich sie zertrete. Das ist die schnellste und humanste Art, aber es ist mir unangenehm und ich will es nicht tun. Aber je schneller ich es erledige, umso früher kann ich an den Esstisch zurückkehren, und ich habe großen Hunger.«

»Deshalb töten Sie die Mäuse?«

»Ja«, sagte Keller. »Eine versucht zu entkommen, aber gerade als sie zur Tür hinausflitzen will, trete ich auf sie. Und dann sitze ich wieder am Tisch, und alle essen und trinken und lachen, und mein Teller ist bereits abgetragen worden. Nach einigem Hin und Her bringen sie meinen Teller schließlich aus der Küche zurück, aber es ist nicht mehr dasselbe Essen darauf wie zuvor. Es sind …«

»Ja?«

»Mäuse«, sagte Keller. »Sie sind gehäutet und gekocht, aber es ist ein Teller voller Mäuse.«

»Und Sie essen sie?«

»An diesem Punkt bin ich aufgewacht«, sagte Keller. »Und keine Sekunde zu früh, muss ich sagen.«

»Hm«, murmelte Breen. Er war ein großer Mann, langgliedrig und schlaksig, in Chinos, dunkelgrünem Hemd und braunem Cordsakko. Für Keller sah er aus wie ein typischer Highschool-Nerd, der es inzwischen geschafft hatte, auf eine exzentrische Art distinguiert auszusehen. Er murmelte noch einmal »hm« und legte die Hände aneinander und fragte Keller, was der Traum seiner Meinung nach bedeutete.

»Sie sind der Doktor«, sagte Keller.

»Sie glauben, er bedeutet, dass ich der Doktor bin?«

»Nein, ich glaube, Sie sind derjenige, der sagen kann, was er bedeutet. Vielleicht bedeutet er auch bloß, dass ich vor dem Schlafengehen kein Rocky-Road-Eis essen sollte.«

»Erzählen Sie mir, was Sie glauben, dass der Traum bedeuten könnte.«

»Vielleicht sehe ich mich als Katze.«

»Oder als Kammerjäger?«

Keller sagte nichts.

»Befassen wir uns doch mal auf einer sehr oberflächlichen Ebene mit Ihrem Traum«, fuhr Breen fort. »Sie arbeiten als Troubleshooter eines Unternehmens, bloß dass Sie ein anderes Wort dafür verwendet haben.«

»In der Firma bezeichnen sie uns eher als Disponenten«, sagte Keller. »Aber Troubleshooter ist das, worauf es hinausläuft.«

»Die meiste Zeit haben Sie nichts zu tun. Sie haben viel Freizeit, können sich ein schönes Leben machen. Sie können Tennis spielen und mit den Reichen und Mächtigen speisen. Dann tauchen Mäuse auf, und es wird sofort klar, dass Sie ein Diener sind, der eine Aufgabe zu erledigen hat.«

»Jetzt verstehe ich«, sagte Keller.

»Na dann, umso besser. Erklären Sie es mir.«

»Das liegt doch auf der Hand, oder? Es gibt ein Problem, und ich werde benachrichtigt und muss mit dem, was ich gerade tue, Schluss machen und das Problem lösen. Ich muss auf der Stelle Entscheidungen treffen, und dazu kann gehören, dass ich Leute entlasse und ganze Abteilungen schließe. Ich muss es tun, aber es ist, als würde ich auf Mäuse treten. Und wenn ich wieder am Tisch sitze und mein Essen will – ich vermute mal, damit ist mein Lohn gemeint?«

»Ihre Vergütung, ja.«

»Dann bekomme ich einen Teller Mäuse.« Er verzog das Gesicht.

»Anders ausgedrückt, heißt das, meine Vergütung kommt von der Vernichtung der Leute, die ich rauswerfe. Ich verdiene meinen Lebensunterhalt auf ihre Kosten. Es ist also ein Schuldtraum, oder?«

»Was glauben Sie?«

»Ich glaube, es geht um Schuld. Mein Gewinn erwächst aus dem Pech anderer, aus dem Leid, das ich anderen zufüge. Darauf läuft es doch hinaus, oder?«

»Oberflächlich betrachtet, ja. Wenn wir tiefer gehen, werden wir vielleicht andere Zusammenhänge entdecken. Zuallererst sollten wir uns vielleicht mit der Frage befassen, warum Sie sich für diese Tätigkeit entschieden haben, und dann auch mit verschiedenen Aspekten Ihrer Kindheit.« Er verschränkte seine Finger und ließ sich in seinen Sessel zurücksinken. »Alles hängt zusammen. Nichts existiert für sich allein, und nichts ist zufällig. Nicht einmal Ihr Name.«

»Mein Name?«

»Peter Stone. Denken Sie doch mal bis zur nächsten Therapiesitzung darüber nach.«

»Ich soll über meinen Namen nachdenken?«

»Ja, über Ihren Namen und wie gut oder schlecht er zu Ihnen passt. Und«, ein nachdenklicher Blick auf seine Armbanduhr, »unsere Stunde ist leider um.«

Jerrold Breens Praxis war in der Central Park West, auf Höhe der Ninety-fourth Street. Keller ging zur Columbus Avenue, fuhr mit dem Bus fünf Straßen weiter, überquerte die Straße und winkte einem Taxi. Er ließ den Fahrer durch den Central Park fahren, und als er in der Fiftieth Street aus dem Taxi stieg, war er ziemlich sicher, dass ihm niemand gefolgt war. Er kaufte sich in einem Deli einen Kaffee und beobachtete aufmerksam seine Umgebung, als er ihn auf dem Gehsteig trank. Dann ging er zu dem Haus, in dem er wohnte, einem Vorkriegsbau in der First Avenue zwischen Forty-eighth und Forty-ninth Street mit einem Art-Deco-Foyer und einem von einem Fahrstuhlführer bedienten Lift. »Ah, Mr. Keller«, sagte der Fahrstuhlführer. »Herrlicher Tag heute, nicht?«

»Wunderschön«, pflichtete ihm Keller bei.

Kellers Zweizimmerwohnung lag im zwanzigsten Stock. Wenn er aus dem Fenster schaute, konnte er das UNO-Hauptquartier, den East River und den Stadtteil Queens sehen. Am ersten Sonntag im November konnte er die Teilnehmer des New York Marathon etwa auf halber Strecke über die Queensboro Bridge strömen sehen.

Dieses Schauspiel versuchte sich Keller möglichst nicht entgehen zu lassen. Er saß dann stundenlang am Fenster, während sie zu Tausenden durch sein Blickfeld liefen, zuerst die Weltklasseläufer, dann das Mittelfeld und schließlich die Langsamsten der Langsamen, einige gehend, andere humpelnd. Der Start war in Staten Island, das Ziel im Central Park, und alles, was er sah, waren ein paar hundert Meter ihrer Strapazen, wenn sie sich über die Brücke nach Manhattan quälten. Irgendwann rührte ihn dieser Anblick immer zu Tränen, obwohl er nicht hätte sagen können, warum.

Vielleicht war das etwas, worüber er mit Breen sprechen sollte.

Es war eine Frau, die ihn auf die Couch des Therapeuten gebracht hatte, eine Aerobic-Lehrerin namens Donna. Keller hatte sie im Fitnessstudio kennengelernt. Sie waren ein paarmal miteinander essen und ein paarmal miteinander ins Bett gegangen, oft genug, um zu merken, dass sie sexuell nicht zueinander passten. Keller ging immer noch zwei-, dreimal die Woche ins selbe Fitnessstudio, um schwere Metallgegenstände auf und ab zu bewegen, und wenn sie sich dort begegneten, gingen sie ganz normal miteinander um.

Als er einmal gerade von einer Reise zurückgekommen war, hatte er sich wohl länger darüber ausgelassen, wie schön die andere Stadt gewesen sei, worauf sie meinte: »Wenn es so was wie einen eingefleischten New York gibt, Keller, dann dich. Das ist dir doch hoffentlich klar.«

»Kann schon sein.«

»Aber du hast immer diesen Traum, dich in Elephant, Montana, niederzulassen. Egal, wo du hinkommst, träumst du gleich davon, dir dort ein schönes Leben zu machen.«

»Was soll daran auszusetzen sein?«

»Auszusetzen gibt es daran überhaupt nichts. Aber bei einer Therapie hättest du deine wahre Freude damit.«

»Glaubst du, ich sollte eine Therapie machen?«

»Ich glaube, eine Therapie würde dir viel bringen«, sagte sie. »Ins Fitnessstudio gehst du doch auch. Du quälst dich am Stair Monster, du schindest dich am Nautilus.«

»Hauptsächlich freie Gewichte.«

»Trotzdem. Du machst das nicht, weil du körperlich ein Wrack bist.«

»Ich mache es, um in Form zu bleiben.«

»Und weil du dich hinterher gut fühlst.«

»Na und?«

»Na ja, ich sehe dich als jemand, der eingeschlossen ist und seiner Enge zu entrinnen versucht«, sagte sie. »Du fährst kreuz und quer durchs ganze Land und lässt dir von Immobilienmaklern Häuser zeigen, die du nie kaufen wirst.«

»Das habe ich erst ein paarmal gemacht. Und was soll daran außerdem so schlimm sein? Damit vertreibe ich mir die Zeit.«

»Du machst solche Dinge und weißt nicht, warum«, sagte sie. »Weißt du, was eine Therapie ist? Es ist ein Abenteuer, eine Entdeckungsreise. Und es ist, wie ins Fitnessstudio zu gehen. Es ist … ach was, vergiss es. Was rede ich hier überhaupt, wenn es dich sowieso nicht interessiert.«

»Vielleicht interessiert es mich ja«, sagte er.

Donna machte, was nicht weiter überraschend war, selbst eine Therapie. Aber sie hatte eine Therapeutin, und sie fanden beide, dass er sich bei einem Mann wohler fühlen würde. Ihr Exmann war sehr zufrieden mit seinem Therapeuten gewesen, einem gewissen Breen. Donna selbst hatte ihn nie kennengelernt, und ihr Verhältnis zu ihrem Ex war nicht gerade das beste, aber …

»Schon gut«, sagte Keller. »Ich rufe ihn selber an.«

Er rief Breen an und berief sich auf Donnas Exmann. »Aber ich glaube nicht, dass er mich auch nur namentlich kennt«, sagte er. »Wir haben uns vor einer Weile auf einer Party unterhalten, und seitdem habe ich ihn nicht mehr gesehen. Aber etwas, was er gesagt hat, hat bei mir eine Saite zum Schwingen gebracht, na ja, und da dachte ich mir, vielleicht sollte ich es einfach mal probieren.«

»Die Intuition ist ein guter Ratgeber«, sagte Breen.

Keller vereinbarte einen Termin mit ihm und gab seinen Namen mit Peter Stone an. In der ersten Sitzung erzählte er unter anderem von seiner Tätigkeit für einen großen, aber ungenannten Konzern. »Was Psychotherapie angeht, sind sie dort ein bisschen altmodisch«, erklärte er Breen. »Deshalb gebe ich Ihnen keine Adresse oder Telefonnummer und bezahle jede Stunde bar.«

»Ihr Leben ist voller Geheimnisse«, sagte Breen.

»Tja, das bringt meine Arbeit so mit sich.«

»Aber in der Therapie können sie vollkommen offen und aufrichtig sein. Dabei geht es vor allem darum, die Geheimnisse aufzudecken, die Sie vor sich selbst haben. Hier sind Sie durch die Heiligkeit der Beichte geschützt, auch wenn es nicht meine Aufgabe ist, Ihnen die Absolution zu erteilen. Das können nur Sie selbst tun.«

»Mhm«, sagte Keller.

»Aber bis dahin müssen Sie bestimmte Geheimnisse wahren. Das kann ich so stehen lassen. Ich brauche Ihre Adresse oder Telefonnummer nicht, es sei denn, ich muss einen Termin absagen. Deshalb schlage ich vor, Sie rufen ein, zwei Stunden vor jeder Sitzung an. Andernfalls müssen Sie in Kauf nehmen, dass Sie hin und wieder umsonst herkommen. Wenn *Sie* einen Termin absagen müssen, geben Sie mir bitte spätestens vierundzwanzig Stunden vorher Bescheid. Sonst muss ich Ihnen den ausgefallenen Termin in Rechnung stellen.«

»Kein Problem«, sagte Keller.

Er ging zweimal die Woche zur Therapie. Montags und donnerstags, um zwei Uhr nachmittags. Ob dabei etwas herauskam, war schwer zu sagen. Manchmal konnte er sich auf der Couch total entspannen und sprach offen und ehrlich über seine Kindheit. Andere Male empfand er die fünfzigminütige Therapiesitzung als Balanceakt. Er fühlte sich hin und her gerissen; einerseits hatte er das Bedürfnis, alles zu erzählen, andererseits fühlte er sich gezwungen, alles für sich zu behalten.

Niemand wusste, dass er eine Therapie machte. Einmal begegnete er zufällig Donna, und als sie wissen wollte, ob er den Therapeuten mal angerufen hätte, zuckte er verlegen mit den Achseln und leugnete es. »Ich habe darüber nachgedacht«, sagte er, »aber dann hat mir jemand von dieser Masseuse erzählt. Sie macht eine Kombination aus schwedischer Massage und Shiatsu, und ich muss sagen, das bringt mir, glaube ich, mehr als jemand, der in meinem Kopf herumstochert.«

»Oh, Keller«, sagte sie nicht ohne Zuneigung. »Du wirst dich wohl nie ändern.«

Es war an einem Montag, als er den Traum von den Mäusen erzählte. Am Mittwochvormittag klingelte sein Telefon, und es war Dot. »Er will dich sehen«, sagte sie.

»Ich komme gleich raus«, sagte er.

Er zog ein Jackett und eine Krawatte an und nahm ein Taxi zur Grand Central Station und einen Zug nach White Plains. Dort nahm er sich wieder ein Taxi und sagte dem Fahrer, den Washington Boulevard rauszufahren und ihn an der Ecke Norwalk rauszulassen. Nachdem das Taxi weggefahren war, ging er die Norwalk hinauf zum Taunton Place und bog dort links ab. Das zweite Haus auf der rechten Seite war ein alter viktorianischer Bau, der auf allen vier Seiten von einer Veranda umgeben war. Er klingelte, und Dot öffnete ihm.

»Er ist oben«, sagte sie. »Er erwartet dich.«

Er ging nach oben, und vierzig Minuten später kam er wieder nach unten. Ein junger Mann namens Louis fuhr ihn zum Bahnhof zurück, und während der Fahrt unterhielten sie sich über einen Boxkampf, den beide auf ESPN gesehen hatten. »Was ich gern hätte«, sagte Louis, »ist ein Knopf auf der Fernbedienung, mit dem sich die Kommentatoren stummschalten lassen, aber das Publikum und die Treffer soll man schon noch hören können. Dann hätte man nicht ständig dieses blöde Gelabere im Ohr.« Keller überlegte, ob das technisch möglich wäre. »Ich sehe eigentlich keinen Grund, warum es nicht gehen sollte«, meinte Louis. »Sonst können sie doch auch alles. Wenn man einen Mann auf den Mond befördern kann, sollte man doch auch dafür sorgen können, dass Al Bernstein die Klappe hält.«

Keller nahm den Zug zurück nach New York und ging in seine Wohnung. Er telefonierte ein bisschen herum und packte eine Reisetasche. Um 15.30 Uhr fuhr er nach unten, ging ein Stück die Straße hinunter und winkte einem Taxi, von dem er sich zum JFK bringen ließ, wo er sich seine Bordkarte für den 18:10-Flug nach Tucson abholte.

In der Abflughalle fiel ihm sein Termin bei Breen ein. Er rief an und sagte den Donnerstagstermin ab. Da die 24-Stunden-Frist bereits überschritten war, sagte Breen, er müsse ihm die Sitzung in Rechnung stellen, wenn er niemanden fände, der für ihn einsprang.

»Machen Sie sich deswegen mal keine Gedanken«, sagte Keller. »Ich hoffe, zu meinem Montagstermin wieder zurück zu sein, aber im Voraus lässt sich immer schwer sagen, wie lange es dauert. Wenn ich es nicht schaffe, müsste ich Ihnen zumindest früher als vierundzwanzig Stunden vorher Bescheid geben können.«

In Dallas hatte er einen Anschlussflug und kam kurz vor Mitternacht in Tucson an. Außer seinem Handgepäck hatte er nichts dabei, aber er ging trotzdem zur Gepäckausgabe. Dort stand ein zaundürrer Mann mit einem breitkrempigen Strohhut, der ein Schild hielt, auf das von Hand NOSCAASI geschrieben war. Keller beobachtete den Mann ein paar Minuten und stellte fest, dass sonst niemand ihn beobachtete. Er ging auf ihn zu und sagte: »Ich habe mir den ganzen Flug nach Dallas den Kopf zerbrochen, und irgendwann habe ich es gemerkt: Es ist *Isaacson* rückwärts geschrieben.«

»Ganz genau«, sagte der Mann. Er schien beeindruckt, als ob Keller den Geheimcode der japanischen Flotte geknackt hätte. »Sie haben kein Gepäck aufgegeben, oder? Hätte mich auch gewundert. Zum Auto geht's hier lang.«

Im Auto zeigte ihm der Mann drei Fotos, alle vom selben Mann, einem dunklen korpulenten Kerl mit glänzendem schwarzem Haar und einem gierigen Schweinegesicht. Buschiger Schnurrbart, buschige Augenbrauen. Große Poren auf der Nase.

»Das ist Rollie Vasquez«, sagte der Mann. »Einen Schönheitswettbewerb würde dieser Sack wohl nicht gewinnen, eh?«

»Wahrscheinlich nicht.«

»Dann kommen Sie«, sagte der Mann. »Ich zeige Ihnen, wo er wohnt, wo er essen geht, wo er seine anderen fleischlichen Gelüste befriedigt. Rollie Vasquez, das ist Ihr Leben.«

Zwei Stunden später ließ ihn der Mann vor dem Ramada Inn raus und gab ihm einen Zimmerschlüssel und einen Autoschlüssel. »Eingecheckt sind Sie bereits«, sagte er. »Der Wagen steht an der Treppe, die Ihrem Zimmer am nächsten ist. Ein Mitsubishi Eclipse, ganz passable Karre. Die Farbe soll silberblau sein, aber in den Papieren steht grau. Kfz-Schein ist im Handschuhfach.«

»Da sollte noch was anderes sein.«

»Das ist auch im Handschuhfach. Es ist natürlich abgeschlossen, aber der Schlüssel ist für Zündschloss und Handschuhfach. Und für Türen und Kofferraum auch. Und wenn man den Schlüssel verkehrt rum reinsteckt, passt er auch, weil es kein Oben und Unten gibt. Diese Japse haben's echt drauf.«

»Was werden sie sich wohl als Nächstes einfallen lassen?«

»Es mag vielleicht nicht viel sein«, sagte der Mann, »aber man vertut ständig seine Zeit damit, sich zu überlegen, ob man auch den richtigen Schlüssel hat, und dann ist man am Überlegen, ob man ihn mit der richtigen Seite nach oben reinsteckt.«

»Da kommt einiges zusammen.«

»Allerdings«, sagte der Mann. »Außerdem ist er vollgetankt. Er braucht Normalbenzin, aber eine Tankladung reicht für über vierhundert Meilen.«

»Und die Reifen? Nein, nur ein Witz.«

»Und ein guter noch dazu«, sagte der Mann. »›Und die Reifen?‹ Echt witzig.«

Der Wagen stand, wo er sein sollte, und im Handschuhfach waren der Kfz-Schein und eine halbautomatische Pistole, eine 22er Horstmann Sun Dog, geladen, mit einem Ersatzladestreifen daneben. Keller steckte die Halbautomatik und den Ladestreifen in seine Reisetasche, schloss den Wagen ab und ging auf sein Zimmer, ohne an der Rezeption vorbeizuschauen.

Nachdem er geduscht hatte, setzte er sich und legte die Füße auf den Couchtisch. Es war alles vorbereitet, das machte die Sache einfacher.

Manchmal war es ihm aber lieber, wenn er nur einen Namen und eine Adresse hatte und nicht alles auf dem silbernen Tablett serviert bekam. So war es zwar einfacher, aber wer konnte schon sagen, welche Spuren dabei hinterlassen wurden? Wer wusste, welche Vorgeschichte die Pistole hatte oder was die Bohnenstange mit dem NOSCAASI-Schild alles erzählen würde, wenn ihn die Polizei aufgriff und ausquetschte?

Umso mehr Grund, es schnell durchzuziehen. Er sah sich genug von einem alten Film im Kabelfernsehen an, um bettreif zu sein, und schlief bis zum Morgen durch. Als er zum Auto ging, hatte er seine Reisetasche dabei. Er rechnete zwar damit, in sein Zimmer zurückzukehren, aber wenn nicht, ließe er nichts zurück, nicht einmal einen Fingerabdruck.

Er frühstückte in einem Denny's. Zu Mittag aß er gegen eins in einem mexikanischen Lokal in der Figueroa. Am späten Nachmittag fuhr er in die Berge im Norden der Stadt, und dort war er auch noch, als die Sonne unterging. Dann fuhr er ins Ramada zurück.

Das war am Donnerstag. Als er sich am Freitagmorgen rasierte, klingelte das Telefon. Er ließ es läuten. Gerade als er gehen wollte, läutete es noch einmal. Er ging auch diesmal nicht dran, wischte aber mit einem Handtuch ein zweites Mal alle Oberflächen ab. Dann ging er zum Auto.

Um zwei Uhr nachmittags folgte er Rolando Vasquez in die Herrentoilette der Saguaro-Lanes-Bowlingbahn und schoss ihm dreimal in den Kopf. Die kleine Pistole machte nicht viel Lärm, nicht einmal in der Enge der gefliesten Toilette. Zuvor hatte er sich einen provisorischen Schalldämpfer gebaut, indem er den Lauf mit einem Hightech-Isoliermaterial umwickelte, das viel vom Krachen des Schusses absorbierte, ohne die Pistole viel schwerer zu machen. Wenn das ging, dachte er, musste es auch möglich sein, Al Bernsteins Stimme auszublenden.

Er ließ Vasquez in einem Toilettenabteil liegen, entsorgte die Pistole eine halbe Meile weiter in einem Gully, stellte den Wagen auf dem Langzeitparkplatz am Flughafen ab.

Auf dem Heimflug fragte er sich, warum sie ihn überhaupt gebraucht hatten. Sie hatten das Auto und die Waffe und den Mann besorgt, der ihm die Zielperson zeigte. Warum machten sie es dann nicht gleich selbst? Mussten Sie ihn wirklich aus New York kommen lassen, damit er auf die Maus trat?

»Sie haben gesagt, ich sollte mal über meinen Namen nachdenken«, erzählte er Breen. »Über seine Bedeutung. Mir leuchtet allerdings nicht ein, weshalb er irgendeine Bedeutung haben sollte. Es ist ja nicht so, dass ich ihn mir selbst ausgesucht habe.«

»Dann will ich Ihnen mal einen Vorschlag machen«, sagte Breen. »Es gibt ein metaphysisches Prinzip, demzufolge wir über alles in unserem Leben selbst entscheiden, dass wir uns sogar die Eltern aussuchen, denen wir geboren werden, dass alles, was in unserem Leben passiert, eine Manifestation unseres Willens ist. Demzufolge gibt es keine Zufälle, keine Fügungen des Schicksals.«

»Na, ich weiß nicht.«

»Sie müssen es ja auch nicht glauben. Aber lassen Sie uns einfach mal davon ausgehen, dass es so ist. Angenommen, Sie haben sich den Namen Peter Stone selbst ausgesucht. Was sagt uns diese Wahl?«

Keller, der ausgestreckt auf der Couch lag, gefiel das gar nicht. »Na ja, *peter* ist ein anderes Wort für Penis«, sagte er widerstrebend. »Ein steinerner Peter wäre dann eine Erektion, oder?«

»Wäre er das?«

»Dann hätte also jemand, der beschließt, sich Peter Stone zu nennen, etwas zu beweisen. Er hätte Zweifel an seiner Potenz. Ist das, was ich sagen soll?«

»Ich will nicht, dass Sie irgendetwas Bestimmtes sagen. Aber haben Sie denn Zweifel an Ihrer Potenz?«

»Bisher hatte ich eigentlich nie welche«, sagte Keller. »Natürlich lässt sich schwer sagen, wie viel Zweifel ich vor meiner Geburt hatte, zu der Zeit, als ich mir meine Eltern ausgesucht und entschieden habe, welchen Namen sie mir geben sollen. In diesem Alter hatte ich wahrscheinlich gewisse Probleme, eine Erektion zu bekommen, deshalb könnte ich damals durchaus gewisse Zweifel gehabt haben.«

»Und jetzt?«

»Ich habe keine Potenzprobleme, wenn das die Frage ist. Ich bin zwar kein Teenager mehr und kann nicht mehr drei-, viermal die Nacht, aber wer würde sich danach ernsthaft zurücksehnen? In der Regel kriege ich es hin.«

»Sie kriegen es hin.«

»Ja.«

»Sie funktionieren.«

»Ist daran was auszusetzen?«

»Was glauben Sie?«

»Lassen Sie das«, sagte Keller. »Beantworten Sie eine Frage nicht mit einer Frage. Wenn ich eine Frage stelle und Sie sie nicht beantworten wollen, dann tun Sie es einfach nicht. Aber geben Sie sie nicht an mich zurück. Das nervt.«

»Sie funktionieren, Sie kriegen es hin«, sagte Breen. »Aber was empfinden Sie dabei, Mr. Peter Stone?«

»Was ich dabei empfinde?«

»Es ist unzweifelhaft richtig, dass *peter* ein geläufiger Ausdruck für den Penis ist, aber das Wort hat auch eine ältere Bedeutung. Erinnern Sie sich an Jesu Worte an den ersten Peter? ›Du bist Petrus, und auf diesen Felsen will ich meine Kirche bauen.‹ Peter bedeutet nämlich Fels. Unser Herr hat ein Wortspiel gemacht. Ihr Vorname bedeutet also Fels und Ihr Nachname ist Stone. Was haben wir hier also? Fels und Stein. Hart, unnachgiebig, verstockt. Unsensibel. Gefühllos.«

»Stop!«, sagte Keller.

»In Ihrem Traum, was empfinden Sie, wenn Sie die Mäuse töten?«

»Nichts. Ich will nur den Auftrag erfüllen.«

»Spüren Sie ihren Schmerz? Empfinden Sie Stolz auf Ihre Leistung, Genugtuung über die erledigte Aufgabe? Verschafft Ihnen ihr Tod einen Kick, sexuelle Lust?«

»Nichts«, sagte Keller. »Ich empfinde nichts. Könnten wir kurz unterbrechen?«

»Was empfinden Sie jetzt gerade?«

»Nur so ein komisches Gefühl im Bauch, mehr nicht.«

»Möchten Sie auf die Toilette gehen? Soll ich Ihnen ein Glas Wasser bringen?«

»Nein, nein, schon gut. Aber ich sollte mich besser aufsetzen. Es geht gleich vorbei. Es geht schon vorbei.«

*   *   *

Als Keller am Fenster saß und keine Marathonläufer, sondern Autos betrachtete, die über die Queensboro Bridge strömten, dachte er über Namen nach. Besonders ärgerlich fand er, dass man kein zertifizierter Metaphysiker sein musste, um sich der Bedeutung des Namens Peter Stone bewusst zu werden. Er hatte ihn nur zu offensichtlich selbst gewählt und nicht in Gestalt einer Seele, die entscheiden konnte, welchen Eltern sie geboren würde und welchen Namen sie ihr geben sollten. Er hatte sich den Namen selbst ausgedacht, als er bei Jerrold Breen anrief, um einen ersten Termin zu vereinbaren. *Name?* hatte Breen gefragt. *Stone*, hatte er geantwortet. *Peter Stone.*

Die Sache war nur, dass er nicht dumm war. Kalt, unnachgiebig, unsensibel, aber nicht dumm. Wenn man sich schon auf das Namensspiel kaprizieren wollte, musste man sich nicht auf den Decknamen beschränken, den er sich selbst ausgesucht hatte. Man kam auch bei dem Namen, den er sein ganzes Leben lang getragen hatte, voll auf seine Kosten.

Sein vollständiger Name war John Paul Keller, aber niemand nannte ihn anders als Keller, und die wenigsten Leute wussten seine Vornamen. In seinem Mietvertrag und auf den meisten Kreditkarten in seiner Brieftasche war sein Name mit J.P. Keller angegeben. Die Leute, Männer wie Frauen, nannten ihn einfach nur Keller. (»Er ist oben, Keller. Er erwartet dich.« »Ach, Keller, du wirst dich wohl nie ändern.« »Ich weiß nicht, wie ich es ausdrücken soll, Keller, aber ich komme in dieser Beziehung einfach nicht auf meine Kosten.«)

Keller. Für Deutsche, Österreicher oder Schweizer war natürlich klar, was es bedeutete. Aber man brauchte nicht zu wissen, was Keller in anderen Sprachen bedeutete. Man brauchte nur einen Vokal auszutauschen. Keller = Killer.

Wenn das nicht eindeutig war.

Auf der Couch, seine Augen waren geschlossen, sagte Keller: »Ich glaube, die Therapie wirkt.«

»Warum sagen Sie das?«

»Gestern Abend habe ich eine Frau kennengelernt. Ich habe ihr ein paar

Drinks spendiert und bin dann mit ihr nach Hause gegangen. Wir sind ins Bett gegangen, aber ich konnte nichts tun.«

»Sie konnten nichts tun?«

»Also, eigentlich hätte es schon Verschiedenes gegeben, was ich hätte tun können. Ich hätte einen Brief schreiben, eine Pizza bestellen oder ›Melancholy Baby‹ singen können. Aber ich konnte nicht tun, was wir beide gehofft hatten, dass ich tun würde, nämlich mit ihr schlafen.«

»Sie waren impotent.«

»Sie sind wirklich clever. Ihnen entgeht aber auch gar nichts.«

»Sie machen Ihre Impotenz mir zum Vorwurf«, sagte Breen.

»Tue ich das? Also ich weiß nicht. Ich bin nicht mal sicher, ob ich sie mir selbst zum Vorwurf mache. Ehrlich gestanden, hat mich das Ganze eher amüsiert als belastet. Und ihr hat es auch nicht groß was ausgemacht, vielleicht vor lauter Erleichterung, dass es mir nichts ausgemacht hat. Aber nur damit so was nicht noch mal vorkommt, habe ich beschlossen, meinen Namen in Dick Hardin zu ändern.«

»Wie hat Ihr Vater geheißen?«

»Mein Vater? Was soll das jetzt für eine Frage sein? Wie kommen Sie denn darauf?«

Breen sagte nichts.

Mehrere Minuten lang tat das auch Keller nicht. Dann sagte er, mit geschlossenen Augen: »Ich habe meinen Vater nicht gekannt. Er war Soldat. Er ist vor meiner Geburt gefallen. Vielleicht ist er schon nach Vietnam gekommen, bevor ich geboren war, und erst gefallen, als ich ein paar Monate alt war. Vielleicht war er auch zu Hause, als ich geboren wurde, oder er ist auf Urlaub nach Hause gekommen, als ich ganz klein war, und hat mich in seinem Schoß sitzen lassen und mir gesagt, wie toll er mich findet.«

»Haben Sie eine solche Erinnerung?«

»Ich habe keine Erinnerung«, sagte Keller. »Die einzige Erinnerung, die ich habe, ist die, dass mir meine Mutter von ihm erzählt hat, und das ist der Grund für das ganze Kuddelmuddel, weil sie mir zu verschiedenen Zeiten verschiedene Dinge erzählt hat. Entweder ist er vor meiner Geburt oder kurz danach gefallen, und entweder ist er gestorben, ohne mich gesehen zu haben, oder er hat mich einmal gesehen und in seinem Schoß sitzen lassen.

Meine Mutter war schwer in Ordnung, aber sie war in vieler Hinsicht etwas unklar. Nur in einem Punkt war sie immer vollkommen klar: dass er Soldat war und dass er in Vietnam gefallen ist.«

»Und sein Name ...«

War Keller, dachte er. »War derselbe wie meiner«, sagte er. »Aber lassen wir mal den Namen, da ist etwas, das wesentlich wichtiger ist als der Name. Das würde ich Ihnen gern erzählen. Sie hatte ein Bild von ihm, eine Porträtaufnahme, ein gut aussehender junger Soldat in Uniform und mit einer Mütze, eins von diesen Schiffchen, die sich flach zusammenlegen lassen, wenn man sie abnimmt. Als ich ein kleiner Junge war, stand dieses Foto in einem Goldrahmen auf ihrer Kommode, und sie erzählte mir ständig, dass der Mann darauf mein Vater war.

»Und dann war das Bild eines Tages nicht mehr da. ›Es ist weg‹, sagte sie. Und das war alles, was sie zu diesem Thema sagte. Damals war ich schon größer, sieben, acht Jahre vielleicht.

»Ein paar Jahre später bekam ich einen Hund. Ich nannte ihn Soldier. Nach meinem Vater, dem Soldaten. Jahre später wurden mir zwei Dinge bewusst. Zum einen, dass Soldier ein komischer Name für einen Hund ist. Zum anderen, wer hat schon mal von jemand gehört, der seinen Hund nach seinem Vater nennt? Aber damals kam mir das völlig normal vor.«

»Was ist aus dem Hund geworden?«

»Er wurde impotent. Jetzt lassen Sie mich gefälligst zu Ende reden, ja? Worauf ich hinauswill, ist wesentlich wichtiger als der Hund. Mit vierzehn, fünfzehn fing ich an, nachmittags nach der Schule einem Mann zu helfen, der alle möglichen Arbeiten erledigte, die im Viertel so anfielen. Keller und Dachböden entrümpeln und alles entsorgen, solche Dinge. Und dann hat die Kurzwarenhandlung dichtgemacht, wahrscheinlich ist der Inhaber gestorben, und wir haben für den neuen Pächter den Keller leergeräumt. Unmengen von Schachteln voller Gerümpel, und wir haben alles durchgesehen, denn dieser Typ hat das Zeug, das er entsorgen sollte, auch nach Dingen durchsucht, die sich noch verkaufen ließen. Aber zu gründlich durfte man diesen ganzen Schrott auch nicht durchsehen, das wäre Zeitverschwendung gewesen.

»Jedenfalls habe ich eine dieser Schachteln durchgesehen, und was sehe ich dort? Ein gerahmtes Bild von meinem Vater. Dasselbe Foto, das auf der Kommode meiner Mutter gestanden hat, er in Uniform und mit seinem Käppi. Das Bild, das verschwunden ist, sogar der Rahmen war derselbe, bloß, wie ist es in diese Schachtel gekommen?«

Von Breen kein Wort.

»Ich kann mich jetzt noch genau erinnern, wie ich mich damals gefühlt habe. Völlig von den Socken, wie in *Twilight Zone*. Und dann fasse ich noch mal in die Schachtel und nehme das Erste heraus, was meine Finger berühren, und es ist das gleiche Foto, im gleichen Rahmen.

»Die ganze Schachtel ist voller gerahmter Fotos. Auf etwa der Hälfte davon war der Soldat, und auf den anderen war eine hübsche blonde junge Frau mit einem Pony und einem strahlenden Lächeln. Es war also eine Schachtel mit Rahmen. So verpackte man damals billige Bilderrahmen, mit einem Foto drinnen. Soviel ich weiß, ist das immer noch so. Was meine Mutter also gemacht haben muss, sie muss sich in irgendeinem Ramschladen einen Bilderrahmen gekauft haben und mir gesagt haben, der Mann auf dem Foto wäre mein Vater. Und als ich älter geworden bin, hat sie es verschwinden lassen.

»Ich habe eins der gerahmten Fotos nach Hause mitgenommen. Ich habe ihr nichts davon erzählt. Ich habe es ihr auch nicht gezeigt, aber ich habe es eine Weile behalten. Ich habe herausgefunden, dass das Foto aus dem Zweiten Weltkrieg stammte. Anders ausgedrückt, es konnte gar kein Foto meines Vaters sein, weil er eine andere Uniform hätte tragen müssen.

»Zu diesem Zeitpunkt wusste ich, glaube ich, schon, dass das, was sie mir über meinen Vater erzählt hatte, reine Erfindung war. Ich glaube nicht, dass sie wusste, wer mein Vater war. Ich vermute, sie war betrunken und ist mit jemand mitgegangen, oder vielleicht hatte sie auch mehrere Männer gleichzeitig. Aber spielt das wirklich eine Rolle? Sie ist in eine andere Stadt gezogen und hat den Leuten erzählt, sie wäre verheiratet, ihr Mann wäre beim Militär oder tot, keine Ahnung, was sie ihnen erzählt hat.«

»Wie geht es Ihnen damit?«

»Wie es mir damit geht?« Keller schüttelte den Kopf. »Wenn ich mir die Hand in einer Taxitür eingeklemmt hätte, würden Sie mich dann auch fragen, wie es mir damit geht?«

»Und Sie wären um eine Antwort verlegen«, sagte Breen. »Hier kommt eine andere Frage. Wer war Ihr Vater?«

»Ich habe Ihnen doch gerade erzählt ...«

»Aber jemand muss Sie gezeugt haben. Ob Sie ihn nun gekannt haben oder nicht, ob Ihre Mutter wusste oder nicht wusste, wer er war, gab es einen bestimmten Mann, der den Samen gesetzt hat, aus dem Sie hervorgegangen sind. Außer Sie halten sich für die Wiederkunft Christi.«

»Nein«, sagte Keller. »Das ist eine Illusion, die mir erspart geblieben ist.«

»Dann erzählen Sie mir doch, wer er war, der Mann, der Sie gezeugt hat. Nicht auf Grundlage dessen, was man Ihnen erzählt hat oder was Sie sich selbst zusammenzureimen geschafft haben. Ich stelle diese Frage nicht dem Teil von Ihnen, der rational denkt und abwägt. Ich frage den Teil, der es einfach weiß. Wer war Ihr Vater? Was war Ihr Vater?«

»Er war ein Soldat«, sagte Keller.

Als Keller in der Second Avenue in Richtung Uptown ging, blieb er vor einer Tierhandlung stehen und beobachtete zwei kleine Hunde, die im Schaufenster herumtollten.

Er ging in den Laden. Eine ganze Wand war voller gestapelter Käfige mit kleinen Hunden und Katzen. Kellers Stimmung sank abrupt in den Keller, als er in die Käfige schaute. Ihm schlugen Wogen von Traurigkeit entgegen.

Er wandte sich ab und sah sich die anderen Tiere an. Vögel in Käfigen, Wüstenmäuse und Schlangen in Terrarien, tropische Fische in Aquarien. Mit ihnen hatte er keine Probleme. Es waren die kleinen Hunde, die er nicht ansehen konnte.

Er verließ das Geschäft. Am nächsten Tag suchte er ein Tierheim auf und ging an Käfigen voller Hunde vorbei, die darauf warteten, adoptiert zu werden. Diesmal war die Traurigkeit überwältigend, und er spürte sie als körperlichen Druck auf seiner Brust. Es musste ihm anzusehen gewesen sein, weil ihn die junge Angestellte fragte, ob ihm etwas fehlte.

»Nur ein kleiner Schwindelanfall«, sagte er.

Im Büro sagte sie ihm, dass sie ihm wahrscheinlich helfen könnten, wenn er an einer bestimmten Rasse interessiert wäre. Sie könnten ihn in ihre Kartei aufnehmen, und wenn ein Hund dieser speziellen Rasse hereinkäme ...

»Ich glaube, ich kann kein Haustier halten«, sagte er. »Ich reise zu viel. Das wäre mir zu viel Verantwortung.« Die Frau sagte nichts, und Kellers Worte hallten in ihrem Schweigen nach. »Aber ich würde gern was spenden«, fuhr er fort. »Ich möchte Ihre Organisation unterstützen.«

Er holte seine Geldbörse heraus, nahm ein paar Scheine heraus und händigte sie der Frau aus, ohne sie zu zählen. »Eine anonyme Spende«, sagte er. »Ich brauche keine Quittung. Es tut mir leid, dass ich Ihre Zeit in Anspruch genommen habe. Es tut mir leid, dass ich keinen Hund adoptieren kann. Danke. Vielen Dank.«

Sie sagte etwas, aber er hörte nicht hin. Er eilte nach draußen.

»›Ich möchte Ihre Organisation unterstützen.‹ Das ist, was ich zu ihr gesagt habe, und dann bin ich nach draußen gestürzt, weil ich nicht wollte, dass sie sich bei mir bedankt. Oder mir Fragen stellt.«

»Was hätte sie Sie denn fragen sollen?«

»Keine Ahnung«, sagte Keller. Er drehte sich auf der Couch von Breen weg, sodass er an die Wand blickte. »›Ich möchte Ihre Organisation unterstützen.‹ Dabei weiß ich gar nicht, was diese Organisation genau macht. Für manche Tiere finden sie ein neues Zuhause, aber was machen sie mit den anderen? Einschläfern?«

»Vielleicht.«

»Was will ich unterstützen? Die Unterbringung oder das Einschläfern?«

»Das müssen schon Sie mir sagen.«

»Ich erzählen Ihnen schon viel zu viel«, sagte Keller.

»Oder nicht genügend.«

Keller sagte nichts.

»Warum hat es Sie so traurig gemacht, die Hunde in ihren Käfigen zu sehen?«

»Ich habe ihre Traurigkeit gespürt.«

»Man spürt nur seine eigene Traurigkeit. Warum macht es Sie traurig, ein Hund in einem Käfig? Sind Sie in einem Käfig?«

»Nein.«

»Ihr Hund. Soldier. Erzählen Sie mir von ihm.«

»Na schön«, sagte Keller. »Das müsste eigentlich gehen.«

Eine oder zwei Sitzungen später sagte Breen: »Sie haben nie geheiratet.«

»Nein.«

»Ich war verheiratet.«

»Aha?«

»Acht Jahre. Sie war meine Sprechstundenhilfe. Sie hat die Termine gemacht, die Patienten ins Wartezimmer geführt. Jetzt habe ich keine Sprechstundenhilfe mehr. Das Telefon übernimmt der Anrufbeantworter. Ich höre ihn zwischen den Stunden ab und beantworte die Anrufe. Wenn ich von Anfang an einen Anrufbeantworter gehabt hätte, hätte ich mir viel Kummer erspart.«

»War es keine glückliche Ehe?«

Breen schien die Frage nicht gehört zu haben. »Ich wollte Kinder. Sie hatte in acht Jahren drei Abtreibungen und hat mir nie etwas davon erzählt. Nicht ein Wort. Und dann hat sie es mir eines Tages an den Kopf geworfen. Ich war bei einem Spezialisten gewesen, ich hatte mich untersuchen lassen, und alles deutete darauf hin, dass ich alles andere als unfruchtbar war, mit einer hohen Spermienanzahl und extrem motilen Spermien. Deshalb wollte ich, dass sie sich untersuchen ließ. ›Ich habe schon drei oder vier deiner Babys abgetrieben, du Idiot, lass mich doch in Frieden.‹ Ich sagte ihr, dass ich mich scheiden lassen wollte, worauf sie nur meinte, das würde mich einiges kosten.«

»Und?«

»Wir waren acht Jahre verheiratet. Inzwischen sind wir neun Jahre geschieden. Ich zahle ihr jeden Monat Unterhalt. Wenn es nach mir ginge, würde ich das Geld lieber verbrennen.«

Breen verstummte. Nach einer Weile sagte Keller: »Warum erzählen Sie mir das alles?«

»Einfach so.«

»Soll das etwas mit meiner Psyche zu tun haben? Soll ich einen

Zusammenhang herstellen, mir mit der Hand an die Stirn klatschen und sagen: ›Aber klar, natürlich! Dass ich das nicht gleich gemerkt habe!‹«

»Sie vertrauen mir etwas an«, sagte Breen. »Warum sollte ich da nicht auch Ihnen etwas anvertrauen?«

Ein paar Tage später rief Dot an. Keller nahm den Zug nach White Plains hinaus, wo ihn Louis am Bahnhof abholte und zu dem Haus am Taunton Place fuhr. Später brachte ihn Louis zum Bahnhof zurück, und Keller fuhr wieder in die Stadt. Er timte den Anruf bei Breen so, dass er den Anrufbeantworter dran bekam. »Hier Peter Stone«, sagte er. »Ich muss geschäftlich nach San Diego fliegen. Deshalb kann ich meinen nächsten Termin nicht wahrnehmen und möglicherweise auch den danach nicht. Ich werde versuchen, Ihnen Bescheid zu geben.«

Gab es sonst noch etwas, was er Breen sagen sollte? Ihm fiel nichts ein. Er legte auf, packte eine Reisetasche und fuhr mit Amtrak nach Philadelphia.

Niemand holte ihn vom Bahnhof ab. Der Mann in White Plains hatte ihm ein Foto gezeigt und einen Zettel mit einem Namen und einer Adresse darauf gegeben. Der fragliche Mann war Geschäftsführer eines Sex-Shops nicht weit von der Independence Hall. Auf der anderen Seite war eine Kneipe, ein perfekter Beobachtungsposten, aber ein Blick in ihr Inneres ließ keinen Zweifel daran, dass Keller dort einige Aufmerksamkeit erregen würde, wenn er sich nicht gerade seiner Krawatte und seines Sakkos entledigte und zwanzig Minuten lang im Rinnstein wälzte.

Ein Stück weiter fand Keller einen Diner, und wenn er sich an einen der hinteren Tische setzte, konnte er die verspiegelten Schaufenster des Sex-Shops im Auge behalten. Er trank eine Tasse Kaffee, bevor er über die Straße und in den Sex-Shop ging, in dem zwei Männer Dienst hatten. Einer war ein dunkelhäutiger Jugendlicher mit traurigen Augen, der wahrscheinlich aus Indien oder Pakistan kam, der andere war der hängebackige Typ mit den leicht hervortretenden Augen, von dem ihm der Mann in White Plains ein Foto gezeigt hatte.

Keller ging an einer ganzen Wand mit Videokassetten entlang und blätterte in verschiedenen Magazinen. Er war etwa fünfzehn Minuten in dem

Laden, als der Junge sagte, er ginge was essen. Der ältere Mann sagte: »Oh, so spät ist es schon? Okay, aber sieh zu, dass du ausnahmsweise mal bis sieben zurück bist, ja?«

Keller sah auf die Uhr. Es war sechs. Die einzigen anderen Kunden waren in den Videokabinen im hinteren Teil. Trotzdem, der Junge hatte ihn zu sehen bekommen, aber er hatte keine Eile.

Er nahm aufs Geratewohl ein paar Hefte und bezahlte sie. Der hängebackige Mann steckte sie in eine Tüte und verschloss die Tüte mit einem Stück Klebstreifen. Keller verstaute seine Erwerbungen in seiner Reisetasche und machte sich auf die Suche nach einem Hotelzimmer.

Am nächsten Tag ging er in ein Museum und ins Kino und traf zehn nach sechs im Sex-Shop ein. Der junge Angestellte war weg, vermutlich aß er irgendwo einen Teller Curry. Hinter dem Ladentisch war der hängebackige Mann, außerdem waren drei Kunden im Laden. Zwei interessierten sich für die Videokassetten, einer für die Magazine.

Keller sah sich ebenfalls das Angebot an und hoffte, die drei würden bald gehen. Irgendwann stand er vor einer ganzen Wand mit Videokassetten, und sie verwandelte sich in eine Wand aus eingesperrten kleinen Hunden. Es war nur ein kurzer Moment, und er hätte nicht sagen können, ob es eine echte Halluzination war oder nur eine Art mentaler Flashback. Aber egal, was es war, es gab ihm zu denken.

Ein Kunde ging, aber die anderen zwei blieben, und dann kam jemand Neues von draußen herein. In einer halben Stunde käme der junge Inder zurück, und wer garantierte ihm, dass er eine ganze Stunde wegblieb?

Keller ging an den Ladentisch und versuchte, etwas nervöser auszusehen, als er war. Unsteter, verstohlener Blick, gesenkte Stimme: »Könnte ich Sie kurz allein sprechen?«

»Weswegen?«

Mit gesenktem Blick, die Schultern hochgezogen, sagte Keller: »Wegen was Speziellem.«

»Nichts für ungut, aber wenn es was mit Kindern ist«, sagte der Mann, »über so was weiß ich nichts und will ich auch nichts wissen.«

»Nein, nichts in der Richtung«, sagte Keller.

Sie gingen in ein Hinterzimmer. Der hängebackige Mann schloss die Tür, und als er sich umdrehte, versetzte ihm Keller mit der Handkante einen Schlag gegen die Übergangsstelle zwischen Hals und Schulter. Der Mann ging in die Knie, und im selben Moment hatte ihm Keller bereits eine Drahtschlinge um den Hals gelegt. Eine Minute später war er zur Tür hinaus, und bevor eine Stunde vergangen war, saß er im Metroliner nach Norden.

Als er nach Hause kam, merkte er, dass er die Magazine noch in seiner Reisetasche hatte. Das war Schlamperei, er hätte sie am Abend zuvor entsorgen sollen, aber er hatte sie völlig vergessen und nicht einmal den Klebstreifen von der Tüte entfernt.

Auch jetzt sah er keinen Grund, ihn zu entfernen. Er ging den Flur hinunter und warf die Tüte in den Müllschlucker. Zurück in seiner Wohnung, machte er sich einen schwachen Scotch mit Wasser und sah sich auf dem Discovery Channel eine Doku an. Über die Zerstörung des Regenwalds. Noch was, weswegen man sich Gedanken machen musste.

»Ödipus.« Jerrold Breen hielt die Hände mit aneinandergelegten Fingerspitzen vor seiner Brust. »Ich nehme an, Sie kennen die Geschichte. Er hat unwissentlich seinen Vater getötet und seine Mutter geheiratet.«

»Zwei Fallstricke, denen ich bisher zu entgehen geschafft habe.«

»Allerdings«, sagte Breen. »Aber haben Sie das wirklich? Wenn Sie in Ihrer offiziellen Funktion als Disponent irgendwohin fliegen, wenn Sie sozusagen den Ausputzer spielen, was machen Sie dann genau? Sie entlassen Leute, streichen ganze Abteilungen, schließen Fabriken, ordnen das Leben anderer Menschen neu. Ist das eine zutreffende Beschreibung Ihrer Tätigkeit?«

»Ich denke schon.«

»Es geht also um implizite Gewalt. Einen Mann zu feuern, seine Karriere zu beenden ist im übertragenen Sinn das Äquivalent dazu, ihn zu töten. Und er ist ein Fremder, und ich darf wohl davon ausgehen, dass die wichtigeren dieser Männer häufig älter sind als Sie, oder liege ich da falsch?«

»Worauf wollen Sie hinaus?«

»Wenn Sie tun, was Sie tun, ist es praktisch so, als würden Sie Ihren unbekannten Vater suchen und töten.«

»Na, ich weiß nicht«, sagte Keller. »Ist das nicht ein bisschen weit hergeholt?«

»Und Ihre Beziehungen zu Frauen«, fuhr Breen fort, »weisen eine ausgeprägte ödipale Komponente auf. Ihre Mutter war eine schwer zu fassende, wenig zielgerichtete Frau, die selbst ihrem eigenen Leben keine rechte Richtung verleihen konnte und nicht wirklich in der Lage war, mit anderen Menschen in Beziehung zu treten. Ihre eigenen Beziehungen zu Frauen sind ähnlich vage und unverbindlich. Ihre Potenzprobleme ...«

»Einmal!«

»... sind eine natürliche Folge dieser mangelnden Zielgerichtetheit. Ihre Mutter lebt nicht mehr, oder?«

»Nein.«

»Und Ihr Vater ist unauffindbar und mit ziemlicher Sicherheit ebenfalls verstorben. Was hier nötig ist, Peter, ist ein Akt, der ausdrücklich dem Zweck dient, dieses Schema auf einer symbolischen Ebene umzukehren.«

»Da kann ich Ihnen leider nicht folgen.«

»Das ist auch nicht ganz einfach zu erklären«, gab Breen zu. Er schlug die Beine übereinander, stützte einen Ellbogen auf das obere Knie, spreizte den Daumen ab und legte sein knochiges Kinn darauf. Keller dachte, nicht zum ersten Mal, dass Breen in einem früheren Leben ein Storch gewesen sein musste. »Angenommen, es gibt eine Männerfigur in Ihrem Leben«, fuhr Breen fort, »vorzugsweise jemand, der mindestens ein paar Jahre älter ist als Sie, jemand, der eine Art Vaterrolle für Sie spielt, jemand, an den Sie sich wenden können, wenn Sie Rat suchen.«

Keller dachte an den Mann in White Plains.

»Statt diesen Mann zu töten«, sagte Breen, »nur im übertragenen Sinn natürlich, muss ich wohl nicht eigens hinzufügen – ich spreche schon die ganze Zeit im übertragenen Sinn – anstatt also diesen Mann zu töten, wie Sie das mit Vaterfiguren bisher getan haben, finde ich, dass Sie etwas tun sollten, um diesen Mann zu nähren.«

Den Mann in White Plains bekochen? Ihm einen Hamburger kaufen? Einen Salat anrichten?

»Vielleicht fällt Ihnen einen Möglichkeit ein, Ihre besonderen Talente zum Vorteil dieses Mannes einzusetzen statt zu seinem Schaden«, fuhr Breen fort. Er zog ein Taschentuch aus seiner Brusttasche und fuhr damit über seine Stirn. »Vielleicht gibt es eine Frau in seinem Leben – im übertragenen Sinn also Ihre Mutter –, und vielleicht bereitet sie Ihrem Vater großen Kummer. Statt also, wie Ödipus, mit ihr zu schlafen und Ihren Vater zu erschlagen, könnten Sie vielleicht das Ganze auf den Kopf stellen, indem Sie, äh, ihm Ihre Liebe zeigen und, äh, sie erschlagen.«

»Oh«, sagte Keller.

»Im übertragenen Sinn natürlich.«

»Im übertragenen Sinn«, sagte Keller.

Eine Woche später gab ihm Breen ein Foto. »Das ist der sogenannte Thematische Auffassungstest«, erklärte er ihm dazu. »Sie sehen sich das Foto an und denken sich eine Geschichte dazu aus.«

»Was für eine Geschichte?«

»Irgendeine«, sagte Breen. »Das ist eine Übung, mit der Sie Ihre Vorstellungskraft trainieren können. Sie sehen sich die auf dem Foto abgebildete Frau an und stellen sich vor, was für ein Mensch sie ist und was sie macht.«

Es war ein Farbfoto und zeigte eine elegant gekleidete Brünette in maßgeschneiderter Kleidung. Sie hatte einen Hund an der Leine. Der Hund war mittelgroß und kräftig gebaut und hatte einen wachen Blick. Sein Fell war, was Hundeliebhaber blau nennen, aber für alle anderen war es grau.

»Es ist eine Frau mit einem Hund«, sagte Keller.

»Sehr gut.«

Keller holte tief Luft. »Der Hund kann reden, aber im Beisein anderer Leute will er das nicht tun. Einmal hat sich die Frau zum Narren gemacht, als sie mit ihm angeben wollte. Deshalb versucht sie das inzwischen nicht mehr. Wenn sie allein sind, quasselt er ohne Punkt und Komma, das blöde Vieh hat zu allem eine Meinung. Er erzählt ihr alles, vom wahren Auslöser des Dreißigjährigen Krieges bis zum besten Lasagne-Rezept.«

»Das ist aber ein Hund«, sagte Breen.

»Ja, und inzwischen will die Frau nicht mehr, dass andere Leute mitbekommen, dass er reden kann, weil sie Angst hat, dass man ihn ihr vielleicht wegnimmt. Auf dem Foto sind sie in einem Park. Es könnte der Central Park sein.«

»Vielleicht auch der Washington Square.«

»Es könnte auch der Washington Square sein«, gab ihm Keller recht. »Die Frau ist verrückt nach dem Hund. Wie der Hund zu der Frau steht, ist eine andere Sache.«

»Was halten Sie von der Frau?«

»Sie ist attraktiv«, sagte Keller.

»Oberflächlich betrachtet«, sagte Breen. »Glauben Sie mir, wie es in ihrem Innern aussieht, ist eine andere Geschichte. Wo, glauben Sie, dass Sie lebt?«

Keller dachte eine Weile nach. »In Cleveland«, sagte er schließlich.

»In Cleveland? Warum ausgerechnet in Cleveland?«

»Jeder muss irgendwo sein.«

»Wenn ich diesen Test machen würde«, sagte Breen, »würde ich vermutlich annehmen, dass die Frau in der Fifth Avenue wohnt, am Washington Square. Ich würde Sie wahrscheinlich im Haus Nummer eins in der Fifth Avenue wohnen lassen, weil ich dieses spezielle Haus gut kenne. Dort habe nämlich ich mal gewohnt.«

»Ja?«

»In einer großen Wohnung in einem der oberen Stockwerke. Und einmal im Monat schreibe ich einen Scheck über einen hohen Betrag aus und schicke ihn an diese Adresse, die einmal meine war. Deshalb ist es ganz normal, dass ich an dieses spezielle Haus denke, vor allem wenn ich dieses spezielle Foto sehe.« Sein Blick traf sich mit dem Kellers. »Sie haben eine Frage, oder? Nur zu, stellen Sie sie.«

»Was für eine Rasse ist der Hund?«

»Der Hund?«

»Ja, nur so eine Frage«, sagte Keller.

»Es ist ein Australian Cattle Dog. Sieht aber wie eine Promenadenmischung aus, nicht? Aber Sie können mir glauben, er kann nicht reden. Aber bleiben wir doch weiter bei dem Foto.«

»Okay.«

»Sie machen wirklich Fortschritte in der Therapie«, sagte Breen. »Ich muss Sie loben für das, was Sie tun. Und ich bin ganz sicher, dass Sie das Richtige tun werden.«

Ein paar Tage später saß Keller auf einer Parkbank im Washington Square. Er faltete seine Zeitung zusammen und ging auf eine dunkelhaarige Frau in einem Blazer und mit einer Baskenmütze zu. »Entschuldigung«, sagte er, »aber ist das nicht ein Australian Cattle Dog?«

»Ja, ist er«, sagte sie.

»Ein schönes Tier«, sagte er. »Aber ziemlich selten.«

»Die meisten Leute halten ihn für eine Promenadenmischung. Eine seltene Rasse. Haben Sie selbst einen?«

»Ich hatte mal einen. Das Sorgerecht hat jetzt allerdings meine Frau.«

»Das ist aber bedauerlich.«

»Noch bedauerlicher ist es für den Hund. Er hieß Soldier. Er *heißt* Soldier, falls Sie ihm keinen anderen Namen gegeben hat.«

»Dieser wackere Bursche hier heißt Nelson. So rufe ich ihn zumindest. Der Name, der in seinen Papieren steht, ist natürlich endlos lang.«

»Bringen Sie ihm was bei?«

»Er hat schon alles gesehen«, sagte sie. »Dem kann man nichts mehr beibringen.«

»Letzte Woche war ich im Village«, sagte Keller, »und da ist etwas total Verrücktes passiert. Ich habe im Park eine Frau kennengelernt.«

»Und das ist total verrückt?«

»Also, für mich schon. Ich lerne Frauen in Bars und auf Partys kennen, oder jemand macht uns miteinander bekannt. Aber wir sind ins Reden gekommen, und dann bin ich ihr ganz zufällig am nächsten Morgen wieder über den Weg gelaufen, und ich habe sie auf einen Cappuccino eingeladen.«

»Sie sind ihr ganz zufällig an zwei aufeinanderfolgenden Tagen über den Weg gelaufen?«

»Ja.«

75

»Im Village.«

»Dort wohne ich.«

Breen runzelte die Stirn. »Es wäre doch sicher besser, wenn Sie nicht mit ihr gesehen würden.«

»Wieso?«

»Finden Sie nicht, das ist gefährlich?«

»Alles, was es mich bisher gekostet hat«, sagte Keller, »ist der Preis eines Cappuccino.«

»Ich dachte, wir hätten eine stillschweigende Übereinkunft.«

»Eine stillschweigende Übereinkunft?«

»Sie leben nicht im Village«, sagte Breen. »Ich weiß, wo Sie wohnen. Jetzt tun Sie nicht so erstaunt. Als Sie das erste Mal von hier weggegangen sind, habe ich Sie von meinem Fenster beobachtet. Sie haben sich wie jemand verhalten, der vermeiden will, dass er beschattet wird. Deshalb habe ich mir Zeit gelassen. Und als Sie schließlich aufgehört haben, auf der Hut zu sein, bin ich Ihnen gefolgt. Es war nicht sonderlich schwer.«

»Warum sind Sie mir gefolgt?«

»Weil ich wissen wollte, wer Sie sind. Sie heißen Keller und wohnen in der First Avenue 865. *Was* Sie sind, wusste ich bereits. Um das zu merken, musste man sich nur Ihre Träume anhören. Und dann, dass Sie immer bar bezahlt haben, und diese kurzfristigen Geschäftsreisen. Ich weiß immer noch nicht, für wen Sie arbeiten, ob für irgendwelche Unterweltbosse oder für den Staat, aber das spielt letztlich auch keine Rolle. Waren Sie mit meiner Frau im Bett?«

»Ihrer Exfrau.«

»Beantworten Sie meine Frage.«

»Ja, war ich.«

»Tatsächlich? Und hat es funktioniert?«

»Ja.«

»Warum grinsen Sie?«

»Ich musste nur gerade dran denken«, sagte Keller, »wie gut es funktioniert hat.«

Breen blieb lange still, sein Blick war auf eine Stelle rechts über Kellers Schulter geheftet. Schließlich sagte er: »Das ist sehr, sehr enttäuschend. Ich hatte gehofft, Sie würden die Kraft aufbringen, den Ödipusmythos umzukehren, statt nur nachzuspielen. Sie haben also Ihren Spaß gehabt. Was waren Sie bloß für ein unartiger Junge! Was für ein Triumph, den Sie da über Ihren symbolischen Vater errungen haben! Sie sind mit seiner Frau ins Bett gegangen. Zweifellos träumen Sie davon, sie zu schwängern, damit sie Ihnen gibt, was sie ihm so grausam verweigert hat. Ist es nicht so?«

»Dieser Gedanke ist mir nie gekommen.«

»Wäre er aber, früher oder später.« In Breens Miene spiegelte sich Besorgnis, als er sich vorbeugte. »Ich sage es nur äußerst ungern, aber Sie sabotieren damit Ihren eigenen therapeutischen Prozess. Dabei waren Sie auf *so* einem guten Weg.«

Aus dem Schlafzimmerfenster konnte man auf den Washington Square Park hinabblicken. Im Moment waren dort viele Hunde, aber ein Australian Cattle Dog war nicht darunter.

»Toller Blick«, sagte Keller. »Tolle Wohnung.«

»Glaub mir«, sagte sie, »ich habe sie mir sauer verdient. Du ziehst dich an? Musst du wohin?«

»Ich brauche ein bisschen Bewegung. Okay, wenn ich Nelson mitnehme?«

»Du verwöhnst ihn«, sagte sie. »Du verwöhnst uns beide.«

An einem Mittwochmorgen nahm Keller ein Taxi zum La Guardia und einen Flieger nach St. Louis. Er trank mit einem Geschäftspartner des Mannes in White Plains eine Tasse Kaffee und erwischte noch die Abendmaschine zurück nach New York. Er nahm sich wieder ein Taxi und fuhr direkt zu dem Haus in der Fifth Avenue.

»Ich bin Peter Stone«, sagte er dem Türsteher. »Ich glaube, Mrs. Breen erwartet mich.«

Der Türsteher sah ihn nur an.

»Mrs. Breen«, sagte Keller. »In Siebzehn J.«

»O Gott.«

»Wieso? Was ist?«

»Sie haben es wohl noch nicht mitbekommen«, sagte der Türsteher. »Dass ausgerechnet ich es Ihnen beibringen muss.«

»Sie haben sie umgebracht«, sagte er.

»Das ist doch lächerlich«, sagte Breen. »Sie hat sich selbst umgebracht. Sie ist aus dem Fenster gesprungen. Wenn Sie meine professionelle Einschätzung wissen wollen, hat sie an Depressionen gelitten.«

»Wenn Sie *meine* professionelle Einschätzung wissen wollen«, sagte Keller, »hat da jemand nachgeholfen.«

»Auf dieses Argument würde ich mich an Ihrer Stelle lieber nicht versteifen«, sagte Breen. »Wenn die Polizei nach einem Mörder suchen sollte, könnte sie sehr lange und scharf einen Mr. Stone-Bindestrich-Keller ins Auge fassen, den eiskalten Killer. Und ich müsste ihnen dann sagen, dass der übliche Übertragungsprozess aus dem Ruder gelaufen ist, dass Sie ein obsessives Interesse an mir und meinem Privatleben entwickelt haben, dass ich Sie nicht von dem aberwitzigen Plan abbringen konnte, den Ödipuskomplex auf den Kopf zu stellen. Und dann könnten sie Sie fragen, warum Sie Decknamen verwenden und womit Sie Ihren Lebensunterhalt verdienen und … begreifen Sie allmählich, warum es besser sein könnte, schlafende Hunde nicht zu wecken?«

Wie auf ein Stichwort kam der Hund hinter dem Schreibtisch hervor. Als er Keller sah, begann er mit dem Schwanz zu wedeln.

»Sitz«, sagte Breen. »Sehen Sie? Er ist gut abgerichtet. Vielleicht setzen ja auch Sie sich.«

»Ich bleibe stehen. Sie haben sie umgebracht, und dann sind Sie mit dem Hund weggegangen und …«

Breen seufzte. »Die Polizei hat den Hund in der Wohnung gefunden. Er hat winselnd vor dem offenen Fenster gesessen. Nachdem ich hingefahren bin und die Leiche identifiziert und ihnen von ihren früheren Selbstmordversuchen erzählt habe, habe ich mich bereit erklärt, den Hund zu mir zu nehmen. Es gibt sonst niemand, der sich um ihn kümmern würde.«

»Ich hätte ihn genommen«, sagte Keller.

»Aber das ist jetzt nicht mehr nötig. Niemand verlangt von Ihnen, meinen Hund auszuführen oder mit meiner Frau ins Bett zu gehen oder sich in meiner Wohnung häuslich einzurichten. Ihre Dienste sind nicht mehr erforderlich.« Breen schien angesichts der Schroffheit seiner Worte zusammenzuzucken. Seine Miene wurde freundlicher. »Sie können sich wieder der wesentlich wichtigeren Aufgabe Ihrer Therapie zuwenden. Legen Sie sich doch am besten gleich mal hin.« Breen deutete auf die Couch.

»Gar keine so schlechte Idee. Aber könnten Sie erst noch den Hund ins andere Zimmer bringen?«

»Sie fürchten doch nicht etwa, er könnte Sie unterbrechen? Nein, nur ein kleiner Scherz. Er kann im Vorzimmer auf uns warten. Raus mit dir, Nelson. Braver Hund ... Aber nicht doch. Wie können Sie es wagen, eine Pistole mitzubringen? Legen Sie sie auf der Stelle weg.«

»Das werde ich nicht tun.«

»Aber wieso wollen Sie mich umbringen? Ich bin nicht Ihr Vater. Ich bin Ihr Therapeut. Es ist vollkommen sinnlos, mich umzubringen. Sie haben nichts zu gewinnen, aber alles zu verlieren. Es ist total irrational. Nein, schlimmer noch, es ist neurotisch und selbstzerstörerisch.«

»Wahrscheinlich bin ich noch nicht geheilt.«

»Was soll das sein, Galgenhumor? Nur ist es zufällig richtig. Sie sind weit davon entfernt, geheilt zu sein, mein Bester. Eher würde ich sogar sagen, Sie steuern auf eine psychotherapeutische Krise zu. Wie wollen Sie die überstehen, wenn Sie mich erschießen?«

Keller ging ans Fenster und riss es auf. »Ich werde Sie nicht erschießen.«

»Ich hatte noch nie Selbstmordgedanken.« Breen drückte sich mit dem Rücken gegen ein Bücherregal. »Noch nie.«

»Der Tod Ihrer Exfrau hat sie tief getroffen.«

»Das ist ja so was von krank. Und wer soll das glauben?«

»Das wird sich zeigen«, sagte Keller. »Und was die therapeutische Krise angeht, also, auch das wird sich zeigen. Ich werde mir schon was einfallen lassen.«

Die Frau im Tierasyl sagte: »So ein Zufall aber auch. Als Sie das letzte Mal hier waren, haben Sie sich auf die Warteliste für einen Australian Cattle Dog setzen lassen. Sie wissen ja, diese Rasse ist hierzulande äußerst selten.«

»Es gibt nicht allzu viele.«

»Und was haben wir heute Vormittag reinbekommen? Einen ganz entzückenden Australian Cattle Dog. Ich kann es kaum fassen. Ein echtes Prachtexemplar.«

»Allerdings.«

»Er hat nicht aufgehört zu winseln, seit er hier ist. Eine traurige Geschichte, sein Herrchen ist gestorben, und es gibt niemand, der ihn haben will. Aber was sage ich denn, er ist gleich auf Sie zugesteuert. Ich glaube, er mag Sie.«

»Ich würde sagen, wir sind wie füreinander geschaffen.«

»Das könnte man wirklich meinen. Er heißt Nelson, aber Sie können ihn natürlich anders nennen.«

»Nelson«, sagte Keller, und der Hund spitzte die Ohren. Keller kraulte ihn am Kopf. »Nein, ich glaube nicht, dass ich ihm einen neuen Namen geben muss. War übrigens Nelson nicht irgendein englischer Kriegsheld? Ein berühmter General oder so was?«

»Ein Admiral, glaube ich. Der Kommandeur der britischen Flotte, wenn ich mich recht erinnere. Wissen Sie nicht mehr, die Schlacht von Trafalgar Square.«

»Ich kann mich vage erinnern«, sagte Keller. »Kein Soldat, sondern ein Seemann. Ist ja mehr oder weniger das Gleiche, oder nicht? Aber wahrscheinlich muss ich eine Bearbeitungsgebühr zahlen und alle möglichen Formulare ausfüllen.«

Als das erledigt war, sagte sie: »Ich fasse es immer noch nicht. Was für ein Zufall.«

»Ich habe mal einen Mann gekannt«, sagte Keller, »der steif und fest behauptet hat, es gäbe keine Zufälle.«

»Dann wüsste ich mal gern, wie er das erklären würde.«

»Würde mich auch interessieren, wie er das macht«, sagte Keller. »Komm, Nelson, gehen wir. Braver Junge.«

Führe Hunde aus, gieße Blumen

»Mein Problem ist folgendes«, sagte Keller. »Normalerweise habe ich viel Zeit. Ich mache mindestens zweimal am Tag lange Spaziergänge mit Nelson, und manchmal, wenn das Wetter schön ist, sind wir den ganzen Nachmittag unterwegs. Mir macht das Spaß, und er ist unermüdlich, buchstäblich unermüdlich. Er ist ein Australian Cattle Dog, und diese Rasse wurde gezüchtet, um Rinderherden über weite Entfernungen zu treiben. Wahrscheinlich könnte man bis nach Yonkers mit ihm gehen, und er hätte immer noch nicht genug.«

»Ich war nie in Yonkers«, sagte das Mädchen.

Das war auch Keller nicht, aber er war auf der Fahrt nach White Plains schon oft durchgekommen. Aber das hielt er nicht für erwähnenswert.

»Die Sache ist folgende«, fuhr er fort. »Manchmal muss ich geschäftlich verreisen, und das normalerweise sehr kurzfristig. Ich bekomme einen Anruf, und zwei Stunden später sitze ich in einem Flieger ans andere Ende des Landes, und es kann sein, dass ich erst zwei Wochen später wieder zurückkomme. Letztes Mal habe ich Nelson ins Tierheim gebracht, aber das möchte ich nicht noch einmal machen.«

»Das kann ich gut verstehen.«

»Mal ganz abgesehen davon, dass man sich dort schon eine Woche im Voraus anmelden muss«, sagte er, »ist es für den Hund ziemlich schlimm. Als ich ihn das letzte Mal wieder abgeholt habe, war er jedenfalls spürbar verändert. Ich weiß nicht, wie ich es erklären soll, aber er hat Tage gedauert, bis er wieder der alte war.«

»Ich weiß, was Sie meinen.«

»Deshalb fände ich es gut, wenn ich einfach Sie anrufen könnte, wenn ich wieder mal verreisen muss. Sie könnten jeden Tag herkommen und ihm frisches Wasser und was zu fressen hinstellen und ihn zweimal am Tag ausführen. Das könnten Sie doch machen, oder?«

»Das ist, was ich mache«, sagte sie. »Ich habe feste Kunden, die nicht die Zeit haben, um sich ausreichend um ihre Tiere zu kümmern, und dann habe ich Kunden, die mich nur engagieren, wenn sie verreisen müssen. Dann komme ich in ihre Wohnungen und kümmere mich um ihre Tiere und Pflanzen.«

»Aber bis dahin«, sagte Keller, »sollten Sie und Nelson sich erst einmal ein bisschen kennenlernen, denn wer weiß, wie er reagieren wird, wenn ich eines Tages einfach verschwinde und ein paar Stunden später Sie auftauchen und in die Wohnung kommen? Was sein Revier angeht, versteht er keinen Spaß.«

»Aber wenn Nelson und ich uns bereits kennen …«

»Genau das will ich damit sagen. Angenommen, Sie gehen schon vorher mit ihm Gassi, keine Ahnung, zweimal die Woche vielleicht? Er ist nicht auf den Kopf gefallen, er würde es schnell begreifen. Und wenn ich dann tatsächlich verreisen muss, wären Sie bereits gute Freunde. Er würde nicht durchdrehen, wenn Sie in die Wohnung kommen, und sich nicht sträuben, wenn Sie mit ihm rausgehen wollen. Würden Sie das auch so sehen? Und was wäre ein reeller Preis?«

Sie wurden sich rasch einig. Sie würde zweimal die Woche, dienstagvormittags und freitagnachmittags, eine Stunde mit Nelson spazieren gehen, und dafür würde ihr Keller fünfzig Dollar die Woche zahlen. Und wenn Keller verreisen musste, bekäme sie fünfzig Dollar am Tag dafür, dass sie Nelson fütterte und ihm frisches Wasser hinstellte und zweimal am Tag mit ihm rausging.

»Sollen wir nicht gleich damit anfangen?«, schlug sie vor. »Wie sieht's aus, Nelson? Gehen wir Gassi?« Der Hund erkannte das Wort, wirkte aber unschlüssig. »Gassi, Gassi, Gassi!«, sagte sie, und er begann mit dem Schwanz zu wedeln.

Als sie zur Tür hinaus waren, kamen Keller Bedenken. Und wenn sie den Hund nicht zurückbrachte? Was dann?

Führe Hunde aus, gieße Blumen, hatte in der Anzeige gestanden.

Zuverlässige junge Frau lässt Ihrer Flora und Fauna optimale Pflege zukommen. Rufen Sie Andria an.

Die Anzeige hatte am Schwarzen Brett des Gristedes gehangen, in dem Keller seine Grape-Nuts und Nelsons Milk-Bone kaufte. Er hatte sich die Telefonnummer auf einem Zettel notiert und zu Hause angerufen, und jetzt befand sich sein Hund in der Obhut dieser angeblich zuverlässigen jungen Frau, und alles, was er über sie wirklich wusste, war, dass sie ihren eigenen Namen nicht richtig schreiben konnte. Angenommen, sie ließ Nelson von der Leine? Angenommen, sie verkaufte ihn an Leute, die Tierversuche machten? Angenommen, sie verliebte sich in ihn und brachte ihn nicht mehr zurück?

Keller ging ins Bad und sah sich im Spiegel an. »Werde endlich erwachsen«, sagte er streng.

Eine Stunde und zehn Minuten, nachdem sie gegangen waren, kamen Nelson und Andria zurück. »Es macht richtig Spaß, ihn auszuführen«, sagte sie. »Für heute brauchen Sie mir nichts zu zahlen. Das wäre etwa so, als würde man einen Schauspieler für eine Audition bezahlen. Sie können mir ja ab Dienstag was bezahlen. Übrigens sollte ich Ihnen fairerweise vielleicht sagen, dass das, was Sie mir zahlen wollen, mehr ist, als ich üblicherweise bekomme.«

»Das ist schon okay.«

»Wirklich? Dann jedenfalls vielen Dank. Ich kann das Geld nämlich gut gebrauchen. Dann also bis Dienstagmorgen.«

Sie kam am Dienstagmorgen und dann am Freitagnachmittag. Als sie Nelson am Freitag zurückbrachte, fragte sie Keller, ob er einen umfassenden Bericht wollte.

»Worüber?«, fragte er.

»Über unseren Spaziergang«, sagte sie. »Was er alles gemacht hat. Sie wissen schon.«

»Hat er jemand gebissen? Hat er sich ein richtig gutes Chili-Rezept ausgedacht?«

»Manche Besitzer wollen einen Baum-zu-Baum-Bericht.«

»Vielleicht finden Sie mich ja verantwortungslos«, sagte Keller, »aber es gibt Dinge, die wir nicht zu wissen brauchen.«

Nach ein paar Wochen gab er ihr einen Wohnungsschlüssel. »So muss ich nicht immer zu Hause bleiben, um Sie reinzulassen«, sagte er. »Und wenn ich nicht hier bin, lege ich Ihnen das Geld in einem Umschlag auf den Schreibtisch.« Eine Woche später zwang er sich, die Wohnung eine halbe Stunde, bevor sie kommen sollte, zu verlassen. Als er ihren Namen in Druckbuchstaben auf den Umschlag schrieb, sah er eigenartig aus, und als er sie das nächste Mal sah, sprach er sie darauf an. »Auf Ihrer Anzeige haben Sie Ihren Namen mit *I* geschrieben«, sagte er. »Schreiben Sie ihn tatsächlich so, oder war das ein Versehen.«

»Beides«, sagte sie. »Ursprünglich habe ich ihn wie alle anderen auch mit *E* geschrieben, aber dann haben es die Leute auf die europäische Art ausgesprochen, wie Andr-E-a, und das finde ich schrecklich. Aber so sprechen sie es meistens richtig aus, wie Andr-I-a, obwohl jetzt manchmal auch jemand Andr-AI-a sagt, und das klingt nicht mal wie ein Name. Am besten sollte ich mir wahrscheinlich einen völlig anderen Namen zulegen.«

»Das fände ich jetzt aber ein bisschen übertrieben.«

»Wirklich? Ich habe meinen Namen etwa jedes Jahr geändert, seit ich sechzehn bin. Ich probiere ständig irgendwelche Namen aus. Wie finden Sie Hastings?«

»Sehr speziell.«

»Richtig, aber ist das, was ich möchte? Was das angeht, bin ich noch unschlüssig. Ich habe auch schon über Jane nachgedacht, obwohl man die beiden Namen nun überhaupt nicht vergleichen kann, oder?«

»Äpfel und Birnen«, sagte Keller.

»Wenn es so weit ist«, sagte Andria, »werde ich schon wissen, was ich tun soll.«

Eines Morgens ging Keller mit Nelson ein paar Minuten nach neun aus dem Haus und kam erst um eins wieder zurück. Er nahm Nelson gerade die Leine ab, als das Telefon läutete. Es war Dot. »Du fehlst mir richtig, Keller. Ich habe dich schon eine Ewigkeit nicht mehr gesehen. Komm mich doch mal besuchen.«

»Die Tage mal«, sagte er.

Er füllte Nelsons Wassernapf, dann verließ er die Wohnung, nahm sich ein Taxi zur Grand Central Station und fuhr mit dem Zug nach White Plains. Weil dort kein Wagen auf ihn wartete, nahm er sich ein Taxi zu dem alten viktorianischen Haus am Taunton Place. Dot saß in einem geblümten Schürzenkleid auf der Veranda und trank aus einem hohen Glas Eistee. »Er ist oben«, sagte sie, »aber es ist jemand bei ihm. Setz dich so lange zu mir, schenk dir etwas Eistee ein. Ganz schön heiß heute, hm?«

»Na ja, es geht so.« Er zog sich einen Stuhl heran und goss aus einer Thermoskanne Eistee in ein Glas mit Wilma Feuerstein drauf. »Ich glaube, Nelson mag die Hitze.«

»Vor ein paar Monaten hast du gesagt, er mag die Kälte.«

»Ich glaube, er mag das Wetter grundsätzlich«, sagte Keller. »Wahrscheinlich fände er auch ein Erdbeben klasse, wenn es hier eins gäbe.« Er dachte kurz nach. »Obwohl, da könnte ich mich vielleicht täuschen. Ich glaube nicht, dass er sich bei einem Erdbeben wohl fühlen würde.«

»Das würde ich auch nicht, Keller. Werde ich Nelson, den Wunderhund, eigentlich mal kennenlernen? Bring ihn doch mal mit hier raus.«

»Ein andermal.« Er drehte sein Glas, damit er das Bild darauf sehen konnte. »Pebbles.« Ein Summer ertönte, einmal lang, zweimal kurz. »Was hat Fred Feuerstein immer gerufen? Es macht mich ganz verrückt. Ich kann es ihn sagen hören, aber mir fällt nicht mehr ein, was es war?«

»Yabba dabba doo?«

»Genau, yabba dabba doo. Es gab da auch einen Song, ›Aba Daba Honeymoon‹, aber mit Fred Feuerstein hatte der wahrscheinlich nichts zu tun.«

Dot bedachte ihn mit einem Blick. »Das Summen bedeutet, dass du jetzt zu ihm rauf kannst. Aber keine Hektik, du kannst deinen Tee ruhig noch austrinken. Oder mit nach oben nehmen.«

»Yabba dabba doo«, sagte Keller.

*   *   *

Jemand fuhr ihn zum Bahnhof, und zwanzig Minuten später saß er im Zug nach New York. Sobald er zu Hause war, rief er Andria an. Er begann die Nummer von ihrer Anzeige am Schwarzen Brett des Gristedes zu wählen, doch dann fiel ihm ein, dass sie ihm am letzten Dienstag oder dem Freitag davor gesagt hatte dass sie umgezogen war und noch keinen Telefonanschluss hatte, sondern vorerst nur einen Piepser.

»Ich werde ihn auch behalten, wenn ich wieder ein Telefon habe«, sagte sie. »Schließlich bin ich ständig mit irgendwelchen Hunden unterwegs, und wie sollten Sie mich dann erreichen, wenn Sie kurzfristig weg müssen?«

Er rief ihre Piepsernummer an und gab nach dem Signal seine Nummer ein. Keine fünf Minuten später rief sie zurück.

»Wahrscheinlich dauert es nur ein paar Tage«, sagte er. »Aber es könnte auch eine Woche oder noch länger werden.«

»Kein Problem«, versicherte sie ihm. »Ich habe den Wohnungsschlüssel. Der Fahrstuhlführer weiß, dass er mich hochlassen darf, und Nelson hält mich für seine durchgeknallte Tante. Wenn das Hundefutter ausgeht, kaufe ich neues. Sonst noch was?«

»Keine Ahnung. Finden Sie, ich sollte den Fernseher an lassen?«

»Tun Sie das normalerweise, wenn Sie ihn allein lassen?«

Keller ließ Nelson allerdings kaum allein. Meistens nahm er den Hund in letzter Zeit überallhin mit, oder er blieb zu Hause. Nelson hatte sein Leben zweifellos verändert. Er ging mehr zu Fuß als jemals zuvor, und er blieb mehr zu Hause.

»Ich würde ihn nicht an lassen«, sagte er. »Ihn interessiert eigentlich nie, was ich schaue.«

»Er ist sehr kulturinteressiert«, sagte sie. »Haben Sie es schon mal mit *Masterpiece Theater* bei ihm versucht?«

Keller flog nach Omaha, wo die Zielperson ein Manager einer Telefonmarketingfirma war. Der Mann hieß Dinsmore, und er wohnte mit Frau und Kindern in einem Vorstadthaus mit einem schönen Garten. Ihn umzulegen wäre ein Klacks gewesen, aber jemand aus der Gegend hatte es versucht und war gescheitert, sodass der Mann wusste, was Sache war, und seinen Tagesablauf entsprechend geändert hatte. Sein Haus war mit einer hochmodernen Alarmanlage ausgestattet, und vom Abend bis zum Morgen war ein Wachmann davor postiert. Außerdem fuhren zu jeder Tages- und Nachtzeit Polizeiautos, gekennzeichnete und nicht gekennzeichnete, am Haus vorbei.

Auch einen Bodyguard hatte er engagiert. Er holte Dinsmore am Morgen ab, blieb den ganzen Tag an seiner Seite und lieferte ihn am Abend an der Haustür ab. Der Bodyguard war ein grotesk aufgepumpter junger Mann mit struppiger blonder Mähne. Er sah aus wie ein Wrestler, den man in einen Anzug gestopft hatte.

Wenn er sich nicht gerade ein Flugzeug mieten und das Haus im Sturzflug bombardieren wollte, fiel Keller keine einfache Möglichkeit ein, seinen Auftrag zu erledigen. Die Sicherheitsvorkehrungen auf dem Firmengelände waren streng. Zugang erhielten dort nur Personen mit einem Fotoausweis am Revers. Selbst wenn man an den Wachleuten vorbeikam, blieb der blonde Bodyguard den ganzen Tag auf einem Stuhl vor Dinsmores Büro und blätterte in einer Ausgabe von *Iron Man*.

Das einzig Richtige war, nach Hause zu fliegen, fand Keller. Und in sechs Wochen wieder zu kommen. Bis dahin hätte der Bodyguard in einem steroidbefeuerten Wutanfall den Job hingeschmissen, oder Dinsmore hatte ihn, von seiner ständigen Präsenz genervt, gefeuert. Und falls nichts von beidem eingetreten war, hätte zumindest die Wachsamkeit der beiden nachgelassen. Auch die Cops wären nicht mehr so aufmerksam.

Keller würde nach einer Lücke Ausschau halten, und es würde nicht lange dauern, eine zu finden.

Aber das ging nicht. Die Person, die den Mann aus dem Weg geräumt haben wollte, war nicht bereit zu warten.

»Was knapp ist, ist die Zeit«, hatte ihm sein Kontaktmann erklärt. »Soldaten, Feuerkraft, das ist einfach. Wenn Sie ein paar Typen mit Autos haben wollen, damit jemand die Straße absperrt, sein Auto rammt, kein Problem.«

Super. Omaha bekommt es mit Delta Force zu tun. Vor nicht allzu langer Zeit hatte sich Keller noch als schweigsamer Wildwest-Einzelgänger gesehen, der in die Stadt ritt, um einen Mann zu töten, dem er nie begegnet war.

Jetzt war er Lee Marvin, der mit einem Haufen abgehalfterter Loser einen Kommandoeinsatz durchführte.

»Warten wir einfach mal ab«, sagte er. »Mir fällt schon was ein.«

Am vierten Abend machte er einen Spaziergang. Es war ein schöner Abend, und er war in die Stadt gefahren, wo ein Mann zu Fuß keinen Verdacht erregte. Aber irgendetwas stimmte nicht, und es dauerte fünfzehn Minuten, bis er merkte, was es war.

Der Hund fehlte ihm.

Keller war jahrelang allein gewesen. Er hatte sich daran gewöhnt, hatte sich allein durchgeschlagen, war sich sein eigener Ratgeber gewesen. Schon von klein auf war er ein Einzelgänger und von Natur aus wenig mitteilsam gewesen, und in seinem Beruf waren diese Eigenschaften eine Grundvoraussetzung.

Einmal hatte er in einem Laden in SoHo ein englisches Plakat aus dem 2. Weltkrieg gesehen. Darauf war ein zwinkernder Mann mit fest aufeinander gepressten Lippen zu sehen. Der Text auf dem Plakat lautete: »Was ich weiß, behalte ich für mich.« Keller hatte stundenlang über das Plakat nachgedacht und war am nächsten Tag in den Laden zurückgekehrt, um sich nach dem Preis zu erkundigen. Der Preis war durchaus realistisch gewesen, aber ihm war klar geworden, dass der Anblick dieses pfiffigen, ihm ständig zuzwinkernden Gesichts, das zu Verschwiegenheit riet, bald etwas Aufdringliches und Beklemmendes bekäme. Wie sollte man ein Mädchen küssen, wenn einen dieser Kerl dabei beobachtete? Wie sollte man dann noch in der Nase bohren?

Die Botschaft ließ ihn jedoch nicht mehr los. Im Zug nach White Plains, auf dem Flug in eine ferne Stadt, in der seine Dienste gefragt waren, auf dem Heimflug, nach Erledigung seines Auftrags, immer ging ihm das Motto des Engländers wie ein Mantra unablässig durch den Kopf. Was er wusste, behielt er für sich.

In der Therapie war er zwiegespalten gewesen. Wenn er sich nicht öffnete, funktionierte das Ganze nicht. Aber wie sollte er einem Westside-Therapeuten erzählen, was er einem Fremden im Zug oder einer Frau im Bett

nicht anvertraute? Deshalb hatte er vor allem über Träume und Kindheits-
erinnerungen gesprochen und die ganze Zeit gehofft, dass Dr. Jerrold Breen
für sich behalten würde, was er wusste. Am Ende hatte Breen sein Wissen
jedoch ins Grab mitgenommen, und Keller hatte seine gewohnte Verschwiegenheit beibehalten.

Aber bei Nelson hatte er diesen Charakterzug abgelegt.

Keller fand, das Beste an Hunden war vermutlich, dass man mit ihnen reden konnte. Sie waren wesentlich bessere Zuhörer als Menschen. Man musste sich keine Gedanken machen, ob man sie langweilte oder ob sie eine bestimmte Geschichte schon mal gehört hatten oder ob sie einen wegen etwas,
was man ihnen über sich erzählte, weniger mochten. Egal, was man ihnen
erzählte, sie würden es für sich behalten. Sie würden es niemandem weitererzählen, noch würden sie es einem bei einem Streit an den Kopf werfen.

Was nicht hieß, dass sie nicht zuhörten. Für Keller stand außer Frage,
dass Nelson zuhörte. Wenn man mit ihm redete, hatte man nicht das Gefühl, gegen eine Wand zu reden oder mit einer Wüstenspringmaus oder
einem Goldfisch. Nelson verstand zwar nicht unbedingt, was man ihm erzählte, aber er hörte zu.

Und Keller erzählte ihm alles. Die Bedürfnisse, die sich bei der Therapie
zu regen begonnen hatten – sich zu öffnen, alte Geheimnisse preiszugeben,
jemandem sein Herz auszuschütten –, konnte er jetzt auf den langen Spaziergängen, die er mit Nelson unternahm, und an den langen Abenden, die
er zu Hause mit ihm verbrachte, voll ausleben.

»Ich habe es nie darauf angelegt, damit meinen Lebensunterhalt zu verdienen«, erzählte er Nelson eines Nachmittags im Park. »Und weißt du,
eine Weile war es einfach etwas, was ich ein paarmal getan habe. Es war
nicht, wer ich war.

»Nur wurde es irgendwann, ohne dass ich es gemerkt habe, zu dem, wer
ich bin. Und gemerkt habe ich es schließlich, als ich jemand kennen gelernt
habe, der schon von mir gehört hatte, und der mir mit etwas begegnet ist,
was mich überrascht hat, und zwar egal, ob das nun Angst oder Respekt
oder sonst was war. Er ist mir wie einem Killer begegnet, und das hat mir zu
denken gegeben, weil ich mich nie als solchen gesehen habe.

»Ich weiß noch, wie sie in der Highschool alle zur Berufsberatung gegangen sind, wo sie einem dabei geholfen haben herauszufinden, was man im Leben machen will, und dann die entsprechenden Schritte in dieser Richtung zu machen. Dass diese Jahre für mich wie hinter einem dichten Nebel verstrichen sind, habe ich dir, glaube ich, schon erzählt. Ich bin durch sie hindurchgegangen wie jemand mit einer leichten Gehirnerschütterung. Ich habe alles wie durch einen Schleier wahrgenommen. Und als es dann losging, dass man sich für einen Beruf entscheiden sollte, stand ich total auf dem Schlauch. Man musste einen Test machen und Fragen beantworten wie, würde man lieber Unkraut jäten oder Kohlköpfe verkaufen oder Sticken unterrichten, aber ich konnte den Test nicht bis zu Ende machen. Mich hat einfach jede Frage überfordert.

»Und dann bin ich eines Tages aufgewacht und habe gemerkt, dass ich einen Beruf hatte, und der war, Leute umzulegen. Ich hatte nie ein Interesse daran und auch kein besonderes Talent dafür, aber wie sich gezeigt hat, war das auch gar nicht nötig. Dafür ist nichts anderes nötig, als dass man in der Lage ist, es zu tun. Ich habe es einmal gemacht, weil mir jemand gesagt hat, es zu tun, und ein zweites Mal habe ich es auch getan, weil es mir jemand gesagt hat, und ehe ich mich's versehen habe, war das, was ich getan habe. Und dann, sobald das mal klar war, habe ich angefangen, mich, was das Handwerkliche angeht, weiterzubilden. Schusswaffen, andere Hilfsmittel, unbewaffnete Techniken. Wie man an jemand vorbeikommt. Dinge, die man in diesem Job wissen sollte.

»Die Sache ist nur, dass man da nicht allzu viel wissen muss. Das ist nicht wie bei den Berufen, von denen sie einem auf der Highschool erzählen. Dafür braucht man keine spezielle Ausbildung. Es kann zwar sein, dass einem alles Mögliche passiert, was einen auf diesen Beruf vorbereitet, aber das sind Dinge, die man sich nicht aussuchen kann.

»Was meinst du? Sollen wir uns noch einen Hotdog teilen? Oder gehen wir gleich nach Hause?«

Nach seinem einsamen Spaziergang schaute Keller auf das Telefon und überlegte, ob es eine Möglichkeit gab, Nelson anzurufen. Er hatte sich bewusst keinen Anrufbeantworter zugelegt, da er in einem solchen Gerät ein enormes Gefahrenpotential sah. Jetzt wäre es allerdings hilfreich gewesen. Er könnte anrufen und reden, und Nelson könnte ihn hören.

Und wenn er sich wirklich öffnete und kein Blatt vor den Mund nahm, wäre alles auf Band, wo es sich jeder anhören konnte. Nein, entschied er, es war schon gut, dass er keinen Anrufbeantworter hatte.

Am Mittag des folgenden Tags saß er in seinem Leihwagen, als Dinsmore und sein Bodyguard in die Stadt fuhren und vor einem Restaurant im Old Market parkten. Keller wartete ein paar Minuten, bevor er sich ebenfalls einen Parkplatz suchte und in das Lokal ging. Die Hostess am Eingang setzte ihn zwei Tische neben Dinsmore. Keller bestellte Scampi und beobachtete, wie Dinsmore und der Wrestler ihre riesigen Steaks verdrückten.

Ein paar Stunden später rief er Dot in White Plains an. »Der Typ hat zwanzig Kilo Übergewicht«, sagte er, »und ich habe ihn gerade ein Porterhouse-Steak, so groß wie ein Gullydeckel, wegputzen sehen. Und vorher hatte er noch den halben Salzstreuer darüber ausgeleert. Wie eilig haben es diese Leute? Dürfte nämlich nicht allzu lange dauern, bis ein Herzinfarkt oder ein Schlaganfall die Sache von selbst erledigt.«

»Es geht natürlich nichts über eine natürliche Todesursache«, sagte Dot. »Aber du kennst ja ihre Einstellung, was die Zeit angeht, Keller.«

»Sie ist von entscheidender Bedeutung?«

»Yabba dabba doo«, sagte Dot.

Am nächsten Tag hatten Dinsmore und sein Bodyguard denselben Tisch im selben Restaurant. Diesmal war ein dritter Mann dabei. Er sah aus wie ein Geschäftspartner Dinsmores. Keller konnte ihre Unterhaltung nicht mithören, weil er diesmal etwas weiter weg saß, aber er konnte sehen, dass nur Dinsmore und der dritte Mann redeten, während der Bodyguard seine Aufmerksamkeit auf das Essen auf seinem Teller und auf die anderen Gäste im Lokal aufteilte. Keller hatte eine Zeitung dabei und schaffte es, seinen Blick jedes Mal auf sie zu richten, wenn der Bodyguard in seine Richtung schaute.

Irgendwann stand Dinsmore auf, und Kellers Puls beschleunigte sich.

Bevor er reagieren konnte, war auch der Bodyguard aufgestanden, und die beiden Männer entfernten sich in Richtung Toilette. Keller blieb, wo er war, und aß seine Spaghetti carbonara.

Er beobachtete die zwei Männer aus dem Augenwinkel, als sie an ihren Tisch zurückkehrten. Der Bodyguard blickte sich kurz im Lokal um, während sich Dinsmore sofort setzte und etwas mehr Salz auf sein zur Hälfte gegessenes Steak streute.

Fast ohne zu überlegen, streckte Keller die Hand aus und schloss sie um seinen eigenen Salzstreuer. Er war aus Glas und passte in seine Faust wie eine Rolle Zehn-Cent-Stücke. Wenn er jetzt jemandem einen Schlag versetzte, würde ihm der Salzstreuer zusätzliche Wucht verleihen.

Das blöde Ding war tödlich.

Am Abend genehmigte sich Keller nach dem Essen ein paar Drinks. Er spürte sie noch, als er in sein Motel zurückkehrte. Um nüchtern zu werden, ging er einmal um den Block, und als er schließlich auf sein Zimmer kam, griff er nach dem Telefon und rief Nelson an.

Er war nicht betrunken genug, um zu hoffen, dass der Hund dranging. Aber er fand, es war eine Möglichkeit, zumindest ein Minimum an Kontakt herzustellen. Das Telefon würde läuten. Der Hund würde es läuten hören. Wenn er auch nicht erwarten konnte, dass er es als die Stimme seines Herrchen erkannte, hatte Keller die Hand nach ihm ausgestreckt und ihn berührt, wie es in der Werbung der Telefongesellschaft hieß.

Nein, es brächte natürlich nichts. Schon als er die Nummer wählte, wusste er, dass es nichts brächte. Aber es würde ihn nichts kosten, und der Anruf würde auch nicht aufgezeichnet. Was konnte es also schaden?

Es war besetzt.

Seine erste Reaktion – und sie war extrem kurz, nur vorübergehend – war ein Anfall von eifersüchtiger Paranoia. Der Hund telefonierte mit jemand anderem, und sie redeten über Keller.

Der Gedanke kam und ging in einem Augenblick, und im nächsten saß Keller kopfschüttelnd da und wunderte sich über die Rätsel seines eigenen

Geists. Ihm fielen alle möglichen anderen Erklärungen ein, von denen jede wahrscheinlicher war als sein erster Gedanke.

Nelson könnte gegen das Beistelltischchen gestoßen sein, auf dem das Telefon stand, sodass der Hörer von der Gabel gerutscht war. Andria könnte nach ihrem Spaziergang das Telefon benutzt und den Hörer nicht richtig aufgelegt haben. Oder, was das Wahrscheinlichste war, die Ferngesprächsleitungen waren überlastet, und jeder Anruf nach New York wurde mit einem Besetztzeichen blockiert.

Ein paar Minuten später probierte er es noch einmal und bekam wieder das Besetztzeichen.

Er ging auf und ab und kämpfte gegen den Drang an, im Amt anzurufen und die Leitung prüfen zu lassen. Schließlich griff er nach dem Hörer und rief ein drittes Mal an, und diesmal läutete es an. Er ließ es viermal läuten und stellte sich dabei die Reaktion des Hundes vor – wie er die Ohren spitzte, wie seine Augen aufleuchteten.

»Braver Hund, Nelson«, sagte er laut. »Ich komme bald nach Hause.«

Am nächsten Tag, einem Freitag, verbrachte er den Vormittag in seinem Motelzimmer. Gegen elf rief er in dem Restaurant in Old Market an. Dinsmore war bei seiner bisherigen Besuchen immer um 12:30 Uhr erschienen. Keller reservierte für 12:15 einen Tisch.

Er traf pünktlich ein und bestellte eine Cranberryschorle. Er schaute zu Dinsmores Tisch hinüber, der für zwei Personen gedeckt war. Wenn alles gut ging, dachte er, schaffte er es rechtzeitig nach New York, um vor dem Schlafengehen noch einen Spaziergang mit Nelson zu machen.

Um 12:30 Uhr blieb der Tisch unbesetzt. Zehn Minuten später nahmen zwei Geschäftsfrauen daran Platz. Keller aß sein Essen, ohne etwas zu schmecken, trank eine Tasse Kaffee, zahlte und ging.

Am Samstag ging er ins Kino. Am Sonntag sah er sich einen anderen Film an und ging in Old Market herum. Am Sonntagabend saß er in seinem Zimmer und starrte auf das Telefon. Er hatte bereits zweimal zu Hause angerufen und es anläuten lassen, und er hatte sich einzureden versucht, er stelle eine Art übersinnlichen Kontakt zu seinem Hund her. Er hatte nichts getrunken und wusste, dass vollkommen hirnrissig war, was er machte, aber er hatte es trotzdem getan.

Er griff nach dem Hörer und begann eine andere Nummer zu wählen, aber dann riss er sich zusammen und verließ das Zimmer. Er ging zu einer Telefonzelle und wählte Andrias Piepsernummer und gab nach dem Signalton die Nummer des Münzapparats ein. Er wusste nicht, ob es funktionieren würde, ob ihr Piepser eine mehr als siebenstellige Nummer verarbeiten konnte und ob sie ein Ferngespräch beantworten würde. Außerdem führte sie vielleicht gerade einen Hund aus, Nelson oder den eines anderen Kunden, und wollte er wirklich eine Stunde vor dieser Telefonzelle herumstehen und darauf warten, dass sie zurückrief? Von seinem Zimmer konnte er nicht anrufen, weil ihr Anruf an die Rezeption ginge und sie nicht wusste, nach wem sie verlangen sollte. Und selbst wenn sie vermutete, dass er es war, würde ihnen der Name Keller an der Rezeption nichts sagen, zumal er auch nicht wollte, dass ihn in Omaha jemand zu hören bekam. Deshalb ...

Das Telefon läutete fast sofort. Er griff nach dem Hörer und sagte hallo, und sie sagte: »Mr. Keller?«

»Andria«, sagte er, und dann wusste er nicht, was er als Nächstes sagen sollte. Er erkundigte sich nach dem Hund, und sie versicherte ihm, dass es ihm gut ging.

»Aber ich glaube, Sie fehlen ihm«, sagte sie. »Er ist bestimmt froh, wenn Sie wieder zu Hause sind.«

»Mir geht es genauso«, sagte Keller. »Deshalb habe ich auch angerufen. Ich hatte eigentlich gehofft, schon vorgestern zurück zu sein, aber es dauert alles etwas länger als gedacht. Ich muss noch ein paar Tage hierbleiben.«

»Kein Problem.«

»Nur, damit Sie's wissen«, sagte Keller. »Ich weiß sehr zu schätzen, dass Sie mich zurückgerufen haben. Wenn sich das hier noch länger hinzieht, rufe ich vielleicht noch mal an. Und natürlich erstatte ich Ihnen die Kosten für den Anruf.«

»Sie zahlen ja auch schon für diesen«, sagte sie. »Ich rufe nämlich aus Ihrer Wohnung an. Das ist hoffentlich okay.«

»Natürlich. Aber …«

»Wissen Sie, ich war hier, als der Piepser geläutet hat, und ich dachte, wer sonst könnte von auswärts anrufen. Deshalb dachte ich, es wäre okay, Ihr Telefon zu benutzen, weil ich ja wahrscheinlich Sie anrufen würde.«

»Klar.«

»Ich bin übrigens ziemlich viel hier«, fuhr sie fort. »Es ist richtig schön und still hier, und Nelson scheint es zu freuen, wenn ich hier bin. Eben hat er die Ohren gespitzt, als ich seinen Namen gesagt habe. Ich glaube, er weiß, mit wem ich telefoniere. Möchten Sie ihm hallo sagen?«

»Hm …«

Er kam sich zwar ziemlich dämlich vor, aber er sagte hallo zu dem Hund und dass er ein braver Hund sei und dass er bald nach Hause käme. »Er war plötzlich ganz aufgeregt«, versicherte ihm Andria. »Er hat zwar nicht gebellt, er bellt sowieso kaum …«

»Das ist der Dingo in ihm.«

»… aber er hat viel gehechelt und gescharrt. Sie fehlen ihm. Wir kommen zwar bestens klar, ich und Nelson, aber er freut sich bestimmt schon auf Sie.«

Am Montag betrat Keller um 12:15 Uhr das Restaurant. Die Hostess erkannte ihn und führte ihn zum selben Tisch, den er am Freitag gehabt hatte. Als er zum Dinsmore-Tisch schaute, sah er, dass er für vier Personen gedeckt war und ein RESERVIERT-Kärtchen darauf stand.

Um 12:30 Uhr wurden zwei Männer in Anzügen an Dinsmores Tisch gebracht. Keller kannte keinen von ihnen und begann am Gelingen seines Plans zu zweifeln. Dann erschien Dinsmore in Begleitung des Wrestlers.

Keller beobachtete sie beim Essen. Drei Männer, die ihre Drinks tranken und ihre Steaks hinunterschlangen und sich heftig gestikulierend unterhielten. Währenddessen saß der vierte Mann da wie eine gespannte Feder.

Zu viele Leute, dachte Keller. Lieber einen Tag später.

Am nächsten Tag erschien er um die gleiche Uhrzeit, und die Hostess führte ihn an den für ihn reservierten Tisch. An Dinsmores Tisch war für zwei Personen gedeckt, und es stand ein RESERVIERT-Kärtchen darauf. Keller stand auf und ging auf die Toilette, wo er sich in einem Abteil einschloss.

Wenige Minuten später verließ er die Toilette und schlängelte sich zwischen den eng stehenden Tischen hindurch. Als er an Dinsmores Tisch vorbeikam, stieß er dagegen und streckte die Hand aus, um sich abzustützen.

Soweit er sehen konnte, schenkte ihm niemand Beachtung.

Er kehrte an seinen Tisch zurück, setzte sich, wartete. Um 12:30 Uhr war Dinsmores Tisch immer noch leer. Was sollte er tun, wenn sie ihn jemand anders gaben? Er konnte schlecht rückgängig machen, was er gerade getan hatte. Zumindest wusste er nicht, wie er es anstellen sollte, nicht, wenn Leute am Tisch saßen.

Riskanter Plan, dachte er. Zu viele Möglichkeiten, dass er schief ging. Wenn er ihn vorher mit Nelson hätte durchsprechen können ...

Reiß dich zusammen, redete er sich ins Gewissen.

Genau das tat er, als Dinsmore und der Wrestler auftauchten. Der Manager wirkte gereizt, der Bodyguard gelangweilt und schlecht gelaunt. Es kam zu einem kritischen Moment, als die Hostess zu überlegen schien, wohin sie die beiden setzen sollte, doch schließlich führte sie Dinsmore an seinen gewohnten Tisch.

Keller konnte es kaum erwarten zu verschwinden. Er hatte schon die ganze Zeit lustlos an seinem Kalbskotelett herumgeschnippelt. Es schmeckte nach nichts, aber vermutlich wäre es ihm in dieser Situation mit allem so ergangen. Sollte er einfach etwas Geld auf den Tisch legen und gehen? Oder sollte er sitzen bleiben und warten?

Fünfzehn Minuten nach seinem Eintreffen stieß Dinsmore einen Schrei aus, fasste sich an den Hals und sackte vornüber auf den Tisch. Eine halbe Stunde danach lieferte Keller seinen Leihwagen am Flughafen ab und buchte seinen Rückflug.

Im Taxi vom Flughafen in die Stadt musste Keller gegen den Drang ankämpfen, den Fahrer zu bitten anzuhalten, damit er Nelson etwas kaufen konnte. Er war in St. Louis umgestiegen und hatte die Zeit bis zum Start des

Anschlussflugs im Geschenkeladen verbracht und nach etwas gesucht, was er dem Hund mitbringen könnte. Aber was sollte Nelson mit einer Schneekugel oder einer Souvenirtasse, oder mit einer Mütze mit dem Logo der St. Louis Cardinals oder mit einem Sweatshirt mit dem Gateway Arch drauf?

»Sie haben Ihr Essen ja kaum angerührt«, hatte die Bedienung in Omaha gesagt. »Soll ich Ihnen Ihr Kalbskotelett einpacken lassen?«

Er hatte nicht gewusst, was er darauf antworten sollte. »Entschuldigung«, sagte er schließlich. »Ich bin immer noch ein bisschen durcheinander. Dieser arme Mann ...«, fügte er hinzu und deutete dabei auf den Tisch, an dem Dinsmore gesessen hatte.

»Ach was«, sagte sie. »Bestimmt nur halb so wild. Wahrscheinlich sitzt er schon wieder putzmunter in seinem Krankenhausbett und schäkert mit den Schwestern.«

Das konnte sich Keller nicht vorstellen.

»Hi, Mista Keller«, sagte der Fahrstuhlführer. »'Ne ganze Weile nicht mehr gesehen, Sir.«

»Ich bin froh, wieder zu Hause zu sein.«

»Ihr Hund wird sich bestimmt freuen«, sagte der Mann. »Ein richtig braver Hund, Ihr Nelson.«

Er war nicht zu Hause. Das hatte der Fahrstuhlführer zu erwähnen versäumt. Keller schloss die Tür auf und betrat die Wohnung, rief nach dem Hund und bekam keine Antwort. Er packte seine Sachen aus und beschloss, mit dem Duschen zu warten, bis der Hund zurück und das Mädchen gegangen war.

Er hätte mehrere Male duschen können. Seit er sich vor den Fernseher gesetzt hatte, waren vierzig Minuten vergangen, als er Andrias Schlüssel im Schloss hörte. Sobald die Tür aufging, kam Nelson auf Keller zugerannt und sprang, begeistert mit dem Schwanz wedelnd, an ihm hoch.

Keller fühlte sich großartig. Ihn durchströmte tiefe Zufriedenheit, und er kniete nieder, um mit dem Hund zu spielen.

*　　*　　*

97

»Tut mir leid, dass Nelson nicht da war, als Sie nach Hause gekommen sind«, sagte Andria. »Hätten wir gewusst, dass Sie kommen ...«

»Nein, nein, schon gut.«

»Dann gehe ich besser mal. Sie sind sicher müde und wollen sich schlafen legen.«

»Noch nicht gleich«, sagte er, »aber duschen würde ich gern. Wenn man den ganzen Tag auf Flughäfen und in Flugzeugen verbracht hat ...«

»Ich weiß, was Sie meinen«, sagte sie. »Na, Nelson, was für ein Tag ist heute? Dienstag? Dann werden wir uns wohl erst am Freitag wiedersehen.« Sie tätschelte den Hund, dann sah sie Keller an. »Sie wollen schon noch, dass ich ihn wie üblich am Freitag ausführe, oder?«

»Natürlich.«

»Gut, denn darauf freue ich mich schon. Er ist mein Lieblingskunde.« Sie gab dem Hund einen weiteren Klaps. »Und vielen Dank für den Bonus. Das ist wirklich nett von Ihnen. Wenn ich mir ein Hotelzimmer nehmen muss, kann ich mir das jetzt sogar leisten.«

»Ein Hotelzimmer?«

Sie senkte den Blick. »Ich wollte es eigentlich gar nicht ansprechen«, sagte sie, »aber dann hätte ich doch ein schlechtes Gewissen. Ich weiß nicht, wie Sie es finden, aber ich rücke einfach mal damit heraus, okay?«

»Okay.«

»Ich habe gewissermaßen hier gewohnt«, sagte sie.

»Sie haben gewissermaßen ...«

»Hier gewohnt, ja. Wissen Sie, wo ich gewohnt habe, das ging nicht mehr, und es gibt natürlich ein, zwei Leute, die ich hätte anrufen können, aber ich dachte, na ja, Nelson und ich, wir kommen so gut miteinander aus, und ich könnte viel Zeit mit ihm verbringen, wenn ich einfach, na ja ...«

»Hier bleibe.«

»Ja«, sagte sie. »Deshalb habe ich das einfach getan. Ich habe nicht in Ihrem Bett geschlafen, Mr. Keller ...«

»Warum nicht?«

»Na ja, ich dachte, das fänden Sie vielleicht nicht so toll. Und die Couch ist sehr bequem, wirklich.«

Sie hatte versucht, möglichst wenig Spuren ihrer Anwesenheit zu hinterlassen, versicherte sie ihm. Sie hatte das Bettzeug jeden Morgen abgezogen und im Schrank verstaut. Und es war auch nicht so, dass sie die ganze Zeit hier war, weil sie auch noch andere Kunden hatte, wenn sie nicht mit Nelson spazieren gegangen war.

»Hunde, die Sie ausführen, Blumen, die Sie gießen mussten«, sagte Keller.

»Und Katzen und Fische und Vögel, die ich gefüttert habe. Da ist ein Paar in der Sixty-fifth Street, sie haben siebzehn Vögel, und bei Vögeln in Käfigen überkommt mich immer das Bedürfnis, die Käfige und die Fenster zu öffnen und alle wegfliegen zu lassen. Aber das tue ich natürlich nicht, zum Teil, weil diese Leute dann echt durchdrehen würden, und zum Teil, weil es für die Vögel schrecklich wäre. Ich glaube nicht, dass sie in Freiheit lange überleben würden.«

»Jedenfalls nicht in New York«, sagte Keller.

»Erst kürzlich ist einer aus seinem Käfig entwischt«, sagte sie, »und ich hätte fast zu viel gekriegt. Die Fenster waren zum Glück zu, sodass er nicht entkommen konnte, aber er ist wie wild in der Wohnung herumgeschwirrt, und ich hatte keine Ahnung, wie ich ihn in seinen Käfig zurückbekomme.«

»Was haben Sie gemacht?«

»Was ich gemacht habe«, sagte sie, »ich habe meine ganze Energie in meinem Herzchakra gesammelt und diese beruhigende Herzenergie an den Vogel ausgesandt, worauf er sich sofort beruhigt hat. Und dann habe ich ihm die Käfigtür aufgehalten, und er ist einfach reingeflogen.«

»Tatsächlich?«

Sie nickte. »Darauf hätte ich eigentlich gleich kommen sollen«, sagte sie, »aber wenn man in Panik gerät, denkt man meistens gerade an das Naheliegendste nicht.«

»Das ist allerdings richtig«, sagte Keller. »Aber haben Sie denn was, wo Sie heute schlafen können?«

»Ähm, im Moment noch nicht.«

»Noch nicht?«

»Na ja, ich wusste nicht, dass Sie heute Abend nach Hause kommen. Aber ich kenne ein paar Leute, die ich anrufen kann, und ...«

»Sie können gern hier bleiben«, sagte er.

»Aber das geht doch nicht.«

»Warum nicht?«

»Na ja, Sie sind jetzt zu Hause. Eigentlich hätte ich auch nicht hier übernachten dürfen, als Sie weg waren …«

»Aber wieso denn? So hatte der Hund mehr Gesellschaft.«

»Aber trotzdem, jetzt sind Sie zu Hause. Da wollen Sie bestimmt nicht, dass jemand hier schläft.«

»Eine Nacht werde ich bestimmt verkraften.«

»Also gut«, sagte sie, »es ist auch schon ein bisschen spät, um sich nach einer Übernachtungsmöglichkeit umzusehen.«

»Na, sehen Sie.«

»Aber nur für eine Nacht.«

»Klar.«

»Das ist sehr nett von Ihnen«, sagte sie. »Vielen Dank.«

Keller stand frisch geduscht am Waschbecken und überlegte, ob er sich rasieren sollte. Aber wer rasierte sich schon, bevor er sich schlafen legte? Man rasierte sich am Morgen, nicht am Abend.

Außer man rechnete natürlich damit, seine Wange gegen etwas anderes zu drücken als das Kopfkissen.

Lass das, rief er sich zur Räson.

Er legte sich ins Bett und löschte das Licht, und Nelson sprang neben ihm aufs Bett, drehte sich die obligatorischen drei Male im Kreis und legte sich hin.

Keller schlief. Als er am nächsten Morgen aufwachte, war Andria weg. Die einzige Spur ihrer Anwesenheit war ein Zettel, auf dem sie ihm mitteilte, dass sie den Hund am Freitag zur üblichen Zeit abholen käme. Keller rasierte sich, ging mit dem Hund raus und nahm den Zug nach White Plains.

Es war wieder ein heißer Tag, und Dot saß mit einem Krug Limonade auf der Veranda. »Du hast den Beruf verfehlt, Keller«, begrüßte sie ihn. »Du bist ein fantastischer Diagnostiker. Du hast dem Mann nicht mehr viel Zeit gegeben, und er ist eines natürlichen Todes gestorben.«

»So was soll vorkommen.«

»Weiß Gott. Soviel ich gehört habe, ist er mit dem Gesicht in seinem Essen gelandet. Die Flecken in seiner Krawatte gehen wahrscheinlich nie mehr raus.«

»Es war eine schöne Krawatte«, sagte Keller.

»Es soll ein Herzstillstand gewesen sein«, sagte Dot. »Und ich bin sicher, dass sie mit dieser Diagnose richtig liegen, denn es dürfte äußerst selten vorkommen, dass jemand stirbt und sein Herz weiterschlägt. Wie hast du das angestellt, Keller?«

»Ich habe meine ganze Energie in meinem Herzchakra gesammelt«, sagte er, »und dann habe ich meine ganze Herzenergie auf ihn gerichtet, und das war mehr, als sein Herz verkraftet hat.«

Sie bedachte ihn mit einem Blick. »Wenn ich raten müsste«, sagte sie, »würde ich sagen: Zyankali.«

»Gut geraten.«

»Wie?«

»Ich habe die Salzstreuer ausgetauscht. Der, den ich ihm hingestellt habe, hat eine Ladung Zyankali mit einer Schicht Salz darüber enthalten. Er hat viel Salz auf sein Essen gemacht.«

»Das soll doch schlecht für einen sein. Hat er das Zyankali nicht geschmeckt?«

»So stark wie der Kerl sein Essen gesalzen hat, kann ich mir nicht vorstellen, dass er etwas von seinem Steak geschmeckt hat. Ich habe keine Ahnung, wonach Zyankali schmeckt. Und außerdem, bis man merkt, dass es irgendwie komisch schmeckt ...«

»Liegt man schon mit dem Gesicht in seiner Lasagne. Aber Zyankali lässt sich doch nachweisen? Lässt es sich bei der Autopsie nicht feststellen?«

»Nur, wenn man gezielt danach sucht.«

»Und wenn sie den Inhalt des Salzstreuers untersuchen?«

»Als Dinsmore zusammengebrochen ist«, sagte Keller, »sind ihm mehrere Leute zu Hilfe geeilt.«

»Sehr anständig. Du glaubst doch nicht etwa, einer von ihnen hat den Salzstreuer eingesteckt?«

»Es würde mich jedenfalls nicht überraschen.«

»Und hat ihn auf dem Weg vom Restaurant zum Flughafen entsorgt?«

»Auch das würde mich nicht überraschen.«

Er ging nach oben, um Bericht zu erstatten. Als er wieder nach unten kam, sagte Dot: »Ich fange an, mir deinetwegen Sorgen zu machen, Keller. Ich glaube, du wirst weich.«

»Tatsächlich?«

»Es gab nur einen Grund, den Salzstreuer einzustecken.«

»Damit sie das Zyankali nicht finden«, sagte er.

Sie schüttelte den Kopf. »Falls sie wirklich nach Zyankali suchen sollten, werden sie es auf dem übriggelassenen Essen finden. Nein, du bist davon ausgegangen, dass sie es nicht finden und jemand anders den Salzstreuer verwendet und sich versehentlich vergiftet.«

»Es bringt nichts, unnötig Aufmerksamkeit auf sich zu lenken«, sagte er.

»Ah-ah.«

»Und es bringt auch nichts, Leute umsonst umzubringen.«

»Da muss ich dir allerdings recht geben, Keller«, sagte sie. »Trotzdem finde ich, du wirst weich. Dich auf dein Herzchacka zu konzentrieren und so.«

»Chakra«, korrigierte er sie.

»Dann meinetwegen Chakra. Was ist das überhaupt?«

»Keine Ahnung.«

»Du wirst es noch früh genug herausbekommen, jetzt, wo du deine ganze Energie darauf konzentrierst. Du nimmst menschliche Züge an, Keller. Dir diesen Hund zuzulegen, war erst der Anfang. Nächstens wirst du dich noch für die Rettung der Wale einsetzen. Du wirst herrenlose Hunde bei dir aufnehmen. Pass bloß auf.«

»Mach dich doch nicht lächerlich«, sagte er. Aber auf der Zugfahrt in die Stadt ertappte er sich dabei, dass er über ihre Worte nachdachte. War etwas Wahres an ihnen?

Fand er nicht, aber hundertprozentig sicher war er nicht. Darüber musste er mit Nelson reden.

Kellers Karma

Keller saß mit Dot in White Plains schon zwanzig Minuten in der Küche. Der Fernseher lief und war auf einen Teleshopping-Sender gestellt. »Ich schaue nie was anderes«, sagte Dot, »obwohl ich nie was kaufe. Was soll ich schon mit Zirkonia?«

»Warum schaust du es dann?«

»Das frage ich mich auch schon die ganze Zeit, Keller. Ich habe zwar noch keine Antwort auf meine Frage gefunden, aber ich glaube, inzwischen zu wissen, was mich am meisten daran reizt: dass es durchgehend ist.«

»Durchgehend?«

»Dass sie das Programm nie unterbrechen, um Werbung zu bringen.«

»Aber das Ganze ist doch eine einzige Werbung«, sagte Keller.

»Das ist was anderes.«

Ein Summen ertönte. Dot drückte auf einen Knopf der Sprechanlage, lauschte kurz, nickte Keller bedeutungsvoll zu.

Er ging nach oben und blieb etwa zehn Minuten bei dem alten Mann. Bevor er ging, ließ er sich in der Küche ein Glas Wasser einlaufen. Er stand an der Spüle und trank es in Ruhe aus. Dot saß kopfschüttelnd vor dem Fernseher. »Nichts als Schmuck«, sagte sie. »Wer soll diesen ganzen Schmuck kaufen?«

»Keine Ahnung«, sagte Keller. »Darf ich dich was fragen?«

»Klar.«

»Ist irgendwas mit ihm?«

»Wieso?«

»Ich habe mich nur gefragt.«

»Wieso? Wird über ihn geredet?«

»Nein, nein. Er wirkt nur müde, mehr nicht.«

»Wer ist nicht müde?«, sagte sie. »Das Leben ist ziemlich anstrengend, und das macht die Menschen müde. Aber ihm fehlt nichts.«

Keller nahm einen Zug zur Grand Central Station und ein Taxi nach Hause. An der Tür empfing ihn Nelson mit der Leine im Maul. Keller lachte und befestigte die Leine am Halsband des Hunds. Er musste telefonieren und eine Reise planen, aber das hatte Zeit. Erst einmal würde er mit dem Hund spazieren gehen.

Er ging zum Fluss hinüber. Dort gefiel es Nelson, aber eigentlich gefiel es ihm überall. Auf jeden Fall war seine Begeisterung für lange Spaziergänge unerschöpflich. Er verlor nie die Lust daran. Auch wenn man sich selbst bei diesen Spaziergängen komplett verausgabte, war er zehn Minuten später schon wieder bereit loszuziehen.

Dabei galt es natürlich zu berücksichtigen, dass er doppelt so viele Beine hatte wie ein Mensch. Keller vermutete, dass es daran lag.

»Ich muss verreisen«, erzählte er Nelson. »Nicht besonders lang, glaube ich, aber letztlich lässt sich das vorher nie mit Sicherheit sagen. Manchmal fliege ich am Morgen los und bin am Abend wieder zurück, aber manchmal zieht sich die Sache und dauert eine Woche. Aber mach dir deswegen mal keine Sorgen. Sobald wir zu Hause sind, rufe ich Andria an.«

Als der Name des Mädchens fiel, spitzte der Hund die Ohren. Keller hatte Tabellen gesehen, in denen die einzelnen Rassen nach ihrer Intelligenz eingestuft wurden, aber das war schon eine Weile her. Er war nicht sicher, wie der Australian Cattle Dog dabei abschnitt, aber er vermutete, dass er ziemlich weit oben rangierte. Nelson entging kaum etwas.

»Morgen muss sie dich sowieso ausführen«, fuhr Keller fort. »Wahrscheinlich würde es auch genügen, ihr einen Zettel zu schreiben und neben deine Leine zu legen. Aber es ist bestimmt besser, wenn ich sie anpiepse, sobald wir zu Hause sind.«

Weil Andrias Wohnsituation immer noch ähnlich in der Schwebe war wie ihre berufliche, konnte Keller sie nur über den Piepser erreichen, den sie auf ihren Runden immer einstecken hatte. Er rief ihn an, sobald er nach

Hause kam, und gab seine Nummer ein, und fünfzehn Minuten später rief ihn das Mädchen zurück. »Hi«, sagte sie, »wie geht's meinem Lieblingshund?«

»Bestens«, sagte Keller, »aber er braucht wieder Gesellschaft. Ich muss morgen früh verreisen.«

»Wissen Sie schon, wie lange?«

»Schwer zu sagen. Vielleicht nur einen Tag, vielleicht aber auch eine ganze Woche. Wieso, ist das ein Problem?«

Sie versicherte ihm sofort, dass es keines wäre. »Im Gegenteil, das trifft sich sogar sehr gut. Ich wohne zurzeit bei Freunden, aber auf Dauer ist es nicht so das Wahre. Ich habe ihnen gesagt, dass ich morgen ausziehe, und bin schon am Überlegen, wo ich dann unterkomme. Ist es nicht erstaunlich, wie sich eigentlich alles immer von selbst regelt.«

»Ja, wirklich erstaunlich.«

»Aber das gilt natürlich nur, wenn Ihnen recht ist, dass ich bei Ihnen wohne, solange Sie weg sind. Das habe ich zwar schon mal gemacht, aber vielleicht wollen Sie es ja diesmal nicht.«

»Nein, nein, überhaupt kein Problem«, sagte Keller. »Warum sollte ich etwas dagegen haben? Dann ist Nelson nicht so allein, und außerdem machen Sie keine Unordnung und hinterlassen die Wohnung immer in tadellosem Zustand.«

»Ich bin eben stubenrein, wie Nelson.« Sie lachte, fuhr aber rasch fort: »Das ist wirklich sehr nett von Ihnen, Mr. Keller. Das befreundete Paar, bei dem ich wohne, sie kommen nicht besonders gut miteinander aus, und ich gerate ständig zwischen die Fronten. Sie hat sich als ein eifersüchtiges Monster entpuppt, und er scheint zu glauben, dass er ihr vielleicht Anlass für ihre Eifersucht bieten sollte, und gestern Abend habe ich einen Langhaardackel an den Rand der Erschöpfung gebracht, bloß um den beiden aus dem Weg zu gehen. Deshalb bin ich richtig froh, morgen bei ihnen ausziehen zu können.«

»Wieso?«, sagte er spontan. »Kommen Sie doch heute Abend noch her.«

»Aber Sie fliegen doch erst morgen.«

»Na und? Bei mir wird es heute Abend sowieso spät, und morgen muss ich früh raus. Wir kommen uns also nicht in die Quere. Und Sie können früher bei Ihren Freunden ausziehen.«

»Das wäre natürlich super.«

Nachdem er aufgelegt hatte, ging Keller in die Küche und machte sich eine Tasse Kaffee. Warum, fragte er sich, hatte er ihr dieses Angebot gemacht? So etwas war sonst nicht seine Art. Was kümmerte es ihn, wenn sie die gehässigen Blicke der Frau und die grapschenden Hände des Manns einen Abend länger ertragen musste?

Und er hatte sich sogar etwas einfallen lassen und einen späten Abend und einen frühen Flug erfunden, um es ihr leichter zu machen, sein Angebot anzunehmen. Den Flug hatte er noch nicht gebucht, und für den Abend hatte er keine Pläne.

Es wurde also Zeit, den Flug zu buchen, und Zeit, Pläne für den Abend zu machen.

Der Flug war mit einem kurzen Anruf gebucht, der Abend fast genauso einfach geplant. Keller zog sich gerade dafür an, als Andria aufkreuzte. Sie trug eine gestreifte Latzhose und hatte einen dunkelgrünen Rucksack dabei. Nelson geriet bei ihrem Anblick völlig aus dem Häuschen, und sie stellte den Rucksack ab und kniete nieder, um ihn zu begrüßen.

»Wahrscheinlich werden Sie schon schlafen, wenn ich nach Hause komme«, sagte Keller. »Und morgen bin ich vermutlich schon weg, wenn Sie aufstehen. Deshalb verabschiede ich mich jetzt schon mal. Nelsons Tagesablauf kennen Sie ja, und wo alles ist, wissen Sie auch.«

»Nochmals ganz herzlichen Dank für alles«, sagte Andria.

Keller nahm sich ein Taxi zu dem Restaurant, in dem er sich mit einer gewissen Yvonne verabredet hatte, mit der er ein paarmal ausgegangen war, seit er sie in einem Learning-Annex-Kurs mit dem Titel »Die Geheimnisse der baltischen Küche« kennengelernt hatte. Das eigentliche Geheimnis war, fanden beide, wie jemand so dreist sein konnte, hier von einer Küche zu sprechen. Seitdem hatte er Yvonne in verschiedene Restaurants ausgeführt, keines davon ein baltisches. An diesem Abend hatten sie sich für einen Italiener entschieden, und sie verbrachten ziemlich viel Zeit damit, einander zu versichern, wie froh sie waren, in einem italienischen Restaurant zu essen und nicht in einem lettischen.

Anschließend gingen sie ins Kino, und danach nahmen sie sich ein Taxi in Yvonnes Wohnung, die achtzehn Straßen weiter nördlich war als die von Keller. Als sie den Schlüssel ins Schloss steckte, drehte sie sich zu ihm um. Sie hatten bereits das Gutenachtkussstadium erreicht, und Keller merkte, dass Yvonne bereit war, geküsst zu werden. Zugleich spürte er jedoch, dass sie nicht wirklich geküsst werden wollte und er sie ebenfalls nicht küssen wollte. Knoblauch hatten sie beide gegessen, weshalb es nicht daran lag, dass einer von ihnen fürchtete, den anderen abstoßend zu finden oder selbst abstoßend zu sein. Er war nicht sicher, woran es lag, aber er beschloss, es zu berücksichtigen.

»Also dann, gute Nacht, Yvonne.«

Kurz schien sie überrascht, ungeküsst zu bleiben, aber sie kam rasch darüber hinweg. »Ja, gute Nacht.« Sie griff nach seiner Hand und drückte sie freundschaftlich. »Gute Nacht, John.«

Gute Nacht für immer, dachte er, als er die Second Avenue hinunter ging. Er würde sie nicht noch mal anrufen, und sie würde nicht mit einem Anruf von ihm rechnen. Alles, was sie gemeinsam hatten, war eine Abneigung gegen die nordeuropäische Küche, und das war keine Basis für eine Beziehung. Die Chemie stimmte einfach nicht. Sie war attraktiv, aber sie hatten keinen Draht zueinander, es funkte nicht.

Das passierte übrigens oft.

Auf halbem Weg nach Hause ging er in eine Bar in der First Avenue. Er hatte zum Abendessen etwas Wein getrunken und wollte am Morgen einen klaren Kopf haben, weshalb er nicht lange blieb, sondern nur eine Weile vor seinem Bier saß und der Musikbox lauschte und sich im Spiegel an der Rückseite der Bar betrachtete.

Ein ganz schön einsamer Tropf bist du, sagte er zu seinem Spiegelbild.

Wenn man solche Gedanken hatte, wurde es Zeit, nach Hause zu gehen. Aber er wollte nicht nach Hause kommen, bevor sich Andria schlafen gelegt hatte, und er wusste nicht, welche Schlafenszeiten sie hatte. Er blieb, wo er war, und trank sein Bier, und als er schließlich weiterzog, legte er einen weiteren Halt ein, um eine Tasse Kaffee zu trinken.

Als er nach Hause kam, war es in der Wohnung dunkel. Andria war auf dem Sofa. Entweder schlief sie, oder sie tat so. Nelson, der sich zu ihren Füßen zusammengerollt hatte, stand auf, schüttelte sich und kam lautlos an Kellers Seite. Keller ging ins Schlafzimmer, Nelson folgte ihm. Als Keller die Schlafzimmertür schloss, machte der Hund tief unten in seiner Kehle ein ungewohntes Geräusch. Keller konnte den Laut nicht deuten, aber er vermutete, er hatte etwas mit der geschlossenen Tür zu tun, und dass Andria auf der anderen Seite war.

Er legte sich ins Bett. Der Hund stand vor der geschlossenen Tür, als wartete er darauf, dass sie aufging. »Hierher, mein Braver«, sagte Keller. Der Hund drehte sich zu ihm um. »Hierher, Nelson«, sagte Keller, und der Hund sprang aufs Bett, drehte sich die gewohnten drei Male um seine eigene Achse und legte sich auf den üblichen Platz. Keller kam es so vor, als arbeitete etwas in ihm, aber er schlief sofort ein. Und das tat irgendwann auch Keller.

Als er aufwachte, war der Hund weg. Andria und die Leine auch. Keller hatte sich bereits rasiert und angezogen, als sie zurückkamen. Er nahm sich ein Taxi zum La Guardia und hatte noch jede Menge Zeit, bevor sein Flug nach St. Louis ging.

Dort angekommen, mietete er bei Hertz einen Ford Tempo und ließ sich von dem Mädchen am Schalter auf der Karte den Weg zum Sheraton zeigen. »Sie müssen gleich nach der Mall rechts abbiegen«, erklärte sie ihm hilfsbereit. Er nahm die Ausfahrt zur Mall, fand einen Parkplatz und merkte sich ganz genau, wo er war, damit er ihn wiederfand. Ein paar Jahre zuvor hatte er einmal in einem Vorort von Detroit einen Leihwagen abgestellt, ohne darauf zu achten, wo er geparkt hatte und wie der Wagen aussah. Es war nicht auszuschließen, dass er immer noch dort stand.

Er ging durch die Mall und suchte nach einem Sportgeschäft, in dem sie Jagdmesser hatten. An sich musste es dort eines geben; zumindest hatten sie dort jede Menge Geschäfte, darunter auch mehrere Juwelierläden für all jene, die sich im Fernsehen noch nicht mit genügend Zirkonia eingedeckt hatten. Vorher kam er jedoch an einem Hoffritz-Laden vorbei, in dessen

Auslage ihm die Küchenmesser ins Auge stachen. Er entschied sich für ein Ausbeinmesser mit einer dreizehn Zentimeter langen Klinge.

Er hätte sein eigenes Messer mitnehmen können, aber dann hätte er sein Gepäck aufgeben müssen, und das tat er nie, wenn es sich irgendwie vermeiden ließ. Zumal es ganz einfach war, sich vor Ort zu kaufen, was man brauchte. Das Schwerste daran war, dem Verkäufer klarzumachen, dass man den Rest des Sets nicht haben wollte, und seine Verkaufsmasche auszublenden, wenn er einem erklärte, dass das Messer jahrelang nicht geschliffen werden musste. Er wollte es doch sowieso nur ein einziges Mal benutzen.

Er fand den Ford, fand das Sheraton, fand einen Parkplatz und ließ seine Reisetasche im Kofferraum. Es wäre schön gewesen, wenn das Messer eine Scheide gehabt hätte, aber bei Küchenmessern war das selten der Fall. Deshalb hatte er improvisieren müssen und an einer Federal-Express-Packstation am Eingang der Mall einen kartonierten Umschlag mitgehen lassen. Als er das Hotel betrat, hatte er den Umschlag mit dem Messer darin unter dem Arm.

Das brachte ihn auf eine Idee.

Er schaute auf den Zettel in seiner Brieftasche. *St. Louis, Sheraton, Zimmer 314.*

»Der Mann ist ein Gewerkschaftsfunktionär«, hatte ihm der alte Mann in White Plains gesagt. »Ein paar Leute haben Angst, er könnte erzählen, was er weiß.«

Vor Kurzem hatten ein paar Leute in einem staatlich geförderten Drogenrehabilitationszentrum in der Bronx Angst bekommen, ihre Buchhalterin könnte weitererzählen, was sie wusste, weshalb sie zwei Teenagern 150 Dollar bezahlten, damit sie die Frau umbrachten. Die zwei warteten, bis sie aus dem Büro kam, gingen hinter ihr die Straße hinunter, und zwei Straßen weiter schoss ihr der Sechzehnjährige in den Kopf. Keine vierundzwanzig Stunden waren sie in Polizeigewahrsam und zwei Tage später auch das Genie, das sie angeheuert hatte.

Man bekam, wofür man bezahlte, fand Keller.

Er ging zum Haustelefon und wählte 314. Es läutete fast lange genug an, um ihn zu der Überzeugung kommen zu lassen, dass niemand auf dem Zimmer war. Dann ging ein Mann dran. »Ja?«

»FedEx«, sagte Keller.

»Wie bitte?«

»Federal Express. Ich habe eine Sendung für Sie.«

»Das ist aber komisch«, sagte der Mann.

»Sie haben doch Zimmer dreihundertvierzehn, oder? Ich komme gleich rauf.«

Der Mann sagte, er erwarte keine Sendung, aber Keller hängte mitten im Satz auf und nahm den Lift in den dritten Stock. Die Flure waren leer. Er fand Zimmer 314 und klopfte forsch an die Tür. »FedEx«, trällerte er. »Päckchen für Sie.«

Durch die Tür drangen gedämpfte Geräusch. Dann Stille. Keller wollte gerade ein zweites Mal klopfen, als der Mann sagte: »Was soll das eigentlich?«

»Päckchen für Sie«, sagte Keller. »Federal Express.«

»Das kann nicht sein«, sagte der Mann. »Sie müssen sich im Zimmer geirrt haben.«

»Zimmer dreihundertvierzehn ist, was hier steht. Auf dem Päckchen und an der Tür.«

»Trotzdem, das muss ein Versehen sein. Niemand weiß, dass ich hier bin.« Glaubst *du*, dachte Keller. »An wen ist es adressiert?«

Ja, an wen? »Das kann ich nicht lesen.«

»Von wem ist es dann?«

»Auch das kann ich nicht lesen«, sagte Keller. »Die ganze Zeile ist versaut, der Name des Absenders und der des Empfängers, aber hier steht Zimmer dreihundertvierzehn im Sheraton. Das müssen doch Sie sein, oder?«

»Das kann nicht stimmen«, sagte der Mann. »Es ist nicht für mich.«

»Könnten Sie mir dann wenigstens den Erhalt bestätigen«, schlug Keller vor. »Sie schauen rein, was drinnen ist, und wenn es wirklich nicht für Sie ist, können Sie es später an der Rezeption abgeben oder uns anrufen, dann holen wir es wieder ab.«

»Stellen Sie es einfach vor die Tür«, sagte der Mann.

»Das geht nicht«, sagte Keller. »Dafür müssen Sie unterschreiben.«

»Dann nehmen Sie es wieder mit, weil ich es nicht will.«

»Sie verweigern die Annahme?«

»Ganz genau«, sagte der Mann. »Ob Sie's glauben oder nicht, ich verweigere die Annahme.«

»Meinetwegen«, sagte Keller. »Trotzdem brauche ich Ihre Unterschrift. Sie machen bei ›Annahme verweigert‹ ein Kreuzchen und unterschreiben bei X.«

»Herrgott noch mal«, fluchte der Mann. »Wenn das die einzige Möglichkeit ist, Sie loszuwerden.«

Er löste die Kette, drehte am Knopf für den Riegel und öffnete die Tür einen Spaltbreit. »Ich zeige Ihnen, wo Sie unterschreiben müssen«, sagte Keller und zeigte den Umschlag, worauf die Tür ein Stück weiter aufging, sodass ein großer, kräftiger Mann mit schütterem Haar sichtbar wurde, der bis auf ein um seinen Bauch geschlungenes Handtuch nackt war. Als er die Hand nach dem Umschlag ausstreckte, schob sich Keller mit dem Messer in der Hand in das Zimmer und stieß dem Mann die Klinge zwischen die Rippen und dann nach oben ins Herz.

Der Mann fiel hintüber auf den Teppichboden und blieb, alle Viere von sich gestreckt, am Fuß des Doppelbetts liegen. Das Zimmer war ein ziemliches Chaos, stellte Keller fest. Auf der Kommode stand eine offene Flasche Scotch und auf jedem der beiden Nachttische war ein halb volles Glas. Überall lagen Kleider herum, seine Sachen, ihre Sachen ...

Ihre Sachen?

Kellers Blick wanderte zu der geschlossenen Badezimmertür. Oh-oh, dachte er, jetzt aber nichts wie weg. Steck das Messer ein, nimm den FedEx-Umschlag und ...

Die Badezimmertür ging auf. »Harry? Was ist denn ...«

Dann sah sie Keller. Schaute ihn direkt an, sah sein Gesicht.

Jeden Moment würde sie zu schreien anfangen.

»Sein Herz«, rief Keller. »Kommen Sie, helfen Sie mir.«

Sie verstand gar nichts, aber da lag Harry auf dem Boden, und da war dieser sympathische Mann im Anzug, der auf sie zukam und irgendwas von Wiederbelebungsversuchen und Notarzt sagte und mit tiefer, beruhigender Stimme auf sie einredete. So ganz leuchtete ihr das alles zwar nicht ein, aber zumindest schrie sie nicht, und in kürzester Zeit war Keller nahe genug bei ihr, um ihr die Hand auf den Mund zu legen.

Sie war zwar nicht Teil der Abmachung, aber sie war da, und warum hatte sie nicht im Bad bleiben können, wo sie hingehörte, die dumme Kuh, nein, sie hatte die Tür öffnen müssen, damit sie sein Gesicht sah, womit sie ihm keine andere Wahl ließ.

Das Ausbeinmesser, gründlich von Blut gereinigt, alle Fingerabdrücke weggewischt, landete ein paar Meilen vom Hotel entfernt in einem Gully. Der FedEx-Umschlag, immer wieder zur Hälfte durchgerissen, wanderte am Flughafen in einen Abfalleimer. Der Tempo kam zu Hertz zurück, und Keller flog mit American nach Chicago. Am O'Hare Airport genehmigte er sich in einem erstaunlich guten Restaurant ein langes spätes Mittagessen und kaufte sich ein Ticket für einen United-Flug, mit dem er deutlich nach dem Abklingen der Rushhour am La Guardia eintreffen würde. Dann schlug er in einer Cocktail Lounge, durch deren Fenster man Starts und Landungen beobachten konnte, etwas Zeit tot und trank dazu ein australisches Lager. Nach einer Weile wandte er sich dem Fernseher zu, wo Oprah Winfrey mit sechs Zwergen sprach. Der Ton war abgedreht, was vermutlich nichts ausmachte. Ab und zu schwenkte die Kamera über das Publikum, das sich aus einem unverhältnismäßig hohen Anteil kleiner Menschen zusammensetzte. Keller sah fasziniert zu und verkniff es sich, irgendwelche Schneewittchenwitze zu reißen, nicht einmal im Stillen.

Er überlegte, ob es ein Fehler wäre, am selben Tag nach New York zurückzukehren. Was würde Andria denken?

Andererseits hatte er ihr gesagt, dass er vielleicht nicht lang weg wäre. Was kümmerte es ihn außerdem, was sie dachte?

Er trank noch ein australisches Lager und sah ein paar weiteren Flugzeugen beim Start zu. Während des Flugs trank er Kaffee und aß zwei Tütchen mit Erdnüssen. Nach der Landung am La Guardia machte er am ersten Münztelefon Halt und rief in White Plains an.

»Das ging aber schnell«, sagte Dot.

»Ein Klacks«, sagte Keller.

Er nahm sich ein Taxi, bat den Fahrer, die Fifty-ninth Street Bridge zu nehmen, und erklärte ihm, wie er fahren musste. Vor seiner Wohnungstür klingelte er ein paarmal, bevor er sie mit dem Schlüssel aufschloss. Nelson und Andria waren nicht da. Vielleicht sind sie schon den ganzen Tag unterwegs, dachte er. Vielleicht hatten das Mädchen und sein Hund einen endlos langen Spaziergang gemacht, während er nach St. Louis geflogen war und zwei Menschen getötet hatte.

Er machte sich ein Sandwich und schaltete den Fernseher ein. Nach einigem Zappen blieb er auf einem Teleshoppingkanal hängen, auf dem sie Sportsammelstücke verkauften. Bälle, Schläger, Helme, Mützen, Trikots, alle von Sportlern signiert und mit Echtheitszertifikaten versehen, die man sich, bereits fertig gerahmt, an die Wand hängen konnte. Zirkonia für Männer, dachte er.

In diesem Moment kam Nelson, gefolgt von Andria, in die Wohnung gestürmt.

»Als ich den Fernseher gehört habe«, sagte sie, »war mein erster Gedanke, dass ich ihn versehentlich laufen gelassen habe, aber das geht eigentlich schlecht, weil ich ihn gar nicht angemacht habe. Dann dachte ich, es ist vielleicht jemand eingebrochen, aber wieso sollte ein Einbrecher den Fernseher anmachen? Er würde ihn höchstens stehlen.«

»Ich hätte vom Flughafen anrufen sollen«, sagte Keller. »Aber ich habe nicht daran gedacht.«

»Was war? Ist Ihr Flug ausgefallen?«

»Nein, nein, ich bin schon geflogen«, sagte er. »Aber es lief alles wie am Schnürchen.«

»Ist doch super«, sagte sie. »Nelson und ich hatten wie immer eine Menge Spaß. Mit ihm Gassi zu gehen ist wirklich die reinste Freude.«

»Ja, er weiß sich zu benehmen«, stimmte ihr Keller zu.

»Nicht nur das. Er ist so begeisterungsfähig.«

»Ich weiß, was Sie meinen.«

»Er hat zu allem so eine positive Einstellung, dass man sich auch selbst gleich besser fühlt, bloß weil man mit ihm zusammen ist. Und er ist so interessiert. Ich habe ihn mitgenommen, als ich in einer Wohnung in der Park Avenue die Pflanzen gegossen und die Fische gefüttert habe. Diese Leute sind gerade in Sardinien. Waren Sie schon mal dort?«

»Nein.«

»Ich auch nicht, aber ich würde gern mal hinfahren. Sie nicht auch?«

»Der Gedanke ist mir nie gekommen.«

»Jedenfalls hätten Sie Nelson sehen sollen, wie er das Aquarium und die Fische beobachtet hat. Falls Sie sich mal eins zulegen wollen, würde ich Ihnen helfen, es einzurichten. Aber ich würde Ihnen unbedingt Süßwasser empfehlen. Salzwasseraquarien brauchen unglaublich viel Pflege.«

»Na ja, mal sehen.«

Sie bückte sich, um den Hund zu tätscheln, dann richtete sie sich auf und sagte: »Da wäre nur noch eine Frage. Ist es okay, wenn ich heute Nacht noch hier schlafe?«

»Klar. Das habe ich eigentlich mehr oder weniger angenommen.«

»Na ja, ich war mir nicht sicher, und es ist schon ein bisschen spät, um mich noch nach was anderem umzuschauen. Ich dachte nur, dass Sie nach der Reise allein sein wollen und ...«

»So lange war ich nun auch nicht weg.«

»Macht es Ihnen also wirklich nichts aus?«

»Nein, überhaupt nicht.«

Sie sahen gemeinsam fern und tranken heiße Schokolade, die Andria gemacht hatte. Als die Sendung aus war, brach Keller mit Nelson zu einem späten Spaziergang auf. »Willst du wirklich ein Aquarium?«, fragte er den Hund. »Wenn ich einen Fernseher haben kann, solltest du eigentlich auch ein Aquarium haben können. Aber würde es dich nach einer Woche noch interessieren? Oder würde es dir schnell langweilig?«

Das war das Tolle an Hunden, dachte er. Im Gegensatz zu Menschen langweilten sie sich nie.

Nachdem sie ein Stück gegangen waren, merkte er, dass er mit Nelson über das sprach, was in St. Louis passiert war. »Von einer Frau haben sie nichts gesagt«, sagte er. »Jede Wette, dass sie im Hotel nicht registriert war. Ich glaube nicht, dass sie seine Frau war, deshalb war sie höchstwahrscheinlich nicht offiziell dort. Deshalb hat er sie ins Bad geschickt, bevor er die

Tür geöffnet hat, und deshalb wollte er zunächst auch die Tür nicht öffnen. Wenn sie eine Minute länger im Bad geblieben wäre ...«

Aber angenommen, das wäre sie? Sie hätte sich die Lunge aus dem Leib gekreischt, bevor Keller das Hotel verlassen hätte, und sie hätte der Polizei verschiedene Informationen geben können. Wie sich der Mörder Zutritt zum Zimmer verschafft hatte, zum Beispiel.

Aber es war nun mal, wie es war, entschied er schließlich. Trotzdem ärgerte es ihn. Von einer Frau hatten sie nichts gesagt.

Es gab nur ein Bad. Andria benutzte es als Erste. Keller hörte die Dusche laufen, dann eine Weile nichts, und schließlich kam sie in einem vollkommen formlosen Kleidungsstück aus rosa Flanell heraus, das sie vom Hals bis zu den Knöcheln bedeckte. Ihre Zehennägel waren lackiert, stellte Keller fest, jeder in einer anderen Farbe.

Keller duschte und schlüpfte in einen Bademantel. Andria las auf der Couch eine Zeitschrift. Sie wünschten sich eine gute Nacht, und Keller schnalzte mit der Zunge, worauf ihm Nelson ins Schlafzimmer folgte. Als er die Tür schloss, machte der Hund wieder dieses eigenartige Geräusch.

Er zog den Bademantel aus, legte sich ins Bett, tätschelte neben sich die Matratze. Nelson blieb, wo er war, an der Tür, und gab noch einmal diesen Laut von sich, diesmal eine Spur nachdrücklicher.

»Möchtest du raus?«

Nelson wedelte mit dem Schwanz, was Keller als ein Ja auffasste. Er öffnete die Tür, worauf der Hund ins andere Zimmer ging. Er schloss die Tür wieder, legte sich ins Bett und überlegte, ob er eifersüchtig war. Dabei kam ihm der Gedanke, dass er möglicherweise nicht nur auf das Mädchen eifersüchtig war, weil Nelson lieber bei ihr sein wollte als bei ihm, sondern dass er vielleicht auch auf den Hund eifersüchtig war, weil er bei Andria schlafen durfte und er selbst nicht.

Kleine süße Zehen, jeder Nagel in einer anderen Farbe lackiert ...

Er dachte immer noch darüber nach, als die Tür aufging und der Hund hereintappte. »Er will zu Ihnen«, sagte Andria und zog die Tür zu, bevor Keller etwas antworten konnte.

Aber wollte Nelson das wirklich? Der Hund schien nicht zu wissen, was er wollte. Er sprang auf Kellers Bett, drehte sich einmal, zweimal im Kreis, sprang auf den Boden, ging zur Tür. Und gab wieder diesen eigenartigen Laut von sich. Aber diesmal hörte er sich traurig an.

Keller stand auf und öffnete die Tür. Nelson stellte sich, halb im, halb außerhalb des Zimmers, in die Öffnung. Keller streckte den Kopf durch die Tür und sagte: »Ich glaube, die geschlossene Tür stört ihn. Soll ich sie offen lassen?«

»Klar.«

Er ließ die Tür offenstehen und legte sich wieder ins Bett. Diese Gelegenheit nutzte Nelson, um ins Wohnzimmer zu gehen. Wenige Augenblicke später kam er wieder ins Schlafzimmer. Wieder wenige Augenblicke später war er erneut auf dem Weg ins Wohnzimmer. Warum, fragte sich Keller, verhielt sich der Hund wie ein werdender Vater im Wartezimmer einer Entbindungsstation? Was sollte dieses ständige Hin-und-her-Gerenne?

Keller schloss die Augen. Er fühlte sich so weit davon entfernt, einschlafen zu können, wie er von Sardinien entfernt war. Warum, fragte er sich, wollte Andria dorthin? Wegen der Sardinen? Dann konnte sie wegen eines Korsetts auf Korsika Halt machen und wegen der Makkaroni auf Elba. Und dann noch auf Malta wegen der Falken und auf Kreta wegen der Kretins und ...

Er war gerade am Einnicken, als der Hund zurückkam.

»Nelson«, sagte er, »was ist los mit dir? Hm?« Er kraulte den Hund hinter dem Ohr. »Du bist ein braver Junge. Du bist wirklich ein braver Junge, aber du spinnst.«

In diesem Moment klopfte es.

Keller setzte sich auf. Es war natürlich Andria, und die Tür war auf; sie hatte geklopft, um ihn auf sich aufmerksam zu machen. »Er kann sich nicht entscheiden, bei wem er sein will«, sagte sie. »Vielleicht sollte ich lieber meine Sachen packen und gehen.«

»Nein«, sagte er. Er wollte nicht, dass sie ging. »Nein, auf keinen Fall.«

»Dann sollte ich vielleicht bleiben.«

Sie kam ins Zimmer. Sie hatte im Wohnzimmer eine Lampe angemacht, bevor sie hereingekommen war, aber weil das Licht von hinten kam, war nicht viel von ihr zu erkennen. Das rosa Flanellteil war undurchsichtig und ließ keine Aufschlüsse auf ihre Figur zu. Dann zog sie mit einer einzigen Bewegung das Kleidungsstück über ihren Kopf und warf es weg, und jetzt konnte er alles von ihrem Körper erkennen.

»Ich habe zwar das Gefühl, dass das ein Riesenfehler ist«, sagte sie, »aber es ist mir egal. Es ist mir vollkommen egal. Weißt du, was ich meine?«

»Ich weiß genau, was du meinst«, sagte Keller.

Hinterher sagte er: »Jetzt denkst du wahrscheinlich, ich habe den Hund dazu angestiftet. Ich fände es gut, wenn es so wäre, aber glaub mir, es war einzig und allein seine Idee. Er war wie der Esel in dieser Denksportaufgabe, der sich nicht zwischen zwei Heuballen entscheiden kann. Übrigens, wo ist er wohl hin?«

Sie sagte nichts, und als er genauer schaute, merkte er, dass sie weinte. Hatte er was Falsches gesagt?

»Andria?«, fragte er. »Was hast du denn?«

Sie setzte sich auf und verschränkte die Arme unter ihren Brüsten. »Ich habe einfach Angst«, sagte sie.

»Wovor?«

»Vor dir.«

»Vor mir?«

»Versprich mir, dass du mir nie wehtun wirst«, sagte sie. »Bitte.«

»Warum sollte ich dir wehtun?«

»Keine Ahnung.«

»Wie kommst du dann darauf, so was zu sagen?«

»O je.« Sie legte eine Hand an ihren Mund und nagte an einem Knöchel. Ihre Fingernägel waren nicht lackiert, nur ihre Zehennägel. Interessant. Sie sagte: »Wenn ich eine Beziehung habe, muss ich ganz aufrichtig sein.«

»Häh?«

»Nicht, dass wir eine Beziehung haben. Das heißt, wir sind gerade zum ersten Mal miteinander ins Bett gegangen, aber ich hatte das Gefühl, dass da was zwischen uns war, findest du nicht auch?«

Keller fragte sich, worauf sie hinauswollte.

»Und deshalb muss ich ehrlich sein. Also, ich weiß, was du machst.«

»Du weißt, was ich mache?«

»Auf deinen Reisen.«

Völlig absurd. Woher sollte sie irgendetwas wissen?

»Ich habe Angst, es zu sagen.« Und wenn sie es tatsächlich wusste?

»Mach nur«, sagte er. »Es gibt keinen Grund, Angst zu haben.«

»Du...«

»Mach nur.«

»Du bringst Leute um.«

Oha!

»Wie kommst du denn darauf?«, fragte er.

»Keine Ahnung«, sagte sie. »Ich weiß es einfach, obwohl ich nicht weiß, woher ich es weiß. Ich glaube, ich habe es von dem Tag an gewusst, an dem ich dich zum ersten Mal gesehen habe. Irgendwas mit deiner Energie wahrscheinlich. Es lässt sich nicht greifen, aber es ist da.«

»Oh.«

»Ich spüre Dinge bei Leuten. Bitte tu mir nichts.«

»Ich werde dir nie wehtun, Andria.«

»Ich weiß, dass du das ehrlich meinst. Hoffentlich stimmt es auch.«

Er überlegte kurz. »Wenn du das von mir denkst«, sagte er, »oder über mich weißt, egal, wie du es nennen willst, und wenn du Angst hattest, dass ich dir ... wehtun könnte ...«

»Warum bin ich dann zu dir ins Schlafzimmer gekommen?«

»Ja. Warum hast du das getan?«

Sie sah ihm in die Augen. »Ich konnte einfach nicht anders«, sagte sie.

Er hatte ein Gefühl in seiner Brust, als wäre dort um sein Herz ein Stahlband gewesen, das gerade zersprungen und abgefallen war. Er streckte die Hand nach ihr aus und zog sie an sich.

Auf dem Boden neben dem Bett schlief Nelson wie ein Lamm.

Am nächsten Morgen gingen sie gemeinsam mit Nelson raus. Keller kaufte eine Zeitung und einen Liter Milch. Zurück in der Wohnung, machte er eine Kanne Kaffee, während sie das Frühstück auf den Tisch stellte.

»Ich bin zwar nicht gut in so was«, sagte er, »aber da sind ein paar Dinge, die ich dir sagen sollte. Zuallererst, du hast nichts von mir zu befürchten. Meine Arbeit ist eine Sache, mein Leben eine andere. Ich habe keinen Grund, dir etwas zu tun, und selbst wenn ich einen Grund hätte, würde ich so etwas nie tun.«

»Das weiß ich.«

»Ach?«

»Gestern Nacht hatte ich Angst. Jetzt nicht mehr.«

»Aha«, sagte er. »Und die andere Sache, die ich dir sagen möchte, ist: Ich weiß, dass du im Moment keine Wohnung hast, und was mich angeht, kannst du so lang hier bleiben, wie du willst. Ich fände es sogar schön, wenn du hier bliebst. Du kannst sogar auf der Couch schlafen, wenn du willst, vorausgesetzt, Nelson lässt es zu. Aber ich habe da so meine Zweifel.«

Während sie noch über ihre Antwort nachdachte, läutete das Telefon. Er schnitt ein Gesicht und ging dran.

Es war Dot. »Junger Mann«, sagte sie mit der zittrigen Stimme einer alten Frau, »du solltest deiner reizenden alten Tante Dorothy lieber einen Besuch abstatten.«

»Habe ich doch eben erst«, rief er ihr in Erinnerung. »Bloß weil es schnell über die Bühne gegangen ist, heißt das nicht, dass ich nicht etwas Zeit zwischen den Aufträgen brauche.«

»Keller«, sagte sie mit ihrer richtigen Stimme. »Setz dich gefälligst in den nächsten Zug, ja? Es ist dringend.«

»Dringend?«

»Es gibt ein Problem.«

»Wie meinst du das?«

»Erinnerst du dich vielleicht noch, was von einem Klacks gesagt zu haben?«

»Ja. Und?«

»Aus deinem Klacks ist ein riesiger Batzen geworden.«

Weil ihn in White Plains niemand vom Bahnhof abholte, nahm er sich ein

Taxi zu dem großen viktorianischen Haus am Taunton Place. Dot erwartete ihn auf der Veranda. »So«, sagte sie. »Meldung.«

»An dich?«

»Und dann erstatte ich ihm Meldung. So will er es.«

Keller zuckte mit den Achseln und lieferte seinen Bericht ab. Wo er gewesen war, was er gemacht hatte. Es waren nur wenige Sätze erforderlich. Als er geendet hatte, hielt er kurz inne, bevor er sagte: »Die Frau hätte nicht da sein sollen.«

»Der Mann auch nicht.«

»Häh?«

»Du hast die Falschen umgebracht«, sagte sie. »Warte so lange hier, Keller. Ich muss jetzt erst mal Seiner Eminenz Bericht erstatten. Wenn du Kaffee möchtest, in der Küche ist frischer. Na ja, halbwegs frischer.«

Keller blieb auf der Veranda. Dort stand ein altmodischer Schaukelstuhl. Er setzte sich hinein und begann zu schaukeln. Unter diesen Umständen erschien ihm das jedoch unangebracht. Deshalb stand er wieder auf und setzte sich auf einen normalen Stuhl. Er war jedoch zu aufgewühlt, um ruhig sitzen bleiben zu können. Er stand, als Dot zurückkam.

»Zimmer dreihundertvierzehn hast du gesagt?«, fragte sie.

»Und in dieses Zimmer bin ich gegangen«, sagte er. »In diesem Zimmer habe ich von unten angerufen, und das war die Nummer, die auf der Tür gestanden hat. Zimmer 314 im Sheraton.«

»Es war das falsche Zimmer.«

»Ich habe es mir aufgeschrieben«, sagte er. »Er hat mir die Zimmernummer gesagt, und ich habe sie mir notiert.«

»Den Zettel hast du nicht zufällig aufgehoben?«

»Aber sicher«, sagte er. »Ich hebe alles auf. Er liegt mit dem Ausbeinmesser und der Uhr und der Brieftasche des Opfers zu Hause auf meinem Couchtisch. Nein, ich habe den Zettel natürlich nicht aufgehoben.«

»Klar, natürlich nicht. Trotzdem wäre es schön, wenn du in diesem Fall eine Ausnahme gemacht hättest. Das, äh, richtige Opfer war in Zimmer fünfhundertzwei.«

Er runzelte die Stirn. »Da kann eigentlich keine Verwechslung vorliegen.

Was hat er gemacht, das Zimmer gewechselt? Wenn ich einen Namen oder ein Foto bekommen hätte, dann …«

»Ich weiß. Er hat nicht das Zimmer gewechselt.«

»Ich kann mir nicht vorstellen, Dot, dass ich mir was Falsches notiert habe.«

»Ich auch nicht, Keller.«

»Wenn ich eine Zahl falsch aufgeschrieben oder die Reihenfolge vertauscht hätte, könnte ich es mir ja noch vorstellen, aber um von 502 auf 314 zu kommen …«

»Weißt du, was 314 ist, Keller?« Wusste er nicht. »Es ist die Vorwahl von St. Louis.«

»Die Telefonvorwahl?«

»Ja.«

»Das verstehe ich nicht.«

Sie seufzte. »Er hat in letzter Zeit ziemlich viel zu tun gehabt. Er steht unter Stress. Deshalb, aber das bleibt unter uns …« Mein Gott, wem sollte er es denn erzählen? »… er muss auf den falschen Zettel geschaut haben und dir deshalb die Vorwahl gegeben haben statt der Zimmernummer.«

»Ich fand tatsächlich, dass er müde gewirkt hat. Ich habe sogar was in der Richtung gesagt.«

»Und wenn ich mich recht erinnere, habe ich dir gesagt, dass das Leben die Menschen nun mal müde macht. Wir hatten beide recht. Wie auch immer, du musst sofort nach Tulsa.«

»Nach Tulsa?«

»Dort lebt die Zielperson. Wie es scheint, hat er alle weiteren Termine abgesagt und fliegt heute Nachmittag nach Hause. Ich weiß nicht, ob es Zufall ist oder ob ihm der Vorfall zwei Stockwerke tiefer einen gehörigen Schrecken eingejagt hat. Der Kunde wollte eigentlich nicht, dass er in Tulsa erledigt wird, aber jetzt bleibt uns keine andere Wahl.«

»Ich habe meinen Auftrag eben erst ausgeführt«, sagte Keller, »und jetzt muss ich noch mal ran. Als sie aus dem Bad gekommen ist, wurden es zwei für den Preis von einem, und jetzt sind es schon drei für den Preis von einem.«

»Nicht ganz. Er darf natürlich das Gesicht nicht verlieren, Keller, deshalb muss es erst mal so aussehen, als ob du Scheiße gebaut hättest und jetzt deinen Fehler ausbügelst. Aber sobald etwas Gras über die Sache gewachsen ist, wirst du einen kleinen Bonus unter deinem Weihnachtsbaum finden.«

»Ich soll bis Weihnachten warten?«

»Das ist doch nur so eine Redewendung. Du bekommst einen Bonus, und du wirst nicht bis Weihnachten darauf warten müssen.«

»Der Kunde zahlt einen Bonus?«

»Ich habe gesagt, du bekommst einen Bonus. Dass ihn der Kunde zahlt, habe ich nicht gesagt. Aber erst mal, auf nach Tulsa. Du wirst am Flughafen abgeholt, und jemand wird dir die Stadt zeigen und dann die Zielperson. Warst du schon mal in Tulsa?«

»Ich glaube nicht.«

»Es gefällt dir bestimmt. Du wirst hinziehen wollen.«

Er wollte nicht mal hinfliegen. Auf halbem Weg die Verandatreppe hinunter drehte er sich um, ging wieder zurück und sagte: »Der Mann und die Frau in Zimmer dreihundertvierzehn. Wer waren sie?«

»Wer weiß? Gunnar Ruthven waren sie jedenfalls nicht, so viel kann ich dir zumindest sagen.«

»Ist das der Mann, den ich in Tulsa aufsuchen soll?«

»Hoffen wir mal. Was das Pärchen in Zimmer dreihundertvierzehn angeht, weiß ich keine Namen. Er war ein Geschäftsmann aus der Gegend, Inhaber einer großen chemischen Reinigung, irgendwas in der Art. Über sie weiß ich gar nichts. Sie waren verheiratet, aber nicht miteinander. Soviel ich mitbekommen habe, hast du eine Matinee gestört.«

»Ganz so hat es ausgesehen.«

»Aber dann war Ende der Vorstellung«, sagte Dot. »Was ist das doch für eine Welt, in der wir leben, hm?«

»Er hieß Harry.«

»Ich habe dir doch gesagt, dass er nicht Gunnar Ruthven war. Was hast du denn, Keller? Du wirst doch keinen Kranz zu seiner Beerdigung schicken?«

*   *   *

»Diesmal muss ich länger weg«, sagte er Andria. »Ich muss ... wohin ... mich um was kümmern.«

»Und ich werde mich um Nelson kümmern«, sagte sie. »Und wir werden beide hier sein, wenn du zurückkommst.«

Sein Flug ging von Newark. Er packte seine Reisetasche und bestellte ein Taxi zum Flughafen.

»Stört es dich?«, fragte er.

»Was du machst? Es würde mich stören, wenn ich es machen würde, aber da ich es sowieso nicht könnte, spielt es keine Rolle. Stört es mich, dass du es tust? Ich glaube nicht. Es ist eben, was du tust.«

»Hältst du es denn nicht für falsch?«

Sie dachte eine Weile nach. »Ich glaube nicht, dass es für *dich* falsch ist. Ich glaube, es ist dein Karma.«

»Du meinst, mein Schicksal?«

»Gewissermaßen. Es ist das, was du tun musst, um die Lektion zu lernen, die du in diesem Leben lernen sollst. Wir sind nicht nur einmal hier, weißt du. Wir leben viele Leben.«

»Und das glaubst du, hm?«

»Es ist mehr eine Sache des Wissens als des Glaubens.«

»Aha.« Karma, dachte er. »Und wie ist das mit den Leuten, die ich aufsuche? Ist es einfach ihr Karma?«

»Leuchtet dir das nicht ein?«

»Keine Ahnung«, sagte er. »Darüber muss ich erst nachdenken.«

Er hatte jede Menge Zeit, um über Karma nachzudenken. Er war fünf Tage in Tulsa, bevor er dazu kam, einen Schlussstrich unter den Fall Gunnar Ruthven zu ziehen. Am Flughafen holte ihn ein traurig dreinblickender junger Mann namens Joel ab und zeigte ihm auf einer Fahrt durch die Stadt Ruthvens Vorstadthaus und sein Büro im Zentrum. Ruthven wohnte in einem zweigeschossigen Pseudo-Tudorhaus auf einem etwa 2000 Quadratmeter großen Grundstück. Sein Büro befand sich im Great Southwestern Bank Building nicht weit vom Gerichtsgebäude. Anschließend fuhr Joel zum All-American Inn, das zu etwa einem Dutzend Motels gehörte, die in einer Geschäftsstraße in der Nähe des Flughafens lagen. »Der Grund, warum es so heißt«, erklärte ihm Joel, »ist, dass man weiß, dass das Motel nicht in indischer Hand ist. Die meisten Motels gehören nämlich Indern. Deshalb haben die Besitzer dieses Motels den Namen in All-American geändert und sogar ein riesiges Schild aufgestellt, dass das Motel reinrassigen Amerikanern gehört und auch von solchen geführt wird.«

»Mussten sie das Schild wieder entfernen?«

Joel schüttelte den Kopf. »Nach etwa einem Jahr haben sie den Laden verkauft, und die neuen Besitzer haben das Schild abgebaut.«

»Hat ihnen dieser Gedanke nicht gefallen?«

»Natürlich nicht. Die neuen Besitzer sind nämlich Inder. Aber der Laden ist völlig in Ordnung, und Sie müssen auch nicht durchs Foyer gehen. Wir haben bereits eine Woche im Voraus für das Zimmer bezahlt. Ich dachte, das wäre in Ihrem Sinn. Hier ist Ihr Zimmerschlüssel, und das sind die Autoschlüssel. Sie gehören zu dem Toyota dort drüben, dem dritten von hinten. Die Papiere sind, zusammen mit einer kleinen Zweiundzwanziger Automatik, im Handschuhfach. Wenn Ihnen was Schwereres lieber ist, müssen Sie es nur sagen.«

Keller versicherte ihm, die 22er sei völlig in Ordnung. »Dann machen Sie es sich erst mal bequem und lassen sich was zu essen kommen, wenn Sie Hunger haben«, schlug Joel vor. »Der Sizzler auf der anderen Straßenseite ist ganz okay. Ich würde sagen, ich hole Sie in zwei Stunden ab, und dann sehen wir uns den Typen mal an, wegen dem Sie hergekommen sind.«

Joel holte ihn pünktlich ab, und sie fuhren in die Stadt und parkten an einer Parkuhr. Sie setzten sich ins Foyer von Ruthvens Bürogebäude. Nach zwanzig Minuten sagte Joel: »Der Typ, der gerade aus dem Lift kommt. Glencheck-Anzug, Hornbrille, Alu-Aktenkoffer. Soll wahrscheinlich besonders hightech-mäßig aussehen, aber ich persönlich finde echtes Leder wesentlich besser.«

Keller sah sich Ruthven sehr genau an. Er war groß und schlank, mit Hakennase und spitzem Kinn. »Sind Sie ganz sicher, dass er das ist?«

»Klar, das ist er, hundert Pro. Warum?«

»Nur zur Sicherheit.«

Joel brachte ihn ins All-American zurück und gab ihm einen Stadtplan von

Tulsa, in den verschiedene Lokalitäten eingezeichnet waren: das All-American Inn, Ruthvens Haus, Ruthvens Büro und ein Restaurant in der Southside, das Joels Aussagen zufolge ganz hervorragend war. Außerdem gab er Keller einen Zettel mit einer Telefonnummer. »Egal, was«, sagte er. »Wenn Sie ein Mädchen wollen, wenn Sie pokern wollen, wenn Sie einen Hahnenkampf sehen wollen, rufen Sie einfach diese Nummer an, und ich kümmere mich darum. Waren Sie schon mal bei einem Hahnenkampf?«

»Nein, nie.«

»Möchten Sie mal einen sehen?«

Keller überlegte. »Eigentlich nicht«, sagte er schließlich.

»Wenn Sie sich's anders überleben sollten, sagen Sie mir einfach Bescheid. Oder wenn Ihnen nach sonst irgendwas ist.« Joel zögerte. »Ich muss sagen, ich habe mächtig Respekt vor Ihnen.« Er wandte den Blick ab, als er das sagte. »Ich glaube nicht, dass ich tun könnte, was Sie tun. Dafür hätte ich nicht den Mumm.«

Keller ging auf sein Zimmer und legte sich aufs Bett. Mumm?, dachte er. Wozu sollte man für so was Mumm brauchen?

Er dachte an Ruthven, wie er, lang und schlaksig, aus dem Lift gekommen war, und merkte, was ihn am Aussehen des Mannes irritiert hatte. Er war nicht, wie Keller ihn sich vorgestellt hatte. Er sah völlig anders aus als Harry in Zimmer 314.

Wusste Ruthven, dass sie es auf ihn abgesehen hatten? Wenn Keller in seinem Toyota herumfuhr und den Mann beobachtete, gab es eigentlich keinen Zweifel: Ja, er wusste es. Er strahlte eine gewisse Wachsamkeit aus. In Anbetracht dessen hielt es Keller für das Beste, ihm erst einmal ein wenig Zeit zu lassen, um den anfänglichen Schock zu verdauen. Ein paar Tage Ruhe und Beschaulichkeit, und Ruthven würde in seine alten Verhaltensmuster zurückfallen. Er würde zu der Überzeugung gelangen, dass Harry und seine Freundin von einem eifersüchtigen Ehemann umgebracht worden waren, und sobald seine Vorsicht nachließ, konnte Keller seinen Auftrag erfüllen und nach Hause fliegen.

An der Pistole schien nichts auszusetzen zu sein. Am dritten Nachmittag fuhr er aufs Land, legte ein volles Magazin in die 22er ein, zielte auf ein Warnschild mit der Aufschrift QUERENDE RINDER und schoss es leer. Keiner seiner Schüsse traf ins Ziel, aber er glaubte nicht, dass es an der Pistole lag. Er stand immerhin fünfzehn Meter davon entfernt, und das Schild war höchstens zwanzig Zentimeter breit. Keller war kein besonders guter Schütze, aber er richtete es sich immer so ein, dass er das nicht sein musste. Wenn man sich jemandem von hinten näherte und ihm den Pistolenlauf an den Nacken hielt, musste man nur noch abdrücken. Dazu musste man kein guter Schütze sein. Man brauchte nur …

Was? Karma? Mumm?

Er lud nach und konzentrierte sich, und diesmal traf er das Schild tatsächlich zweimal. Erstaunlich, wozu man in der Lage war, wenn man nur richtig bei der Sache war.

Das Schwierigste war, eine Möglichkeit zu finden, sich die Zeit zu vertreiben. Er ging ins Kino, schlenderte durch eine Mall und sah viel fern. Er hatte Joels Nummer, rief ihn aber nie an. Er wollte keine weibliche Gesellschaft, noch war ihm nach Kartenspielen oder einem Hahnenkampf.

Er kämpfte gegen den Impuls an, in New York anzurufen.

Auf einem der Teleshopping-Kanäle sagte tatsächlich eine Frau zu einer anderen: »Zumindest so viel ist klar: Man kann nie genügend Ohrringe haben.« Keller ging dieser Spruch nicht mehr aus dem Kopf. Angenommen, man hatte eine Million von den Dingern. War das nicht ein wenig zu viel?

Die Frau in Zimmer 314 hatte keine Ohrringe getragen, aber auf dem Nachttisch hatten welche gelegen. Wie viele hatte sie zu Hause noch gehabt?

Schließlich stand er eines Morgens bei Tagesanbruch auf und duschte und rasierte sich. Er packte seine Sachen und wischte alle glatten Oberflächen im Zimmer ab. Um nicht noch einmal zurückkommen zu müssen, hatte er die Fingerabdrücke jedes Mal entfernt, wenn er das Zimmer verließ, aber an diesem Morgen hatte er das Gefühl, dass es Zeit wurde, Nägel mit Köpfen zu machen. Er fuhr zu Ruthvens Haus und parkte um die Ecke am Straßenrand.

Er ging in die Einfahrt und durch den Garten eines Hauses in der Querstraße, stieg über einen 1,20 m hohen Maschendrahtzaun und stemmte ein Fenster auf, um in Ruthvens Garage zu kommen. Das Auto in der Garage war nicht abgeschlossen, und Keller stieg hinten ein und wartete geduldig.

Schließlich ging das Garagentor auf. Um nicht gesehen zu werden, duckte sich Keller. Ruthven öffnete die Autotür und setzte sich ans Steuer.

Keller setzte sich langsam auf. Ruthven fummelte mit dem Schlüssel herum und hatte Mühe, ihn ins Zündschloss zu bekommen. Aber war es überhaupt Ruthven?

Mein Gott, jetzt stell dich nicht so an. Wer soll es denn sonst sein?

Keller steckte ihm den Pistolenlauf ins Ohr und schoss das Magazin leer.

»Die sind aber schön«, sagte Andria. »Aber du hättest mir doch nichts mitzubringen gebraucht.«

»Schon klar.«

»Aber es freut mich, dass du mir was mitgebracht hast. Sie gefallen mir sehr gut.«

»Ich wusste nicht, was ich dir mitbringen sollte«, sagte Keller. »Ich weiß ja nicht, was du schon alles hast. Aber ich dachte, man kann nie zu viele Ohrringe haben.«

»Das stimmt allerdings«, sagte Andria. »Aber das wissen nur die wenigsten Männer.«

Keller versuchte, sich ein Schmunzeln zu verkneifen.

»Seit du weg bist«, sagte sie, »muss ich die ganze Zeit daran denken, was du gesagt hast. Dass du es schön fändest, wenn ich hier bliebe. Aber dazu müsste ich wissen, ob du das immer noch willst, oder ob du das nur, du weißt schon, an diesem Morgen wolltest.«

»Ich fände es schön, wenn du hier bliebst.«

»Also, das würde ich auch gern. Ich finde es klasse, deine Energie um mich zu haben. Ich mag deinen Hund, ich mag deine Wohnung, und ich mag dich.«

»Du hast mir gefehlt«, sagte Keller.

»Du mir auch. Aber ich fand es auch schön, hier zu sein, während du weg warst, in deiner Wohnung zu leben und mich um deinen Hund zu kümmern. Ich muss dir allerdings was gestehen. Ich habe in deinem Bett geschlafen.«

»Aber klar doch. Wo hättest du denn sonst schlafen sollen?«

»Auf der Couch.«

Keller bedachte sie mit einem Blick. Sie wurde rot, und er sagte: »Als ich weg war, habe ich an deine Zehen gedacht.«

»An meine Zehen?«

»Die vielen verschiedenen Farben.«

»Ach so«, sagte sie. »Ich konnte mich einfach nicht für eine bestimmte Farbe zu entscheiden, und dann dachte ich, als Gott sich nicht für eine Farbe entscheiden konnte, schuf er den Regenbogen.«

»Regenbogenzehen«, sagte Keller. »Ich glaube, ich nehme sie eine nach der anderen in den Mund, diese süßen kleinen Regenbogenzehen. Wie fändest du das?«

»Oh«, sagte sie.

Später sagte er: »Angenommen, jemand wird versehentlich umgebracht.«

»Wie soll das denn gehen?«

»Indem zum Beispiel aus einer Telefonvorwahl eine Zimmernummer wird. Menschliches Versagen, Computer Error, egal was. Fehler passieren.«

»Nein, tun sie nicht?«

»Nicht?«

»Menschen machen Fehler«, sagte sie, »aber so etwas wie einen Fehler gibt es nicht.«

»Wieso nicht?«

»Du könntest einen Fehler machen«, sagte sie. »Dir könnte eine Hantel aus der Hand rutschen und aus dem Fenster fliegen. In diesem Fall hättest du einen Fehler gemacht.«

»Allerdings.«

»Und jemand, der zu einer Adresse eine Straße weiter will, könnte stattdessen hier aus einem Taxi steigen, und dann kommt die Hantel angeflogen. Diese Person hätte einen Fehler gemacht.«

»Ihren letzten noch dazu.«

»In diesem Leben«, pflichtete sie ihm bei. »Ihr habt also beide einen Fehler gemacht, aber wenn man das Ganze in einem größeren Zusammenhang betrachtet, hat es keinen Fehler gegeben. Die Person wurde von einer Hantel getroffen und starb.«

»Und das soll kein Fehler sein?«

»Es ist deshalb kein Fehler, weil es passieren sollte.«

»Aber wenn es nicht hätte passieren sollen ...«

»Wäre es nicht passiert.«

»Und wenn es passiert ist, sollte es das auch.«

»Genau.«

»Karma?«

»Karma.«

»Süße kleine Zehen«, sagte Keller. »Ich bin froh, dass du hier bist.«

Keller in schimmernder Rüstung

Als das Telefon klingelte, wurde Keller gerade mit dem Kreuzworträtsel in der *Times* fertig. Es sah so aus, als würde es einer der Tage, an denen es ihm gelang, alle Kästchen mit Buchstaben zu füllen. Das kam relativ oft vor, aber ein-, zweimal die Woche konnte er es nicht vollständig lösen. Ein brasilianischer Baum mit vier Buchstaben kreuzte sich mit einem Beuteltier aus der Alten Welt, und schon war er aufgeschmissen. Er war nicht euphorisch, wenn er das Kreuzworträtsel schaffte, oder zerknirscht, wenn nicht, aber beides ging nicht spurlos an ihm vorüber.

Er legte den Bleistift beiseite und griff nach dem Hörer, und Dot sagte: »Keller, ich habe dich schon eine Ewigkeit nicht mehr gesehen.«

»Bin schon unterwegs«, sagte er und legte auf. Es stimmte, dachte er, sie hatte ihn eine Ewigkeit nicht mehr gesehen, und es wurde langsam Zeit, dass er mal wieder in White Plains vorbeischaute. Der alte Mann hatte ihm schon seit Monaten keinen Auftrag mehr gegeben, und man rostete ein, wenn man nur herumsaß und Kreuzworträtsel löste.

Keller hatte immer noch reichlich Geld. Er machte sich ein schönes Leben: eine schöne Wohnung in der First Avenue mit Blick auf die Queensboro Bridge, anständige Klamotten, gute Restaurants. Aber niemand hätte ihn für jemand gehalten, der das Geld zum Fenster hinauswarf. Im Gegenteil, er legte immer etwas auf die hohe Kante, deponierte etwas in Schließfächern oder eröffnete unter falschen Namen Sparkonten. Sollten mal ein paar Regentage kommen, hatte er einen Schirm zur Hand.

Bloß weil man krankenversichert war, wollte man nicht unbedingt krank werden.

»Braver Hund«, sagte er zu Nelson und kraulte ihn hinter den Ohren. »Du bleibst schön zu Hause und passt auf die Wohnung auf, ja?«

Er war gerade auf dem Weg zur Tür hinaus, als das Telefon erneut klingelte. Sollte er es läuten lassen? Nein, besser, er ging dran.

Es war noch einmal Dot. »Keller, hast du eben einfach aufgelegt?«

»Ich dachte, du wärst schon fertig.«

»Wie kommst du denn darauf? Ich habe hallo gesagt, nicht Wiedersehen.«

»Du hast nicht hallo gesagt. Du hast gesagt, du hättest mich schon eine Ewigkeit nicht mehr gesehen.«

»Das ist näher an hallo als an Wiedersehen. Aber egal. Hauptsache, ich habe dich noch erwischt, bevor du aus der Wohnung gegangen bist.«

»War aber echt knapp«, sagte Keller. »Mit einem Fuß war ich schon zur Tür raus.«

»Ich hätte auch sofort noch mal angerufen«, sagte sie, »wenn es nicht so mühsam gewesen wäre, ein paar Quarter zu bekommen. Wenn du hier jemanden bittest, dir einen Dollar zu wechseln, sehen dich die Leute gleich an, als wolltest du sie übers Ohr haben.«

Ein paar Quarter? Wozu brauchte Dot ein paar Quarter?

»Hör zu«, sagte sie. »Nur ein paar Straßen von deiner Wohnung ist dieser kleine Italiener, das Giuseppe Joe's. Frag mich aber nicht, in welcher Straße er ist.«

»Ich weiß, wo er ist.«

»Sie haben auch im Freien Tische, unter einer Markise. Ist doch ein herrlicher Frühlingstag heute. Warum nimmst du deinen Hund nicht auf einen Spaziergang mit und kommst im Giuseppe Joe's vorbei. Einfach mal sehen, ob dort jemand ist, den du kennst.«

»Das ist also der berühmte Nelson«, sagte Dot. »Verteufelt gut aussehender Bursche. Sieht fast so aus, als würde er mich mögen.«

»Der einzige Mensch, den er nicht mag«, sagte Keller, »ist der Ausfahrer des chinesischen Restaurants.«

»Das liegt vermutlich am Glutamat.«

131

»Er bellt ihn jedes Mal an, obwohl Nelson sonst so gut wie nie bellt. Seine Rasse stammt von den Dingos ab, und deshalb gehören sie eher zu den Stillen.«

»Nelson, der Wunderhund. Was ist bloß los mit dir, Nelson? Magst du kein Schweinefleisch süßsauer?« Sie tätschelte den Hund. »Ich habe ihn mir größer vorgestellt. Ein Australian Cattle Dog, und wenn man bedenkt, wie groß Schäferhunde sind, und Kühe sind größer als Schafe und so weiter und so fort. Aber er hat genau die richtige Größe.«

Hätte er nicht nach ihr Ausschau gehalten, hätte Keller Dot vielleicht gar nicht erkannt. Er hatte sie nie woanders gesehen als im Haus des alten Manns am Taunton Place, wo sie immer in einem Muumuu oder einem Schürzenkleid herumlief. An diesem Nachmittag trug sie ein maßgeschneidertes Kostüm, und sie hatte etwas mit ihren Haaren gemacht. Sie sah aus wie eine Vorstadtmatrone, die auf einen Einkaufsbummel in die Stadt gekommen war, fand Keller.

»Er denkt, ich kaufe mir ein paar Sommersachen«, sagte sie, als könnte sie seine Gedanken lesen. »Ich sollte eigentlich gar nicht hier sein, Keller.«

»Ach?«

»Ich tue Dinge, die ich nicht tun sollte«, sagte sie. »Du kennst das ja, Müßiggang ist aller Laster Anfang. Wie sieht's bei dir aus, Keller? Du hast eine lange Trockenperiode hinter dir. Wie ist dir der Müßiggang bekommen?«

»Es geht so.«

»Wie sieht's bei dir in Sachen Geld aus?«

»Ich komme über die Runden.«

»Aber gegen einen Auftrag hättest du auch nichts, oder?«

»Nein, natürlich nicht.«

»Deshalb hast du so schnell aufgehängt und wolltest schon zum Bahnhof aufbrechen.« Sie trank etwas Eistee und rümpfte die Nase. »Zwei Dollar für ein Glas von dieser Pisse, und sie rühren sie auch noch mit einem Pulver an. Und da fragt sich noch jemand, warum ich nicht öfter in die Stadt komme? Aber an einem Tisch im Freien zu sitzen wie hier ist schön.«

»Ja, angenehm.«

»Du machst das wahrscheinlich ständig. Den Hund ausführen, die

Zeitung holen, unterwegs eine Tasse Kaffee trinken. Die Zeit rumbringen, stimmt's?«

»Manchmal.«

»Du hast eine Engelsgeduld, Keller, das muss man dir lassen. Ich brauche einen ganzen Tag, um zur Sache zu kommen, und du sitzt da, als hättest du nichts Besseres zu tun. Aber genau das ist doch der Punkt, oder? Du hast nichts Besseres zu tun, und ich auch nicht.«

»Manchmal gibt es nichts zu tun«, sagte er. »Wenn nichts reinkommt ...«

»Es ist was reingekommen.«

»Oh?«

»Ich bin nicht hier, du hast mich nie gesehen, und wir haben dieses Gespräch nie geführt, klar?«

»Klar.«

»Ich weiß nicht, was mit ihm los ist, Keller. Er macht gerade irgendwas durch, aber ich weiß nicht, was. Es ist, als hätte er keine Lust mehr. Es sind immer wieder Anrufe reingekommen, Leute mit Aufträgen, die genau das Richtige für dich gewesen wären. Aber er sagt nein. Er sagt ihnen, er hätte im Moment niemand. Er sagt ihnen, sie sollen jemand anders anrufen.«

»Sagt er auch, warum?«

»Klar, einen Grund gibt es immer. Mit einem will er keine Geschäfte machen, ein anderer zahlt nicht genug, irgendwas an der Sache ist nicht ganz koscher. Seit Jahresbeginn hat er drei Aufträge abgelehnt, von denen ich weiß.«

»Im Ernst?«

»Und da ist noch nicht eingerechnet, was alles reingekommen ist, von dem ich nichts weiß.«

»Da fragt man sich natürlich schon.«

»Ich schätze, es gibt sich wieder«, sagte sie. »Aber wer weiß, wann? Deshalb habe ich was Verrücktes gemacht.«

»Aha?«

»Aber lach nicht, ja?«

»Wieso sollte ich?«

»Kennst du die Zeitschrift *Mercenary Times*?«

»Ist das ein Blatt wie *Soldier of Fortune*?«

»Ja, so ähnlich, aber handgestrickter und unverblümter.« Sie zog eine Ausgabe aus ihrer Handtasche und reichte sie ihm. »Seite siebenundvierzig. Es ist eingekreist, du kannst es nicht übersehen.«

Es war im Anzeigenteil unter Stellengesuche mit rotem Marker eingekreist. Gelegenheitsjobs gesucht, stand dort. Auf Abfallbeseitigung spezialisiert. Zuschriften an Giftmüll, Postfach 1149, Yonkers NY.

»Giftmüll?«, sagte Keller.

»Das könnte ein Fehler sein«, sagte Dot. »Aber ich fand, es klingt gut, eiskalt und tödlich und bis in die Haarspitzen motiviert. Ich habe ein paar Schreiben von Leuten bekommen, die Chemikalien entsorgen oder Abflüsse ausräumen lassen wollen und dafür jemand suchen, der ihnen hilft, die Umweltschützer zu umgehen. Außerdem habe ich es geschafft, auf einen Verteiler zu geraten, wo ich aufgefordert wurde, den Abfallvermeidungs-Newsletter zu abonnieren."

»Aber das ist nicht alles, was reingekommen ist.«

»Nein. Ich habe auch schon ein paar Briefe von Leuten bekommen, die sehr wohl verstanden haben, welche Art von Abfallbeseitigung ich im Sinn habe. Allerdings habe ich mich gefragt, wie blöd muss eigentlich jemand sein, um auf so eine Anzeige zu antworten, und entsprechend waren auch die Angebote etwa so, wie man es in einem solchen Fall erwartet. Fünf davon habe ich verbrannt.«

»Und das sechste?«

»War ordentlich getippt, auf Briefpapier mit einem Briefkopf, wohlgemerkt. Und es war auf Englisch, Gott steh uns bei. Aber hier, lies selbst.«

»›Cressida Wallace, 411 Fairview Avenue, Muscatine, Iowa 52761. Sehr geehrte Damen und ...‹«

»Doch nicht laut, Keller.«

Sehr geehrte Damen und Herren, las er darauf still, ich kann nur hoffen, die Abfallbeseitigung, die Sie vornehmen, ist von der Art, wie ich sie benötige. Wenn dem so ist, bin ich dringend auf Ihre Hilfe angewiesen. Mein Name ist Cressida Wallace, und ich bin eine 41-jährige Autorin und Illustratorin von Kinderbüchern. Ich bin seit fünfzehn Jahren geschieden und habe keine Kinder.

Mein Leben war zwar nie wahnsinnig aufregend, aber ich habe in meiner Arbeit immer Erfüllung gefunden und in meinem Privatleben stille Befriedigung. Doch dann hat vor vier Jahren ein vollkommen Fremder begonnen, mir das Leben zur Hölle zu machen.

Ohne hier genauer ins Detail zu gehen, kann ich nur feststellen, dass ich das unschuldige Opfer eines Stalkers geworden bin. Warum dieser Mann ausgerechnet mich ausgewählt hat, ist mir ein Rätsel. Ich moderiere weder eine Talkshow, noch bin ich ein junger Tennisstar. Wenn auch durchaus vorzeigbar, bin ich keineswegs eine atemberaubende Schönheit. Ich bin diesem Mann nie begegnet, noch habe ich etwas getan, um sein Interesse oder sein Missfallen zu erregen. Dennoch lässt er mich nicht in Frieden.

Er parkt auf der anderen Straßenseite und beobachtet mit einem Fernglas mein Haus. Er folgt mir, wenn ich das Haus verlasse. Er ruft mich zu jeder Tages- und Nachtzeit an. Ich gehe schon lange nicht mehr ans Telefon, aber das hält ihn nicht davon ab, unvorstellbar obszöne und aggressive Nachrichten auf meinem Anrufbeantworter zu hinterlassen.

Als alles begonnen hat, habe ich in Missouri gelebt, in einem Vorort von St. Louis. Ich bin viermal umgezogen, und doch ist es ihm gelungen, mich jedes Mal wieder aufzuspüren. Ich weiß nicht mehr, wie oft ich meine Telefonnummer geändert habe. Er schafft es immer wieder, meine neue Geheimnummer herauszubekommen. Wie er das macht, weiß ich nicht. Vielleicht hat er einen Komplizen bei der Telefongesellschaft ...

Keller las den Brief zu Ende. Die Belästigungen hatten immer schlimmere Ausmaße angenommen, schrieb sie. Er hatte angefangen, ihr damit zu drohen, sie umzubringen, und ihr zu schildern, wie er das zu tun beabsichtigte. Mehrere Male war er in ihrer Abwesenheit in ihr Haus eingebrochen. Er hatte Unterwäsche aus dem Wäschekorb gestohlen, ein Gemälde zerschnitten und mit ihrem Lippenstift eine obszöne Nachricht an die Wand geschmiert. An ihrem Auto hatte er mehrere eher geringfügige vandalistische Akte begangen. Nach einem seiner Einbrüche hatte sie sich einen Hund zugelegt; eine Woche später stellte sie beim Nachhausekommen fest, dass der Hund verschwunden war. Wenig später befand sich eine Nachricht auf ihrem Anrufbeantworter. Keine menschliche Stimme, nur das Gebell und Gejapse und Gewimmer eines Hundes, das von etwas beendet wurde, was sie für einen Schuss hielt.

»Oh-oh«, sagte Keller.

»Der Hund also? Dachte ich mir's doch, dass er den Ausschlag geben würde.«

Laut Aussagen der Polizei gibt es nichts, was sie dagegen unternehmen können, fuhr sie fort. In zwei Bundesstaaten habe ich gerichtliche Kontaktverbote erwirkt, aber was nützen sie mir? Er verstößt nach Belieben gegen sie und kommt nur zu offensichtlich ungestraft davon. Solange er keine Straftat begeht, kann die Polizei nichts unternehmen. Er hat zwar mehrere begangen, aber nicht genügend Beweise hinterlassen, damit sie entsprechende Schritte einleiten könnten. Die Nachrichten auf meinem Anrufbeantworter gelten nicht als Beweismaterial, weil er ein Gerät verwendet, das seine Stimme verändert, wenn er etwas auf Band spricht. Manchmal verwandelt er seine Stimme in die einer Frau. Als er das zum ersten Mal getan hat, habe ich den Hörer abgenommen und hallo gesagt, weil es eine Frauenstimme war und ich deshalb dachte, dass er es nicht sein könnte. Aber im nächsten Moment hatte ich auch schon seine fürchterliche Stimme im Ohr, und er beschuldigte mich der grauenhaftesten Handlungen und drohte mir mit Folter und Tod.

Auf den inoffiziellen Rat eines Polizisten hin kaufte ich mir eine Pistole. Sollte sich mir die Gelegenheit dazu bieten, würde ich diesen Mann ohne Zögern erschießen. Doch werde ich die Schusswaffe zur Hand haben, wenn sein Angriff erfolgt? Ich bezweifle es. Ich bin sicher, er wird diesen Moment sehr gut abpassen und zuschlagen, wenn ich wehrlos und nicht darauf gefasst bin.

Ich bin mir des Risikos bewusst, dies alles jemandem anzuvertrauen, der mir noch weniger bekannt ist als mein Peiniger. Zweifellos könnten Sie dieses Schreiben dazu verwenden, mich zu erpressen. Aber seien Sie versichert, das wäre pure Zeitverschwendung. Ich werde nichts zahlen. Und wenn Sie eine Art Polizist sind und diese Annonce eine Art »Falle«, dann lassen Sie sie meinetwegen zuschnappen. Es ist mir egal.

Wenn Sie allerdings sind, was zu sein Sie andeuten, rufen Sie mich bitte unter folgender Nummer an ... Sie steht nicht im Telefonbuch, ist aber meinem Widersacher bereits bekannt. Geben Sie sich mit dem Wort »Gift-müll« zu erkennen. Wenn ich zu Hause bin, werde ich drangehen. Wenn nicht, legen Sie einfach auf und versuchen es später noch einmal.

Ich bin nicht reich, aber ich bin beruflich recht erfolgreich. Ich habe Geld gespart und gut angelegt. Ich werde innerhalb meiner Möglichkeiten alles bezahlen, wenn Sie mir diesen grässlichen Menschen vom Hals schaffen.

Keller faltete den Brief zusammen, steckte ihn in das Kuvert zurück und gab ihn Dot zurück.

»Und?«, fragte sie.

»Hast du sie angerufen?«

»Zuerst bin ich in die Bibliothek gegangen«, sagte sie. »Es gibt sie tat-sächlich. Sie hat eine ganze Reihe Kinderbücher veröffentlicht. Selbst ge-schrieben, selbst illustriert. Du weißt schon, *Das Häschen, das seine Ohren verloren hat,* Sachen in dieser Art.«

»Wie hat es seine Ohren verloren?«

»Ich habe die Bücher nicht gelesen, Keller, ich habe mich nur vergewis-sert, dass es sie gibt. Dann habe ich sie in einer Art *Who's Who* für Schrift-steller nachgeschlagen. Dort stand noch ihre alte Adresse in Webster Gro-ves, Missouri. Als ich anschließend nach Hause gekommen bin, hat er über einem Puzzle gesessen. Das ist im Moment seine Lieblingsbeschäftigung, Puzzles. Wenn er eines fertig hat, klebt er es auf ein Stück Pappe und hängt es an die Wand, wie eine Trophäe.«

»Wie lange geht das jetzt schon so?«

»Zu lang. Ich bin nach unten gegangen und habe den Fernseher ange-macht, und am nächsten Tag bin ich zu einer Telefonzelle gegangen und habe in Muscatine angerufen. Auch *das* habe ich nachgeschlagen, als ich in der Bibliothek war. Es liegt am Mississippi.«

»Alles muss irgendwo sein.«

»Was hältst du bisher davon, Keller?«

Er streckte die Hand aus und kraulte dem Hund den Nacken. »Wenn du mich fragst, kann das nur Ärger geben. Der Typ wird umgelegt, und noch bevor er richtig kalt ist, quetschen sie sie aus. Sie wird singen wie ein Kana-rienvogel. Ich meine, sie hat schon uns alles erzählt, und wir haben sie nicht mal gefragt.«

137

»Das ist natürlich nicht ganz von der Hand zu weisen. Sie knickt ein, sobald sie bei ihr klingeln.«

»Also?«

»Also darf sie nichts wissen«, sagte Dot. »Was sie nicht weiß, kann sie niemand erzählen, oder? Das war das Erste, was ich ihr klargemacht habe, nachdem ich ›Giftmüll‹ gesagt habe und sie ans Telefon gekommen ist. Ich habe ihr alles genauestens ausbuchstabiert. ›Keine Namen, kein Ärger‹, habe ich ihr erklärt. Ich habe ihr eine Nummer gegeben und gesagt, eine Hälfte im Voraus, die andere nach Erledigung. Cash, Fünfziger und Hunderter, gut verpackt und per FedEx an John Smith bei Mail Boxes Etc. in Scarsdale geschickt.«

»John Smith?«

»Der erste Name, der mir eingefallen ist. Sobald ich aufgelegt habe, bin ich hingefahren und habe ein Schließfach unter diesem Namen angemietet. Der Inhaber ist Afghane, für den hört sich sowieso alles gleich an. Und besser als bei der Post ist es auch, weil du anrufen und fragen kannst, ob was für dich angekommen ist. Ich habe gestern angerufen, und jetzt rate mal.«

»Sie hat das Geld geschickt?«

Dot nickte. »›Schicken Sie die Hälfte des Gelds‹, habe ich ihr gesagt, ›und unser Agent ruft sie an, wenn er vor Ort ist. Er wird sich vorstellen und die erforderlichen Informationen einholen. Sie werden ihn nie zu sehen bekommen, aber er wird sich mit Ihnen absprechen und sich um alles kümmern. Und hinterher bekommen Sie einen letzten Anruf, in dem Sie erfahren, wohin Sie den Rest des Geldes schicken sollen.‹«

Keller ließ sich das Ganze durch den Kopf gehen. »Es gibt Verschiedenes, was sie zurückverfolgen könnten«, sagte er schließlich. »Das Postfach, die Anrufe.«

»Irgendwas gibt es immer.«

»Ah-ah. Welchen Preis hast du mit ihr vereinbart?«

»Ein bisschen über dem Üblichen.«

»Und du hast die Hälfte im Voraus bekommen, und sie hat keine Ahnung, an wen sie es geschickt hat.«

»Das heißt, ich könnte es einfach behalten. Daran habe ich natürlich auch schon gedacht. Wenn du ablehnst, werde ich das wahrscheinlich auch tun.«

»Nur wahrscheinlich? Du schickst es nicht zurück?«

»Nein, aber ich könnte rumtelefonieren und versuchen, jemand anders aufzutun.«

»Ich habe noch nicht abgelehnt«, sagte er.

»Lass dir ruhig Zeit.«

»Der alte Mann bekäme einen Anfall. Das ist dir doch klar?«

»Nur gut, dass du mich daran erinnerst, Keller. Darauf wäre ich nie gekommen.«

»Gib mir den Brief noch mal.« Als sie das tat, las er ihn rasch durch. »In den meisten Fällen«, sagte er schließlich, »in denen jemand so einen Auftrag erteilt, gibt es auch andere Lösungen. Die Betreffenden können sich das vielleicht nicht vorstellen, aber normalerweise gibt es einen anderen Ausweg.«

»Und?«

»Welche Optionen hat sie also?«

»Nelson«, sagte Dot, »weißt du, was gerade passiert ist? Ich habe gerade mitbekommen, wie sich dein Herrchen etwas schmackhaft gemacht hat.«

»Muscatine«, sagte er. »Gehen da Flieger hin?«

»Nicht, wenn sie nicht unbedingt müssen.«

»Und was soll ich jetzt machen? Irgendwie sehen, dass ich dorthin komme, und Sie anrufen, ›Giftmüll‹ sagen und warten, dass sie abnimmt?«

»Inzwischen ist es ›Giftschock‹«, sagte Dot. »Aus Sicherheitsgründen habe ich das Passwort geändert.«

»Wenn ich dich nicht hätte«, sagte er. »Man kann nie vorsichtig genug sein.«

Zurück in seiner Wohnung, rief er Andria an und klärte mit ihr, dass sie sich in seiner Abwesenheit um Nelson kümmerte. Dann suchte er auf der Landkarte Muscatine. Wahrscheinlich konnte man sogar hinfliegen, zumindest bis Davenport, aber Chicago war auch nicht besonders weit entfernt. Bei United hatten sie stündliche Direktflüge nach Chicago, und der O'Hare war ein schön anonymer Ort, um einen Wagen zu mieten.

Als sein Flieger am nächsten Morgen in Chicago landete, stand bereits ein Wagen für ihn bereit, und bis zur Essenszeit war er in einem Motel am Stadtrand einquartiert. Er aß ein Stück die Straße runter in einem Pizza Hut, kam zurück und setzte sich auf die Bettkante. Er hatte den Wagen mit einem gefälschten Ausweis gemietet, sich im Motel unter einem anderen Namen eingetragen und für das Zimmer eine Woche im Voraus bar bezahlt. Trotzdem wollte er die Klientin nicht aus dem Motel anrufen. Er hatte es mit einem Amateur zu tun, und wenn man mit Amateuren zu tun hatte, galt es grundsätzlich zwei Dinge zu beachten. Das erste war, dass man selbst umso professioneller vorgehen musste. Und das andere war dummerweise, dass man sich mit Amateuren prinzipiell nicht einlassen sollte.

Gleich um die Ecke gab es eine Telefonzelle, die ihm auf dem Rückweg vom Pizza Hut aufgefallen war. Er warf einen Quarter ein und wählte die Nummer, und nach dem zweiten Läuten schaltete sich der Anrufbeantworter ein und eine computergenerierte Stimme wiederholte die letzten vier Zahlen der Nummer und forderte ihn auf, nach dem Pfeifton eine Nachricht zu hinterlassen.

»Giftschock«, sagte er.

Nichts passierte. Er wartete etwa fünfzehn Sekunden, dann legte er auf.

War das lang genug gewesen? Angenommen, sie hatte sich gerade die Hände gewaschen oder in der Küche Kaffee gemacht. Er kramte einen weiteren Quarter heraus, versuchte es noch einmal. »Giftschock«, sagte er ein zweites Mal und wartete diesmal dreißig Sekunden, bevor er auflegte.

»Super System«, brummte er und ging ins Motel zurück.

Zurück auf seinem Zimmer, machte er den Fernseher an und sah sich die letzte Hälfte eines Films über eine Frau an, die ihren Lover dazu überredet, ihren Mann umzubringen. Man musste die erste Hälfte nicht gesehen haben, um zu wissen, was Sache war. Ebenso wenig musste man ein Genie sein, um sich denken zu können, dass das Ganze schiefgehen würde. Amateure, dachte er.

Er ging los und rief wieder unter der Nummer an. »Giftschock.« Nichts. Mist.

Auf dem Schreibtisch in seinem Zimmer war neben Speisekarten von mehreren Fastfood-Lokalen in der Nähe und einem Prospekt des örtlichen Immobilienverbands auch eine Werbebroschüre, die einen ermunterte, auf einen Mississippi-Dampfer sein Glück im Spiel zu versuchen. Zuerst entbehrte das keineswegs eines gewissen Reizes. Man stellte sich einen alten Schaufelraddampfer vor, der gemächlich den Fluss nach New Orleans hinunterdampfte, mit Frauen in Reifröcken und Männern in Gehröcken und Schnürsenkel-Krawatten. Aber er wusste, es wäre nicht annähernd so. Zuallererst würde sich das Schiff nicht von der Stelle bewegen. Es würde vor Anker liegen, und an Bord zu gehen wäre, wie ein Hotel in Atlantic City zu betreten.

Nein danke.

Beim Auspacken fand er die Zeitung, die er auf dem Flug nach Chicago gelesen hatte. Er war noch nicht ganz durch und holte das jetzt nach. Das Kreuzworträtsel sparte er sich bis zum Schluss auf. Es enthielt einen von links unten nach rechts oben verlaufenden Lösungsspruch. Diese Sorte Rätsel mochte er besonders, weil man das Gefühl hatte, durch seine Lösung zu einer größeren Lösung zu gelangen. Manchmal handelte es sich bei diesem Spruch auch um eine Lebensweisheit, wie man sie in Glückskeksen fand.

Häufig waren jedoch die Kreuzworträtsel mit einem Lösungsspruch besonders schwierig, und da war auch dieses keine Ausnahme. Es gab ein paar Bereiche, mit denen er Mühe hatte, und sie bildeten wichtige Teile des Lösungsspruchs, und er konnte es nicht lösen.

Es gab eine 900er Nummer, die man anrufen konnte. Sie stand jeden Tag unter dem Rätsel, und für 75 Cents bekam man drei Antworten. Man gab auf seinem Telefon 3-7-S ein und erhielt die Lösung von 37 senkrecht. Er vermutete, dass sie dafür einen Computer verwendeten. Für so etwas konnte man doch nicht die Zeit eines Menschen vergeuden.

Aber rief dort überhaupt jemand an? Offensichtlich schon, sonst gäbe es diesen Service nicht. Das fand Keller erstaunlich. Es machte ihm zwar Spaß, Kreuzworträtsel zu lösen, es war ein entspannendes Gedankentraining und vertrieb einem die Zeit, aber wenn er es einmal so weit gelöst hatte, wie er konnte, warf er die Zeitung weg und wandte sich anderen Dingen zu.

Und überhaupt, wenn man halb umkam vor Neugier, brauchte man nur einen Tag zu warten. Dann druckten sie in jeder Zeitung die Lösung vom

Vortag. Warum 75 Cents für drei Antworten ausgeben, wenn man nur ein paar Stunden warten musste, um die komplette Lösung für einen halben Dollar zu bekommen?

Solche Leute waren unreif, fand er. Er hatte mal gelesen, dass das wahre Maß menschlicher Reife die Fähigkeit war, eine Belohnung aufzuschieben.

Keller wollte schon losgehen und noch mal unter der Nummer anrufen, beschloss aber, seine Belohnung aufzuschieben. Er duschte und legte sich schlafen.

Am nächsten Morgen fuhr er ins Zentrum von Muscatine und frühstückte in einem Diner. Die Kundschaft setzte sich fast ausschließlich aus Männern zusammen, von denen die meisten Anzüge trugen. Keller, ebenfalls im Anzug, las beim Frühstück die Lokalzeitung. Es gab ein Kreuzworträtsel, aber nach einem kurzen Blick darauf ließ er es bleiben. Das längste Wort darin hatte sechs Buchstaben: *Unser Nachbar im Norden.* Was Kreuzworträtsel anging, kam für Keller nur das in der *Times* in Frage, sonst nichts.

In dem Diner gab es ein Münztelefon, aber er wollte nicht, dass die dicken Fische des Großraums Muscatine sein Telefonat mithörten. Selbst wenn niemand dran ging, wollte er nicht, dass ihn jemand »Giftschock« sagen hörte. Er verließ den Diner und fand an einer Tankstelle ein Münztelefon im Freien. Er wählte die Nummer und sagte sein Wort, worauf sich fast sofort eine Frauenstimme meldete. »Hallo? Hallo?«

Blechern klingendes Telefon. Poplige lokale Telefongesellschaft. Was wollte man anderes erwarten. Trotzdem besser als die computergenerierte Ansage. Wenigstens wusste man, dass man mit einem Menschen sprach.

»Schon gut«, sagte er. »Ich bin hier.«

»Tut mir leid, dass ich Ihren Anruf gestern Abend verpasst habe. Ich war aus, ich musste ...«

»Das tut jetzt nichts zur Sache«, unterbrach er sie. »Wir sollten nicht länger telefonieren, als unbedingt nötig.«

»Entschuldigung. Sie haben natürlich recht.«

»Ich muss Verschiedenes wissen. Zuallererst den Namen der Person, mit der ich mich treffen soll.«

Darauf trat Stille ein. Schließlich sagte sie zögernd: »Ich dachte eigentlich, dass es nicht zu einem Treffen kommt.«

»Nein, die andere Person«, sagte er, »mit der ich mich *sozusagen* treffen soll.«

»Ach so. Ich ... Entschuldigung, aber mit so etwas kenne ich mich nicht aus.« Das merkt man, dachte er.

»Er heißt Stephen Lauderheim«, sagte sie.

»Wie finde ich ihn? Seine Adresse wissen Sie ja wahrscheinlich nicht.«

»Nein, leider nicht. Aber ich weiß seine Autonummer.«

Er notierte sie sich, zusammen mit der Info, dass das Auto ein zwei Jahre alter weißer Subaru-Kombi war. Das sei hilfreich, sagte er ihr, aber er könne nicht in der Stadt herumfahren und nach einem weißen Subaru suchen. Wo stellte er seinen Wagen ab?

»Gegenüber von meinem Haus«, sagte sie. »Öfter als mir lieb ist.«

»Jetzt steht er aber nicht dort, nehme ich mal an.«

»Nein, ich glaube nicht. Aber lassen Sie mich kurz nachsehen ... Nein, er ist nicht da. Gestern Abend habe ich eine Nachricht von ihm erhalten. Zwischen ihren. Richtig fies, widerwärtig.«

»Ein Foto von ihm wäre hilfreich«, sagte er. »Aber wahrscheinlich ...«

Kein Foto, aber sie konnte ihn beschreiben. Groß, schlank, hellbraunes Haar, Ende dreißig, längliches Gesicht, eckiges Kinn, große weiße Pferdezähne. Ach ja, und am Kinn hatte er ein Grübchen wie Kirk Douglas. Ach ja, und sie wusste, wo er arbeitete. Zumindest hatte er dort gearbeitet, als sich die Polizei das letzte Mal eingeschaltet hatte. War das hilfreich?

Keller verdrehte die Augen. »Möglicherweise.«

»Die Firma heißt Loud & Clear Software«, sagte sie. »Sie sind im Tyler Boulevard, gleich hinter der Five Mile Road. Er ist Programmierer oder IT-Spezialist oder so was.«

»So kommt er immer an Ihre Telefonnummer«, sagte Keller.

»Wie bitte?«

»Er braucht keinen Komplizen bei der Telefongesellschaft. Wenn er sich mit Computern auskennt, kann er das System der Telefongesellschaft hacken und kommt so an die Geheimnummern.«

»So was ist möglich?«

»Soviel ich weiß, schon.«

»Ich weiß, ich bin hoffnungslos altmodisch«, sagte sie. »Ich schreibe immer noch alles auf einer Schreibmaschine. Aber wenigstens ist es eine elektrische.« Er hatte Namen, Adresse, Auto und eine genaue Personenbeschreibung. Brauchte er sonst noch was? Ihm fiel nichts ein.

»Es wird wahrscheinlich nicht lang dauern«, sagte er.

Er fand den Tyler Boulevard, fand die Five Mile Road, fand Loud & Clear Software. Die Firma befand sich in einem gedrungenen Betonsteinbau mit einem eigenen kleinen Parkplatz, auf dem zehn bis zwölf Autos standen, viele davon japanische Fabrikate, zwei davon weiß. Kein weißer Subaru-Kombi, keine Autonummer, die mit der übereinstimmte, die Cressida Wallace ihm genannt hatte.

Wenn Stephen Lauderheim heute nicht arbeitete, ging er vielleicht seiner Stalkertätigkeit nach. Keller fuhr in die Stadt zurück und erkundigte sich nach dem Weg zur Fairview Avenue. Die Straße befand sich in einer schönen Wohngegend mit Vorkriegshäusern und großen Bäumen. Als er an dem Haus mit der Nummer 411 vorbeifuhr, hielt er vergeblich nach einem weißen Subaru Ausschau. Er fuhr einmal um den Block und parkte nicht weit von Cressida Wallaces Haus am Straßenrand. Es war ein weitläufiger, dreigeschossiger Bau mit hohen Sträuchern im Garten, die die untere Hälfte der Fenster im Erdgeschoss verdeckten. Hinter einem Fenster im zweiten Stock brannte Licht. Daraus schloss Keller, dass sich dort Cressida befand und auf ihrer elektrischen Schreibmaschine lustige und lehrreiche Geschichten über die Tiere des Waldes tippte.

Er aß zu Mittag und fuhr zu Loud & Clear zurück. Kein weißer Subaru. Er blieb eine Weile, fuhr schließlich wieder in die Fairview Avenue. Kein weißer Subaru und kein Licht im zweiten Stock. Er kehrte ins Motel zurück.

Am Abend kam auf HBO ein Film, den er sehen wollte, aber er bekam den Sender auf seinem Motelfernseher nicht herein. Das ärgerte ihn, und er überlegte, ob er in ein anderes Motel ein paar hundert Meter weiter umziehen

144

sollte, dessen Schild nicht nur mit HBO, sondern auch mit Wasserbetten in einigen Zimmern lockte. Das erschien ihm kindisch, und er fand, er war reif genug, um in diesem Fall die Bedürfnisbefriedigung aufzuschieben, auch wenn er bereits die Befriedigung seines Bedürfnisses aufschieben musste, Stephen Lauderheim unschädlich zu machen und aus Muscatine abzureisen.

Er suchte im Telefonbuch nach einem Eintrag für Lauderheim. Dass er keinen fand, überraschte ihn nicht. Er versuchte es mit Cressida Wallace, obwohl er wusste, dass sie eine Geheimnummer hatte. Es gab mehrere Wallaces, aber keinen in der Fairview Avenue und keine Cressida.

Es gab Kellers, einen mit der Initiale J und einen anderen mit den Initialen JD. Jeder von ihnen konnte John heißen.

Das tat er manchmal: im Telefonbuch einer Stadt seinen Namen nachsehen, als ob er sich dort tatsächlich finden könnte. Nicht eine andere Person mit demselben Namen, das kam oft genug vor, weil sein Name nicht besonders selten war. Nein, vielleicht fand er so sich selbst, sein wahres Selbst, das in einer anderen Stadt ein vollkommen anderes Leben führte.

Es war nur so ein Gedanke. Er war nicht schizophren, er wusste, dass das nicht möglich war. Er fragte sich allerdings, was dieser Psychotherapeut damit angestellt hätte. Er hatte so seine Probleme gehabt mit seinem Therapeuten, vor allem gegen Ende zu, aber eines musste man dem Mann lassen, er hatte ihm zu einigen nützlichen Einsichten verholfen. Wie er jetzt in Muscatine, Iowa, nach sich selbst suchte – Dr. Breen hätte seine wahre Freude daran gehabt.

Er ging zu dem Münztelefon, fütterte es mit ein paar Münzen und rief in seiner Wohnung in New York an. Andria ging dran.

»Eigentlich müsste ich morgen oder übermorgen zu Hause sein«, sagte er, »aber mit Sicherheit kann ich es noch nicht sagen.«

»Wirklich schade, dass sie dir nie sagen, wie lange du verreist bist.«

»Das liegt in der Natur der Sache.«

»Muss sehr befriedigend sein«, sagte sie. »Irgendwohin fliegen, alles ausbügeln, Ordnung schaffen.«

Ursprünglich hatte er ihr erzählt, er sei Disponent eines großen Unternehmens, der losgeschickt wurde, um die Dinge geradezurücken, wenn die Jungs vor Ort nicht mehr weiterwussten. Doch dann stellte sich eines

Abends heraus, dass sie wusste, was er machte, und damit leben konnte, solange er ihr nichts tat. Aber inzwischen hätte man glauben können, sie hätte alles vergessen.

»Lass dir ruhig Zeit«, sagte sie. »Nelson und ich amüsieren uns prächtig.«

»Weißt du, was ich getan habe?«, sagte er unvermittelt. »Ich habe im Telefonbuch von hier meinen Namen nachgeschlagen.«

»Hast du ihn gefunden?«

»Nein. Aber was glaubst du, dass das bedeutet?«

»Darüber muss ich erst nachdenken«, sagte sie. »Okay?«

»Klar«, sagte er. »Lass dir ruhig Zeit.«

Am nächsten Morgen ging Keller in den Diner frühstücken, fuhr an dem Haus in der Fairview Avenue vorbei und dann weiter zu der Software-Firma. Diesmal stand der weiße Subaru auf dem Parkplatz, und das Kennzeichen auf dem Nummernschild stimmte. Keller parkte an einer Stelle, wo er den Wagen im Auge behalten konnte und wartete.

Mittags kamen mehrere Männer und Frauen aus dem Gebäude, gingen zu ihren Autos und fuhren weg. Auf keinen von ihnen passte Stephen Lauderheims Beschreibung, und keiner stieg in den weißen Subaru.

Um halb eins kamen zwei Männer, in ein Gespräch vertieft, nach draußen. Beide trugen Khakihosen, verwaschene Jeanshemden und Laufschuhe, aber sonst sahen sie extrem unterschiedlich aus. Einer war klein und dick, mit dunklem, quer über seinen Schädel frisiertem Haar. Der andere, also der andere musste Lauderheim sein. Cressida Wallaces Beschreibung traf haargenau auf ihn zu.

Die zwei Männer gingen zu Lauderheims Subaru. Keller folgte ihnen zu einem italienischen Restaurant einer bekannten Kette. Dann fuhr er zu Loud & Clear zurück und parkte an der alten Stelle.

Um viertel vor zwei kam der Subaru zurück, und beide Männer gingen wieder in das Gebäude. Keller fuhr los und fand einen Supermarkt, in dem er ein Pfund Zucker und einen Trichter kaufte. In einer Eisenwarenhandlung im selben Einkaufszentrum kaufte er einen großen Schraubenzieher, einen Hammer und ein Verlängerungskabel. Er fuhr zu Loud & Clear zurück und machte sich an die Arbeit.

Der Subaru hatte eine Klappe über dem Tankdeckel. Um sie zu öffnen, brauchte man einen Schlüssel. Er hielt den Schraubenzieher an das Schloss und schlug mit dem Hammer einmal fest darauf, worauf die Klappe aufsprang. Er entfernte den Tankdeckel, steckte den Trichter in den Einfüllstutzen, goss den Zucker hinein, brachte den Deckel wieder an, drückte die Klappe zu und verkeilte sie. Dann ging er zu seinem Wagen und setzte sich ans Steuer.

Kurz nach fünf begannen die ersten Angestellten aus Loud & Clear zu kommen. Um sechs standen nur noch drei Autos auf dem Parkplatz. Zwanzig nach sechs kam der Mann, mit dem Lauderheim mittagessen gewesen war, nach draußen, stieg in einen braunen Buick Century und fuhr weg. Blieben noch zwei Pkws, einer davon der weiße Subaru, und sie standen auch um sieben noch da.

Keller saß am Steuer und schob seine Belohnung auf. Sein Frühstück hatte lediglich aus zwei Doughnuts und einer Tasse Kaffee bestanden, das Mittagessen hatte er ausgelassen. Eigentlich hatte er sich etwas zu essen kaufen wollen, als er im Supermarkt war, hatte es aber vergessen. Jetzt musste er auch noch das Abendessen ausfallen lassen.

Infolge des Hungers wurde er zunehmend gereizter. Zwei Autos auf dem Parkplatz, zwei Personen, allerhöchstens drei im Gebäude. Sie waren bereits länger als zwei Stunden nach Arbeitsschluss geblieben und blieben möglicherweise bis zum Morgen. Vielleicht wartete Lauderheim, bis niemand mehr im Büro war, damit er Cressida ungestört anrufen konnte.

Und wenn er einfach reinging und beide erledigte? Sich den Überraschungseffekt zunutze machte? Sie würden erst merken, wie ihnen geschah, wenn es bereits zu spät war. Zwei für den Preis von einem, bring's einfach hinter dich und dann nichts wie weg. Bei der Polizei nahmen sie bestimmt an, ein verärgerter Mitarbeiter wäre durchgedreht. So etwas passierte neuerdings überall, nicht nur in Postämtern.

Es war einfach eine Sache der Reife, sagte er sich. Reife schiebt die Belohnung auf. Und vor allem: Professionalität.

*   *   *

147

Um halb acht war er geneigt, seine Einstellung in Sachen Professionalität zu überdenken. Er war nicht mehr hungrig, aber er kochte vor Wut, und sie galt Stephen Lauderheim.

Dieser Dreckskerl.

Warum stellte er einer armen Frau nach, die ihr Leben damit verbrachte, in einem Dachgeschosszimmer über Kätzchen und Kaninchen zu schreiben? Was dachte sich dieser Kerl eigentlich dabei? Ihren Hund zu entführen, ihn dann zu quälen und zu töten und ihr eine Bandaufnahme vom Todeskampf des Tiers vorzuspielen. Umgebracht zu werden, dachte Keller, war fast zu gnädig für diesen Hurensohn. Eigentlich sollte er ihm den Trichter ins Maul stopfen und ihn mit Ofenreiniger abfüllen.

Wenn man vom Teufel spricht ...

Da war er, Stephen »Arschloch« Lauderheim. Hielt einem nerdigen Typen in einem Laborkittel und mit einem mickrigen Schnurrbart die Tür auf. Sie gingen doch hoffentlich nicht zum selben Auto? Nein, zu zwei verschiedenen. Nachdem Lauderheim seinen Wagen aufgeschlossen hatte, hielt er noch einmal inne, um eine letzte Nettigkeit mit dem Nerd im Laborkittel auszutauschen.

Nur gut, dass er nicht geplant hatte, ihm auf dem Parkplatz aufzulauern.

Der Nerd fuhr als Erster los. Keller saß da und starrte auf den Subaru, bis Lauderheim den Motor startete und in Richtung Stadt losfuhr.

Keller ließ ihm ein paar hundert Meter Vorsprung, dann folgte er ihm.

Gleich hinter der Four Mile Road hielt Keller hinter dem liegengebliebenen Subaru an. Lauderheim hatte bereits die Motorhaube geöffnet und starrte stirnrunzelnd auf den Motor.

Keller stieg aus und ging auf ihn zu.

»Ich habe das Geräusch gehört, das Sie gemacht haben«, sagte er. »Ich glaube, ich weiß, was mit Ihrem Wagen los ist.«

»Es muss irgendwas mit dem Motor sein«, sagte Lauderheim. »Aber ich verstehe das nicht. So etwas hat er noch nie gemacht.«

»Ich kann es reparieren.«

»Im Ernst?«

»Haben Sie einen Reifenheber?«

»Ich denke schon.« Lauberheim ging nach hinten, um die Heckklappe des Subaru zu öffnen. Er fand den Reifenheber, hielt ihn Keller hin, zog ihn wieder zurück. »Mit den Reifen ist doch alles in Ordnung.«

»Natürlich«, sagte Keller. »Jetzt geben Sie mir schon den Reifenheber.«

»Klar, aber ...«

»Ich kenne Sie doch. Sind Sie nicht Stephen Lauderheim?«

»Ja, der bin ich. Kennen wir uns?«

Keller sah ihn an, das Grübchen im Kinn, die großen, weißen Zähne. Natürlich war er Lauderheim, wer sollte es sonst sein? Aber ein Profi ging auf Nummer sicher. Außerdem war es nicht allzu lange her, dass er es versäumt hatte, auf Nummer sicher zu gehen, und das sollte nicht noch mal vorkommen.

»Cressida lässt schön grüßen«, sagte Keller.

»Häh?«

Keller rammt ihm den Reifenheber in den Bauch.

Das Ergebnis war ermutigend. Lauderheim gab einen entsetzlichen Laut von sich, riss beide Hände an seinen Bauch und ging in die Knie. Keller packte ihn am Hemd und zog ihn über den Kies, bis der Subaru sie neugierigen Blicken entzog. Dann hob er den Reifenheber hoch über seinen Kopf und drosch ihn auf Lauderheims Schädel.

Der Mann blieb, alle Viere von sich gestreckt und immer noch bei Bewusstsein, auf dem Boden liegen und stöhnte leise. Sollte er ihm mit ein paar weiteren Schlägen den Rest geben?

Nein. Halt dich ans Drehbuch. Keller zog das Verlängerungskabel aus der Tasche, wickelte etwa einen halben Meter davon ab und schlang es Lauderheim um den Hals. Dann stellte er sich rittlings über ihn, drückte ihn mit einem Knie zu Boden und schnürte ihm die Kehle ab, bis er sich nicht mehr bewegte.

Der Mississippi, der legendäre Vater der Gewässer, verschluckte den Reifenheber, den Hammer, den Schraubenzieher, den Trichter. Die leere Packung Zucker trug die Strömung fort.

Von einem Münztelefon rief Keller seine Klientin an. Er kam sich ziemlich blöd vor, als er »Giftschock« sagte. Niemand ging dran. Er legte auf.

Er fuhr zum Motel zurück, packte, trug seine Reisetasche zum Auto. Auszuchecken brauchte er nicht. Er hatte eine Woche im Voraus bezahlt, und wenn die Woche um war, würden sie das Zimmer neu vermieten.

Er musste sich zwingen, zum Pizza Hut zu fahren und etwas zu essen. Eigentlich wollte er sofort zum O'Hare fahren und die ersten Maschine nach New York nehmen, aber er wusste, dass sein Körper Nahrung brauchte. Sonst würde er auf der Fahrt nach Norden alles Mögliche sehen und das Steuer herumreißen, um etwas auszuweichen, was gar nicht da war, und im Straßengraben landen. Professionalität, sagte er sich. Er aß eine individuell zusammengestellte Pfannenpizza und trank dazu ein mittleres Pepsi.

Und rief noch einmal an. »Giftschock«. Und diesmal war sie da und nahm ab.

»Alles erledigt«, sagte er.

»Soll das heißen ...«

»Es soll heißen, dass alles erledigt ist.«

»Mein Gott, ich kann es kaum glauben.«

Jetzt haben Sie nichts mehr zu befürchten, wollte er sagen. Sie können wieder Ihr gewohntes Leben leben.

Stattdessen erklärte er ihr, kühl und sachlich, wie sie die Restzahlung leisten sollte. Cash, genauso viel wie zuvor, mit Federal Express an Mary Jones geschickt, wieder an eine Annahmestelle von Mail Boxes Etc., diesmal in Peekskill.

»Ich weiß nicht, wie ich Ihnen danken soll«, sagte die Frau. Keller sagte nichts. Er lächelte nur und hängte auf.

Als Keller in nördlicher und östlicher Richtung durch Illinois fuhr, ging er in Gedanken noch einmal alles durch. *Cressida lässt schön grüßen,* dachte er. Nicht zu fassen, das hatte er wirklich gesagt? Was glaubte er eigentlich, dass er war, irgend so ein bescheuerter Racheengel? Ein Ritter in schimmernder Rüstung?

Meine Fresse.

Na ja, den ganzen Tag nichts gegessen als zwei Doughnuts und eine Tasse Kaffee. Da brauchte man nicht lange nach einer Erklärung zu suchen. Er war reizbar und wütend geworden, er hatte es persönlich genommen.

Trotzdem, dachte er, nachdem er den Wagen zurückgegeben und sein Ticket gekauft hatte, Lauderheim war eindeutig ein richtiger Dreckskerl gewesen. Um so jemand war nicht schade.

Und er konnte sie immer noch sagen hören, sie wisse nicht, wie sie ihm danken solle. Was war so verkehrt daran, sich darüber zu freuen?

»Ich habe nachgedacht«, sagte Andria. »Über diese Sache, dass du deinen Namen in Telefonbüchern nachschlägst.«

»Und?«

»Zuerst dachte ich, du würdest dabei vielleicht nach dir selbst suchen. Aber dann ist mir eine andere Idee gekommen. Ich glaube, damit versuchst du dich zu vergewissern, dass Platz für dich ist.«

»Platz für mich?«

»Na ja«, sagte sie. »Wenn du schon da bist, dann ist Platz für dich.«

Acht, neun Tage später rief Dot an. Zufällig machte er in diesem Moment gerade das Kreuzworträtsel.

»Keller«, sagte sie, »rate mal, was Mary Jones nicht in ihrem Postfach gefunden hat.«

»Komisch«, sagte er. »Es ist immer noch nicht da? Vielleicht solltest du sie anrufen. Vielleicht hat es FedEx verschlampt, und es liegt in einem Lager rum.«

»Ich bin dir einen Schritt voraus, mein Lieber. Ich habe sie bereits angerufen.«

»Und?«

»Kein Anschluss unter dieser Nummer ... Bist du noch dran, Keller?«

»Ich bin gerade am Überlegen. Bist du sicher, dass ...«

»Ich habe noch mal angerufen und dieselbe Ansage bekommen. ›Der

Anschluss mit der Nummer, die Sie gerade gewählt haben blablabla ...‹ Der Fall ist wohl ziemlich eindeutig.«

»Allerdings.«

»Das Geld trifft nicht ein, und jetzt ist der Anschluss abgemeldet. Geht da bei dir ein Licht an?«

»Vielleicht haben sie sie verhaftet«, sagte er. »Bevor sie das Geld schicken konnte.«

»Und in eine Zelle gesteckt und einfach dort versauern lassen? Eine nette, harmlose Frau, die Geschichten über taube Kaninchen schreibt?«

»Hm ...«

»Lass mich mal ausscheren und ein paar langsamer fahrende Fahrzeuge überholen«, sagte sie. »Ich habe Folgendes gemacht, ich habe bei der Auskunft in St. Louis angerufen.«

»In St. Louis?«

»Webster Groves ist ein Vorort von St. Louis.«

»Webster Groves?«

»Wo Cressida Wallace laut dem Nachschlagewerk in der Bibliothek wohnt.«

»Aber sie ist umgezogen«, sagte Keller.

»Möchte man eigentlich meinen. Aber bei der Auskunft hatten sie einen Eintrag für sie. Also habe ich unter der Nummer angerufen. Und jetzt rate mal.«

»Jetzt mach's nicht so spannend, Dot.«

»Eine Frau ist drangegangen. Kein Anrufbeantworter, kein computergenerierter Blabla. ›Hallo?‹ ›Spreche ich mit Cressida Wallace?‹ ›Am Apparat.‹ Es war jedenfalls nicht die Stimme, die ich in Erinnerung hatte. ›Spreche ich mit Cressida Wallace, der Kinderbuchautorin?‹ ›Ja.‹ ›Der Autorin von *Wie das Häschen seine Ohren verlor*?‹«

»Und sie hat gesagt, das wäre sie.«

»Wie viele Cressida Wallaces, glaubst du, gibt es wohl? Mir ist nichts eingefallen, was ich als Nächstes sagen sollte. Deshalb habe ich mich als Reporterin der Zeitung von Muscatine ausgegeben und sie gefragt, welchen Eindruck die Stadt auf sie gemacht hätte. Keller, sie hatte nicht die leiseste

Ahnung, wovon ich eigentlich rede. Ich musste ihr sagen, in welchem Bundesstaat Muscatine liegt.«

»Man könnte meinen, sie müsste wenigstens mal davon gehört haben«, sagte er. »So weit von St. Louis ist es ja nun auch wieder nicht.«

»Ich glaube nicht, dass sie viel rumkommt. Ich glaube, sie sitzt in ihrem Haus und schreibt ihre Geschichten. So viel habe ich herausgefunden. Sie lebt schon dreißig Jahre in ihrem Haus in Webster Groves.«

Er holte tief Luft. »Wo bist du gerade, Dot?«

»Wo ich gerade bin? Ich stehe etwa eine halbe Meile vom Haus entfernt an einem Münztelefon im Freien und lasse mich nassregnen.«

»Geh nach Hause«, sagte er. »In einer Stunde rufe ich dich wieder an.«

»Also«, sagte er eher zwei Stunden später. »Inzwischen stellt sich die Sache folgendermaßen dar. Stephen Lauderheim war nicht irgendein Perverser, der eine unschuldige Frau belästigt hat.«

»Das haben wir uns fast schon gedacht.«

»Er war Teilhaber von Loud & Clear Software. Er und ein gewisser Randall Cleary haben die Firma gegründet. Lauderheim und Cleary, Loud & Clear.«

»Originell.«

»Lauderheim war verheiratet, Vater zweier Kinder, hat vereinsmäßig Bowling gespielt, war bei den Rotariern und den Jaycees.«

»Eher nicht der Typ, der Hunde entführt und zu Tode quält.«

»Würde man an sich nicht annehmen.«

»Wer hat ihn hingehängt? Seine Frau?«

»Ich tippe auf den Partner. Die Firma hat sich prächtig entwickelt, und eins der großen Silicon-Valley-Unternehmen hat Interesse an ihr gezeigt. Meine Vermutung ist, einer wollte verkaufen und der andere nicht. Oder sie hatten eine Art Partnerversicherung. Wenn ein Partner stirbt, zahlt ihn der andere zu einem vorher festgesetzten Preis aus. Die Witwe bekommt sozusagen als Entschädigung die Versicherungssumme. Natürlich ist die Firma inzwischen zwanzigmal so viel wert wie die damals vereinbarte Summe.«

»Wie hast du das alles rausbekommen, Keller?«

»Ich habe in der Lokalredaktion der Zeitung von Muscatine angerufen und gesagt, ich schreibe für ein Computermagazin über Lauderheims Tod und ob sie mir den Nachruf faxen könnten und was sie sonst über den Mord geschrieben haben.«

»Hast du ein Faxgerät?«

»In dem Süßigkeitenladen um die Ecke haben sie eins. Alles, was der Typ in Muscatine aus der Nummer, die ich ihm gegeben habe, schließen konnte, war, dass es in New York ist.«

»Nicht schlecht.«

»Als das Fax reinkam, brachte es mich auf ein paar Ideen, wo ich sonst noch anrufen könnte. Ich könnte mich noch mal eine Stunde ans Telefon hängen und mehr rausfinden, aber ich glaube, das genügt.«

»Allerdings«, sagte sie. »Keller, dieser Dreckskerl hat uns reingelegt. Und dann hat er uns auch noch bei der Bezahlung gelinkt.«

»Das ist, was ich nicht verstehe«, sagte er. »Warum linkt er uns? Er hätte uns doch nur das Geld zu schicken gebraucht, und ich hätte nie mehr an Iowa gedacht, außer ich wäre vielleicht mal drübergeflogen. Er wäre aus dem Schneider gewesen. Er hätte nur zahlen müssen, was er uns geschuldet hat.«

»Ein Knauser eben«, sagte Dot.

»Aber wo soll da der Sinn sein? Er hat die Hälfte des Gelds vorgeschossen, ohne auch nur zu wissen, wem er es schickt. Die Tatsache, dass er sich das leisten konnte, zeigt doch, um wie viel Geld es hier ging.«

»Für ihn hat es sich jedenfalls ausgezahlt.«

»Allerdings. Und trotzdem hat er den Rest nicht gezahlt. Dumm von ihm.«

»Sehr dumm von ihm.«

»Weißt du, was ich glaube, Dot? Ich glaube, es ging ihm gar nicht ums Geld. Ich glaube, er wollte es uns zeigen, sich uns überlegen fühlen. Ich meine, warum überhaupt dieser ganze Cressida-Wallace-Scheiß? Hält dieser Typ mich für einen Pfadfinder, der jeden Tag seine gute Tat begeht?«

»Er dachte, wir wären Amateure, Keller, und müssten motiviert werden.«

»Schon klar, aber da hat er sich verrechnet. Ich packe schon mal, ich muss in eineinhalb Stunden am Flughafen sein und vorher noch Andria anrufen. Wir kriegen unser Geld, Dot. Mach dir da mal keine Sorgen.«

»Ich hab mir nie welche gemacht.«

Welcher war Cleary, fragte er sich? Der Pummelige, der mit Lauderheim mittagessen gegangen war? Oder der Nerd im Laborkittel, der mit ihm auf den Parkplatz gekommen war?

Oder jemand anders, jemand, den er noch gar nicht zu Gesicht bekommen hatte. Konnte gut sein, dass Cleary an diesem Tag nicht in Muscatine gewesen war, um sich ein Alibi zu verschaffen.

Spielte alles keine Rolle. Um jemand ans Telefon zu bekommen, musste man nicht wissen, wie er aussah.

Wie sein verstorbener Partner hatte Cleary eine Geheimnummer. Aber die Firma, Loud & Clear, stand im Telefonbuch. Keller rief von seinem Zimmer an – diesmal war er in einem Motel abgestiegen, in dem sie HBO hatten. Er verwendete dieses neue elektronische Gerät, das er bei Abercrombie & Fitch gekauft hatte, und als sich eine Frauenstimme meldete, sagte er, er wolle Randall Cleary sprechen.

»Wen darf ich bitte melden?«

»Cressida Wallace«, sagte er.

Sie legte ihn auf die Warteschleife, aber er musste nicht lange warten. Wenige Augenblicke später hörte er eine Männerstimme, eine, die er nicht kannte. »Cleary«, sagte der Mann. »Wer ist da?«

»Ah, Mr. Cleary«, sagte er. »Hier spricht Miss Cressida Wallace.«

»Nein, das sind Sie nicht.«

»Doch«, sagte Keller, »und wenn ich das richtig verstehe, haben Sie meinen Namen verwendet, und das finde ich unerhört.«

Auf Clearys Seite Stille. Keller entfernte das Gerät, das die Höhe seiner Stimme verändert hatte, und sagte mit seiner richtigen Stimme: »Giftschock, Sie mieser Sack.«

»Es hat Probleme gegeben«, sagte Cleary. »Ich schicke Ihnen das Geld.«

»Warum haben Sie sich nicht bei uns gemeldet?«

155

»Das wollte ich. Sie machen sich keine Vorstellung, was bei uns im Moment los ist.«

»Warum haben Sie Ihr Telefon abgemeldet?«

»Aus Sicherheitsgründen.«

»Aha«, sagte Keller.

»Ich werde zahlen.«

»Das will ich doch meinen«, sagte Keller. »Heute. Sie schicken das Geld heute per FedEx los. Expresslieferung. Mary Jones bekommt es morgen. Ist das klar?«

»Natürlich.«

»Und der Preis ist gestiegen. Wissen Sie noch, wie viel Sie schicken sollten?«

»Ja.«

»Gut, legen Sie noch mal dasselbe drauf.«

Kurze Stille, dann: »Das geht nicht. Das ist Erpressung.«

»Tun Sie sich doch selbst einen Gefallen«, sagte Keller. »Denken Sie noch mal drüber nach.«

Ein weiterer Moment der Stille, diesmal kürzer. Dann: »Okay.«

»Bar. Und es ist morgen da. Verstanden?«

»Verstanden.«

Er rief Dot von einem Münzapparat an, aß zu Abend, und ging auf sein Zimmer. In diesem Motel hatten sie HBO, aber natürlich brachten sie nichts, was er sehen wollte. Typisch.

Am nächsten Morgen gab er dem Diner einen Korb und genehmigte sich ein ausgiebiges Frühstück in einem Denny's am Highway. Er fuhr nach Davenport hoch, wo er ein Sportgeschäft und eine Eisenwarenhandlung aufsuchte. Er fuhr in sein Motel zurück, und gegen zwei rief er in White Plains an.

»Hier Cressida Wallace«, sagte er. »Hat jemand für mich angerufen?«

»Es funktioniert tatsächlich«, sagte Dot. »Du klingst wie eine Frau. Aber schalte bitte dieses blöde Ding aus. Du hörst dich an wie eine Frau, aber es ist trotzdem noch deine Art zu reden und dich auszudrücken. Lass mich den Keller hören, den ich so gut kenne.«

Er steckte das Gerät aus. »Besser so?«

»Viel besser. Dein Freund hat geliefert.«

»Und die Zahlen und alles andere stimmt auch?«

»Ja.«

»Ich glaube, dieser Stimmenverzerrer hat mit seinen Teil dazu beigetragen«, sagte er. »Er hat ihm verdeutlicht, dass wir sein Spiel durchschaut haben.«

»Er hätte auf jeden Fall gezahlt«, sagte sie. »Du musstet ihm nur ein bisschen auf die Zehen steigen. Es hat dir nur Spaß gemacht, dein neues Spielzeug auszuprobieren, mehr nicht. Wann kommst du zurück, Keller?«

»Nicht sofort.«

»Das ist mir natürlich klar.«

»Nein, ich glaube, ich warte noch ein paar Tage«, sagte er. »Im Moment ist er noch nervös, ständig auf der Hut. Aber Anfang nächster Woche wird er anfangen, unvorsichtig zu werden.«

»Verstehe.«

»Außerdem«, sagte er, »ist die Stadt gar nicht so übel.«

»Bitte nicht, Keller.«

»Wieso? Was hast du denn?«

»›Die Stadt ist gar nicht so übel.‹ Jede Wette, dass du der Erste bist, der das sagt, den Handelskammerpräsidenten eingeschlossen.«

»Ich verstehe nicht, was du hast«, verteidigte er sich. »Im Motel haben sie HBO. Und ein Stück die Straße runter ist ein Pizza Hut.«

»Dann erzähl es bloß nicht überall rum, Keller, sonst wollen plötzlich alle dort hinziehen.«

»Und ich muss noch Verschiedenes erledigen.«

»Wie was zum Beispiel?«

»Erst mal ein kleines Metallbauprojekt, und dann möchte ich Andria noch was kaufen.«

»Doch nicht wieder Ohrringe.«

»Man kann nie zu viele Ohrringe haben«, sagte er.

»Das ist allerdings richtig«, stimmte sie ihm zu.

Er legte auf und griff nach der Metallsäge, die er in der Eisenwarenhandlung gekauft hatte, um den größten Teil des Doppellaufs der Flinte aus dem Sportgeschäft zu entfernen. Dann wechselte er das Sägeblatt und schnitt auch fast den ganzen Schaft ab. Er lud beide Patronenlager und schob die Flinte unter die Matratze. Dann fuhr er auf der Uferstraße zu einer geeigneten Stelle und warf die abgesägten Flintenläufe, die Bügelsäge und die Schachtel mit den restlichen Patronen in den Mississippi. Giftmüll, dachte er und schüttelte den Kopf bei dem Gedanken an den ganzen Schrott, der im Fluss landete.

Er fuhr eine Weile durch die Gegend, einfach nur, weil es so ein schöner Tag war, dann kehrte er ins Motel zurück. Im Moment sagte sich Randall Cleary, dass er nichts zu befürchten hatte, dass er aus dem Schneider war, dass er sich keine Sorgen zu machen brauchte. Aber ganz sicher war er sich noch nicht.

In ein paar Tagen wäre er sich sicher. Er würde sich sogar sagen, dass er es darauf hätte ankommen lassen oder zumindest nicht das Doppelte hätte zahlen sollen. Aber mein Gott, es war nur Geld, und Geld war etwas, was er mehr als genug hatte.

Dämlicher Amateur.

Welcher war es überhaupt? Der Nerd mit dem mickrigen Schnurrbart? Der Dicke, der Pummel? Oder jemand, den er noch nicht gesehen hatte?

Das würde sich zeigen.

Keller kam sich sehr professionell, sehr reif vor, als er es sich bequem machte und die Füße hochlegte. Belohnungsaufschub machte mehr Spaß, als er dachte.

Kellers Entscheidung

Keller saß in seinem Mietwagen, einem Plymouth, und beobachtete das Haus des Dicken. Es war sehr groß, mit Säulen davor – ohne Übertreibung – und mit einer kreisförmigen Auffahrt und einem riesigen Rasen. Keller hatte als Jugendlicher viel rasengemäht und fragte sich, wie viel heutzutage ein Junge dafür bekäme, eine solche Rasenfläche zu mähen.

Schwer zu sagen. Das Problem war, dass er keine Vergleichsmöglichkeit hatte. Wenn er sich recht erinnerte, hatte er damals ein paar Dollar bekommen, aber die Rasenflächen, die er gemäht hatte, waren winzig gewesen, gerade mal Briefmarken im Vergleich zum sanft gewellten grünen Kuvert des Dicken. Wie viel bekam man für einen Rasen wie diesen, wenn man die unterschiedlichen Flächengrößen und den unaufhaltsamen Verfall des Dollars berücksichtigte? Zwanzig Dollar? Fünfzig? Mehr?

Die Nichtantwort darauf war vermutlich, dass Leute, die einen so großen Rasen hatten, keine Jugendlichen anstellten, die ihn mit einem Handrasenmäher stutzten. So jemand hatte einen Gärtner, der regelmäßig mit den entsprechenden Gefährten anrückte – im Sommer, um den Rasen zu mähen, im Herbst, um das Laub zusammenzurechen, im Winter, um Schnee zu räumen. Der fixe monatliche Betrag, den der Dicke dafür in Rechnung gestellt bekam, war bestimmt gesalzen, aber das dürfte ihn kaum groß gejuckt haben, weil er wahrscheinlich alles über die Firma abrechnete oder von der Steuer abzog. Oder, wenn er einen kreativen Buchhalter hatte, beides.

Keller, der in einer Zweizimmerwohnung in Midtown Manhattan wohnte, hatte keinen Rasen, der gemäht werden musste. Vor dem Haus stand ein vom Parks Department gepflanzter und gewissenhaft gepflegter Baum, und wenn er im Herbst sein Laub verlor, musste es niemand zusammenrechen,

159

weil der Wind sein Bestes tat, es wegzuwehen. Der Schnee auf dem Gehsteig wurde, wenn er nicht von selbst schmolz, vom Hausmeister weggeschippt, der sich auch um den Aufzug kümmerte, in den Fluren ausgebrannte Glühbirnen austauschte und kleinere sanitäre Probleme beseitigte. Kellers Leben war mit wenig Wartungsaufwand verbunden. Er musste nur rechtzeitig die Miete zahlen. Um alles Weitere kümmerten sich andere.

Das war ganz in seinem Sinn. Trotzdem stellte er fest, dass er sich darüber Gedanken machte, wenn er wegen seiner Arbeit verreisen musste. An sich träumte er von einem einfacheren und bescheideneren Leben. Ein gemütliches kleines Häuschen in einem Vorort, ein normaler Job. Ein überschaubares Leben.

Das Haus des Dicken, das in einer schnieken Wohnsiedlung im Norden Cincinnatis lag, war weder gemütlich noch klein. Keller war nicht recht klar, was der Dicke eigentlich machte, wenn man einmal davon absah, dass er für viele Besucher den Gastgeber spielte und einen Großteil seiner Zeit in seinem Wagen verbrachte. Er hätte nicht sagen können, ob seine Tätigkeit anspruchsvoll war, obwohl er vermutete, dass sie es war. Ebenso wenig konnte er sagen, ob das Leben des Mannes überschaubar war. Was er allerdings wusste, war, dass es jemand beenden wollte.

Und an diesem Punkt kam Keller ins Spiel, der mit seinem Leihwagen auf der anderen Straßenseite geparkt hatte und die Villa des Dicken beobachtete. War es überhaupt richtig, sie als solche zu bezeichnen? Was machte den Unterschied zwischen einem Haus und einer Villa aus? Was war das Kriterium dafür? Die Größe oder der Wert? Nach einigem Nachdenken gelangte er zu der Ansicht, dass es wahrscheinlich eine Mischung aus beidem war. Ein Brownstonehaus in der East Sixty-sixth Street war eindeutig nur ein Haus, keine Villa, auch wenn es fünf- oder zehnmal so viel wert war wie das Anwesen des Dicken. Umgekehrt galt ein großer Wohnwagen, selbst wenn er auf einem fünf oder zehn Hektar großen Grundstück stand, nicht als Villa.

Während Keller sich darüber noch den Kopf zerbrach, begann seine Armbanduhr zu piepsen und erinnerte ihn daran, dass in zirka fünf Minuten eine Polizeistreife auf ihrer Patrouille vorbeikäme. Er startete den Motor, warf einen letzten sehnsüchtigen Blick auf das Haus (oder die Villa) des Dicken und fuhr los.

In seinem Motelzimmer machte Keller den Fernseher an und zappte sich, ohne seinen Sessel zu verlassen, durch die Kanäle. Neuerdings hatten die meisten halbwegs passablen Motels Fernbedienungen für ihre Fernseher. Eine Weile waren die Fernbedienungen an den Nachttischen befestigt gewesen, aber die waren nur hilfreich, wenn man beim Fernsehen im Bett saß. Sonst nervte es nur. Wenn man aufstehen und zum Bett gehen musste, um den Sender zu wechseln oder bei der Werbung den Ton auszuschalten, konnte man das gleich am Fernseher tun.

Damit sollte natürlich verhindert werden, dass die Fernbedienung gestohlen wurde. Eine frei herumliegende Fernbedienung konnte schnell im Koffer eines Gasts landen, ohne jemals wieder aufzutauchen. Auch Stehlampen waren ähnlich befestigt und Fernseher ebenfalls. Aber daran war eigentlich nichts auszusetzen. Es störte nicht weiter, wenn man die Lampe oder den Fernseher nicht verrücken konnte. Mit der Fernbedienung war das eine andere Sache. Da konnte man gleich die Handtücher festschrauben.

Er schaltete den Fernseher aus. Inzwischen war es vielleicht einfacher, den Sender zu wechseln, aber es war schwieriger denn je, etwas zu finden, was er sehen wollte. Er griff nach einer Zeitschrift, blätterte darin. Das war seine vierte Nacht in diesem Motel, und er hatte immer noch keine gute Idee, wie er den Dicken umbringen könnte. Irgendeine Möglichkeit musste es geben, das war immer so, aber er war noch nicht darauf gekommen.

Angenommen, er hätte ein Haus wie der Dicke. Normalerweise hing er Fantasien über Häuser nach, die er sich leisten konnte, oder über Leben, die zu leben er sich vorstellen konnte. Er hatte genügend auf der hohen Kante, um sich irgendwo ein Häuschen zu kaufen und es bar zu bezahlen. Aber für ein Anwesen wie das des Dicken hätte er nicht einmal die Anzahlung leisten können. (Konnte man es so nennen – ein Anwesen? Und was genau war eigentlich ein Anwesen? Wie unterschied es sich von einem Besitz? War die Unterscheidung regional bedingt? Sagte man im Nordosten Anwesen und im Süden und Westen Besitz?)

Aber egal, angenommen, er hätte das Geld, nicht nur um so ein Haus zu kaufen, sondern auch um für seinen Unterhalt aufzukommen. Angenommen, er gewänne in der Lotterie, und angenommen, er könnte sich einen

Gärtner und ein Hausmädchen leisten und was man sonst noch brauchte. Würde er es genießen, von Zimmer zu Zimmer zu gehen, die Gemälde an den Wänden zu bewundern und sich an der Dicke der Teppiche zu freuen? Würde es ihm gefallen, durch den Garten zu schlendern, dem Gesang der Vögel zu lauschen und an den Blumen zu riechen?

Nelson könnte es gefallen, dachte er. Auf einem Rasen wie diesem herumzutollen.

Er saß eine Weile da und schüttelte den Kopf. Dann wechselte er die Stühle und griff nach dem Telefon.

Er rief unter seiner eigenen Nummer in New York an und bekam den Anrufbeantworter dran. »Sie. Haben. Sechs. Nachrichten«, teilte er ihm mit und spielte sie für ihn ab. Bei den ersten fünf wurde jedes Mal wortlos aufgehängt. Die sechste war von einer Stimme, die er kannte.

»Hallo, E.T., nach Hause telefonieren.«

Er ging ein paar hundert Meter den Highway runter zu einem Münztelefon. Es meldete sich Dot, und sie klang sofort aufgekratzter, als sie seine Stimme erkannte.

»Da bist du ja«, sagte sie. »Ich habe ständig bei dir angerufen.«

»Auf dem Anrufbeantworter war aber nur diese eine Nachricht.«

»Ich wollte eigentlich nichts auf Band sprechen. Ich dachte, ich könnte es Wie-heißt-sie-gleich-wieder sagen.«

»Andria.«

»Ach ja, stimmt, und ich dachte, sie würde es dir ausrichten, wenn du zu Hause anrufst. Sie ist bloß nie drangegangen. Anscheinend geht sie mit deinem Hund bis zur Bronx hoch und wieder runter.«

»Wahrscheinlich.«

»Deshalb habe ich eine Nachricht auf Band gesprochen, und schon plaudern wir miteinander wie alte Freunde. Ich nehme mal nicht an, dass du schon getan hast, was du tun wolltest.«

»Es geht nicht so schnell und einfach wie sonst«, sagte er. »Es dauert etwas.«

»Mit anderen Worten, unser Freund atmet noch.«

»Andernfalls hätte er gelernt, durch die Gegend zu laufen, ohne es zu tun.«

»Umso besser«, sagte sie. »Weißt du, was du tun solltest, Keller? Ich finde, du solltest in deinem Motel auschecken und dich ins Flugzeug setzen.«

»Und nach Hause kommen?«

»Du hast es erfasst, Keller, aber du warst ja immer schon schnell von Begriff.«

»Hat der Kunde storniert?«

»Nicht ganz.«

»Dann ...«

»Flieg erst mal nach Hause«, sagte sie, »und dann setzt du dich in einen Zug nach White Plains und lässt dir bei einem Glas Eistee alles von mir erklären.«

Er bekam keinen Eistee, sondern Limonade. Er saß in einem Korbstuhl auf der Veranda des großen Hauses am Taunton Place und hatte ein großes Glas vor sich stehen. Dot, in einem blau-weißen Schürzenkleid und weißen Flipflops, hockte auf dem Holzgeländer.

»Das habe ich vorgestern bekommen.« Sie deutete auf ein Windspiel. »Ich habe QVC geschaut, und dann bin ich kurz schwach geworden.«

»Es hätte dir ja auch bei einer Taschenangel passieren können.«

»Durchaus möglich«, sagte sie, »bei all dem Durcheinander in letzter Zeit. Aber wie findest du das, Keller? So ein Zufall aber auch. Du bist gerade in Cincinnati, einen Auftrag erledigen, und wir kriegen einen Anruf, ein neuer Job für dich, und genau deine Schuhnummer.«

»Meine Schuhnummer?«

»Diese Redewendung wirst du doch wohl kennen. Wenn etwas ganz nach deinem Geschmack ist.«

»Ah, ganz nach meinem Geschmack also.«

»Und du kommst nie drauf, von wo dieser Kunde angerufen hat.«

»Aus Cincinnati«, sagte er.

»Jetzt glaub ich's aber.«

Keller runzelte die Stirn. »Wir haben also zwei Aufträge in derselben

163

Stadt. Da böte es sich doch an, beide, soweit möglich, in einem Aufwasch zu erledigen. Man spart Flugkosten, falls das eine Rolle spielt. Und man spart es sich, ein Zimmer zu finden und sich einzuleben. Stattdessen bin ich wieder hier, ohne dass einer der beiden Aufträge erledigt ist, was irgendwie ein bisschen komisch ist. An der Sache ist also mehr dran.«

»Du entwickelst dich ja zu einem regelrechten Genie, Keller.«

»Die beiden Jobs hängen irgendwie zusammen. Ich sollte also besser vorher schon alles darüber wissen, damit ich mir nicht auf meinen Dingsbums trete.«

»Und wir wollen natürlich nicht, dass deinem Dingsbums was zustößt.«

»Auf gar keinen Fall. Worin besteht der Zusammenhang? Beide Male derselbe Auftraggeber?«

Sie schüttelte den Kopf.

»Verschiedene Auftraggeber also. Dieselbe *Zielperson*? Hat es der Dicke geschafft, zwei Leute so zu nerven, dass sie uns in nur wenigen Tagen Abstand beide angerufen haben?«

»Das wäre doch was, oder?«

»Na ja, manche Leute haben nun mal ein spezielles Talent dafür, anderen auf den Geist zu gehen. Aber das ist es auch nicht.«

»Nein.«

»Also auch verschiedene Zielpersonen.«

»Leider ja.«

»Verschiedene Zielpersonen, verschiedene Auftraggeber. Selber Zeitpunkt, selber Ort, aber alles andere ist unterschiedlich. Und jetzt? Hilf mir endlich auf die Sprünge, Dot. Ich weiß nicht mehr weiter.«

»Keller«, sagte sie, »du schlägst dich wacker.«

»Vier verschiedene Personen. Der Dicke und der Typ, der uns beauftragt hat, ihn aus dem Weg zu räumen, und dann Zielperson Nummer zwei und Auftraggeber Nummer zwei und ...«

»Geht dir langsam ein Licht auf?«

»Der Dicke will uns engagieren«, sagte Keller, »damit wir unseren ursprünglichen Auftraggeber ausschalten.«

»Was sage ich denn?«

»A heuert uns an, B auszuschalten, und B heuert uns an, A auszuschalten.«

»Hört sich ein bisschen arg nach einer Dreisatzaufgabe an, aber es trifft den Sachverhalt ziemlich genau.«

»Die Kontrakte können nicht direkt eingegangen sein«, sagte er. »Bestimmt war ein Mittelsmann zwischengeschaltet, oder? Der Dicke ist nämlich keine Mafioso. Er könnte natürlich, wie manche Geschäftsleute, Unterweltkontakte haben, aber dass er sich an uns wenden soll, dürfte er kaum gewusst haben.«

»Er ist von jemand anders weiterverwiesen worden«, bestätigte Dot.

»Und der andere ebenfalls. Aber von einem anderen Mittelsmann natürlich.«

»Richtig.«

»Und beide haben ihn angerufen.« Er warf einen vielsagenden Blick nach oben. »Und was hat er gemacht, Dot? Beiden zugesagt?«

»Genau das hat er getan.«

»Warum das denn? Wir haben bereits einen Kunden, da können wir doch keinen Auftrag annehmen, ihn umzubringen, vor allem nicht von jemand, den auszuschalten wir uns schon bereiterklärt haben.«

»Bereiten dir die ethischen Implikationen Kopfschmerzen, Keller?«

»Echt gut, das Zeug.« Er schwenkte sein Limonadenglas. »Irgend so ein Sirup?«

»Selbstgemacht. Mit richtigen Zitronen und richtigem Zucker.«

»Das schmeckt man«, sagte er. »Ethische Implikationen? Was weiß ich über ethische Implikationen? So macht man einfach keine Geschäfte, mehr nicht. Was soll der Mittelsmann denken?«

»Welcher Mittelsmann?«

»Der, dessen Klient umgelegt wird. Was wird er sagen?«

»Was hättest du gemacht, Keller? Wenn du er wärst und den zweiten Anruf wenige Tage nach dem ersten bekommen hättest.«

Er überlegte. »Ich hätte gesagt, dass im Moment niemand verfügbar ist, aber in zwei Wochen könnte ich ihm einen richtig guten Mann anbieten, wenn er wieder aus Aruba zurück ist.«

»Aus Aruba?«

»Von irgendwoher eben. Und dann, wenn der Dicke weg ist und ich eine Woche oder so wieder zu Hause bin, rufst du zurück und fragst, ob das

Angebot noch steht. Und er sagt dann irgendwas wie: ›Nein, der Kunde hat es sich anders überlegt.‹ Und selbst wenn er sich denken kann, wer seinen Mann aus dem Verkehr gezogen hat, ist alles völlig korrekt und sauber über die Bühne gegangen, oder?«

»Klar«, sagte sie, »du hast natürlich völlig recht.«

»Aber das ist nicht, was er gemacht hat«, sagte Keller, »und das wundert mich etwas. Was hat er sich dabei gedacht? Hat er Angst, Verdacht zu erregen, irgendwas in der Richtung?«

Sie schaute ihn bloß an. Er sah ihren Blick und bemerkte etwas darin, und dann fiel der Groschen.

»O nein«, sagte er nur.

»Ich dachte, es ginge wieder aufwärts mit ihm«, sagte sie. »Damit will ich nicht sagen, dass dabei nicht auch ein gehöriges Maß an Verdrängung mit im Spiel war. Ein bisschen Wunschdenken.«

»Ist an sich verständlich.«

»Da war diese Phase, als er dir die falsche Zimmernummer gegeben hat, aber da ist am Ende doch noch alles gutgegangen.«

»Für uns«, sagte Keller. »Aber nicht für den Typen in dem falschen Zimmer.«

»Das allerdings. Dann ist er total depressiv geworden und hat jeden Auftrag abgelehnt, der reingekommen ist. Damals dachte ich, dass ihm vielleicht ein Arzt Prozac verschreiben sollte.«

»Ich weiß nicht, ob Prozac in dieser Branche so eine gute Idee wäre.«

»Ja, habe ich mich auch gefragt. Depressiv ist weiß Gott nicht gut, aber ist soft besser? Könnte kontraproduktiv sein.«

»Wenn nicht sogar katastrophal.«

»Allerdings«, sagte sie. »Außerdem würde er sowieso nicht zum Arzt gehen. Er hat gerade ein Stimmungstief. Vielleicht ist es wie mit dem Wetter. Eine Tiefdruckfront rückt an, und alles, was du tun kannst, ist, mit einem Eistee auf der Veranda sitzen. Dann zieht sie vorüber, und wir kriegen was von dieser guten kanadischen Luft ab, und schon ist wieder alles wie früher.«

»Hm.«

»Und dann hat er gestern telefoniert und anschließend mich nach oben gerufen, damit ich ihm eine Tasse Kaffee bringe. >Ruf Keller an<, hat er dann gesagt. >Ich habe in Cincinati Arbeit für ihn.<«

»Déjà vu.«

»Du sagst es, Keller. Ein Déjà vu, wie du noch keines gesehen hast.«

Ihre Erklärung war ausführlich – was der alte Mann gesagt hatte, was er ihrer Meinung nach gemeint hatte, was er wirklich gemeint hatte und so weiter und so fort. Letztlich lief es darauf hinaus, dass der erste Auftraggeber, ein gewisser Barry Moncrieff, in seiner Begeisterung, dass seine Probleme mit dem Dicken bald gelöst wären, mindestens einer Person, die kein Geheimnis für sich behalten konnte, von seinem Plan erzählt hatte. Jedenfalls drang das Ganze zu dem Dicken durch, der Arthur Strang hieß.

Während Moncrieff allem Anschein nach vergessen hatte, dass Schweigen Gold war, beherzigte Strang offensichtlich den alten Spruch: Angriff ist die beste Verteidigung. Er telefonierte ein bisschen herum, und schließlich klingelte am Taunton Place das Telefon, und der alte Mann ging dran und nahm den Auftrag an.

Als ihn Dot auf die dadurch entstandenen Komplikationen aufmerksam machte – sprich, dass ihr neuer Auftraggeber bereits zur Exekution freigestellt war und die Gebühr der Mann bezahlt hatte, der gerade ein neues Ziel geworden war –, stellte sich heraus, dass der alte Mann den ursprünglichen Auftrag völlig vergessen hatte.

»Er wusste nicht, dass du in Cincinatti warst«, sagte sie. »Er hatte nicht die leiseste Ahnung, dass er dich dorthin oder sonst wohin geschickt hat. Was ihn anging, hättest du gerade mit deinem Hund Gassi gehen können, vorausgesetzt, er hätte noch gewusst, dass du einen Hund hast.«

»Aber wenn du ihn darauf hingewiesen hast ...«

»Er hat da keine Probleme gesehen. Ich habe es ihm immer wieder zu erklären versucht, bis mir klar wurde, was ich eigentlich getan habe. Ich habe versucht, eine Glühbirne auszublasen. Er hat es einfach nicht kapiert. >Keller kriegt das schon hin<, hat er nur gesagt. >Überlass einfach alles Keller. Er weiß, was er zu tun hat.<«

»Das hat er gesagt?«

»O-Ton. Du wirkst ein ganz kleines Bisschen ratlos, Keller. Sag bloß nicht, mit dieser Einschätzung liegt er falsch.«

Er überlegte kurz. »Der Dicke weiß, dass er zum Abschuss freigegeben ist. Passt jedenfalls ins Bild. Es würde erklären, warum so schwer an ihn ranzukommen war.«

»Wenn es dir gelungen wäre«, sagte Dot, »würde ich einfach mit den Achseln zucken und sagen, was passiert ist, ist passiert, und es dabei belassen. Aber glücklicher- oder auch unglücklicherweise hast du rechtzeitig deinen Anrufbeantworter abgehört.«

»Glücklicher- oder unglücklicherweise.«

»Genau, und frag nicht, was was ist. Das Einfachste wäre, du erteilst mir grünes Licht, und ich rufe beide Mittelsmänner an und sage ihnen, wir sind raus. Unser bester Mitarbeiter hat sich beim Skifahren das Bein gebrochen, und er soll lieber jemand anders anrufen. Was hast du denn?«

»Beim Skifahren? Um diese Jahreszeit?«

»In Chile, Keller. Was ist bloß aus deiner Fantasie geworden? Aber egal, wir wären raus aus der Sache.«

»Was wahrscheinlich das Beste wäre.«

»Allerdings nicht unter finanziellen Gesichtspunkten. Es hieße, du gingst leer aus, und wir müssten beiden Auftraggebern ihre Anzahlungen rückerstatten und sie bitten, sich entweder anderweitig umzusehen oder sich gegenseitig zu erschießen. Außerdem gebe ich nur äußerst ungern Geld zurück, das ich mal bekommen habe.«

»Was haben sie gemacht, die Hälfte anbezahlt?«

»Ja. Wie üblich.«

Stirnrunzelnd dachte Keller über eine Lösung nach. »Fahr nach Hause«, sagte Dot. »Kraule Andria und gib Nelson einen Kuss, oder ist es anders rum? Überschlaf es und gib mir Bescheid, wenn du dich entschieden hast.«

Er nahm den Zug zur Grand Central Station und ging nach Hause, fuhr mit dem Lift nach oben und schloss die Wohnungstür auf. In der Wohnung war es dunkel und still, genau so, wie er sie verlassen hatte. Nelsons Napf war in einer Ecke der Küche. Keller betrachtete ihn und kam sich vor wie eine Gold-Star-Mutter, die das Zimmer ihres Sohnes in genau demselben Zustand lässt, in dem es ihr Sohn hinterlassen hat. Er wusste, er sollte den Napf wegräumen oder am besten wegwerfen, aber das brachte er nicht übers Herz.

Er packte aus und duschte, dann ging er auf ein Bier und einen Burger um die Ecke. Anschließend machte er einen Spaziergang, aber es machte ihm keinen Spaß. Er ging in die Wohnung zurück und rief bei den Fluggesellschaften an. Dann packte er wieder und nahm sich ein Taxi zum JFK.

Während er darauf wartete, dass sein Flug aufgerufen wurde, rief er in White Plains an. »Bin schon unterwegs«, sagte er Dot.

»Du überraschst mich immer wieder von Neuem, Keller. Ich war mir ganz sicher, du würdest noch über Nacht bleiben.«

»Wieso?«

Darauf trat eine kurze Pause ein, bevor Dot fragte: »Keller? Ist irgendwas?«

»Andria ist weg«, sagte er zu seiner eigenen Überraschung. Er hatte nicht beabsichtigt, etwas zu sagen. Irgendwann schon, aber nicht schon jetzt.

»Das ist aber schade«, sagte Dot. »Ich dachte, ihr wärt glücklich miteinander.«

»Das dachte ich auch.«

»Hm.«

»Sie muss sich selbst finden«, sagte Keller.

»Das habe ich schon einige Leute sagen gehört, aber ehrlich gestanden habe ich keine Ahnung, was sie damit meinen. Zuerst, wie kann sich jemand verlieren? Und woher will man wissen, wo man nach sich suchen muss?«

»Das habe ich mich auch schon gefragt.«

»Sie ist natürlich noch sehr jung, Keller.«

»Das stimmt.«

»Zu jung für dich, würden manche sagen.«

»Ja.«

»Trotzdem, wahrscheinlich fehlt sie dir. Nicht zu reden von Nelson.«

»Ja, sie fehlen mir beide«, sagte er.

»Du meinst wohl, *sie* fehlt euch beiden«, sagte Dot. »Augenblick. Was hast du gerade gesagt?«

»Sie haben gerade meinen Flug aufgerufen«, sagte er und legte auf.

Der Flughafen von Cincinnati war auf der anderen Seite des Flusses in Kentucky. Keller hatte erst an diesem Morgen seinen Avis-Wagen zurückgegeben und dachte, es könnte vielleicht eigenartig aussehen, wenn er an denselben Schalter zurückkam und noch einmal einen auslieh. Deshalb ging er zu Budget und bekam einen Honda.

»Es ist ein japanischer Wagen«, sagte der Mann am Schalter, »aber er ist hier hergestellt worden, in den Vereinigten Staaten von Amerika.«

»Mir fällt ein Stein vom Herzen«, versicherte ihm Keller.

Er checkte in einem Motel ein, das eine halbe Meile von seinem letzten entfernt war, und rief vom Münztelefon eines Restaurants an. Er hatte einige Fragen, Dinge, die er über Barry Moncrieff wissen musste, über den Mann, der gleichzeitig Klient Nr. 1 und Auftrag Nr. 2 war. Statt ihm zu antworten, stellte ihm Dot ihrerseits eine Frage.

»Was soll das heißen, sie fehlen dir beide? Wo ist der Hund?«

»Keine Ahnung.«

»Sie ist mit dem Hund abgehauen? Ist das, was du damit sagen willst?«

»Sie sind beide weggegangen«, sagte er. »Niemand ist abgehauen.«

»Na schön, sie ist also mit deinem Hund weggegangen. Wahrscheinlich denkt sie, sie braucht ihn, damit er ihr hilft, sich selbst zu suchen. Was genau ist passiert? Ist sie verschwunden, als du in Cincinnati warst?«

»Schon vorher«, sagte er. »Und sie ist nicht verschwunden. Wir haben geredet, und sie meinte, es wäre das Beste, wenn sie Nelson mitnähme.«

»Und damit warst du einverstanden?«

»Mehr oder weniger.«

»›Mehr oder weniger?‹ Was soll das jetzt wieder heißen?«

»Das habe ich mich auch selbst immer wieder gefragt. Sie hat gesagt, ich hätte nicht wirklich Zeit für ihn, ich bin viel auf Reisen und ... ich weiß auch nicht.«

»Aber er war doch dein Hund, schon lange bevor du sie kennengelernt hast. Du hast sie angeheuert, damit sie ihn ausführt, wenn du verreist bist.«

»Ja.«

»Und eins hat zum anderen geführt, und sie ist bei dir eingezogen. Und dann erzählt sie dir, es ist das Beste, wenn sie den Hund mitnimmt.«

»Ja.«

»Und weg sind sie.«

»Ja.«

»Und du weißt nicht, wo sie sind, und du weißt nicht, ob sie zurückkommen.«

»Mhm.«

»Wann war das, Keller?«

»Vor etwa einem Monat. Vielleicht auch schon vor sechs Wochen.«

»Und du hast nie was gesagt.«

»Nein.«

»Und ich habe weiter die ganze Zeit gesagt, du sollst ihn kraulen und sie küssen oder was auch immer, und du hast kein Wort gesagt.«

»Irgendwann hätte ich es dir schon erzählt.«

Eine Weile schwiegen sie beide, dann fragte sie ihn, was er tun wolle. In Hinblick worauf, fragte er.

»In Hinblick worauf? In Hinblick auf deinen Hund und deine Freundin.«

»Ich habe mir schon gedacht, dass du das meinst«, sagte er, »aber du hättest auch Moncrieff und Strang meinen können. Aber die Antwort ist in beiden Fällen die gleiche. Ich weiß nicht, was ich tun werde.«

Letztlich lief es darauf hinaus, dass er eine Entscheidung treffen musste. Welchen Auftrag sollte er ausführen und welchen stornieren.

Und wie entschied man so etwas? Zwei Leute wollten seine Dienste in Anspruch nehmen, aber nur bei einem ging es. Wäre er ein Gemälde, wäre die Sache ganz einfach. Es gäbe eine Auktion, und wer das höchste Gebot abgab, bekam etwas Schönes, das er sich übers Sofa hängen konnte. In diesem Fall konnte er jedoch nicht sehen, wer das höchste Gebot abgab, weil der

171

Preis bereits festgelegt war und beide Parteien sich unabhängig voneinander damit einverstanden erklärt hatten. Jede hatte die Hälfte im Voraus bezahlt, und wenn der Auftrag erledigt war, würde einer von beiden die restlichen 50 Prozent zahlen, während der andere eine Rückerstattung verlangen konnte, aber nicht mehr in der Lage wäre, sie einzufordern.

In dieser Hinsicht war der Auftrag potentiell einträglicher als üblich und brächte das Eineinhalbfache des Standardsatzes ein. Es lief immer auf dasselbe hinaus, egal, wie er sich entschied. Brachte er Moncrieff um, würde Strang den Rest zahlen. Brachte er Strang um, war Moncrieff mit Zahlen dran.

Wer von beiden sollte dran glauben?

Moncrieff hat zuerst angerufen, dachte er. Der alte Mann war sich mit ihm einig geworden, und bei einer solchen Abmachung verstand sich eine Ausschließlichkeitsgarantie von selbst. Wenn man jemand anheuerte, damit er jemand tötete, musste man sich nicht ausdrücklich versichern lassen, dass sich die dafür zuständige Person nicht auch dafür engagieren ließ, einen selbst zu töten. Das verstand sich von selbst.

In erster Linie waren sie also Moncrieff verpflichtet, und insofern hätten jegliche Abmachungen mit Strang null und nichtig sein sollen. Strangs Geld war nicht wirklich ein Vorschuss, es fiel eher unter die Rubrik unerwartete Gewinne und musste in der Bilanz nicht auftauchen. Man konnte sogar so argumentieren, dass die Annahme von Strangs Vorauszahlung eine absolut legitime taktische Maßnahme war, damit sich das Opfer in falscher Sicherheit wiegte und leichter zu überrumpeln war.

Andererseits ...

Wenn andererseits Moncrieff sein blödes Maul gehalten hätte, wäre Strang nicht gewarnt worden und hätte folglich auch keine Gegenmaßnahmen ergriffen. Nur weil Moncrieff herumerzählt hatte, dass er den Dicken aus dem Verkehr ziehen wollte, hatte er diesen veranlasst, jemand anzurufen, der wiederum jemand angerufen hatte, der schließlich bei dem alten Mann in White Plains gelandet war.

Und es war Moncrieffs Geschwätzigkeit gewesen, die Strang zu einem so schwierigen Ziel gemacht hatte. Sonst wäre es ganz einfach gewesen, an den Dicken ranzukommen, und Keller hätte seinen Auftrag längst erledigt. Anstatt also in einem Motel in den Außenbezirken von Cincinnati herumzuhängen, könnte er gemütlich in seiner Wohnung in der First Avenue sitzen.

Weil er den Mund nicht hatte halten können, hatte sich Moncrieff sein eigenes Grab geschaufelt. Weil er kein Geheimnis für sich hatte behalten können, hatte er den Auftrag sabotiert, den er so rasch erteilt hatte. Konnte man also nicht dahingehend argumentieren, dass sein Verhalten, mit all seinen unerfreulichen Konsequenzen, den Kontrakt für null und nichtig erklärt hatte? Und in diesem Fall wäre der alte Mann sehr wohl berechtigt, seine Anzahlung einzubehalten, auch wenn er ein Gegenangebot einer anderen interessierten Partie akzeptiert hatte.

Das alles lief darauf hinaus, dass Keller den Dicken als den Bona-fide-Kunden und Moncrieff (ob nun dick oder schlank, groß oder klein) als Zielperson betrachten musste.

Andererseits ...

Moncrieff hatte eine Penthousewohnung auf einem Hochhaus nicht weit vom Riverfront Stadium. Die Reds hatten ein Heimspiel, und Keller kaufte sich ein Ticket und ein billiges Fernglas und sah sich das Spiel an. Sein Platz war draußen beim Right Field, weit genug vom Geschehen entfernt, um nicht der Einzige mit einem Fernglas zu sein. Neben ihm saß ein Vater mit seinem Sohn, und beide hatten in der Hoffnung, einen Foul Ball zu fangen, einen Handschuh mitgebracht. Kein Pitcher hatte groß was drauf, und beide Teams schlugen eine Menge Long Balls, aber in den Jungen und seinen Vater kam nur dann Leben, wenn jemand einen langen Foul Ball nach rechts schlug.

Das fand Keller etwas verwunderlich. Wenn sie unbedingt einen Baseball wollten, wären sie dann nicht besser beraten gewesen, einfach in ein Sportgeschäft zu gehen und dort einen zu kaufen? Und wenn es ihnen in erster Linie um das Jagdfieber ging, konnten sie doch den Verkäufer bitten, den Ball in die Luft zu werfen, damit ihn der Junge auffangen konnte, wenn er runterkam.

Wenn auf dem Spielfeld gerade nichts los war, richtete Keller sein Fernglas auf ein Fenster, von dem er ziemlich sicher war, dass es zu Moncrieffs

Wohnung gehörte. Er fragte sich, ob Moncrieff Baseballfan war und ob er sich die Lage seiner Wohnung zunutze machte und die Spiele von dort verfolgte. Dafür brauchte man wesentlich mehr Vergrößerung, als Keller hatte, aber wenn Moncrieff sich das Penthouse leisten konnte, musste es auch noch für ein gescheites Teleskop reichen. Wenn er so ein Ding hatte, mit dem man die Ringe des Saturn zählen konnte, hätte er sogar sehen müssen, ob der Curveball des Pitchers Effet hatte.

War etwa genauso bescheuert, wie einen Handschuh ins Stadion mitzunehmen, fand Keller. Wenn sich ein Mann wie Moncrieff ein Spiel ansehen wollte, konnte er sich eine Loge hinter dem Dugout der Reds leisten. Neuerdings blieb er allerdings möglicherweise lieber zu Hause und sah sich das Spiel, wenn schon nicht durch ein Teleskop, im Fernsehen an, weil er das vielleicht sicherer fand.

Und soweit Keller das beurteilen konnte, ging Barry Moncrieff nicht viele Risiken ein. Wenn er nicht sowieso damit rechnete, dass der Dicke zurückschlagen und seinerseits einen Auftrag erteilen könnte, machte er den Eindruck eines von Natur aus vorsichtigen Mannes. Er lebte in einem gut gesicherten Haus und verließ es selten. Wenn er es doch tat, schien er nie allein irgendwohin zu gehen.

Da Keller sich nicht aufgrund ethischer Kriterien für eine Zielperson entscheiden konnte, legte er seiner Wahl pragmatische Erwägungen zugrunde. Was er machte, war etwas anderes als Würfeln. Man bekam keinen Bonus dafür, dass man sich die Sache unnötig schwerer machte. Wenn man also einen von zwei Männern eliminieren musste, warum nicht den, der einfacher auszuschalten war?

Nach dem Spiel, das die Reds nach ein paar Extra Innings gegen die Phillies verloren hatten, hatte er sich ganze drei Tage mit dieser Frage herumgeschlagen und war dabei einzig und allein zu dem Ergebnis gelangt, dass keiner der beiden Männer leicht zu beseitigen war. Beide lebten in Festungen, einer hoch oben in der Luft, der andere weit draußen in der Pampa. Unmöglich zu erledigen war keiner – das war niemand –, aber bei keinem war es einfach.

Es war ihm gelungen, einen Blick auf Moncrieff zu erhaschen. Er hatte es so hingedreht, dass er im Foyer seines Hauses einem Concierge, der genauso ratlos war wie Keller zu sein vorgab, ein falsch adressiertes Päckchen zeigte, als Moncrieff in Begleitung zweier breitschultriger junger Männer mit auffallenden Wölbungen in ihren Jacketts hereinkam. Moncrieff war in den Fünfzigern und hatte schütteres Haar, hängende Mundwinkel und Hängebacken wie ein Basset.

Auch er war dick. Wenn Keller diesen Namen nicht schon Arthur Strang verpasst hätte, hätte er auch ihn insgeheim als den Dicken bezeichnen können. Moncrieff war zwar nicht so dick wie Strang – das waren wenige –, aber er war weit davon entfernt magersüchtig zu wirken. Keller schätzte, dass er dreißig bis vierzig Kilo weniger auf die Waage brachte als Strang. Strang watschelte, Moncrieff tippelte wie eine Taube.

Zurück in seinem Motel, fand Keller eine Sportsendung, in der sie die Highlights des Spiels brachten, das er gerade gesehen hatte. Er machte den Fernseher aus, griff nach dem Fernglas und fragte sich, warum er es überhaupt gekauft hatte und was er jetzt damit machen sollte. Er ertappte sich bei dem Gedanken, dass Andria vielleicht gern Vögel im Central Park beobachten würde. Er schärfte sich ein, so etwas lieber bleiben zu lassen, und ging unter die Dusche.

Keiner von den beiden war einfach auszuschalten, dachte er, aber es begannen sich bereits ein paar Möglichkeiten abzuzeichnen, wie er an jeden der beiden herankommen konnte. Der Schwierigkeitsgrad, wie ein Turmspringer sagen würde, war in etwa der gleiche. Und das war auch der Risikograd, soweit er das einschätzen konnte.

Dann kam ihm ein Gedanke. Vielleicht verdiente es einer von ihnen.

»Arthur Strang«, sagte die Frau. »Also, er war richtig dick, als ich ihn kennengelernt habe. Ich glaube, er kam schon dick auf die Welt. Aber das war nichts im Vergleich zu dem, wie er jetzt ist. Er war einfach, wie soll ich sagen, moppelig.«

Sie hieß Marie, und sie war eine große Frau mit nicht sehr überzeugend wirkendem rotem Haar. Anfang dreißig, schätzte Keller. Volle Lippen, große Augen. Auch eine gute Figur, obwohl sie nach Kellers Meinung, da sie dieses Thema zur Sprache gebracht hatte, durchaus ein paar Pfunde hätte abnehmen können. Nicht, dass er das zu erwähnen vorhatte.

»Als ich ihn kennengelernt habe, war er einfach nur dick«, sagte sie, »aber er trug maßgeschneiderte italienische Anzüge und sah ganz okay aus, weißt du? Aber nackt, daran will ich lieber gar nicht denken.«

»Ich auch nicht.«

»Häh?« Sie sah ihn verständnislos an, aber ein Schluck von ihrem Drink brachte sie wieder auf die Spur. »Bevor wir geheiratet haben«, fuhr sie fort, »hat er, du wirst es nicht glauben, tatsächlich abgenommen. Aber nach der Hochzeit fing er an, zu fressen wie ein Scheunendrescher. Ich war drei Jahre mit ihm verheiratet, und er hat jedes Jahr an die zehn, fünfzehn Kilo zugelegt. Dann haben wir uns vor drei Jahren getrennt, und hast du ihn in letzter Zeit mal gesehen? Er ist so breit wie ein Haus. Ein Walross ist nichts dagegen.«

Wie eine Doppelhaushälfte vielleicht, dachte Keller, aber auf keinen Fall wie eine Villa.

»Ach, weißt du, Kevin«, sagte sie und legte Keller die Hand auf den Arm. »Es ist so fürchterlich verraucht hier drinnen. Eigentlich ist rauchen inzwischen verboten, aber die Leute tun es trotzdem. Wie will man sie auch daran hindern, sie etwa verhaften?«

»Sollen wir ein bisschen frische Luft schnappen?«, fragte er, und sie war sichtlich begeistert von seinem Vorschlag.

In ihrer Wohnung sagte sie. »Er hatte gewisse Vorlieben, Kevin.«

Keller nickte aufmunternd und fragte sich, ob er jemals Kevin genannt worden war. Irgendwie gefiel ihm, wie sie es sagte.

»Er war schlicht und einfach abartig veranlagt«, fügte sie finster hinzu.

»Echt?«

»Er wollte, dass ich bestimmte Dinge tue«, sagte sie und rieb sich an seinem Bein. »Du machst dir keine Vorstellung, was er alles von mir wollte.«

»Ach?«

Sie erzählte es ihm. »Ich fand es widerlich, aber er bestand darauf, und es war mit ein Grund für unsere Trennung. Aber soll ich dir was verraten?«

»Klar.«

»Nach der Scheidung begann ich so was dann nicht mehr so eng zu sehen. Du wirst es vielleicht nicht glauben, Kevin, aber ich bin ganz schön pervers.«

»Na so was.«

»Übrigens, was ich dir gerade von Arthur erzählt habe? Diese wirklich eklige Nummer? Also, ich muss gestehen, dass ich es inzwischen gar nicht mehr eklig finde. Im Gegenteil ...«

»Ja?«

»Ach, Kevin«, sagte sie.

Sie war pervers, na schön, und temperamentvoll, und hinterher fand er, dass er sich, was die paar Pfunde zu viel anging, getäuscht hatte. Sie war klasse, so wie sie war.

»Nur so eine Frage«, sagte er auf dem Weg zur Tür hinaus. »Dein Ex, hatte er was für Hunde übrig?«

»Ach, Kevin«, sagte sie. »Und ich dachte schon, ich wäre hier die Perverse. Du bist mir vielleicht einer. Hunde?«

»Nein, so habe ich das nicht gemeint.«

»Das kannst du jemand anders erzählen. Kevin, Süßer, wenn du nicht auf der Stelle verschwindest, lasse ich dich vielleicht überhaupt nicht mehr gehen. Hunde!«

»Nur als Haustiere«, sagte er. »Mag er Hunde? Oder kann er sie nicht ab?«

»Soviel ich weiß«, sagte Marie, »tendiert Arthur Strang, was Hunde angeht, weder in die eine noch in die andere Richtung. Dieses Thema ist nie zur Sprache gekommen.«

Laurel Moncrieff, die zweite von drei Frauen, die Barry an den Traualtar geführt hatte, konnte nichts über die Auf und Abs des Gewichts ihres Exmannes sagen oder was er im Schlafzimmer mochte oder nicht mochte. Sie war seine Sekretärin gewesen, hatte ihn seiner ersten Frau ausgespannt und dann dafür gesorgt, dass er einen Sekretär einstellte.

»Dann hat sich der Dreckskerl in einem Fitnessstudio angemeldet«, sagte sie, »und mich wegen seiner Personal Trainerin verlassen. Er hat mich zerknüllt und weggeworfen wie ein benutztes Kleenex.«

Sie machte nicht den Eindruck einer Frau, mit der man sich die Nase putzte. Sie war eine schlanke, dunkelhaarige Frau, und mit ihr Bekanntschaft zu schließen war nicht schwerer gewesen als mit Marie Strang, und mit ihr im Bett zu landen auch nicht. Sie hatte ihm zwar keine interessanten Verirrungen, weder von seiner noch von ihrer Seite, gestehen können, ließ aber sonst nichts zu wünschen übrig.

»Ach, Kevin«, sagte sie.

Vielleicht war es der Name, dachte er. Vielleicht sollte er ihn öfter verwenden, vielleicht brachte er ihm Glück.

»Wenn man so allein lebt wie du«, sagte er. »Hast du eigentlich mal mit dem Gedanken gespielt, dir einen Hund zuzulegen?«

»Ich bin zu oft weg«, sagte sie. »Das wäre nicht gut für mich und nicht gut für den Hund.«

»Das trifft auf viele Leute zu«, sagte er, »aber sie sind es gewöhnt, einen zu Hause zu haben, und wollen ihn dann nicht mehr weggeben.«

»Das kann jeder halten wie er will«, sagte sie. »Ich hatte nie Gelegenheit, mich an einen Hund zu gewöhnen. Und wie heißt es doch so schön: Was man nicht kennt, vermisst man nicht.«

»Dann hatte dein Ex wohl keinen Hund?«

»Nicht, bis ich gegangen bin und er dieses Miststück mit den magischen Fingern geheiratet hat.«

»Sie hatte einen Hund?«

»Sie *war* ein Hund, mein Lieber. Sie hatte ein Gesicht wie ein Rottweiler. Aber sie ist inzwischen von der Bildfläche verschwunden – und nicht ersetzt worden. Geschieht ihr recht, wenn du mich fragst.«

»Dann weißt du also nicht, wie Barry Moncrieff zu Hunden steht?«

»Zu den vierbeinigen, meinst du? Ich glaube, sie waren ihm, ob nun so oder so, herzlich egal. Wie kommen wir eigentlich plötzlich auf so ein komisches Thema? Warum legst du dich nicht lieber hin und küsst mich, Kevin, Liebling?«

*   *   *

Beide spendeten örtlichen Wohltätigkeitsorganisationen Geld. Strang neigte dazu, die Künste zu fördern, während Moncrieff sich für die Bekämpfung von Krankheiten und die Unterstützung Obdachloser einsetzte. Beide waren kinderlos und aktuell unverheiratet. Keiner von beiden hatte einen Hund oder hatte jemals einen gehabt, soweit er das feststellen konnte. Keiner war in nennenswertem Maß pro oder contra Hunde eingestellt. Es wäre hilfreich gewesen, wenn sich herausgestellt hätte, dass Strang die ASPCA oder die Anti-Vivisection League unterstützte, oder dass sich Moncrieff gern in irgendwelchen Kellern in Kentucky herumtrieb und zwei Pitbulls dabei zusah, wie sie auf Leben und Tod miteinander kämpften, und beträchtliche Summen auf den Ausgang des Kampfs setzte.

Aber er stieß auf nichts dergleichen, und je mehr er darüber nachdachte, umso unbrauchbarer erschien es ihm als Kriterium. Was sollte es bei einer Entscheidung, bei der es um Leben und Tod ging, zur Sache tun, wie jemand zu Hunden stand? Und wer war Keller, darüber zu urteilen? Es war ja nicht so, dass er selbst Hundebesitzer war. Nicht mehr jedenfalls.

»Keiner der beiden ist Albert Schweitzer«, sagte er Dot, »und keiner ist Hitler. Sie liegen irgendwo dazwischen. Aufgrund moralischer Kriterien eine Entscheidung zu treffen, ist daher unmöglich. Ich sage dir, das ist tödlich.«

»Ist es eben nicht«, sagte sie. »Das ist das Problem bei der Sache, Keller. Du bist in Cincinnati, und die Uhr tickt.«

»Ich weiß.«

»Eine Entscheidung aufgrund ethischer Kriterien. Das ist die falsche Branche für ethische Kriterien.«

»Schon klar«, sagte er. »Und wer bin ich außerdem, eine solche Entscheidung zu treffen?«

»Verschone mich bloß mit deiner Ergebenheit«, sagte sie. »Hör zu, ich bin genauso verrückt wie du. Mir ist folgende Idee gekommen. Ich rufe beide Mittelsmänner an, sage ihnen, sie sollen sich mit ihren Auftraggebern in Verbindung setzen, und erkläre ihnen, dass wir infolge der Besonderheiten der Situation auf einer Vorauszahlung des vollständigen Betrags bestehen müssen.«

»Und du glaubst, darauf lassen sie sich ein?«

»Wenn es zumindest einer von ihnen tut, nähme uns das die Entscheidung ab. Wir machen ihn kalt, und der andere bleibt am Leben und lässt, ganz der zufriedene Kunde, den Restbetrag rüberwachsen.«

»Genial«, sagte Keller, und nach kurzem Nachdenken. »Nur ...«

»Ah, du bist selbst drauf gekommen? Der Typ, der kooperiert, der Typ, der uns entgegenkommt, darf zur Belohnung für sein Entgegenkommen ins Gras beißen. Ich habe ja, weiß Gott, nichts gegen gewisse Ironien des Schicksals, Keller, aber das wäre für meinen Geschmack doch ein bisschen zu viel des Guten.«

»Außerdem«, sagte Keller, »werden bei unserem sprichwörtlichen Glück beide zahlen.«

»Und wir wären wieder genauso weit wie zuvor.«

»Also?«

»Wie du es auch drehst und wendest, es gibt nur eine Lösung. Hast du einen Quarter, Keller?«

»Wahrscheinlich. Warum?«

»Wirf eine Münze«, sagte sie. »Kopf oder Zahl.«

Kopf.

Keller hob die Münze auf, die er geworfen hatte, und steckte sie in den Schlitz. Er wählte eine Nummer, und während es anläutete, dachte er darüber nach, wie klug es war, eine solche Entscheidung durch das Werfen einer Münze zu treffen. Es erschien ihm sehr willkürlich, aber traf das nicht auf das Leben grundsätzlich zu. Vielleicht war irgendwo hoch oben über den Wolken ein alter Mann mit einem langen, weißen Bart, der Entscheidungen über Leben und Tod genauso traf. Er warf eine Münze und teilte dann achselzuckend Eisenbahnunglücke und Herzinfarkte zu.

»Ich würde gern Mr. Strang sprechen«, sagte er der Person, die dranging. »Sagen Sie ihm einfach, es geht um einen kürzlich erteilten Auftrag.«

Darauf trat längere Stille ein, und Keller fummelte für den Fall, dass das Telefon gefüttert werden musste, einen weiteren Quarter heraus. Dann kam Strang ans Telefon. Keller kam es so vor, als würde er die Stimme erkennen, obwohl er sie nie gehört hatte. Die Stimme war sonor, wie die eines Opernsängers, aber alles andere als melodisch.

»Ich weiß nicht, wer Sie sind«, sagte Strang ohne lange Vorrede, »und mit Leuten, die ich nicht kenne, rede ich am Telefon nicht über geschäftliche Dinge.«

Fett, dachte Keller. Der Mann klang fett.

»Sehr vernünftig«, versicherte ihm Keller. »Es ist richtig, wir müssen über etwas Geschäftliches reden, und wie Sie bin ich der Meinung, dass wir das nicht am Telefon tun sollten. Wir sollten uns treffen, aber niemand sollte uns zusammen sehen oder auch nur erfahren, dass wir uns treffen.« Er hörte kurz zu. »Der Auftraggeber sind Sie«, fuhr er dann fort, »deshalb fände ich es gut, wenn Sie Zeitpunkt und Ort vorschlagen.« Er hörte wieder zu. »Gut«, sagte er schließlich, »ich werde da sein.«

»Aber ist das nicht unüblich?«, sagte Strang mit einem Schluchzen in der Stimme, das selbst Pavarotti alle Ehre gemacht hätte. »Ich sehe dafür überhaupt keine Notwendigkeit, nicht die geringste.«

»Das werden Sie nach unserem Treffen aber«, versicherte ihm Keller. »Das verspreche ich Ihnen.«

Er hängte auf, dann öffnete er seine Faust und schaut auf den Quarter in seiner Handfläche. Er dachte kurz nach – über den alten Mann in White Plains und dann über den alten Mann im Himmel. Den mit dem langen weißen Bart, der im Universum alles regelte, indem er Münzen warf. Er dachte an die Wendungen, die sein Leben genommen hatte, und wie Leute darin aufgetaucht und wieder daraus verschwunden waren.

Er wog die Münze in seiner Hand – sie war nicht schwer –, dann warf er sie hoch, fing sie auf und klatschte sie auf seinen Handrücken.

Zahl.

Er griff nach dem Telefon.

»Diesmal ist es wirklich Eistee«, sagte Dot. »Letztes Mal habe ich dir Eistee versprochen, aber bekommen hast du Limonade.«

»Sie war aber gut.«

»Tja, und das ist guter Eistee. Aus echtem Tee gemacht.«

»Und bestimmt auch aus echtem Eis.«

»Du gibst die Teebeutel in einen Krug kaltes Wasser«, sagte sie, »und stellst den Krug in die Sonne und lässt ihn ein paar Stunden stehen. Und dann stellst du den Krug einfach in den Kühlschrank.«

»Du kochst das Wasser gar nicht?«

»Nein, muss man nicht. Das habe ich zwar immer gedacht, aber es stimmt gar nicht. Aber ich komme vom Thema ab. Eistee. Ach ja, stimmt. Diesmal hast du angerufen und gesagt: ›Ich bin auf dem Weg zu dir raus. Mach schon mal die Limonade fertig.‹ Diesmal hast du also Limonade erwartet, aber was du bekommst, ist Eistee. Verstehst du, Keller? Jedes Mal bekommst du das Gegenteil von dem, was du erwartest.«

»Solange es nur um die Frage Eistee oder Limonade geht, kann ich damit, glaube ich, leben.«

»Du hast dich schon immer schnell neuen Realitäten angepasst«, sagte sie. »Das ist eine deiner Stärken.« Sie legte den Kopf auf die Seite und schaute an die Decke. »Apropos. Du warst gerade oben und hast mit ihm geredet. Wie fandst du ihn?«

»Eigentlich ganz okay.«

»Wieder ganz der alte?«

»Das wohl kaum. Aber er hat sich angehört, was ich zu sagen hatte, und mir erklärt, ich hätte meine Sache gut gemacht. Ich glaube, er hat es zu überspielen versucht. Ich glaube, er hatte nicht die leiseste Ahnung, wo ich war, und hat es zu überspielen versucht.«

»Das macht er in letzter Zeit oft.«

»Er schmeckt wirklich nach richtigem Tee? Und du kochst das Wasser gar nicht?«

»Nur, wenn ich es eilig habe. Keller?«

Er sah von seinem Teeglas auf. Sie saß mit übereinander geschlagenen Beinen auf dem Verandageländer. Einer ihrer Flipflops baumelte von ihrem Zeh.

»Warum beide?«, fragte sie. »Wenn du nur einen erledigt hättest, hätten wir vom anderen die Restzahlung gekriegt. Aber so ist niemand mehr übrig, um einen Scheck auszustellen.«

»Nimmt er neuerdings auch Schecks?«

»Nur so eine Redewendung. Die Sache ist die, es gibt niemand mehr, der zahlt. Es ist ja nicht nur so, dass du den zweiten umsonst erledigt hast. Es hat dich sogar Geld gekostet, es zu tun.«

»Ich weiß.«

»Deshalb, würdest du mir das vielleicht erklären?«

Er dachte in Ruhe darüber nach. Schließlich sagte er: »Mir hat der Ablauf nicht gefallen.«

»Der Ablauf?«

»Dass ich eine Wahl treffen musste. Aber ich wusste nicht, wie ich das tun sollte, und eine Münze zu werfen wäre auch keine Lösung gewesen. Ich hätte immer noch eine Entscheidung treffen müssen, weil ich mich entschieden habe, die Entscheidung der Münze zu akzeptieren, wenn du mir folgen kannst.«

»Die Spur ist hauchdünn«, sagte sie, »aber ich folge ihr wie ein Bluthund.«

»Ich fand, dass beide dasselbe bekommen sollten«, sagte er. »Deshalb habe ich zweimal eine Münze geworfen, und das erste Mal bekam ich Kopf, das zweite Mal Zahl, und ich habe mit beiden einen Termin vereinbart.«

»Einen Termin?«

»Sie waren beide gut darin, Geheimtreffen zu arrangieren. Strang hat mir erklärt, wie ich von hinten auf sein Anwesen komme. Es war zwar mit einem elektrischen Zaun gesichert, aber an einer Stelle konnte man drüberklettern.«

»Er hat also dem Fuchs den Schlüssel für den Hühnerstall gegeben.«

»Einen Hühnerstall hatte er nicht, aber einen Geräteschuppen.«

»Und zwei Männer sind an diesem schicksalsträchtigen Morgen hineingegangen, und nur einer ist wieder nach draußen gekommen«, sagte Dot. »Und dann hast du dich mit Moncrieff getroffen?«

»Im Omni in der Innenstadt. Er hat in dem Restaurant, das seinen Aussagen zufolge ziemlich gut ist, zu Mittag gegessen. Das Restaurant hat keine eigene Toilette, man benutzt einfach die im Foyer des Hotels. Deshalb konnten wir uns dort treffen, ohne jemals zusammen am selben öffentlichen Ort gewesen zu sein.«

»Clever.«

»Sie waren clevere Männer, beide. Jedenfalls hat es hervorragend funktioniert, wie bei Strang. Ich habe ... aber das willst du ja lieber nicht so genau wissen, oder?«

»Nein.«

Er schwieg eine Weile, trank seinen Eistee, lauschte dem Windspiel, wenn etwas Wind aufkam. Sie hatten eine Weile stumm dagesessen, als er sagte: »Ich war sauer, Dot.«

»Ich habe mich schon gewundert.«

»Weißt du, ohne den Hund bin ich besser dran.«

»Ohne Nelson.«

»Er war ein guter Hund, und ich habe ihn sehr gemocht, aber diese Viecher nerven auch ganz ordentlich. Man muss sie füttern, mit ihnen rausgehen.«

»Allerdings.«

»Sie habe ich auch gemocht, aber ich bin jemand, der sein ganzes Leben lang allein gelebt hat. Allein zu leben ist was, worin ich gut bin.«

»Es ist das, woran du gewöhnt bist.«

»Genau. Aber trotzdem, Dot. Ich gehe die Straße runter und schaue in Schaufenster, und dann sticht mit ein Paar Ohrringe in die Augen, und ich bin schon auf halbem Weg in den Laden, bis ich merke, dass es sinnlos wäre.«

»Die vielen Ohrringe, die du dem Mädchen gekauft hast.«

»Sie mochte es, welche zu kriegen«, sagte er, »und ich mochte es, welche zu kaufen, das war also kein Problem.« Er holte tief Luft. »Wie auch immer, ich fing an, wütend zu werden, und ich wurde immer wieder wütend.«

»Auf sie.«

»Nein, sie hat das Richtige getan. Ich habe keinen Grund, auf sie wütend zu sein.« Er deutete nach oben. »Ich bin wütend auf ihn.«

»Weil er dich nach Cincinnati geschickt hat?«

Er schüttelte den Kopf. »Ich meine nicht ihn da oben. Ich meine eine höhere Instanz, den alten Mann im Himmel, der ständig Münzen wirft.«

»Ach so, *Ihn*.«

»Klar, wen denn sonst? Aber als ich es dann getan hatte, war ich nicht mehr wütend. Ich war wieder so wie immer. Ich tue einfach das, wozu ich hier bin.«

»Ein echter Profi.«

»Wahrscheinlich.«

»Und du gewährst Nachlässe.«

»Tue ich das?«

»Spezielle Sommerrabatte«, sagte sie. »Zwei Morde zum Preis von einem.«

Keller lauschte dem Windspiel, dann der Stille. Irgendwann musste er in seine Wohnung zurück und entscheiden, was mit dem Fressnapf des Hunds geschehen sollte. Irgendwann würden er und Dot entscheiden müssen, was mit dem alten Mann geschehen sollte. Aber vorerst wollte er bloß da bleiben, wo er war und sein Glas Tee trinken.

Auf Keller ist immer Verlass

Keller, mit einem Drink in der Hand, stimmte der Frau in dem rosa Kleid zu, dass es ein wunderschöner Abend war. Er bahnte sich seinen Weg durch eine Schar Jungverheirateter auf die, wie man so was vermutlich nannte, Terrasse. Eine Bedienung ging mit einem Tablett mit Drinks in Stielgläsern herum, und er tauschte seines gegen ein neues aus. Er trank daraus, während er weiterschlenderte und fragte sich, was er da eigentlich trank. Irgendwas wie Vodka Sour, vermutete er und entschied gleichzeitig, dass er es nicht noch weiter einengen musste. Er dachte, dass er diesen und dann noch einen trinken würde, obwohl er noch zehn hätte trinken können, weil er an diesem Abend nicht arbeitete. Er hatte keinerlei Verpflichtungen und konnte es ganz entspannt angehen und einen draufmachen.

Das heißt, fast. Er konnte es nicht ganz entspannt angehen, weil er zwar nicht beruflich hier war, aber auch nicht nur zum Vergnügen. Die Gartenparty war eine willkommene Gelegenheit, das Terrain zu erkunden und sich einen ersten Eindruck von seiner Beute zu verschaffen. Er hatte im Arbeitszimmer des alten Mannes in White Plains ein Foto bekommen, das er nach Dallas mitgenommen hatte, aber selbst das beste Foto war nichts gegen einen Blick auf die Zielperson in Fleisch und Blut und in ihrer natürlichen Umgebung.

Und was für ein prächtige Umgebung es war. Im Haus war Keller noch nicht gewesen, aber es war eindeutig riesig, ein weitläufiger, mehrstöckiger Bau mit vielen großen Räumen. Auch das Grundstück war riesig, mindestens fünf- bis zehntausend Quadratmeter groß, mit genügend Pflanzen und Sträuchern, um eine Baumschule aufzumachen. Keller kannte sich mit Pflanzen nicht aus, aber wenn er sich fünf Minuten in einem Garten wie diesem aufhielt, fing er an zu denken, dass er mehr über dieses Thema wissen sollte. Vielleicht hatten sie am Hunter College oder an der NYU Abendkurse, vielleicht machten sie Exkursionen in die Brooklyn Botanical Gardens. Vielleicht würde sein Leben erfüllter, wenn er die Namen der Blumen kannte und wusste, ob sie ein- oder mehrjährig waren und was sonst noch wissenswert war. Welche Böden sie brauchten, zum Beispiel, und welches Insektenvernichtungsmittel man auf ihre Blätter sprühen oder welchen Dünger man auf ihre Wurzeln streuen musste.

Er ging einen gepflasterten Weg entlang, lächelte da einen Fremden an, nickte da einem anderen zu und blieb schließlich am Swimmingpool stehen. Dort saßen etwa zwölf bis fünfzehn Leute, die sich unterhielten und tranken und deren Lautstärkepegel mit fortschreitendem Alkoholkonsum immer weiter anstieg. In dem riesigen Pool schwamm ein Junge auf und ab, auf und ab.

Keller empfand eine seltsame Seelenverwandtschaft mit dem Jungen. Er stand zwar nur da, statt zu schwimmen, aber er fühlte sich genauso weit von den ganzen anderen Leuten entfernt wie der Junge. Es waren zwei Partys im Gange, fand er. Da war das muntere gesellige Treiben der anderen, und da war die Einsamkeit, die er inmitten all des Trubels empfand, die gleiche Einsamkeit wie die des schwimmenden Jungen.

Ein riesiger Pool. Der Junge durchschwamm ihn zwar von Seite zu Seite, aber die Strecke war dennoch größer als die Länge eines gängigen Gartenpools. Keller war nicht sicher, ob er vielleicht Wettbewerbsmaße hatte, aber er wusste nicht, wie groß er dann hätte sein müssen. Jedenfalls fand er, dass man ihn als riesig bezeichnen und es dabei belassen konnte.

Vor langer Zeit hatte er einmal von einem Schuljungenstreich gehört, bei dem sie einen Swimmingpool mit Götterspeise gefüllt hatten, und er hatte sich gefragt, wie viele Packungen von dem Gelatinedessert dafür nötig gewesen waren und wie sich die Schuljungen das hatten leisten können. *Diesen* Pool mit Götterspeise zu füllen, dachte er, würde ein Vermögen kosten – aber wenn man sich so einen Pool leisten konnte, war die Götterspeise vermutlich das geringste Problem.

Auf allen Tischen waren Schnittblumen, und die Blüten sahen aus wie einige, die Keller im Garten gesehen hatte. Das lag nahe. Wenn man so viele

Blumen selbst anpflanzte, musste man sie nicht im Blumengeschäft kaufen. Man konnte sie im eigenen Garten schneiden.

Was brächte es einem, fragte er sich, wenn man die Namen der ganzen Sträucher und Blumen kannte? Würde das nicht bloß den Wunsch in einem wecken, in der Erde zu graben und sie anzupflanzen? Und darauf wollte er sich auf keinen Fall einlassen, bloß nicht. Er hatte noch nicht einmal versucht, einen Avocadokern einzupflanzen, und hatte das auch nicht vor. Er war das einzige Lebewesen in seiner Wohnung, und so sollte es auch bleiben. An dem Tag, an dem sich das änderte, würde er den Kammerjäger rufen.

Also sollte er sich die Abendkurse am Hunter und die Exkursionen nach Brooklyn lieber aus dem Kopf schlagen. Wenn er Sehnsucht nach etwas Natur verspürte, konnte er im Central Park spazieren gehen, und wenn er die Namen der Blumen nicht kannte, würde er einfach darauf verzichten, sich ihnen vorzustellen. Und wenn ... wo war der Junge auf einmal?

Der Junge im Pool, der Schwimmer. Kellers Seelenverwandter in Sachen Einsamkeit. Wo war er?

Der Pool war leer, seine Oberfläche glatt. Nur am anderen Ende kräuselte sich das Wasser leicht, und Luftblasen stiegen an die Oberfläche.

Er reagierte nicht, ohne zu überlegen. So wurden solche Situationen zwar immer beschrieben, aber so war es nicht, denn die Gedanken waren da, laut und deutlich. *Er ist da unten. Er steckt in Schwierigkeiten. Er ertrinkt.* Und gleichzeitig hallte eine verärgerte Stimme, die die von Dot hätte sein können, durch seinen Kopf: *Herrgott noch mal, Keller, tu was!*

Er stellte sein Glas auf einen Tisch, schlüpfte aus seinem Jackett, streifte die Schuhe ab, stieg aus seiner Hose. Vor ewigen Zeiten hatte er beim Roten Kreuz einen Rettungsschwimmerschein gemacht, und das Erste, was sie einem damals beigebracht hatten, war, sich auszuziehen, bevor man ins Wasser sprang. Die sechs oder sieben Sekunden, die man mit dem Ausziehen verlor, bekäme man in Form eines Vielfachen an Schnelligkeit und Beweglichkeit zurück.

Der Striptease blieb jedoch nicht unbemerkt. Jeder am Beckenrand musste einen Kommentar dazu abgeben, einer witziger als der andere. Er hörte sie kaum. In kürzester Zeit war er bis auf die Unterhose ausgezogen, und dann war er außer Reichweite der Klugscheißerei, hechtete mit einem flachen Kopfsprung ins Wasser und kraulte zu der Stelle, wo er die Luftblasen hatte aufsteigen sehen. Er tauchte mit weit geöffneten Augen und spürte kaum das Brennen des Chlors.

Er hielt nach dem Jungen Ausschau, tastete, suchte, fand ihn endlich, packte ihn. Und stieß sich mit brennenden Lungen vom Boden ab, schoss an die Oberfläche.

Die Leute redeten auf Keller ein, dankten ihm, gratulierten ihm, aber es drang nicht wirklich zu ihm durch. Ein Mann klopfte ihm auf den Rücken, eine Frau reichte ihm ein Glas Brandy. Er hörte das Wort »Held« und merkte, dass es die Leute um ihn herum sagten und auf ihn bezogen.

Er und ein Held ...

Keller trank von dem Brandy. Er bekam Sodbrennen davon, ein Zeichen, dass es gut war; von gutem Cognac bekam er immer Sodbrennen. Er drehte sich zu dem Jungen um. Er war ein kleiner Pimpf, zwölf oder dreizehn Jahre alt, sein Haar von der Sommersonne gebleicht, seine Haut leicht gebräunt. Inzwischen saß er aufrecht da und machte nach seiner Nahtoderfahrung schon wieder einen recht munteren Eindruck, fand Keller.

»Timothy«, sagte eine Frau, »das ist der Mann, der dir das Leben gerettet hat. Willst du ihm was sagen?«

»Danke«, sagte der Junge vorhersehbarerweise.

»Ist das alles, was du zu sagen hast, junger Mann?«

»Es ist genug«, sagte Keller und lächelte. Zu dem Jungen sagte er: »Da ist etwas, was mich interessieren würde. Ist tatsächlich dein ganzes Leben an dir vorbeigezogen?«

Timothy schüttelte den Kopf. »Ich habe einen Krampf bekommen. Es war, als würde sich mein ganzer Körper verknoten, und ich konnte nichts tun, um den Knoten wieder zu lösen. Und ich habe gar nicht daran gedacht, dass ich ertrinken könnte. Ich habe nur gegen den Krampf angekämpft, weil er ganz schön wehgetan hat, und dann weiß ich nur noch, dass ich hustend und spotzend am Beckenrand gelegen habe.« Er schnitt ein Gesicht. »Ich muss den halben Pool geschluckt haben. Wenn ich nur daran denke, habe ich sofort den Geschmack von Kotze und Chlor im Mund.«

»Timothy«, sagte die Frau und verdrehte die Augen.

»Das nennt man kein Blatt vor den Mund nehmen«, sagte ein älterer Mann. Er hatte eine dichte weiße Mähne und buschige weiße Augenbrauen, und seine Augen waren von einem leuchtenden Blau. In einer Hand hielt er ein Glas Brandy, in der anderen eine Flasche, und daraus schenkte er Kellers Glas bis zum Rand voll. »›Rotwein für Jungen, Port für Männer‹«, sagte er. »›Aber wer ein Held werden will, muss Brandy trinken.‹ Das ist von Samuel Johnson. Könnte allerdings sein, dass ich ein Wort falsch zitiert habe.«

Eine junge Frau tätschelte ihm die Hand. »Wenn dem wirklich so sein sollte, Daddy, hast du Mr. Johnsons Wortwahl bestimmt verbessert.«

»Dr. Johnson«, korrigierte er sie. »Allerdings dürfte das ziemlich schwer sein. Die Wortwahl des guten Mannes zu verbessern, meine ich. ›Auf einem Schiff zu sein ist, wie in einem Gefängnis zu sein, bloß mit der Chance zu ertrinken.‹ Auch das ist von ihm, und ich bezweifle, dass jemand diese Erfahrung treffender beschreiben – oder besser formulieren – könnte.« Er strahlte Keller an. »Ich schulde Ihnen mehr als ein Glas Brandy und ein wohlgesetztes Johnson-Zitat. Dieser Lauser, dem Sie gerade das Leben gerettet haben, ist mein Enkel und Augapfel. Und wir stehen herum und lachen und trinken, während er um ein Haar ertrinkt. Aber Sie waren aufmerksam und sind eingeschritten, und das kann ich Ihnen nicht genug vergelten.«

Was erwiderte man auf so etwas?, fragte sich Keller. *Ist doch nicht der Rede wert. War doch selbstverständlich?* Bestimmt gab es dafür einen passenden Spruch, und Samuel Johnson wäre vielleicht einer eingefallen, aber ihm nicht. Deshalb sagte er nichts und versuchte bloß, ernst zu schauen.

»Ich weiß nicht einmal, wie Sie heißen«, fuhr der weißhaarige Mann fort. »Das hat zwar nichts zu besagen. Ich kenne bestimmt die Hälfte der Anwesenden nicht und kann zugegebenermaßen gut mit meiner Unwissenheit leben. Aber für Ihren Namen sollte ich mich eigentlich schon interessieren, finden Sie nicht auch?«

Keller hätte sich aus dem Stegreif einen Namen einfallen lassen können, aber derjenige, der ihm spontan in den Sinn kam, war Boswell, aber den konnte er bei jemand, der Samuel Johnson zitierte, nicht verwenden. Deshalb griff er auf den Namen zurück, unter dem er gereist war, mit dem er beim Einchecken im Hotel unterschrieben hatte und der auf dem Führerschein und den Kreditkarten in seiner Geldbörse stand.

»Michael Soderholm«, stellte er sich vor, »und ich kann Ihnen nicht mal den Namen des Mannes sagen, der mich hierher mitgenommen hat. Wir sind an der Hotelbar ins Gespräch gekommen, und er hat gesagt, er ginge auf eine Party, und es wäre völlig okay, wenn ich mitkäme. Mir war nicht ganz wohl bei der Sache, aber ... «

»Ich bitte Sie«, sagte der Weißhaarige. »Sie werden sich doch wohl nicht für Ihre Anwesenheit hier entschuldigen. Sie hat meinen Enkel vor einem feuchten, wenn auch gechlorten Grab bewahrt. Und wie ich Ihnen gerade versichert habe, kenne ich die Hälfte meiner Gäste nicht, was sie mir jedoch nicht weniger willkommen macht.« Er nahm einen kräftigen Schluck von seinem Glas und füllte beide Gläser nach. »Michael Soderholm«, sagte er. »Schwedisch?«

»Eine Mischung aus allem Möglichem«, improvisierte Keller. »Mein Urgroßvater Soderholm kam aus Schweden, aber meine anderen Vorfahren stammen aus verschiedenen Teilen Europas, und zu einem Sechzehntel bin ich indianischen Ursprungs. «

»Was Sie nicht sagen? Welcher Stamm?«

»Cherokee«, sagte Keller bei dem Gedanken an die Jazznummer.

»Ich bin zu einem Achtel Comanche«, sagte der Weißhaarige. »Deshalb sind wir leider keine Blutsbrüder. Der Rest kommt von den Britischen Inseln, eine Mischung aus Schotten, Iren und Engländern. Ein Texaner von echtem Schrot und Korn eben. Aber Sie selbst sind kein Texaner. «

»Nein. «

»Da kann man eben nichts machen, wie es so schön heißt. Außer Sie entschließen sich, hierher zu ziehen, und wer kann schon sagen, dass Sie das nicht eines Tages tun werden? Es ist ein guter Platz zum Leben. «

»Daddy findet, jeder sollte von Texas so begeistert sein wie er«, sagte die Frau.

»Das sollte auch jeder«, sagte ihr Vater. »Das Einzige, was man uns Texanern vorwerfen kann, ist, dass wir nicht gerade von der schnellen Truppe sind. Sehen Sie nur, wie lange ich brauche, um mich vorzustellen! Mr.

Soderholm, Mr. Michael Soderholm, ich bin Garrity, Wallace Penrose Garrity, und ich bin heute Abend Ihr dankbarer Gastgeber. «

Jetzt aber echt, dachte Keller.

Die Party, inklusive Rettungsaktion und allem, hatte am Samstagabend stattgefunden. Am nächsten Tag saß Keller in seinem Hotelzimmer und sah zu, wie die Cowboys die Vikings in den letzten drei Minuten der Double Overtime mit einem Field Goal schlugen. Das Spiel hatte sich ständig gedreht, mit Interceptions und Runbacks, und die Sprecher kriegten sich gar nicht mehr ein, was für ein tolles Spiel es war.

Keller fand, dass sie recht hatten. Als Zuschauer konnte man sich wirklich nicht beklagen, und es war nicht die Schuld der Spieler, dass ihn das Spiel völlig kalt ließ. Er sah zwar gern Sport und tat es auch oft, ging aber so gut wie nie darin auf. Manchmal hatte er sich gefragt, ob das etwas mit seiner Arbeit zu tun hatte. Wenn man einen Job hatte, bei dem es ständig um Leben und Tod ging, wie sollte man sich da groß aufregen, wenn ein überbezahlter, mit Steroiden vollgepumpter Runningback seinen Touchdown Run zurückgepfiffen bekam? Außerdem fielen einem dann alle möglichen unorthodoxen Lösungsmöglichkeiten für die Probleme eines Teams auf dem Spielfeld ein. Als zum Beispiel Emmitt Smith die Reihen von Minnesota durchbrach, fragte er sich ganz automatisch, warum sie nicht jemand damit beauftragten, dem Dreckskerl direkt unter seinem sternebedeckten Helm einen Nackenschuss zu verpassen.

Trotzdem war es besser, als zum Beispiel Golf zu schauen, was wiederum spannender sein musste, als Golf zu spielen. Aber er konnte ja nicht einfach losgehen und arbeiten, denn es gab nichts für ihn zu tun. Die Erkundungsmission am Abend zuvor war sowohl besser als schlechter verlaufen, als er hatte hoffen können, und was sollte er jetzt tun, mit seinem Leihwagen gegenüber der Garrity-Villa parken und das Kommen und Gehen dort beobachten?

Das konnte er sich alles sparen. Alles, was er jetzt noch tun musste, war, rechtzeitig zum sonntäglichen Abendessen aufzukreuzen.

*   *   *

»Noch ein paar Kartoffeln, Mr. Soderholm?«

»Sie sind ganz hervorragend«, sagte Keller. »Aber danke, ich bin voll. Wirklich.«

»Und wir können Sie unmöglich noch länger Mr. Soderholm nennen«, sagte Garrity. »Ich habe damit nur deshalb so lange gewartet, weil ich nicht wusste, ob Ihnen Mike lieber ist oder Michael.«

»Mike ist völlig in Ordnung«, sagte Keller.

»Dann also Mike. Und ich bin Wally, Mike, oder W.P., obwohl es auch einige gibt, die mich ›das Walross‹ nennen.« Timmy lachte und hielt sich beide Hände an den Mund.

»Allerdings nie in seinem Beisein«, sagte die Frau, die Keller die Kartoffeln angeboten hatte. Sie war Ellen Garrity, Timmys Tante und Garritys Schwiegertochter, die Keller von jetzt an Ellie nennen sollte. Ihr Mann, ein breitschultriger Bursche, der tapfer seinen fortschreitenden Haarausfall wegzulächeln versuchte, war Garritys Sohn Hank.

Keller konnte sich an Timothys Mutter vom Vorabend erinnern, hatte damals aber ihren Namen oder ihr Verwandtschaftsverhältnis zu Garrity nicht mitbekommen. Wie sich herausstellte, war sie Rhonda Sue Butler, und bis auf ihren Mann, der sie Ronnie nannte, nannten sie alle Rhonda Sue. Er hieß Doak Butler und sah aus wie eine College-Sportskanone, die zu leicht gewesen war, um Profi zu werden, aber dieses Manko inzwischen auszugleichen schien.

Hank und Ellie, Doak und Rhonda Sue. Und am anderen Tischende saß Vanessa, die mit Wally verheiratet war, aber eindeutig nicht die Mutter von Hank oder Rhonda Sue oder sonst jemand war. Keller nahm an, man hätte sie als Wallys Vorzeigefrau bezeichnen können, eine Trophäe seines Erfolgs. Sie war jung, nicht älter als Wallys Kinder, und wirkte elegant und kultiviert und verfügte sogar über genügend Anstand, um sich die Langeweile, die sie, glaubte Keller, empfinden musste, nicht anmerken zu lassen.

Das war also die Tischgesellschaft. Wally und Vanessa, Hank und Ellen, Doak und Rhonda Sue. Und Timothy, der, wie man Keller versicherte, am Nachmittag bereits wieder schwimmen gewesen war, gewissermaßen das wassersportliche Äquivalent dazu, sofort wieder aufs Pferd zu steigen, wenn man abgeworfen wurde. Diesmal hatte er keine Krämpfe bekommen, aber er hatte die ganze Zeit unter scharfer Beobachtung gestanden.

Sieben also. Und Keller ... auch als Mike bekannt.

»Sie sind also geschäftlich hier«, sagte Wally. »Und müssen übers Wochenende bleiben, was ja, für mich zumindest, immer das Schlimmste bei einer Geschäftsreise ist. Wäre wohl zu viel Aufwand, nach Chicago zurückzufliegen?«

Die zwei waren in Wallys Arbeitszimmer, das mit astreichem, mit rotem Leder eingefasstem Pecanholz vertäfelt war. An den Wänden hingen Westernparaphernalien – hier ein Brandeisen, dort ein Longhornschädel. Einen Brandy hatte Keller akzeptiert, eine Zigarre abgelehnt, aber der Duft von Wallys Havanna ließ ihn seine Entscheidung überdenken. Keller rauchte nicht, aber dem Geruch nach zu schließen, ging es bei der Zigarre nicht bloß ums Rauchen. Es hatte fast etwas von einem religiösen Ritual.

»Irgendwie schon«, sagte Keller. Er hatte als Michael Soderholms Standort Chicago angegeben, obwohl ihn dessen Führerschein in Südkalifornien ansiedelte. »Bis ich da lange hin- und herfliege ...«

»Würden Sie Ihr Wochenende im Flugzeug verbringen. Wir können jedenfalls von Glück reden, dass Sie geblieben sind. Und jetzt überlege ich mir natürlich eine Möglichkeit, dafür zu sorgen, dass es auch für Sie ein Glück war.«

»Das haben Sie doch längst«, versicherte ihm Keller. »Ich durfte gestern Abend an einer tollen Party teilnehmen und mich ein paar Minuten wie ein Held fühlen. Und heute Abend sitze ich mit netten Leuten bei einem köstlichen Abendessen und kröne es mit einem ganz vorzüglichen Brandy.«

Das Sodbrennen verriet ihm, wie vorzüglich er war.

»Mir ist da eine Idee gekommen«, sagte Wally. »Wie fänden Sie es, für mich zu arbeiten?«

Wen sollte er für ihn umbringen? Fast wäre Keller mit dieser Frage herausgeplatzt, doch zum Glück fiel ihm gerade noch rechtzeitig ein, dass Garrity nicht wusste, womit er sein Geld verdiente.

»Sie wollen mir nicht sagen, für wen Sie arbeiten«, fuhr Garrity fort.

»Das darf ich nicht.«

»Weil Ihr Job streng geheim ist. Das respektiere ich selbstverständlich. Aus dem, was Sie haben durchblicken lassen, schließe ich, dass Sie vermutlich hier sind, um in Zusammenhang mit irgendwelchen Firmenfusionen oder Übernahmen die Lage zu sondieren.«

»Das trifft es in etwa.«

»Eine solche Tätigkeit ist sicher gut bezahlt. Und bestimmt macht Ihnen Ihre Arbeit auch Spaß, sonst blieben Sie nicht dabei. Was müsste ich also tun, um Sie dazu zu bewegen, die Pferde zu wechseln und für mich zu arbeiten? Und lassen Sie mich Ihnen dazu schon mal Folgendes sagen: Chicago ist bestimmt eine großartige Stadt, aber niemand, der von dort nach Dallas gezogen ist, hat diesen Schritt hinterher bereut. Ich kenne Sie natürlich noch nicht so gut, aber was ich jetzt schon sagen kann, ist, dass Sie sich hier wohl fühlen würden und Dallas ganz nach Ihrem Geschmack wäre. Und wenn ich auch nicht weiß, wie viel Ihnen Ihr jetziger Arbeitgeber zahlt, wage ich zu behaupten, dass ich da auf jeden Fall mithalten könnte, und darüber hinaus würde ich Ihnen einen Anteil an einer aufstrebenden Firma mit höchst attraktiven Aussichten bieten.«

Keller hörte sich alles an, nickte nachdenklich, nahm einen kleinen Schluck Brandy. Schon erstaunlich, dachte er, was einem alles in den Schoß fiel, wenn man nicht damit rechnete. Es war wie in einem Groschenroman von Horatio Alger – Ragged Dick bändigt ein durchgehendes Pferd und rettet die Tochter des Industriemagnaten, und ehe er sich's versieht, ist er Vorstandschef von IBM und hat eine glänzende Karriere vor sich.

»Vielleicht sollte ich mir doch eine Zigarre genehmigen«, sagte er.

»Jetzt hör aber mal, Keller«, sagte Dot. »Du kennst doch die Regeln. Das darf ich dir nicht sagen.«

»Es ist aber wichtig«, sagte er.

»Eins der Dinge, die der Kunde kauft«, sagte sie, »ist strengste Geheimhaltung. Das ist, was er will, und das ist, was wir garantieren. Selbst wenn der Agent vor Ort ...«

»Der Agent vor Ort?«

»Das bist du. Du bist der Agent, und Dallas ist der Ort. Selbst wenn du auf frischer Tat ertappt wirst, tut das der Anonymität des Kunden keinen Abbruch. Und weißt du, warum?«

»Weil der Agent vor Ort dichthält.«

»Ganz genau. Und selbst wenn außer Frage steht, dass du der eher schweigsame Typ bist, kannst du keinen Schaden anrichten, wenn sich deine Zunge doch mal lösen sollte.«

Darüber dachte Keller kurz nach, bevor er sagte: »Das ist mir zu hoch.«

»Ich weiß, es war ein bisschen kompliziert ausgedrückt. Aber was ich damit sagen will, ist: Was du nicht weißt, Keller, kannst du niemandem verraten, und deshalb erfährt der Agent nie den Namen des Kunden.«

»Dot«, sagte er und versuchte, gekränkt zu klingen. »Wie lang kennst du mich jetzt schon, Dot?«

»Eine Ewigkeit, Keller. Mehrere Leben lang.«

»Mehrere Leben?«

»Wir waren zusammen in Atlantis. Schau, ich weiß, dass dich niemand auf frischer Tat ertappen wird, und ich weiß auch, dass du nicht singen würdest, wenn doch. Aber *ich* kann nicht sagen, was *ich* nicht weiß.«

»Ach so.«

»Verstehst du jetzt? Ich glaube, Spione nennen so was eine Doppelsicherung. Der Kunde hat jemandem, den wir kennen, einen Auftrag erteilt, und dieser Jemand hat uns angerufen. Aber er hat uns den Namen des Kunden nicht genannt. Warum auch? Weil wir gerade bei diesem Thema sind, Keller, warum willst du ihn überhaupt wissen?«

Er hatte sich schon eine Antwort zurechtgelegt. »Möglicherweise ist es kein Einzelauftrag.«

»Oh.«

»Die Zielperson hat immer Leute um sich«, sagte er. »Und am besten ließe es sich möglicherweise mit einer Art Gruppenlösung durchziehen, wenn du weißt, was ich meine.«

»Zwei für den Preis von einem.«

»Oder auch drei oder vier. Wenn sich nun allerdings herausstellen würde, dass einer dieser Kollateralschäden der Kunde ist, wäre das eher suboptimal.«

»Zumindest könnten wir dann Probleme mit der Restzahlung bekommen.«

»Wenn wir zum Beispiel wüssten, dass der Kunde Forellen fischen in Montana ist, müssten wir uns deswegen keine Gedanken machen. Wenn er dagegen hier in Dallas ist ...«

»Wäre es hilfreich, seinen Namen zu wissen.« Sie seufzte. »Okay, ruf mich in ein, zwei Stunden noch mal an.«

Wenn er wusste, wer der Kunde war, konnte der Kunde einen Unfall haben.

Es müsste natürlich ein überzeugender Unfall sein. Er musste nicht nur für die Polizei wie ein solcher aussehen, sondern auch für jeden, der die Absichten des Kunden kannte. Es war davon auszugehen, dass der örtliche Vermittler, der hilfreiche Mittelsmann, der den Kontakt zwischen dem Kunden und dem alten Mann in White Plains, und somit auch mit Keller, hergestellt hatte, ein scharfes Auge auf einen verdächtigen Todesfall werfen würde. Es müsste also ein verdammt glaubwürdiger Unfall werden, aber von der Sorte hatte Keller schon einige fabriziert. Natürlich erforderte das einige Planung, aber es war auch kein Ding der Unmöglichkeit. Man ließ sich etwas einfallen und probierte es einfach.

Das konnte ziemlich kompliziert werden. Wenn der Kunde, wie er hoffte, ein Konkurrent aus Houston oder Denver oder San Diego war, musste er sich dorthin absetzen, ohne dass jemand etwas davon mitbekam. Und sobald er dort auf die Schnelle einen tödlichen Unfall inszeniert hatte, musste er nach Dallas zurückfliegen und dort so lange warten, bis jemand den Auftrag stornierte. Er brauchte für Houston, Denver oder San Diego unbedingt andere Ausweispapiere – er durfte Michael Soderholm auf keinen Fall überbeanspruchen –, und er musste sein Vorgehen vor allen Beteiligten geheim halten, vor Garrity, vor seinem kompromisslosen Konkurrenten und, was vielleicht am wichtigsten war, vor Dot und dem alten Mann.

Alles in allem war es erheblich komplizierter, wenn auch leichter zu verdauen als die Alternative.

Die darin bestand, den Auftrag professionell durchzuführen und Wallace Penrose Garrity bei der ersten sich bietenden Gelegenheiten zu töten.

Und das wollte er nun wirklich nicht. Er hatte am Tisch des Mannes gegessen, er hatte seinen Brandy getrunken, er hatte seine Zigarren geraucht. Er hatte nicht nur einen Job von ihm angeboten bekommen, sondern auch eine aussichtsreiche Führungsposition, und im weiteren Verlauf des Abends, vom Alkohol und vom Nikotin ein bisschen leichtsinnig geworden, hatte er sogar mit dem Gedanken gespielt, Wally alles zu erzählen.

Warum auch nicht? Er konnte zeit seines Lebens Michael Soderholm bleiben und die nicht näher beschriebenen Aufgaben erledigen, für die Garrity ihn anstellte. Wahrscheinlich verfügte er nicht über die nötige Erfahrung, aber wie schwer konnte es schon sein, sich die dafür erforderlichen Kenntnisse anzueignen? Egal, was er dann tun musste, war es einfacher, als von Stadt zu Stadt zu fliegen und Leute umzubringen. Wofür gab es schließlich Learning by Doing? Das bekäme er schon hin.

Diese Fantasie hatte etwa so viel Substanz wie ein Traum, und wie ein Traum war sie auch verflogen, als er am nächsten Morgen aufwachte. Niemand würde ihn anstellen, ohne vorher Erkundigungen über ihn einzuziehen, und damit fingen die Probleme schon an. Michael Soderholm hatte nicht mehr Substanz als der gefälschte Ausweis in seiner Geldbörse.

Selbst wenn er sich irgendwie durch eine Überprüfung seiner Vergangenheit mogeln konnte, selbst wenn ihn der alte Mann in White Plains ziehen ließ, damit er ein neues Leben beginnen konnte, wusste er, dass es nicht klappen würde. Er hatte bereits ein Leben. So verkorkst es auch sein mochte, war es doch passgenau auf ihn zugeschnitten.

Andere Leben lösten verlockende Fantasien aus. Eine Druckerei in Roseburg, Oregon, zu führen, in einem schnuckeligen Häuschen mit einem Mansardenzimmer zu leben – das war etwas, womit man sich bei Laune halten konnte, während man weiter die Person blieb, die man zwangsläufig sein musste. Seine jüngste Fantasie war nur eine weitere Variante dieses Schemas.

Er ging auf ein Sandwich und eine Tasse Kaffee. Anschließend fuhr er eine Weile in seinem Leihwagen herum. Dann suchte er sich eine Telefonzelle und rief in White Plains an.

»Belass es bei einem«, sagte Dot.

»Wieso?«

»Keine Extras, keine Dividenden. Tu einfach, wofür sie dich angeheuert haben.«

»Weil der Kunde in Dallas ist«, sagte er. »Das ließe sich umgehen, wenn ich seinen Namen wüsste. Dann könnte ich dafür sorgen, dass ihm nichts zustößt.«

»Vergiss es«, sagte Dot. »Der Kunde will, dass alle bis auf die Zielperson glücklich bis an ihr Lebensende bleiben. Vielleicht sind die der ZP nahestehenden Personen dem Kunden lieb und teuer. Das ist zwar nur eine Vermutung, aber das Einzige, was wirklich zählt, ist, dass sonst niemand zu Schaden kommt. Capisce?«

»Capisce?«

»Das ist Italienisch, es bedeutet ...«

»Ich weiß, was es bedeutet. Es hat sich nur aus deinem Mund etwas komisch angehört. Aber egal, ja, ich habe verstanden.« Er holte tief Luft. »Es könnte aber eine Weile dauern.«

»Dann habe ich auch gute Nachrichten für dich«, sagte sie. »Die Zeit spielt keine Rolle. Wie lang es dauert, ist ihnen egal. Nur, dass du es gescheit machst.«

»Wenn ich das recht verstanden habe, hat Ihnen W.P. eine Stelle angeboten«, sagte Vanessa. »Und er hofft, Sie nehmen sie an.«

»Ich glaube, er wollte bloß entgegenkommend sein«, sagte Keller. »Ich war zur richtigen Zeit am richtigen Ort, und er möchte sich gern erkenntlich zeigen, aber ich glaube nicht, dass er ernsthaft damit rechnet, dass ich für ihn arbeiten werde.«

»Er fände es bestimmt gut«, sagte sie, »sonst hätte er es Ihnen nicht angeboten. Er hätte Ihnen nur Geld oder ein Auto gegeben oder sonst etwas in der Art. Und was die Frage angeht, was er erwartet, kann ich dazu nur sagen, dass W.P. in der Regel erwartet, dass er bekommt, was er will. Das ist bei ihm immer so.«

Hatte sie vielleicht brav ihre Spardose gefüttert, dass es in diesem Fall einmal anders lief? Da fragte man sich natürlich schon. Stand sie tatsächlich so sehr unter Garritys Bann, war sie wirklich so beeindruckt von seiner Macht, wie sie den Anschein erweckte? Oder ging es ihr nur ums Geld, und schwang in ihren bewundernden Bemerkungen beißende Ironie mit?

Schwer zu sagen. Auch was die anderen anging. War Hank der treu ergebene Sohn, der er zu sein schien, zufrieden damit, im Schatten seines alten Herrn zu leben und die Brosamen aufzupicken, die er hingeworfen bekam? Oder war er insgeheim verbittert und von Ehrgeiz zerfressen?

Und der Schwiegersohn, Doak? Oberflächlich betrachtet, schien er begeistert über den Verlauf seiner Collegefootball-Karriere – seine Tätigkeit für seinen Schwiegervater bestand vor allem darin, mit Geschäftspartnern Golf zu spielen und anschließend einen mit ihnen zu heben. Arbeitete es in Wirklichkeit vielleicht in ihm, fühlte er sich zu Größerem berufen?

Und Hanks Frau, Ellie? Sie erschien Keller nicht gerade wie eine moderne Lady Macbeth. Keller konnte sich zwar Szenarien vorstellen, in denen sie und Rhonda Sue einen Grund hatten, Wally den Tod zu wünschen, aber auf solche Ideen kam man höchstens, wenn man Wiederholungen von *Dallas* schaute und zu raten versuchte, wer J.R. erschossen hatte. Vielleicht kriselte es in der Ehe von einer der beiden. Vielleicht hatte sich Garrity an seine Schwiegertochter herangemacht, oder es hatte ihn nach ein paar Gläsern Brandy zu viel mal ins Schlafzimmer seiner Tochter verschlagen. Vielleicht füßelte Doak oder Hank mit Vanessa. Vielleicht ...

Es brachte nichts, lange Spekulationen anzustellen, fand er. Man konnte sich endlos den Kopf über solche Fragen zerbrechen, ohne dass es zu etwas führte. Selbst wenn es ihm gelang herauszufinden, wer von ihnen der Kunde war, was dann? Nachdem er dem kleinen Timothy das Leben gerettet hatte und sich deshalb verpflichtet fühlte, seinen Großvater zu verschonen, was sollte er schon groß tun? Den Vater des Jungen töten? Oder Mutter, Tante, Onkel?

Er konnte auch einfach nach Hause fliegen. Er könnte es sogar dem alten Mann erklären. Natürlich wäre er nicht begeistert, wenn er sich aus persönlichen Gründen von einem Auftrag zurückzog, aber es war auch nichts, was er ihm ausreden konnte. Wenn so etwas zur Gewohnheit wurde, war das natürlich eine andere Sache, aber das stand bei Keller nicht zu befürchten. Er war durch und durch Profi. Vielleicht ein bisschen eigenartig, wenn nicht sogar verschroben, aber trotzdem durch und durch Profi. Man sagte ihm, was er tun sollte, und das tat er dann.

Und wenn er mal aus persönlichen Gründen einen Auftrag nicht ausführen wollte, respektierte man das. Man ließ ihn nach Hause kommen und auf der Veranda sitzen und mit Dot Eistee trinken.

Und man griff zum Telefon und schickte jemand anders nach Dallas.

Denn so oder so, der Auftrag wurde erledigt. Wenn es sich ein Killer anders überlegte, wurde er kurzerhand ersetzt. Wenn Keller nicht abdrückte, tat es jemand anders.

Sein Fehler war gewesen, dachte Keller, dass er überhaupt in diesen blöden Pool gesprungen war. Er hätte nichts anderes zu tun gebraucht, als in die andere Richtung zu schauen und den kleinen Hosenscheißer ertrinken zu lassen. Dann hätte er ein paar Tage später Garrity erledigen, es möglicherweise wie Selbstmord aussehen lassen können, eine natürliche Folge seiner Niedergeschlagenheit angesichts des tragischen Unfalltods seines Enkels.

Aber nein, dachte er und starrte sich im Spiegel an. Nein, du musstest ja hergehen und dich da hineinziehen lassen. Du musstest den Helden spielen. Du musstest dich unbedingt bis auf die Unterhose ausziehen und den Beweis erbringen, dass du deinen Freischwimmerschein zu Recht trägst.

Er überlegte, was aus dem Wisch wohl geworden war.

Er war natürlich weg, wie alles, das er in seiner Kindheit und Jugend besessen hatte. Genauso verschwunden wie seine Schulzeugnisse, seine Verdienstabzeichenschärpe von den Pfadfindern, seine Briefmarkensammlung, der Beutel mit seinen Murmeln und seine Baseballkarten. Es machte ihm nichts aus, dass diese Dinge weg waren, und er vergeudete auch keine Zeit damit, sie sich zusammen mit all den Jahren von damals zurückzuwünschen.

Aber er hätte gern gewusst, was ganz konkret aus ihnen geworden war. Aus dem Freischwimmerschein zum Beispiel. Seine Baseballkarten könnte jemand weggeworfen, seine Briefmarkensammlung an einen Händler verkauft haben. Aber eine Urkunde war weder etwas, was man wegwarf, noch war sie etwas, was jemand anders haben wollte.

Vielleicht vergammelte der Schein in einer Mülldeponie oder im Hinterzimmer eines Secondhand-Ladens. Vielleicht hatte ihn irgendein Sammelwütiger gerettet, und jetzt war er Teil einer umfangreichen Sammlung von

Freischwimmerscheinen, als lebendiges Geschichtszeugnis in einem Album aufbewahrt, der ganze Stolz eines Sammlers, der zehnmal eigenartiger und verschrobener war, als es sich Keller auch nur erträumen konnte.

Er überlegte, was er davon halten sollte. Sein Freischwimmerschein, dieser unbedeutende Leistungsnachweis, lebte in der Sammlung eines Exzentrikers fort. Einerseits war das durchaus eine Form von Unsterblichkeit, oder etwa nicht? Andererseits stellte sich die Frage, wem gehörte die Bescheinigung überhaupt? Er war derjenige, der sie erworben hatte, indem er den Würgegriff des Ausbilders löste, ihn herumdrehte und ihm von hinten beide Arme um den Brustkorb schlang und dann den Prügel von einem Mann an den Beckenrand schleppte. Er hatte sich den Schein verdient, und es stand sein Name darauf. Hieß das nicht, dass er an seine Zimmerwand gehörte und nirgendwohin sonst?

Alles in allem konnte er nicht sagen, in welche Richtung er stärker tendierte. Letztlich war die Urkunde nur ein Blatt Papier. Das Einzige, was zählte, war die darauf bescheinigte Fähigkeit, und das Erstaunlichste war, dass sie ihm nicht abhandengekommen war.

Ihretwegen war Timothy Butler noch am Leben – was für den Jungen ein Glücksfall war und für Keller ein Riesenproblem.

Später, bei einer Tasse Kaffee, dachte Keller weiter über Wallace Penrose Garrity nach, einen Mann, der nicht einen Feind auf der ganzen Welt zu haben schien.

Angenommen, Keller hätte den Jungen ertrinken lassen. Angenommen, er hätte sein Verschwinden unter der Wasseroberfläche ebenso wenig bemerkt wie alle anderen auch. Garrity wäre untröstlich gewesen. Es war seine Party, sein Pool, sein Versäumnis, den Jungen beaufsichtigen zu lassen. Wahrscheinlich hätte er die Schuld am Tod des Jungen bei sich gesucht.

Keller hätte ihm keinen größeren Gefallen tun können, als er seinen Enkel rettete.

Er fing den Blick des Kellners auf und signalisierte ihm, Kaffee nachzuschenken. Ihm war gerade eine Idee gekommen, über die er nachdenken musste.

»Mike«, sagte Garrity und kam mit ausgestreckter Hand auf ihn zu. »Tut mir leid, dass Sie warten mussten. Ich habe gerade mit jemand telefoniert, der unbedingt ein zwei Hektar großes Grundstück am Stadtrand von mir kaufen will. Die Sache ist nur, dass ich es ihm nicht verkaufen will.«

»Mhm.«

»Andererseits habe ich vier Hektar auf der anderen Seite der Stadt, die ich ihm liebend gern verkaufen würde. Aber er wird sie nur haben wollen, wenn er von sich aus auf diese Idee kommt. Deshalb habe ich mich länger am Telefon festhalten lassen, als mir lieb war. Aber jetzt, was halten Sie von einem Glas Brandy?«

»Ein kleines vielleicht.«

Garrity führte ihn in sein Arbeitszimmer und schenkte zwei Gläser ein. »Sie hätten früher kommen sollen«, sagte er. »Zum Abendessen. Ihnen ist doch hoffentlich klar, dass Sie dafür keine Einladung brauchen. Für Sie ist immer Platz an unserem Tisch.«

»Vielen Dank«, sagte Keller.

»Ich weiß, Sie dürfen nicht darüber sprechen«, sagte Garrity, »aber ich hoffe, bei Ihrem Projekt läuft alles nach Wunsch.«

»Die Verhandlungen gestalten sich zwar ein wenig zäh, aber grundsätzlich bin ich zuversichtlich.«

»Manche Dinge sollte man nicht überstürzen.« Garrity nahm einen Schluck von seinem Brandy und verzog das Gesicht. Hätte Keller nicht danach Ausschau gehalten, wäre ihm der Schatten entgangen, der über das Gesicht seines Gastgebers huschte.

»Sind die Schmerzen sehr schlimm, Wally?«, fragte er behutsam.

»Wie kommen Sie denn darauf, Mike?«

Keller stellte sein Glas auf den Tisch. »Ich habe mit Dr. Jacklin gesprochen. Ich weiß, was Sie durchmachen.«

»Dieser Mistkerl«, schimpfte Garrity. »Er sollte eigentlich den Mund halten.«

»Na ja, er dachte, es wäre okay, mit mir zu reden«, sagte Keller. »Er dachte, ich wäre Dr. Edward Fishman von der Mayo Clinic.«

»Der seinen ärztlichen Rat einholen wollte.«

203

»Etwas in der Art.«

»Ich war in der Mayo Clinic«, sagte Garrity, »aber sie hätten Harold Jacklin nicht anzurufen gebraucht, um ihre Untersuchungsergebnisse zu vergleichen. Sie haben nur seine Diagnose bestätigt und mir geraten, keine Langspielplatten mehr zu kaufen.« Er schaute zur Seite. »Sie meinten, sie könnten mir nicht sagen, wie lange ich noch zu leben habe. Vorerst hätten sie die Schmerzen noch im Griff. Aber irgendwann nicht mehr.«

»Mhm.«

»Und vorerst bin ich noch im Vollbesitz meiner geistigen Kräfte«, fügte er hinzu. »Aber irgendwann ist auch damit Schluss.«

Keller sagte nichts.

»Mein Gott, was rede ich hier lange rum«, sagte Garrity. »Ein Mann will den Stier bei den Hörnern packen. Deshalb habe ich überlegt, ob ich einen kleinen Spaziergang machen soll und meine Flinte mitnehme und einen kleinen Jagdunfall habe. Oder ich säubere an meinem Schreibtisch eine Pistole, aus der sich dann versehentlich ein Schuss löst. Aber wie ich feststellen musste, war mir die Vorstellung, mich selbst umzubringen, unerträglich. Keine Ahnung warum, ich kann es nicht erklären, aber so scheine ich nun mal gestrickt zu sein.«

Er griff nach seinem Glas und betrachtete die Flüssigkeit darin. »Komisch, wie wir am Leben hängen«, fuhr er fort. »Noch so ein Spruch von Sam Johnson. Er hat gesagt, es gäbe keine Woche in seinem Leben, die er freiwillig noch einmal durchleben wollte. Ich hatte mehr gute Zeiten als schlechte, Mike, und selbst die schlechten waren nicht so schlimm, aber ich glaube zu wissen, worauf er hinauswollte. Ich möchte nichts davon wiederholen, aber das heißt nicht, dass es eine Minute gibt, die ich missen möchte. Ich will auch nicht missen, was als Nächstes kommt, und ich glaube, dass es Dr. Johnson genauso ging. Das hält uns doch am Laufen, oder? Wir wollen herausfinden, was um die nächste Ecke auf einen wartet.«

»Wahrscheinlich.«

»Ich dachte, so könnte man sich leichter mit dem Ende abfinden. Wenn man nicht weiß, wann es eintritt oder wie oder wo. Und mir fiel wieder ein, dass mir vor Jahren mal jemand gesagt hat, dass ich mich an ihn wenden sollte, wenn ich mal jemand umgebracht haben wollte. ›Sag mir einfach

Bescheid‹, hat er gesagt, und ich habe gelacht, und damit war dieses Thema erledigt. Vor etwa einem Monat habe ich seine Nummer nachgesehen und ihn angerufen, und er hat mir eine andere Nummer gegeben, die ich anrufen sollte.«

»Und Sie haben einen Kontrakt erteilt.«

»Nennt man das so? Jedenfalls war das, was ich getan habe.«

»Ein Kontraktselbstmord sozusagen.«

»Und ich nehme an, diesen Auftrag sollen Sie ausführen.« Garrity nahm einen Schluck von seinem Brandy. »Sie werden es vielleicht nicht glauben, aber dieser Gedanke ist mir schon am ersten Abend gekommen, als Sie meinen Enkel aus dem Pool gezogen haben. Irgendwie hatte ich so eine Ahnung, aber ich habe mir gesagt, mach dich doch nicht lächerlich. Ein Auftragskiller kommt nicht vorbei und rettet jemand das Leben.«

»Das würde man eigentlich nicht erwarten«, pflichtete ihm Keller bei.

»Außerdem, wieso hätten Sie überhaupt zu meiner Party kommen sollen? Sie hätten sich von mir ferngehalten und gewartet, bis Sie mich allein angetroffen hätten.«

»Normalerweise schon«, sagte Keller. »Aber ich dachte mir, es könnte nicht schaden, schon mal das Terrain zu sondieren. Und dieser Witzbold von der Hotelbar hat mir versichert, ich bräuchte mir keine Gedanken zu machen. ›Heute Abend ist die halbe Stadt bei Wally‹, hat er gesagt.«

»Die halbe Stadt war auch tatsächlich da. Sie hätten es doch nicht an diesem Abend versucht, oder?«

»Auf gar keinen Fall.«

»Ich weiß noch, dass ich dachte, hoffentlich ist er nicht hier. Hoffentlich ist es nicht heute Abend. Ich fand das Fest nämlich sehr schön und wollte nichts davon verpassen. Aber Sie waren da, und das war gut so, oder etwa nicht?«

»Ja.«

»Sie haben den Jungen vor dem Ertrinken gerettet. Die Chinesen glauben, wenn man jemandem das Leben rettet, ist man den Rest seines *eigenen* Lebens für ihn verantwortlich. Weil man in die natürliche Ordnung der Dinge eingegriffen hat. Leuchtet Ihnen das ein?«

»Eigentlich nicht.«

»Mir auch nicht. Sie sind weiß Gott unschlagbar, wenn es darum geht, ein tolles Essen zu zaubern oder ein Hemd zu waschen, aber zu anderen Themen haben sie reichlich eigenartige Vorstellungen. Natürlich würden sie das Gleiche über meine Ideen sagen.«

»Wahrscheinlich.«

Garrity betrachtete sein Glas. »Sie haben meinen Arzt angerufen. Sie wollten sich wohl einen Verdacht bestätigen lassen, den Sie bereits hatten. Wie sind Sie darauf gekommen? Zeigt es sich in meinem Gesicht oder an der Art, wie ich mich bewege?«

Keller schüttelte den Kopf. »Ich konnte niemand finden, der ein Motiv hat oder einen Groll gegen Sie hegt. Am Schluss sind Sie als Einziger übriggeblieben. Und dann ist mir eingefallen, dass ich ein paarmal gesehen habe, wie Sie das Gesicht verzogen und es zu überspielen versucht haben. Zuerst habe ich mir nichts weiter dabei gedacht, aber dann hat es mich doch auf eine Idee gebracht.«

»Ich dachte, das wäre einfacher, als es selbst zu tun«, sagte Garrity. »Ich dachte, ich lasse mich einfach von einem Profi überrumpeln. Wie ein alter Elchbulle auf einer Lichtung, der nicht damit rechnet, dass ihn eine Kugel aus dem Leben reißen wird.«

»Irgendwie verständlich.«

»Nein, ist es nicht. Weil der Elch nicht veranlasst hat, dass der Jäger kommt. Der Elch glaubt, er ist allein auf der Lichtung. Er fragt sich nicht jeden Tag, ob heute dieser verhängnisvolle Tag ist. Er wappnet sich nicht, er versucht nicht zu spüren, ob sich das Fadenkreuz auf seine Schulter legt.«

»So habe ich es nie gesehen.«

»Ich auch nicht«, sagte Garrity. »Sonst hätte ich diesen Mann auch nicht angerufen. Mike, was wollen Sie eigentlich heute Abend hier? Erzählen Sie mir bloß nicht, Sie sind vorbeigekommen, um mich umzubringen.«

»Nein, ich wollte Ihnen nur sagen, dass ich es nicht kann.«

»Weil wir uns näher kennengelernt haben?«

Keller nickte.

»Ich bin auf einer Farm großgeworden«, sagte Garrity. »Einer dieser nicht überlebensfähigen Familienbetriebe, von denen man immer wieder hört, und unsere ist natürlich auch eingegangen, und ich muss sagen, es war

nicht schade drum. Aber wir hatten unser eigenes Rind- und Schweinefleisch, und wir hielten eine Milchkuh und Hühner. Und wir haben den Tieren, die wir irgendwann essen würden, keine Namen gegeben. Die Milchkuh
hatte einen Namen, aber nicht das Stierkalb, das sie geboren hat. Die Zucht-
sau hieß Elsie, aber den Ferkeln haben wir nie Namen gegeben.«

»Kann ich gut nachvollziehen«, sagte Keller.

»Ich glaube, man braucht keinen Chinesen, um zu begreifen, warum Sie
mich nicht umbringen können, nachdem Sie Timmy gerettet haben. Und
schon gar nicht, nachdem Sie mit uns am Tisch gesessen und meine Zigarren geraucht haben. Da fällt mir ein, hätten Sie Lust auf eine Zigarre?«

»Nein, danke.«

»Tja, und wie soll es jetzt weitergehen, Mike? Ich muss gestehen, ich bin
erleichtert. Ich habe das Gefühl, als hätte ich mich schon seit Wochen auf
eine Kugel in den Rücken gefasst gemacht. Und plötzlich bekomme ich eine
Vertragsverlängerung für mein Leben. Ich würde sagen, darauf müssten wir
einen trinken, wenn wir es nicht sowieso schon täten. Und Sie haben Ihr
Glas noch kaum angerührt.«

»Da ist nur eine Sache«, sagte Keller.

Er verließ das Arbeitszimmer, als Garrity das Telefonat führte. Timothy war
im Wohnzimmer und brütete über einem Schachbrett. Keller spielte eine
Partie mit ihm. Er hatte keine Chance. »Man kann nicht immer gewinnen«, sagte er und stieß seinen König um.

»Nur noch ein paar Züge, und ich hätte Sie matt gesetzt«, sagte der Junge.

»Ich habe es bereits kommen sehen«, sagte Keller.

Er ging wieder ins Arbeitszimmer. Garrity suchte in seinem Humidor
eine Zigarre aus. »Setzen Sie sich doch«, forderte er Keller auf. »Ich mache
nur noch schnell eine Zigarre fertig. Wenn Sie es nicht schaffen, mich umzubringen, dann vielleicht eins von diesen Dingern.«

»Man kann nie wissen.«

»Ich habe angerufen, Mike, und es ist alles geregelt. Wird zwar eine Weile dauern, bis es zu den zuständigen Stellen durchdringt, aber früher oder

später werden Sie einen Anruf bekommen, dass es sich der Kunde anders überlegt hat. Er hat den vollen Betrag gezahlt und den Auftrag storniert.«

Sie unterhielten sich ein wenig, dann saßen sie eine Weile schweigend da. Schließlich sagte Keller, er müsste jetzt los. »Für den Fall, dass sie anrufen, sollte ich lieber in meinem Hotel sein.«

»Wird ein paar Tage dauern, oder?«

»Wahrscheinlich«, sagte er. »Aber man kann nie wissen. Wenn jeder Beteiligte sofort zum Telefon greift, könnte ich schon in ein paar Stunden Bescheid bekommen.«

»Das Ganze wird abgeblasen, und Sie werden zurückbeordert. Sie sind bestimmt froh, nach Hause zu kommen.«

»Egal, wo es ist, gibt es angeblich keinen besseren Ort auf der ganzen Welt.«

Garrity ließ sich in seinen Sessel zurücksinken, dann gestattete er sich, wegen der plötzlich einsetzenden Schmerzen das Gesicht zu verziehen. »Wenn es nicht stärker schmerzen würde als jetzt«, sagte er, »wäre es auszuhalten. Aber es wird natürlich schlimmer werden. Und ich werde beschließen, dass ich auch *das* aushalte, und dann wird es noch mal schlimmer werden.«

Dazu gab es nichts zu sagen.

»Ich schätze, ich werde wissen, wann es Zeit wird, etwas zu unternehmen«, sagte Garrity. »Und wer weiß? Vielleicht lässt mich aus heiterem Himmel mein Herz im Stich. Oder ich werde von einem Bus überfahren oder sonst irgendwas. Vom Blitz getroffen?«

»Könnte durchaus passieren.«

»Alles kann passieren.« Garrity nickte und stand auf. »Mike, wir werden uns vermutlich nicht mehr sehen, und ich muss gestehen, dass ich das ein wenig bedaure. Ich habe die Zeit mit Ihnen wirklich genossen.«

»Ich auch, Wally.«

»Ich habe mich gefragt, wie er wohl wäre, der Mann, den Sie für so einen Auftrag schicken würden. Ich weiß nicht, was ich erwartet habe, aber jemand wie Sie sicher nicht.«

Er streckte die Hand aus, und Keller ergriff sie. »Passen Sie gut auf sich auf, Mike«, sagte Garrity. »Alles Gute.«

*   *   *

208

Zurück in seinem Hotel, nahm Keller ein heißes Bad und legte sich schlafen. Am nächsten Morgen ging er frühstücken, und als er zurückkam, hatten sie an der Rezeption eine Nachricht für ihn. *Mr. Soderholm – bitte rufen Sie Ihr Büro an.*

Obwohl es nicht nötig war, rief er von einem Münzapparat an und achtete darauf, nicht überzureagieren, als ihm Dot mitteilte, der Auftrag sei storniert, er solle nach Hause kommen.

»Du hast gesagt, ich soll mir ruhig Zeit lassen«, sagte er. »Hätte ich gewusst, dass es dieser Typ so eilig hat ...«

»Nein, Keller«, sagte sie. »Es ist gut, dass du gewartet hast. Der Kunde hat es sich anders überlegt.«

»Er hat es sich anders überlegt?«

»Das war bisher Frauen vorbehalten«, sagte sie. »Aber im Zug der fortschreitenden Gleichberechtigung kann es inzwischen jeder tun. Uns kann es nur recht sein, weil wir den vollen Betrag erhalten. Wisch dir also den Staub von Texas von den Stiefeln und komm nach Hause.«

»Mache ich. Aber es könnte sein, dass ich noch ein paar Tage hier bleibe.«

»Ach?«

»Vielleicht sogar eine ganze Woche. Ist echt eine schöne Stadt.«

»Sag bloß, du überlegst dir, nach Dallas zu ziehen, Keller. Das hatten wir schon zur Genüge.«

»Nein, nein, nicht, was du denkst. Aber ich habe da ein Mädchen kennengelernt.«

»Ohoh, Keller.«

»Sie ist wirklich nett, und nachdem das Ganze abgeblasen ist, spricht nichts dagegen, ein paarmal mit ihr auszugehen, oder?«

»Solange du nicht bei ihr einziehst.«

»So nett ist sie auch wieder nicht.«

Dot lachte und sagte, er solle sich bloß nicht ändern.

Er legte auf und fuhr eine Weile herum und fand einen Film, den er sich ansehen wollte. Am nächsten Morgen packte er und checkte aus.

Er fuhr durch die Stadt und nahm sich ein Zimmer in einer Straße mit mehreren Hotels. Er zahlte für vier Nächte im Voraus bar und trug sich als J.D. Smith aus Los Angeles ein.

Es gab kein Mädchen, das er kennengelernt hatte, kein Mädchen, das er kennenlernen wollte. Aber es war noch nicht Zeit, nach Hause zu fliegen.

Er musste noch etwas erledigen, und vier Tage mussten reichen, um es zu tun. Genügend Zeit für Wallace Garrity, um sich daran zu gewöhnen, kein imaginäres Fadenkreuz mehr zwischen seinen Schulterblättern zu spüren.

Aber nicht genügend Zeit für die Schmerzen, um so stark zu werden, dass sie nicht mehr auszuhalten waren.

Und irgendwann im Verlauf dieser vier Tage würde ihm Keller ein Geschenk machen. Wenn möglich, würde er es wie eine natürliche Todesursache aussehen lassen – ein Herzinfarkt zum Beispiel oder ein Unfall. Jedenfalls würde es schnell gehen und ohne Vorwarnung, und es würde so schmerzlos sein wie nur irgend möglich.

Und es käme unerwartet. Garrity würde es nicht kommen sehen.

Stirnrunzelnd überlegte Keller, wie er es am besten hinbekäme. Es wäre um Einiges schwieriger als die Aufgabe, derentwegen er ursprünglich nach Dallas gekommen war, aber das hatte er sich selbst zuzuschreiben. Weil er sich eingemischt, weil er den Jungen aus dem Pool gezogen hatte. Er hatte in die natürliche Ordnung der Dinge eingegriffen. Das brachte eine Verpflichtung mit sich.

Es war das Mindeste, was er tun konnte.

Kellers letzte Rettung

Keller, der gerade nach einer roten Nelke griff, hielt inne, um eine der grünen zu betasten. Sie hatte ein leuchtendes Gelbgrün. Vielleicht war es ein Herbstphänomen, dachte er. Das Laub verfärbte sich gelb und rot, die Blumen grün.

»Sie ist gefärbt«, sagte der Blumenverkäufer, der merkte, was in ihm vorging. »Sie haben angefangen, sie für den St. Patrick's Day zu färben. Um diese Zeit verkaufe ich die meisten. Aber inzwischen werden sie in kleineren Mengen auch das ganze Jahr über verlangt. Möchten Sie sich eine anstecken?«

Wollte er das? Keller ertappte sich dabei, dass er diese Möglichkeit in Erwägung zog, pfiff sich aber rasch zurück. »Nein«, sagte er, »sie muss rot sein.«

»Das will ich doch meinen«, sagte der kleine Mann, und suchte eine der blutroten Blüten aus. »Ich halte es in diesem Punkt ebenfalls eher mit der Tradition. Grüne Blüten. Wie sollen da die Bienen die Blüten von den Blättern unterscheiden?«

»Gute Frage«, sagte Keller.

»Womit wir gleich bei der nächsten wären«, sagte der kleine Mann. »Sollen wir sie quer übers Knopfloch legen und am Revers festheften, oder stecken wir sie *ins* Knopfloch?«

Das war keine leichte Entscheidung. Keller fragte den Mann, was er ihm empfehlen würde.

»Da scheiden sich die Geister«, sagte der Blumenverkäufer. »Aber ich sehe die Sache so. Wozu hat man ein Knopfloch, wenn man keinen Gebrauch davon macht?«

Keller, mit frisch gebügeltem Anzug, geputzten Schuhen und einer roten Nelke im Knopfloch, stieg in der Penn Station in den Metroliner. Er hatte sich an einem Zeitungsstand im Bahnhof eine Ausgabe von *GQ* gekauft, und sie versorgte ihn bis Washington mit Lesestoff. Hin und wieder wanderte sein Blick von der Zeitschrift zu seinem Knopfloch.

Es wäre gut zu wissen gewesen, wie das Magazin zu der Knopflochfrage stand, aber es hatte zu diesem Thema nichts zu sagen. Dem Blumenverkäufer zufolge, der zugegebenermaßen ein gewisses Eigeninteresse an der Sache hatte, brauchte sich Keller jedoch keine Gedanken zu machen.

»Nicht jeder Mann kann eine Blume tragen«, hatte ihm der Mann erklärt. »Am einen sieht sie albern aus, am anderen geckenhaft. Aber in Ihrem Fall ...«

»Sieht sie okay aus?«

»Mehr als das«, sagte der Mann. »Sie tragen sie mit einem gewissen Flair. Oder sollte ich sagen Aplomb?«

Aplomb, dachte Keller.

Aplomb war nie ein Thema gewesen. Keller befolgte nur Anweisungen. Tragen Sie eine bestimmte Blume, nehmen Sie einen bestimmten Zug, stellen Sie sich mit einer bestimmten Zeitschrift vor die B. Dalton-Buchhandlung in der Union Station, bis der Kunde – ein bestimmter Mann, wie es sich anhörte – die Gelegenheit ergreift, Sie anzusprechen.

Die Sache so anzupacken, hatte in Kellers Augen etwas Mickymaushaftes, und früher hätte sich der alte Mann nie auf so etwas eingelassen. Aber der alte Mann war neuerdings kaum mehr wiederzuerkennen, und der ganze Hokuspokus – Requisiten und Erkennungszeichen – war noch das geringste Problem.

»Steck dir die Blume an«, hatte ihm Dot in der Küche des großen alten Hauses in White Plains gesagt. »Steck dir die Blume an, halte die Zeitschrift in der Hand ...«

»Schlepp den Lastkahn, wuchte den Heuballen hoch ...«

»... und erledige den Auftrag, Keller. Wenigstens lehnt er nicht mehr alles ab. Was ist an einer Blume schon auszusetzen? Erzähl mir bloß nicht, du musst dabei an Thoreau denken.«

»An Thoreau?«

»Er hat vor Unternehmungen gewarnt, für die neue Kleidung erforderlich ist. Von Nelken hat er nie was gesagt.«

Zehn nach zwölf war Keller auf seinem Posten, er hatte die Blume anstecken und die Zeitschrift in der Hand. Wie ein Zinnsoldat stand er etwa eine halbe Stunde so da, bevor er seinen Posten verließ, um nach einer Herrentoilette zu suchen. Er kam sich vor wie ein Deserteur, als er zurückkam, blickte sich aber eine Minute lang aufmerksam nach jemand um, der nach ihm Ausschau hielt. Da er niemand entdeckte, pflanzte er sich wieder da auf, wo er vorher gestanden hatte, und blieb einfach weiter stehen.

Um viertel nach eins holte er sich an einem Stand einen Hamburger. Zehn vor zwei suchte er sich ein Münztelefon und rief in White Plains an. Dot ging dran, und noch bevor er einen ganzen Satz herausbekam, sagte sie ihm, er solle nach Hause kommen.

»Der Auftrag wurde storniert«, sagte sie. »Der Typ hat angerufen und alles abgeblasen. Aber da musst du schon auf halbem Weg nach Washington gewesen sein.«

»Ich stehe seit Mittag hier rum«, sagte Keller. »Ich hasse es, nur rumzustehen.«

»Da bist du nicht der Einzige, Keller. Wenigstens verdienst du damit ein paar Dollar. Die Hälfte wäre vorher fällig gewesen ...«

»*Wäre* fällig gewesen?«

»Er wollte sich erst mit dir treffen und sehen, ob du das Ganze für machbar hältst. Erst dann hätte er die erste Hälfte angezahlt, der Rest fällig nach Erledigung des Auftrags.«

»Aber er hat alles abgeblasen, bevor er sich mit mir getroffen hat. Steht er nicht auf Aplomb?«

»Aplomb?«

»Die Blume. Vielleicht hat ihm nicht gefallen, wie ich sie anstecken habe.«

»Keller«, sagte sie, »er hat dich doch gar nicht zu Gesicht bekommen. Er hat gegen halb elf angerufen. Da hast du noch im Zug gesessen. Aber, wie viele Möglichkeiten gibt es eigentlich, eine Blume anzustecken?«

213

»Wenn ich mit diesem Thema erst mal anfange ... Aber lassen wir das. Er hat also keinen Vorschuss gezahlt ...«

»Hat er schon. Aber nicht die Hälfte.«

»Wie viel hat er angezahlt?«

»Nicht gerade ein Vermögen. Er hat uns tausend Dollar geschickt. Damit kannst du dich natürlich nicht zur Ruhe setzen, aber außer rumzustehen, musstest du ja auch nichts weiter tun, als rumzusitzen, und es soll Leute geben, die schwerer arbeiten und weniger dafür kriegen.«

»Und *die* sind bestimmt froh zu hören, dass sie wesentlich besser dran sind als die armen Teufel, die in Somalia verhungern.«

»Armer Keller«, sagte sie. »Was wirst du jetzt tun?«

»Mich in den Zug setzen und nach Hause fahren.«

»Keller, du bist in unserer Hauptstadt. Geh ins Smithsonian. Nimm an einer Führung durchs Weiße Haus teil. Lass es ganz geruhsam angehen und schnuppere an den Blumen.«

Er legte auf und nahm den nächsten Zug.

Als er nach Hause kam, hängte er seinen Anzug in den Schrank. Vorher entfernte er jedoch noch den Anflug von Aplomb von seinem Revers. Die Zeitschrift hatte er bereits entsorgt.

Das war an einem Mittwoch. Am Montagmorgen saß er an einem Tisch eines seiner üblichen Frühstückslokale, eines griechischen Cafés in der Second Avenue. Er las die *Times* und aß eine Portion Eier mit Salami, als ihn ein Mann ansprach: »Was dagegen, wenn ich mich zu Ihnen setze?« Er wartete nicht auf eine Antwort und nahm ungebeten Keller gegenüber Platz.

Keller musterte den Mann. Er war um die Vierzig und trug einen dunklen Anzug und eine unauffällige Krawatte. Er war frisch rasiert und ordentlich gekämmt. Wie ein Spinner sah er nicht aus.

»Sie sollten eine Ansteckblume tragen«, sagte der Mann. »Das verleiht einem, wie soll ich sagen, ein gewisses Etwas.«

»Aplomb«, schlug Keller vor.

»Genau das ist das Wort, das ich gesucht habe«, sagte der Mann. »Es hat mir auf der Zunge gelegen. Aplomb.«

Keller sagte nichts.

»Wahrscheinlich fragen Sie sich, was das Ganze soll.«

Keller schüttelte den Kopf.

»Nicht?«

»Ich schätze, das werde ich gleich erfahren.«

Das entlockte dem Mann ein Lächeln. »Ganz schön cool. Aber das überrascht mich nicht.« Seine Hand verschwand unter dem Revers seines Jacketts, und in der Erwartung, dass sie mit einer Pistole wieder herauskäme, stützte sich Keller mit beiden Händen an der Tischkante ab.

Stattdessen enthielt die Hand eine flache Lederbrieftasche, die der Mann aufklappte, sodass ein Ausweis zum Vorschein kam. Das Foto passte zu dem Gesicht auf der anderen Seite des Tischs, und das dazugehörige Dokument wies das Gesicht als das von Roger Keith Bascomb aus, einem Agenten einer Organisation, die sich National Security Resource nannte.

Keller gab den Ausweis seinem Inhaber zurück.

»Danke«, sagte Bascomb. »Sie wollten mir schon den Tisch entgegenkippen, hm?«

»Warum hätte ich das tun sollen?«

»Egal, jedenfalls sind Sie auf Draht. Das ist gut so und wundert mich auch nicht. Ich weiß, wer Sie sind, und ich weiß, *was* Sie sind.«

»Bloß ein Mann, der sein Frühstück zu essen versucht«, sagte Keller.

»Und ein Mann, der sich offensichtlich nicht von diesen ganzen Horrormeldungen über Cholesterin abschrecken lässt. Eier mit Salami! Respekt, Keller. Und was Sie da trinken, ist sicher richtiger Kaffee, stimmt's?«

»Er ist nichts besonders gut«, sagte Keller, »aber es ist richtiger.«

»Ich esse zum Frühstück immer einen Haferkleie-Muffin«, sagte Bascomb, »und spüle ihn mit Koffeinfreiem runter. Aber ich bin nicht hier, um Mitleid zu heischen.«

Auch gut, dachte Keller.

»Ich will die Sache nicht unnötig dramatisieren«, fuhr Bascomb fort, »aber es lässt sich kaum vermeiden. Ihr Land braucht Sie, Mr. Keller. Es braucht Ihre Dienste.«

»Mein Land?«

»Die Vereinigten Staaten von Amerika. *Dieses* Land.«

»Meine Dienste?«

»Eben die Sorte Dienste, die auszuüben Sie nach Washington gefahren sind. Ich glaube, wir wissen beide, was für Dienste ich meine.«

»Darüber ließe sich streiten«, sagte Keller.

»Das ließe sich.«

»Aber ich will mal nicht darauf herumreiten.«

»Gut«, sagte Bascomb. »Und umgekehrt möchte ich mich für die Umstände entschuldigen, die wir Ihnen gemacht haben. Aber wir mussten uns erst einen Eindruck von Ihnen verschaffen und Verschiedenes über Sie herausfinden.«

»Sie haben mich also in der Union Station geortet und sind mir zurück nach New York gefolgt.«

»So ist es leider, ja.«

»Und haben so herausgefunden, wer ich bin, und mich durchleuchtet.«

»Wie ein Buch aus der Bibliothek«, sagte Bascomb. »Genau das haben wir getan. Die Sache ist nämlich die, Keller, Ihr Onkel würde den Mittelsmann lieber aus dem Spiel lassen.«

»Mein Onkel?«

»Uncle Sam. Wir wollen nicht alles über Wie-heißt-er-gleich-wieder in White Plains laufen lassen. Da unsere Operationen ausnahmslos strengster Geheimhaltung unterliegen, ist er überflüssig und stellt nur ein unnötiges Sicherheitsrisiko dar.«

»Sie möchten also direkt mit mir zusammenarbeiten.«

»Richtig.«

»Und Sie möchten, dass ...«

»Sie das tun, was Sie am besten können, Keller.«

Keller aß ein bisschen Salami, aß ein bisschen Eier, trank ein bisschen Kaffee.

»Also, ich weiß nicht«, sagte er schließlich.

»Wie bitte?«

»Ich bin nicht interessiert«, sagte Keller. »Falls ich mal getan haben sollte, was Sie andeuten, muss ich sagen, ich tue es nicht mehr.«

»Sie sind ausgestiegen?«

»Richtig. Und selbst wenn nicht, würde ich nichts hinter dem Rücken des alten Mannes tun. Ich würde nicht für jemand arbeiten, der mich mit einer Blume im Knopfloch durch die Gegend scheucht.«

»Sie haben diese Blume mit dem Flair eines Mannes getragen, der nie ohne eine außer Haus geht. Ich muss Ihnen sagen, Keller, Sie sind dazu geboren, eine rote Nelke zu tragen.«

»Gut zu wissen«, sagte Keller, »aber es ändert nichts an meiner Einstellung.«

»Das Gleiche gilt für Ihr Widerstreben.«

»Wie das?«

»Es ist gut zu wissen, wie Sie zu der Sache stehen«, sagte Bascomb. »Es ist gut, die Karten offen auf den Tisch zu legen. Aber es ändert nicht das Geringste. Wir brauchen Sie, und Sie sind dabei.«

Er lächelte, während er auf Kellers Einspruch wartete. Keller ließ ihn warten.

»Überlegen Sie es sich noch mal in Ruhe«, schlug Bascomb vor. »Denken Sie an die Bundesanwaltschaft. Denken Sie an die Steuerbehörde. Denken Sie an die Mittel und Wege einer mächtigen – nach Auffassung mancher zu mächtigen – Bundesregierung, die sich gegen einen mehr oder weniger wehrlosen Bürger wendet.«

Keller musste feststellen, dass er, gegen seinen Willen, ins Nachdenken kam.

»Und jetzt vergessen Sie das alles wieder«, sagte Bascomb und fächelte es fort wie Zigarettenrauch, »und denken stattdessen an die Möglichkeiten, die sich Ihnen bieten, wenn Sie Ihrem Land dienen. Ich weiß nicht, ob Sie sich jemals als Patriot betrachtet haben, Mr. Keller, aber wenn Sie nur tief genug in sich hineinblicken, werden Sie dort vermutlich Ansätze von Patriotismus entdecken, von denen Sie gar nicht wussten, dass es sie gibt. Sie sind Amerikaner, Keller, und hier bietet sich Ihnen eine Gelegenheit, etwas für Ihr Land zu tun und zugleich Ihre eigene Haut zu retten.«

Kellers Antwort überraschte Bascomb. »Mein Vater war Soldat«, sagte er.

*   *   *

217

Atmet da der Mann, die Seele so tot. Der nie zu sich gesagt: Dies ist mein Land, mein Vaterland!

Keller klappte das Buch zu und legte es beiseite. Die Zeilen Sir Walter Scotts wurden in einer Erzählung zitiert, die Keller an der Highschool gelesen hatte. Der titelgebende Mann ohne Land war Philip Nolan, dazu verdammt, sein Leben lang durch die Welt zu ziehen, weil er es versäumt hatte, die Gelegenheit zu ergreifen, ein Patriot zu werden.

Die Erzählung hatte Keller nicht zur Hand, aber das Gedicht stand in *Bartlett's Familiar Quotations*, wo er im Index *Patriotismus* nachschlug. Das Beste, was er zu diesem Thema fand, war ein Bonmot von Samuel Johnson. »Patriotismus«, behauptete Dr. Johnson, »ist die letzte Rettung eines Schurken.«

Der Ausspruch hörte sich gut an, aber er war nicht sicher, ob er wusste, worauf Johnson hinauswollte. War ein Schurke nicht das genaue Gegenteil von einem Patrioten? War ein Patriot, auf den einfachsten Nenner gebracht, nicht uneingeschränkt den Guten zuzuordnen? Zuallermindest fühlte er sich verpflichtet, seinem Land und seinen Mitbürgern zu dienen, und oft genug lief dies darauf hinaus, dass er dafür das Höchste opferte, nämlich sein Leben, und den Tod auf sich nahm, damit andere in Freiheit leben konnten.

Nathan Hale, zum Beispiel, der bedauerte, nur ein Leben zu haben, das er für sein Land hingeben konnte. John Paul Jones, der erklärte, dass er noch gar nicht zu kämpfen begonnen hatte. David Farragut, der sich einen Teufel um die Torpedos scherte und mit voller Kraft weiterdampfte.

Das waren doch lauter Gute, dachte Keller.

Wohingegen ein Schurke zwangsläufig zu den Bösen gehörte. Wie also konnte so jemand ein Patriot sein, oder wie konnte Patriotismus seine letzte Rettung sein?

Nach einigem Nachdenken gelangte Keller zu der Ansicht, dass für einen Schurken der *Anschein* von Patriotismus die letzte Rettung sein konnte, weil er eigennützige Handlungen als Selbstlosigkeit tarnte. Gewissermaßen falscher Patriotismus, der niederträchtige Motive kaschierte.

Aber ein wahrer Patriot konnte ein echter Schurke nicht sein. Oder doch?

Objektiv betrachtet, war er wahrscheinlich selbst ein Schurke, musste Keller zugeben. Er fühlte sich wie ein typischer alleinstehender New Yorker, der allein lebte, auswärts aß oder sich etwas zu essen nach Hause mitnahm, seine Wäsche in den Waschsalon schleppte, zur ersten Tasse Kaffee am Morgen das Kreuzworträtsel der *Times* löste. Der ins Fitnessstudio ging, zum Scheitern verurteilte Beziehungen mit Frauen anfing, allein ins Kino ging. Es gab acht Millionen Geschichten in der nackten Stadt, die meisten davon nicht wahnsinnig spannend, und seine war eine von ihnen. Er bekam einen Anruf aus White Plains, packte seine Sachen, setzte sich in ein Flugzeug und brachte jemand um.

Da war es schwer, Gegenargumente zu finden. Jemand, der sich so verhielt, war ein Schurke. Fall erledigt.

Jetzt bekam er eine Chance, ein Patriot zu werden.

Nicht, wie ein solcher zu erscheinen, denn niemand würde etwas davon mitbekommen, nicht einmal Dot oder der alte Mann. Was diesen Punkt anging, hatte Bascomb sofort klargestellt: »Kein Wort davon, an niemand, und wenn etwas schiefgeht, ist es wie in *Mission: Impossible*. Wir haben nie von Ihnen gehört. Sie sind auf sich allein gestellt, und wenn Sie jemand erzählen, dass Sie für die Regierung arbeiten, wird man Sie nur auslachen. Wenn Sie meinen Namen nennen, wird man Ihnen sagen, nie etwas von mir gehört zu haben. Denn das hat auch niemand.«

»Weil es nicht Ihr Name ist.«

»Und Sie dürften auch Probleme haben, die National Security Resource im Telefonbuch zu finden. Oder sonst irgendwo, wie etwa im *Congressional Record*. Wir halten uns sehr bedeckt. Falls Sie sich wundern, dass Sie nie etwas von uns gehört haben – das hat auch sonst niemand.«

Für Keller waren dabei keine Lorbeeren zu ernten, und die Risiken waren erheblich. So war es auch, wenn er für den alten Mann arbeitete, aber wenigstens wurde er dann für seine Dienste reichlich entlohnt. Alles, was er bekäme, wenn er für die NSR arbeitete, war eine Aufwandsentschädigung, und die war nicht gerade üppig.

Deshalb tat er es nicht wegen der Lorbeeren oder wegen des Geldes. Bascomb hatte angedeutet, dass er keine Wahl hatte, aber eine Wahl hatte man immer, und er hatte sich dafür entschieden mitzumachen. Wofür?

Für sein Land, dachte er.

»Im Moment herrscht Frieden«, hatte Bascomb gesagt, »und die alte

Sowjetunion ist zerfallen, aber machen wir uns nichts vor, Keller. Unser Land befindet sich in permanentem Kriegszustand. Es hat innerhalb und außerhalb seiner Grenzen Feinde. Und manchmal müssen wir ihnen etwas antun, bevor sie uns etwas antun können.«

Keller band seine Krawatte und knöpfte seine Anzugjacke zu. Er fand nicht, dass er aussah wie ein Soldat. Aber er fühlte sich wie einer. Ein Soldat in seiner eigenen, ganz speziellen Uniform, der sich aufmachte, seinem Land zu dienen.

Howard Ramsgate war ein großer, kräftiger Mann mit breiten Schultern und einem raschen Lächeln in seinem arglosen, kantigen Gesicht. Er trug ein weißes Hemd und eine gestreifte Krawatte und die gebügelte Hose eines grauen Chagrinanzugs. Die Jacke hing an einem Kleiderständer in der Ecke des Büros.

Er blickte auf, als Keller eintrat. »Tag«, sagte er. »Superwetter heute, hm? Ich bin Howard Ramsgate.«

Keller nannte einen Namen, nicht seinen richtigen. Nicht, dass Ramsgate Gelegenheit finden würde, ihn zu wiederholen, aber angenommen, er hatte ein Tonbandgerät mitlaufen? Er wäre nicht der Erste in Washington, der sein eigenes Büro verwanzt hatte.

»Schön, Sie kennenzulernen.« Ramsgate stand auf und schüttelte Keller die Hand. Er trug Hosenträger, und Keller stellte fest, dass Katzen darauf waren, alle möglichen Rassen.

Wenn man sich einen Verräter vorstellte, dachte er, stellte man sich einen verdrucksten kleinen Kerl in einem versifften Regenmantel vor, der in einem Keller herumschlich oder in einem schäbigen Café auf der Lauer lag. Das Letzte, womit man bei so jemand rechnete, waren Hosenträger mit Katzen darauf.

»Und?«, sagte Ramsgate. »Hatten wir einen Termin? Ich sehe nämlich nichts in meinem Kalender.«

»Ich habe nur auf gut Glück vorbeigeschaut.«

»Klar, warum nicht? Wie sind Sie an Janeane vorbeigekommen?«

Die Sekretärin. Keller hatte ihre Pause abgepasst, und als sie auf eine Zigarette nach draußen gegangen war, war er nach drinnen gehuscht.

»Keine Ahnung«, sagte er. »Im Vorzimmer war niemand.«

»Na ja, jetzt sind Sie jedenfalls hier«, sagte Ramsgate. »Das ist schließlich, was zählt, oder?«

»Ja.«

»Also dann lassen Sie mal Ihre Mausefalle sehen.«

Keller sah ihn entgeistert an. Als er es einmal kurz mit einer Psychotherapie versucht hatte, hatte er einen besonders eindringlichen Traum von Mäusen gehabt, an den er sich immer noch erinnern konnte. Aber was hatte dieser Spion, dieser Verräter ...

»Nur so ein dummer Spruch von mir«, sagte Ramsgate. »Haben Sie doch sicher auch schon mal gehört: Man muss nur eine bessere Mausefalle erfinden, und schon rennen einem die Leute die Tür ein. Ist, glaube ich, von Emerson.«

Keller verstand nur Bahnhof. »Ja, Emerson«, pflichtete er Ramsgate bei.

»Solche Lebensweisheiten sind fast immer von Emerson«, fuhr Ramsgate fort. »Außer sie sind von Benjamin Franklin. Gesunder Menschenverstand bester amerikanischer Prägung, darauf kann man sich bei beiden verlassen.«

»Allerdings.«

»Zufälligerweise«, fuhr Ramsgate fort, »haben Amerikaner mehr Patente für Mausefallen angemeldet als für irgendeine andere Vorrichtung. Sie machen sich keine Vorstellung, was sich die Menschheit alles ausgedacht hat, um die kleinen Nager zu fangen und abzuschlachten. Aber die beste Mausefalle«, er ließ seine Hosenträger schnalzen, »lässt sich natürlich nicht patentieren. Sie hat vier Beine und macht Miau.«

Keller rang sich ein verhaltenes Lachen ab.

»Ich habe schon einige Mausefallen gesehen«, fuhr Ramsgate fort. »Wie jeder andere Patentanwalt. Und es vergeht kein Tag, an dem ich nicht etwas Neues zu sehen bekomme. Eine Menge Erfindungen, mit denen die Leute in dieses Büro kommen, lassen sich nicht besser patentieren als eine Katze. Manche sind schon von jemand anderem erfunden worden. Nicht alle von ihnen tun, was sie tun sollen, und nicht alles, was sie tun, ist es wert, getan zu werden. Aber einige funktionieren, und einige davon wiederum sind nützlich, und hin und wieder taucht etwas auf und trägt zu Verbesserung der Lebensqualität in unserem wundervollen Land bei.«

Gesunder Menschenverstand bester amerikanischer Prägung, dachte Keller. Unser wundervolles Land. Der Mann war ein Verräter und besaß die Frechheit, daherzureden wie ein Politiker auf Wahlkampftour.

»Deshalb bin ich jedes Mal neugierig, wenn jemand zur Tür hereinkommt«, sagte Ramsgate. »Also, was haben Sie für mich?«

»Am besten, ich zeige es Ihnen einfach«, sagte Keller und ging um den Schreibtisch herum. Er öffnete seinen Aktenkoffer und legte einen Notizblock auf den Schreibtisch.

»›Bitte vergeben Sie mir‹«, las Ramsgate laut ab. »Ihnen vergeben? Wofür?«

Keller beantwortete seine Frage mit einem Würgegriff, den er erst wieder lockerte, als Ramsgate das Bewusstsein verlor. Dann ließ er ihn los und riss das oberste Blatt von dem Block, knüllte es zusammen und warf es in den Papierkorb. Auf dem Blatt darunter, dem neuen obersten Blatt, stand bereits etwas Ähnliches: »Es tut mir leid. Bitte vergeben Sie mir.«

Es würde einer gründlichen forensischen Untersuchung nicht standhalten, aber Keller vermutete, es würde es ihnen erleichtern, es als Selbstmord abzuschreiben, wenn sie wollten.

Er ging zum Fenster und öffnete es. Dann rollte er Ramsgates Schreibtischstuhl ans Fenster, packte den Mann unter den Armen, hievte ihn hoch und kippte ihn aus dem Fenster.

Er stellte den Stuhl zurück, riss das zweite Blatt vom Block, zerknüllte es, warf es in Richtung Papierkorb. Das war besser, fand er – kein Abschiedsbrief, nur ein Block auf dem Schreibtisch, und wenn sie dann im Papierkorb nachsahen, würden sie die zwei Entwürfe finden, die er dann doch nicht zu hinterlassen beschlossen hatte.«

Raffiniertes Detail. Wenn sie erst danach suchen mussten, würden sie einem Abschiedsbrief mehr Glauben schenken.

Janeane war wieder an ihrem Schreibtisch, als er ging, und telefonierte. Sie schaute nicht einmal auf.

*   *   *

Zurück in New York, begann Keller die nächsten fünf Tage mit der *Washington Post*, die er an einem Zeitungsstand gegenüber vom UNO-Hauptquartier kaufte. Am ersten Morgen stand nichts darin, aber am Tag darauf fand er auf der Seite mit den Nachrufen eine Meldung über einen bekannten Washingtoner Patentanwalt, offensichtlich ein Selbstmord. Keller erfuhr, wo Howard Ramsgate aufs College gegangen war und Jura studiert hatte, und las von ein paar Erfindungen, deren Patentierung er begleitet hatte. Auch die Namen der Hinterbliebenen waren dort aufgeführt – eine Frau, zwei Kinder, ein Bruder in Lake Forest, Illinois.

Was dort nicht stand, war, dass er ein Spion war, ein Verräter. Dort stand auch nicht, dass ihm jemand geholfen hatte, aus dem Fenster zu springen. Keller, der in einem Coffee Shop auf einem Hocker saß, fragte sich, wie viel mehr sie wussten, was sie nicht herausrückten.

In den nächsten drei Tagen fand er kein weiteres Wort mehr über Ramsgate. Das war an sich nicht verdächtig – wie oft gab es beim Selbstmord eines nicht sonderlich prominenten Anwalts schon eine Nachuntersuchung? –, aber Keller ertappte sich dabei, wie er in anderen Meldungen zwischen den Zeilen zu lesen und irgendeinen subtilen Zusammenhang zu Ramsgates Tod zu finden versuchte. Ein Lobbyist, dem illegale Wahlkampfförderung zur Last gelegt wurde, ein japanischer Tourist, der in eine Schießerei zweier Dealerbanden geraten war, eine Schlüsselstimme in einem heiß umkämpften Gesetzesentwurf im Kongress – jede solche Meldung konnte unter Umständen mit Howard Ramsgates Fenstersturz in Verbindung gebracht werden. Und er, der Mann, der dahintersteckte, würde es nie erfahren.

Am fünften Morgen, er las gerade stirnrunzelnd von einem kleinen Skandal im Büro des Bürgermeisters, kam Keller der Gedanke, dass er vielleicht darauf achten sollte, ob er unter Beobachtung stand. Hatte ihn in den Tagen nach Ramsgates Tod jemand observiert? Hatte jemand bemerkt, dass er jeden neuen Tag nicht wie gewohnt gleich um die Ecke mit der *New York Times* begann, sondern fünf Straßen weiter mit der *Washington Post*?

Nach einigem Überlegen entschied er, dass das albern war. Aber war es denn weniger albern, jeden Morgen die *Post* zu kaufen? Er hatte vor Tagen einen Stein in einen Teich geworfen, und jetzt kam er immer wieder zurück und versuchte den Anflug eines Kräuselns auf der glatten Oberfläche des Teichs zu entdecken.

Er verließ das Lokal und ließ die Zeitung liegen. Als er später darüber nachdachte, merkte er, was ihn veranlasst hatte, sich so zu verhalten.

Er wollte die Sache endgültig zum Abschluss bringen, einen Schlussstrich darunter ziehen. Wenn er für den alten Mann einen Auftrag erledigte, rief er hinterher an, bekam einen Klaps auf die Schulter, plauderte ein bisschen mit Dot und steckte üblicherweise sein Geld ein. Letzteres war natürlich das Wichtigste, aber auch die Anerkennung war ihm wichtig, zusammen mit der gegenseitigen Bestätigung, dass der Auftrag zu aller Zufriedenheit erledigt war.

Bei Ramsgate bekam er nichts von all dem. Er musste nicht Bericht erstatten und mit niemandem herumflaxen, und er bekam von niemand gesagt, wie gut er seine Sache gemacht hatte. Vielleicht sprachen irgendwelche Washingtoner Bürohengste in ihren Büros über ihn. Aber er bekam nicht zu hören, was sie sagten. Bascomb war vielleicht zufrieden mit dem, was er getan hatte, aber er würde sich nicht bei ihm melden und ihm auf die Schulter klopfen.

Aber das war okay, fand Keller.

Denn was war letzten Endes das Los des Soldaten? Er konnte nicht mit Pauken und Trompeten, nicht mit Paraden, nicht mit Orden rechnen. Er musste ohne Bestätigung oder Anerkennung für das Geleistete klarkommen, und er würde wahrscheinlich nie die gesamten Auswirkungen seiner Einsätze erfahren, geschweige denn die Gründe, weshalb ihm seine Aufträge erteilt worden waren.

Damit konnte er leben. Daraus konnte er sogar eine besondere Befriedigung ziehen. Er brauchte keine Pauken und Trompeten, keine Paraden und Orden. Er hatte das Leben eines Schurken geführt, und sein Land hatte seine Dienste in Anspruch genommen. Und er hatte ihm gedient.

Niemand hatte ihm auf die Schulter geklopft. Niemand hatte angerufen, um ihm zu sagen: »Gut gemacht, Keller.« Und das würde auch niemand tun, aber das machte nichts. Die Tat, die er vollbracht, der Dienst, den er geleistet hatte, waren ihm Belohnung genug.

Er war ein Soldat.

Die Zeit verging, und Keller freundete sich mit dem Gedanken an, dass er nie mehr etwas von Bascomb hören würde. Dann stand er eines Nachmittags am Times Square vor dem Schalter für die Tickets zum halben Preis an, als ihm jemand auf die Schulter tippte. »Entschuldigung«, sagte ein Mann und reichte ihm einen Umschlag. »Ich glaube, das haben Sie fallen gelassen.«

Keller wollte schon sagen, da müsse er sich täuschen, aber dann erkannte er den Mann. Bascomb! Bevor er etwas sagen konnte, war der Mann verschwunden, in der Menge untergetaucht.

Ein ganz normaler weißer Umschlag, die Klappe festgeklebt und mit Klebstreifen gesichert. Nichts darauf geschrieben. So, wie er sich in der Hand anfühlte, hätte man ihn mit zwei Briefmarken frankiert, bevor man ihn einwarf. Aber es waren keine Briefmarken darauf, und Bascomb hatte ihn nicht der Post anvertraut.

Keller steckte ihn ein. Als er an der Reihe war, kaufte er eine Karte für die Abendvorstellung eines Fifties-Musicals. Er überlegte, ob er zwei Karten kaufen und eine in einem ausgehöhlten Kürbis verstecken sollte. Wenn dann um acht der Vorhang hochging, säße Bascomb neben ihm.

Er ging nach Hause und öffnete den Umschlag. Er enthielt einen Namen und eine Adresse in Pompano Beach, Florida. Außerdem zwei Polaroidaufnahmen, eine von einem Mann und einer Frau, die andere von dem Mann allein und im Sitzen. Und dann noch neun Hundertdollarscheine, gebraucht und nicht durchnummeriert, und zwei Fünfziger.

Keller sah sich die Fotos an. Sie waren offensichtlich im Abstand von mehreren Jahren aufgenommen worden. Auf dem Foto, auf dem der Mann allein war, sah er älter aus, und war das nicht sogar ein Rollstuhl, in dem er saß? Es war durchaus möglich.

Der arme Kerl, dachte er und rief sich fast im selben Moment zur Räson. Dieser Typ hatte kein Mitleid verdient. Dieser Dreckskerl war ein Verräter.

Die tausend Dollar in bar deckten Kellers Ausgaben nicht annähernd. Er musste den vollen Preis für den Flug nach West Palm Beach zahlen, musste ein Auto mieten und drei Nächte in einem Hotelzimmer schlafen, bis er seinen Auftrag ausgeführt hatte, und dann noch einmal eine Nacht, bevor er mit der Morgenmaschine nach Hause fliegen konnte. Die fünfhundert Dollar Aufwandsentschädigung für den Howard-Ramsgate-Job hatten für den Metroliner und sein Zimmer und ein gutes Essen gereicht, und danach waren noch ein paar Dollar übrig gewesen. Aber um den Job in Pompano Beach zu erledigen, musste er in die eigene Tasche greifen.

Nicht, dass ihm das etwas ausmachte. Was kümmerten ihn schon ein paar Dollar mehr oder weniger?

Er hätte alles schneller durchziehen und sich die Sache einfacher machen können, aber der Auftrag hatte es in sich. Der Verräter – er hieß Drucker, Louis Drucker, aber für Keller war es einfacher, ihn als »den Verräter« zu sehen – lebte in einer Eigentumswohnung am Strand in der Briny Avenue, mitten in Pompano Beach. Die übrigen Hausbewohner waren, vorhersehbarerweise, schon in fortgeschrittenerem Alter, und der Verräter war keineswegs der Einzige dort mit Rädern an seinem Stuhl. Es gab einige, die sich mit Rollatoren fortbewegten, und sportlichere Senioren staksten mit Gehstöcken durch die Gegend.

Es war das erste Mal, dass Kellers Arbeit ihn in eine solche Umgebung verschlug, weshalb er nicht wusste, ob in jedem Seniorenheim so großer Wert auf Sicherheit gelegt wurde wie in diesem. Jedenfalls war dort schwerer hineinzukommen als ins Pentagon. Im Foyer war rund um die Uhr ein Wachmann postiert, und Lifte und Treppenhäuser waren videoüberwacht.

Der Verräter verließ das Haus zweimal täglich für einen Ausflug an den Strand, morgens und abends. Er wurde immer von einer Frau begleitet, die halb so alt war wie er. Sie schob seinen Rollstuhl über den festen Sand, und dann las sie eine spanischsprachige Zeitschrift und rauchte ein, zwei Zigaretten, während er in der Sonne saß.

Keller ersann und verwarf raffinierte Pläne, um in das Haus zu gelangen. Sie hätten funktioniert, aber was dann? Die Frau lebte in der Wohnung des Verräters, weshalb er auch sie hätte eliminieren müssen. Da er wusste, dass in der modernen Kriegführung Kollateralschäden unvermeidlich waren, hatte er deswegen keine Gewissensbisse, und wer konnte außerdem sagen, ob sie ein gänzlich unwissendes Bauernopfer war? Nein, wenn er den Verräter nur über ihre Leiche ausschalten konnte, würde er das ohne Zögern tun.

Ein Doppelmord sorgte jedoch für einiges Aufsehen, und warum unnötige Aufmerksamkeit auf sich lenken? Bei einem hochbetagten und kränkelnden Opfer war es viel leichter, es wie einen natürlichen Tod aussehen zu lassen.

Ließ sich die Frau von ihm weglocken? Konnte er sich während ihrer Abwesenheit Zugang zum Seniorenheim verschaffen? Und konnte er nach getaner Arbeit unauffällig wieder nach draußen kommen, bevor sie zurückkam?

Er arbeitete daran, fummelte sich einen Plan zurecht, doch dann legte ihm das Schicksal alles in den Schoß. Es war am Vormittag, im Osten stieg die Sonne am Himmel empor, und er folgte den beiden etwa eine Meile den Strand hinauf. Dann saß der Verräter, den Blick aufs Meer gerichtet, in seinem Rollstuhl und ließ sich, den Kopf mit geschlossenen Augen in den Nacken gelegt, die Sonne ins Gesicht scheinen. Die Frau lag ein paar Meter weiter auf einem Badetuch, rauchte eine Zigarette und las eine Zeitschrift.

Sie machte die Zigarette aus und vergrub sie im Sand. Und wenig später glitt die Zeitschrift aus ihren Fingern, und sie nickte ein.

Keller ließ ihr eine Minute Zeit. Er sah nach links, er sah nach rechts. In unmittelbarer Umgebung hielt sich niemand auf, und er war bereit, es bei denen, die fünfzig Meter oder weiter vom Geschehen entfernt waren, darauf ankommen zu lassen. Selbst wenn sie ihre Blicke direkt auf ihn gerichtet hatten, würden sie nicht merken, was direkt vor ihren Augen geschah. Vor allem angesichts des Alters der meisten dieser Augen.

Er näherte sich dem Verräter von hinten, legte eine Hand auf seinen verräterischen Mund, hielt ihm mit Daumen und Zeigefinger der anderen die Nase zu und unterbrach so die Luftzufuhr. Dann zählte er langsam bis zu einer Zahl, die ihm hoch genug erschien.

Als er losließ, fiel die Hand des Verräters schlaff zur Seite. Keller legte sie in seinen Schoß, sodass der Eindruck entstand, als schliefe er wie eine Eidechse, die sich von der Sonne wärmen ließ.

*　　　*　　　*

»Wo warst du, Keller? Ich versuche schon seit Tagen, dich zu erreichen.«

»Verreist«, sagte er.

»Verreist?«

»In Florida.«

»In Florida? Etwa in Disney World? Darf ich vielleicht die Hand schütteln, die Mickymaus' Hand gedrückt hat?«

»Mir war einfach nach ein bisschen Sonne und Meer«, sagte er. »Ich bin zum Golf von Mexiko runtergeflogen. Nach Sanibel Island.«

»Hast du mir eine Muschel mitgebracht, Keller?«

»Eine Muschel?«

»Sie sollen dort ganz besonders schön sein«, sagte Dot. »Die Insel ragt in den Golf hinaus, statt parallel zur Küste zu verlaufen, wie sie das eigentlich sollte.«

»›Wie sie das eigentlich sollte‹?«

»Na ja, wie es eben üblicherweise der Fall ist. Jedenfalls spülen deshalb die Gezeiten massenhaft Muscheln an, und es kommen Menschen aus aller Welt auf die Insel, um am Strand entlangzugehen und sie einzusammeln. Aber was erzähle ich dir das alles? Du bist derjenige, der gerade von dort zurückkommt. Jedenfalls hast du mir keine Muschel mitgebracht, Keller, sehe ich das richtig?«

»Man muss früh aufstehen, um richtig gute zu finden«, sagte Keller, obwohl er nicht wusste, ob es stimmte. »Die Muschelsammler sind schon im Morgengrauen unterwegs, wie Heuschrecken auf einem Gerstenfeld.«

»Einem Gerstenfeld?«

»Bernsteinfarbene Getreidewogen eben. Aber was soll ich mit Muscheln? Ich wollte nur ein bisschen ausspannen.«

»Du hast einen Auftrag verpasst.«

»Oh.«

»Ich konnte nicht damit warten, zumal nicht klar war, wo du warst und wann du zurückkommen würdest. Du solltest mir nächstes Mal Bescheid geben, wenn du verreist.«

»Daran habe ich nicht gedacht.«

»Wie auch? Du verreist sonst nie. Wann hast du das letzte Mal Urlaub gemacht?«

»Ich mache die meiste Zeit meines Lebens Urlaub«, sagte er. »Hier in New York.«

»Dann wurde es wohl Zeit, dass du mal aus anderen Gründen als beruflichen weggefahren bist. Ich schätze mal, du warst nicht allein.«

»Ähm ...«

»Schön für dich, Keller. Ist ja auch nicht weiter tragisch, dass ich dich nicht erreichen konnte. Aber nächstes Mal ...«

»Nächstes Mal gebe ich dir Bescheid. Und nicht nur das, nächstes Mal bringe ich dir eine Muschel mit.«

Dieses Mal versuchte er nicht, die Presseberichterstattung zu verfolgen. Selbst wenn sie in Pompano Beach eine eigene Zeitung hatten, würde er sie an dem Zeitungsstand gegenüber vom UNO-Hauptquartier kaum bekommen. Dort hatten sie wahrscheinlich den *Miami Herald*, aber irgendwie konnte er sich nicht vorstellen, dass der *Herald* jedes Mal darüber berichtete, wenn in Florida ein alter Knacker das Zeitliche segnete. Sonst hätten sie in der Zeitung keinen Platz mehr für Hurrikane und Carjackings gehabt.

Außerdem, warum wollte er etwas darüber lesen? Er hatte seinen Auftrag ausgeführt, und der Verräter war tot. Mehr brauchte er nicht zu wissen.

Es dauerte fast zwei Monate, bis sich Bascomb wieder meldete. Diesmal kam es zu keinem direkten Kontakt, wie flüchtig auch immer.

Stattdessen erhielt Keller einen Anruf. Die Stimme war vermutlich die von Bascomb, aber er hätte es nicht beschwören können. Das Gespräch war kurz, und die Stimme erhob sich nie über ein tiefes Murmeln.

»Bleiben Sie morgen zu Hause«, sagte die Stimme. »Sie werden etwas geliefert bekommen.«

Und tatsächlich kam am nächsten Morgen der FedEx-Bote vorbei und brachte ihm einen flachen kartonierten Umschlag mit einem Foto, einer Registerkarte mit einem Namen und einer Adresse darauf und einem Packen gebrauchter Hunderter.

Es waren zehn Scheine, wieder tausend Dollar, obwohl die Adresse diesmal in Aurora, Colorado, war, was noch etwas weiter weg war als Pompano Beach. Zuerst stieß es ihm sauer auf, doch bei genauerer Überlegung stellte er fest, dass die schlechte Bezahlung durchaus etwas für sich hatte. Wenn er bei so einem Auftrag jedes Mal draufzahlte, unterstrich das sein patriotisches Engagement. Er musste seine Motive nie hinterfragen, weil klar war, dass er es nicht wegen des Geldes machte.

Er ordnete die Scheine und steckte sie in seine Geldbörse. Gerade als er das Foto des neuesten Verräters zu studieren begann, klingelte das Telefon.

»Keller«, sagte Dot. »Ich fühle mich so allein, und im Fernsehen kommt auch nichts Gescheites. Komm doch raus und leiste mir ein bisschen Gesellschaft.«

Keller fuhr mit dem Zug nach White Plains und dann wieder zurück nach New York. Er packte seine Reisetasche, rief bei einer Fluggesellschaft an und nahm ein Taxi zum JFK. Als seine Maschine am Abend in Seattle landete, wurde er von einem schmächtigen jungen Mann in einem braunen zweireihigen Anzug abgeholt. Außerdem trug er einen Hut, einen Fedora, der ihm einen gewissen Retro-Look verlieh.

Der junge Mann, er hieß Jason, setzte Keller in einem Hotel ab. Am nächsten Morgen trafen sie sich im Foyer, und Jason fuhr ihn herum und zeigte ihm verschiedene Sehenswürdigkeiten, darunter den Kingdome und die Space Needle, sowie Haus und Büro des Mannes, den Keller töten sollte. Und, in der Ferne kaum zu sehen, den schneebedeckten Gipfel des Mount Rainier.

Sie aßen in einem guten Restaurant in der Innenstadt zu Mittag, und Jason verdrückte erstaunliche Mengen. Keller fragte sich, wo er das alles hinsteckte. Er hatte kein überflüssiges Gramm Fett am Leib.

Die Bedienung schenkte ihnen gerade Kaffee nach, als Jason sagte: »Ich dachte schon, heute hätten wir ihn verpasst. Sehen Sie den Mann, der gerade zur Tür hereinkommt? Grauer Anzug, blaue Krawatte? Breites, rotes Gesicht? Das ist Cully Wilcox.«

Er sah genauso aus wie auf dem Foto. Es konnte jedoch nicht schaden, den Betreffenden in Fleisch und Blut zu sehen.

»Er ist ein hohes Tier in Seattle.« Jasons Lippen bewegten sich beim Sprechen kaum. »Umso tiefer sein Fall, hm?«

»Wie bitte?«

»So sagt man doch. ›Je steiler der Aufstieg, umso tiefer der Fall.‹«

»Ach so, klar«, sagte Keller.

»Schätze, Ihnen ist gerade nicht groß nach reden«, sagte Jason. »Schätze, Sie müssen über alles Mögliche nachdenken, Details ausarbeiten und so.«

»Schätze schon«, sagte Keller.

»Es kann eine Weile dauern«, sagte er Dot. »Die Zielperson ist eine Lokalgröße.«

»Eine Lokalgröße?«

»Habe ich mir jedenfalls sagen lassen. Das heißt, mehr Security auf dem Weg nach drinnen und mehr Polizei auf dem Weg nach draußen.«

»So ist es bei hohen Tieren immer.«

»Andererseits, je steiler der Aufstieg, umso tiefer der Fall.«

»Was immer das heißen mag«, sagte sie. »Egal, lass dir ruhig Zeit, Keller. Schnuppre an den Blumen. Lass nur das Gras unter deinen Füßen nicht wachsen.«

Schon irre, dachte Keller.

Er stellte den Ton des Fernsehers gerade noch rechtzeitig ab, um ein hübsches junges Paar daran zu hindern, ihm zu erklären, dass Certs zwei, zwei, zwei Minzbonbons in einem waren. Er schloss die Augen und passte den Dialog seinen eigenen Umständen an. »Keller ist ein Auftragskiller.« »Nein, Keller ist ein Verräterkiller.« »Er ist zwei, zwei, zwei Killer in einem …«

Es war schon schwer genug, ein einziges Leben zu führen, fand er. Aber wenn sich zwei Leben überlappten, wurde es richtig kompliziert. Er konnte den alten Mann nicht vertrösten und den Trip nach Seattle aufschieben, während er in Uncle Sams Auftrag in Colorado unterwegs war. Aber wie lange konnte er die Ausführung seines Auftrags hinauszögern? Wie eilig war die Sache?

Bascomb konnte er nicht anrufen, um ihn zu fragen. Deshalb musste er von hoher Dringlichkeit ausgehen.

Und das hieß, dass er eine Möglichkeit finden musste, zwei, zwei, zwei Aufträge in einem zu erledigen.

Das hatte ihm gerade noch gefehlt.

An einem Samstagmorgen, eineinhalb Wochen nachdem er nach Seattle geflogen war, flog Keller nach Hause. Er musste in Chicago umsteigen, und es war schon spät, als er in seine Wohnung kam. In White Plains hatte er bereits am Abend zuvor angerufen und Bescheid gegeben, dass der Auftrag erledigt war. Er packte aus, schlüpfte aus seinen Kleidern, duschte und legte sich schlafen.

Am folgenden Nachmittag klingelte das Telefon.

»Keine Namen, kein Ärger.« Es war Bascomb. »Ich wollte Ihnen nur sagen: gut gemacht.«

»Oh«, sagte Keller.

»Das ist bei uns sonst nicht üblich«, fuhr Bascomb fort, »aber selbst ein alter Hase kann hin und wieder einen aufmunternden Klaps auf die Schulter brauchen. Sie haben gute Arbeit geleistet und sollten wissen, dass wir das zu schätzen wissen.«

»Das freut mich«, gab Keller zu.

»Und ich spreche hier nicht nur für mich selbst. Ihre Bemühungen werden auch auf höherer Ebene geschätzt.«

»Tatsächlich?«

»Sogar auf höchster.«

»Auf höchster Ebene?«

»Ich will hier keine Namen nennen«, sagte Bascomb. »Deshalb, belassen wir es einfach dabei, dass Sie sich die tiefe Dankbarkeit eines Mannes verdient haben, der nie inhaliert hat.«

*   *   *

Er rief in White Plains an und sagte Dot, er sei total verarscht worden. »Ich komme morgen gegen Mittag vorbei«, schlug er vor. »Okay?«

»Klar«, sagte sie. »Ich mache Sandwiches, Keller, und wir machen ein Picknick.«

Nachdem er aufgelegt hatte, wusste er nicht, was er tun sollte. Aus einer Laune heraus fuhr er mit der U-Bahn in die Bronx und verbrachte ein paar Stunden im Zoo. Er war schon jahrelang nicht mehr in einem Zoo gewesen, lang genug, um vergessen zu haben, dass ihn ein Zoobesuch immer traurig machte.

So war es immer noch, ohne dass er sagen konnte, warum. Es lag nicht daran, dass es ihn störte, eingesperrte Tiere zu sehen. Wie er die Sache sah, hatten sie in Gefangenschaft ein besseres Leben als in freier Wildbahn. Sie lebten länger und blieben gesünder. Sie mussten nicht die eine Hälfte ihrer Zeit damit zubringen, genügend zu fressen zu finden, und die andere Hälfte damit, nicht für jemand anders als Fressen herhalten zu müssen. Die Versuchung war groß, sie zu beobachten und zu dem Schluss zu gelangen, dass sie sich langweilten, aber das glaubte er nicht. Für ihn sahen sie nicht gelangweilt aus.

Er verließ den Zoo wie immer unerklärlich traurig und fuhr nach Manhattan zurück. Er aß in einem neuen afghanischen Restaurant und ging ins Kino. Es war ein Western, aber keiner im Stil der Hollywood-Klassiker, die er am liebsten mochte. Selbst als der Film aus war, konnte man nicht wirklich sagen, welche die Guten waren und welche die Bösen.

Am nächsten Tag fuhr Keller schon früh nach White Plains hinaus und verbrachte vierzig Minuten oben beim alten Mann. Als er nach unten kam, sagte ihm Dot, dass es frischen Kaffee und Eistee gab.

Er entschied sich für einen Kaffee. Sie hatte sich bereits ein hohes Glas Eistee eingeschenkt. Sie setzten sich an den Küchentisch, und sie fragte ihn, wie es in Seattle gelaufen sei. Ganz okay, sagte er.

»Und wie hat dir Seattle gefallen, Keller? Was ich so höre, sind neuerdings alle hellauf begeistert von der Stadt. Früher war San Francisco total in, jetzt ist es Seattle.«

»Es war okay«, sagte er.

»Und? Willst du hinziehen?«

Er hatte sich tatsächlich gefragt, wie es wäre, zum Beispiel in einem dieser umgewandelten Industriebauten um den Pioneer Square zu wohnen und im Pike Market einkaufen zu gehen und anhand der relativen Sichtbarkeit des Mount Rainier einzuschätzen, wie gut das Wetter war. Aber in solchen Bahnen dachte er jedes Mal, wenn er irgendwohin kam. Das hieß nicht, dass er bereit war, seine Zelte abzubrechen und umzuziehen.

»Nicht wirklich«, sagte er.

»Ich habe gehört, dass sie dort fantastischen Kaffee haben.«

»Ja, auf ihren Kaffee legen sie großen Wert«, bestätigte er ihr. »Vielleicht ein bisschen zu großen. Ich finde schon dieses Weinkennertum schlimm genug, aber wegen Kaffee so ein Gewese zu machen …«

»Wie ist übrigens dieser Kaffee?«

»Gut.«

»Aber mit dem in Seattle kann er sicher nicht mithalten«, sagte sie. »Dafür ist das Wetter dort miserabel. Soviel ich gehört habe, regnet es ständig.«

»Ja, es regnet viel, aber nicht stark. Man wird nicht total durchnässt.«

»Es regnet, aber es schüttet nicht?«

»So in etwa.«

»Sicher ist dir der Regen ganz schön auf die Nerven gegangen.«

»Wieso?«

»Immer nur Regen. Und dann dieses Getue um den Kaffee. Das war sicher ein bisschen viel für dich.«

Häh? »Es hat mich nicht gestört«, sagte er.

»Nicht?«

»Nicht wirklich. Wieso?«

»Nur, weil ich mich gefragt habe«, sie sah ihn über den Rand ihres Glases an, »was du dann in Denver gewollt hast.«

Der Fernseher lief, aber der Ton war ausgeschaltet. Er war auf einen Homeshopping-Kanal gestellt. Eine Frau mit nicht besonders echt wirkendem rotem Haar führte ein Kleid vor. Keller fand, es sah billig aus, aber die

Zahl in der rechten unteren Ecke wurde immer höher und zeigte an, dass fortwährend Zuschauer anriefen, um es zu bestellen.

»Natürlich könnte ich versuchen zu *raten*, was du in Denver getan hast«, fuhr Dot fort, »und wahrscheinlich könnte ich auch den Namen der Person herausfinden, der du es getan hast. Ich habe mir ein paar Ausgaben der *Denver Post* schicken lassen, und in einer davon bin ich auf eine Meldung über eine Frau in einem Ort namens Aurora gestoßen, mit der es ein böses Ende genommen hat. Und ich könnte schwören, das Ganze hat sehr nach dir gerochen. Du brauchst nicht gleich so erschrocken zu schauen, Keller. Natürlich nicht wirklich. Nur im übertragenen Sinn.«

»Im übertragenen Sinn.«

»Es hat sehr nach dir ausgesehen«, sagte sie, »und zeitlich hat es auch gepasst. Es war vielleicht nicht ganz so raffiniert wie sonst bei dir üblich, aber das dürfte daran gelegen haben, dass du es eilig hattest, nach Seattle zurückzukommen.«

Er deutete auf den Fernseher. »Unglaublich, wie viele von diesen Kleidern sie schon verkauft haben.«

»Unmengen.«

»Würdest du dir so ein Kleid kaufen?«

»Auf gar keinen Fall. Bei so einem Schnitt sähe ich aus wie ein Sack Kartoffeln.«

»Nein, ich meine, grundsätzlich. Am Telefon, ohne es vorher anzuprobieren.«

»Ich bestelle mir ständig was aus Katalogen, Keller. Das läuft auf dasselbe hinaus. Wenn es einem nicht gefällt, kann man es jederzeit zurückschicken.«

»Machst du das manchmal? Sachen zurückschicken?«

»Klar.«

»Er weiß nichts davon, oder, Dot? Von Denver, meine ich.«

»Natürlich nicht.«

Er nickte, dann beugte er sich nach kurzem Zögern vor. »Dot, kann ich dir ein Geheimnis anvertrauen?«

*   *   *

235

Sie hörte zu, als er ihr alles erzählte, angefangen bei Bascombs erstem Auftauchen in dem Café bis zu seinem letzten Anruf, als er ihm die Glückwünsche des Mannes, der nie inhalierte, übermittelt hatte. Als er fertig war, stand er auf und ging in die Küche, um sich Kaffee nachzuschenken. Als er zurückkam und sich wieder gesetzt hatte, sagte Dot: »Weißt du, was ich komisch finde? ›Dot, kann ich dir ein Geheimnis anvertrauen?‹ Du willst wissen, ob du *mir* ein Geheimnis anvertrauen kannst?«

»Versteh mich nicht falsch, ich ...«

»Wenn man mir keine Geheimnisse anvertrauen könnte«, sagte ich, »stünden wir alle ganz schön dumm da, Keller. Ich hüte *deine* Geheimnisse schon etwa so lange, wie es für dich Geheimnisse zu hüten gibt. Und jetzt fragst du mich ...«

»Das war nicht wirklich eine Frage. Wie nennt man eine Frage, auf die man eigentlich keine Antwort erwartet?«

»Ein Gebet?«

»Eine rhetorische«, sagte Keller. »Es war eine rhetorische Frage. Was hast du eigentlich? Ich weiß natürlich, dass ich dir ein Geheimnis anvertrauen kann.«

»Genau deshalb hast du mir dieses nicht anvertraut«, sagte sie. »Und das mehrere Monate lang.«

»Na ja, ich dachte, das wäre was anderes.«

»Weil es ein Staatsgeheimnis ist.«

»Ja, genau.«

»Strengste Geheimhaltung, nationale Sicherheit, dieser ganze Schmu.«

»Mhm.«

»Und wenn sich nun herausstellt, dass ich eine kommunistische Spionin bin.«

»Dot ...«

»Wie kommt es dann, dass ich plötzlich solches Vertrauen genieße? Soll ich das etwa so verstehen, dass du, wenn ich Denver nicht zur Sprache gebracht hätte ...«

»Nein«, sagte Keller. »Ich hatte vor, es dir auf jeden Fall zu erzählen.«

»Früher oder später, meinst du.«

»Früher. Als ich gestern am Telefon gesagt habe, dass ich lieber erst heute rauskommen würde, wollte ich Zeit gewinnen, um über alles nachzudenken.«

»Und?«

»Und ich habe beschlossen, dir alles zu erzählen und zu sehen, was du davon hältst.«

»Was ich davon halte.«

»Ja.«

»Du weißt doch sicher, was mir das sagt, Keller? Es sagt mir, was *du* denkst.«

»Und was wäre das?«

»Ich glaube, du denkst dasselbe wie ich.«

»Dann sag's mir doch.«

»S-C-H-W-I-N«, sagte sie. »D-E-L. Die totale V-E-R-A-R-S-C-H-E … drücke ich mich deutlich genug aus?«

»Absolut unmissverständlich.«

»Er muss verdammt gerissen sein«, sagte sie, »jemand wie dich so an der Nase herumzuführen. Aber ich kann durchaus nachvollziehen, warum es funktioniert hat. Zuallererst, du *wolltest* ihm glauben. ›Junger Mann, Ihr Land braucht Sie.‹ Und schon legst du für läppische Beträge wildfremde Menschen um.«

»Für eine Aufwandsentschädigung. Mit Ausnahme des ersten Mals hat sie nicht mal meine Ausgaben gedeckt.«

»Der Patentanwalt, der in seine eigene Mausefalle gegangen ist. Was, glaubst du, hat er angestellt, um sich Bascombs Zorn zuzuziehen?«

»Keine Ahnung.«

»Und der alte Knacker im Rollstuhl. Nur gut, dass du den Dreckskerl unschädlich gemacht hast, Keller. Sonst würden unsere Kinder und Kindeskinder demnächst anfangen, Russisch zu lernen.«

»Mach es nicht noch schlimmer, als es schon ist.«

»Ich zahle es dir nur für diese rhetorische Frage heim. Wie auch immer, hältst du es für möglich, dass Bascomb ist, wer er zu sein behauptet?«

Er dachte zwar eine Weile darüber nach, aber die Antwort blieb immer die gleiche. »Nein«, sagte er schließlich.

»Womit hat er sich verraten? Mit der Gratulation von höchster Stelle?«

»Wahrscheinlich. Ich muss gestehen, ich war mächtig stolz.«

»Das kann ich mir vorstellen.«

»Immerhin unser Staatsoberhaupt, der Mann an der Spitze.«

»Der an dich gedacht hat, als er einen Doughnut verdrückt hat.«

»Aber wenn man hinterher darüber nachdenkt, wird eigentlich klar, dass es nicht sein kann. Und selbst wenn er etwas in der Richtung gesagt haben sollte, hätte es Bascomb weitergegeben? Und als ich es dann mit etwas Abstand betrachtet habe …«

»Hat es klick gemacht.«

»Mhm.«

»Also«, sagte sie. »Was wissen wir über Bascomb? Wir wissen weder seinen Namen noch seine Adresse noch wie wir ihn erreichen können. Was bleibt da noch?«

»Verdammt wenig.«

»So würde ich es nicht sehen. Wir brauchen ja auch nicht viel, Keller. Und etwas wissen wir bereits.«

»Was?«

»Wir wissen, welche drei Leute er umgebracht haben wollte. Das ist doch schon mal etwas.«

Keller saß in Anzug und Krawatte und mit einer roten Nelke im Knopfloch im, wie man es vermutlich nennen würde, Herrenzimmer eines großen Ranchhauses in Glen Burnie, Maryland. Er hatte den Fernseher mit ausgeschaltetem Ton laufen und gelangte mehr und mehr zu der Überzeugung, dass das die beste Art war fernzusehen. Die Stille verlieh allem, sogar der Werbung, einen Hauch von Geheimnis.

Das Geräusch eines Autos in der Einfahrt ließ ihn aufmerken, und sobald er einen Schlüssel im Schloss hörte, machte er den Fernseher mit der Fernbedienung ganz aus. Dann saß er da und wartete geduldig, während Paul Ernest Farrar seinen Mantel in den Schrank in der Diele hängte, eine Tüte mit Lebensmitteln in die Küche trug und durch die Zimmer seines Hauses ging.

Als er schließlich ins Herrenzimmer kam, sagte Keller: »Tag, Bascomb. Ein schönes Haus haben Sie.« Keller hatte in seinem Leben als Schurke den

Leben anderer auf die unterschiedlichsten Arten ein Ende gesetzt. Soweit er wusste, hatte er jedoch noch nie jemand zu Tode erschreckt. Kurz sah es jedoch so aus, als könnte Bascomb, geb. Farrar, der Erste werden. Der Mann wurde so weiß wie Wonder Bread, machte unwillkürlich einen Schritt zurück und hielt eine Hand an seine Brust. Keller hoffte, er müsste keine Wiederbelebungsmaßnahmen vornehmen.

»Kein Grund zur Aufregung«, sagte er. »Setzten Sie sich doch erst mal. Tut mir leid, wenn ich Sie erschreckt habe, aber so schien es mir am besten. Keine Namen, kein Ärger. Würden Sie doch auch unterschreiben, oder?«

»Was machen Sie in meinem Haus?«

»Zunächst habe ich das Kreuzworträtsel gelöst. Und als das Licht schlechter wurde, habe ich den Fernseher angemacht, wobei ich finde, dass das Programm wesentlich besser ist, wenn man nicht hört, was sie sagen. Regt die Fantasie an.« Er lehnte sich zurück. »Ich hätte Ihnen gern beim Frühstück Gesellschaft geleistet, aber ich wusste nicht, ob Sie dafür überhaupt außer Haus gehen? Woher hätte ich wissen sollen, ob Sie Ihren Haferkleie-Muffin und Ihren Koffeinfreien vielleicht am Kieferntisch in der Küche zu sich nehmen? Deshalb dachte ich, komme ich hierher.«

»Sie sollten sich überhaupt nicht mit mir in Verbindung setzen«, sagte Farrar streng. »Unter keinen Umständen.«

»Sparen Sie sich das Theater«, sagte Keller. »Darauf falle ich nicht mehr herein.«

Farrar schien ihn nicht gehört zu haben. »Nachdem Sie schon mal hier sind, können wir natürlich reden. Und zufällig gibt es sogar etwas, worüber ich mit Ihnen reden muss. Ich hole nur schnell meine Unterlagen.«

Er zwängte sich an Keller vorbei und griff in eine der Schreibtischschubladen, als Keller ihn an den Schultern packte und herumdrehte. »Setzen Sie sich«, sagte er, »bevor Sie sich selbst lächerlich machen. Ich habe die Pistole bereits gefunden und die Patronen entfernt. Kämen Sie sich nicht ein bisschen albern vor, wenn sie beim Abdrücken nur *klick* macht?«

»Ich wollte nicht die Pistole herausnehmen.«

»Vielleicht wollten Sie dann das«, sagte Keller und fasste in seine Brusttasche. »Ein Pass auf den Namen Roger Keith Bascomb, ausgestellt von der

Regierung von British Honduras. Soll ich Ihnen was sagen? Ich habe im Atlas nachgesehen und British Honduras nicht gefunden.«

»Es heißt jetzt Belize.«

»Aber auf den Pässen haben sie den alten Namen beibehalten?« Er stieß einen lautlosen Pfiff aus. »Ich habe den Kaufbeleg in derselben Schublade gefunden wie den Pass. Eine Firma auf den Caymans, die Fantasiepässe ausstellt, wie sie es nennen. Um sich zu schützen, falls man von Terroristen entführt wird, die keine Amerikaner mögen. Und ob Sie's glauben oder nicht, diese Leute haben auch noch alle möglichen anderen Arten von falschen Ausweisen im Angebot. Man braucht ihnen nur einen Scheck und ein Foto zu schicken, und sie machen einen zu einem Agenten der National Security Resource. Sehr praktisch, oder?«

»Ich habe keine Ahnung, wovon Sie reden.«

Keller seufzte. »Na schön, dann will ich es Ihnen erklären. Ihr Name ist nicht Roger Bascomb, sondern Paul Farrar. Sie sind kein Agent einer staatlichen Behörde, sondern ein Bürohengst bei der Sozialversicherung.«

»Das ist nur Tarnung.«

»Sie waren verheiratet«, fuhr Keller fort, »aber dann hat Ihre Frau Sie wegen eines anderen Mannes verlassen. Er hieß Howard Ramsgate.«

»Hm«, sagte Farrar.

»Das war vor sechs Jahren. So viel zu einer Affekthandlung.«

»Ich wollte die optimale Möglichkeit finden.«

»Sie haben mich gefunden«, sagte Keller, »und mich dazu gebracht, es für Sie zu tun. Und es hat geklappt, und wenn Sie es dabei belassen hätten, wären Sie aus dem Schneider gewesen. Aber stattdessen haben Sie mich nach Florida geschickt, um einen alten Mann in einem Rollstuhl zu töten.«

»Louis Drucker«, sagte Farrar.

»Ihren Onkel, den Bruder Ihrer Mutter. Er hatte keine eigenen Kinder, und wem, glauben Sie, hat er sein Geld hinterlassen?«

»Was war das schon für ein Leben, das Onkel Lou noch hatte? Verkrüppelt, an den Rollstuhl gefesselt, vollgepumpt mit Schmerzmitteln ...«

»Ich schätze, wir haben ihm einen Gefallen getan«, sagte Keller. »Die Frau in Colorado hat mal zwei Türen weiter von Ihnen gewohnt. Ich weiß nicht, was sie getan hat, um auf Ihre Liste zu kommen. Vielleicht hat sie Sie abblitzen lassen oder beleidigt, vielleicht hat ihr Hund auf Ihren Rasen gekackt. Aber tut das etwas zur Sache? Tatsache ist, dass Sie mich ausgenutzt haben. Sie haben mich durch die Gegend gescheucht, damit ich Leute für Sie umbringe.«

»Ist das nicht, was Sie tun?«

»Richtig«, sagte Keller, »und jetzt kommen wir zu dem Punkt, den ich nicht verstehe. Ich weiß nicht, wie Sie darauf gekommen sind, eine bestimmte Nummer in White Plains anzurufen. Jedenfalls haben Sie das getan, und es hatte zur Folge, dass ich mich mit einer Nelke im Knopfloch in den Zug gesetzt habe. Warum das ganze Theater? Warum nicht einfach das Geld zahlen und den Auftrag erteilen?«

»Ich konnte es mir nicht leisten.«

Keller nickte. »Habe ich mir fast gedacht. Erschleichung von Dienstleistungen nennt man das, glaube ich. Sie haben mich das alles für Pfennigbeträge tun lassen.«

»Hören Sie«, sagte Farrar, »ich möchte mich entschuldigen.«

»Möchten Sie das?«

»Ja, das möchte ich wirklich. Ehrlich. Das erste Mal, dieses Schwein Ramsgate, es gab einfach keine andere Möglichkeit, es zu tun. Die beiden anderen Male hätte ich es mir leisten können, einen angemessenen Betrag zu zahlen, aber wir hatten bereits eine Beziehung aufgebaut. Sie haben aus purem Patriotismus gehandelt, und es schien mir einfacher und sicherer, es dabei zu belassen.«

»Sicherer.«

»Und einfacher.«

»Und billiger«, sagte Keller. »Damals, aber wie stehen Sie auf lange Sicht da?«

»Wie meinen Sie das?«

»Na«, sagte Keller, »was, glauben Sie, passiert jetzt?«

»Sie werden mich nicht töten.«

»Wieso sind Sie da so sicher?«

»Weil Sie es längst getan hätten«, sagte Farrar. »Sonst würden wir dieses Gespräch nicht führen. Sie wollen etwas, und ich glaube zu wissen, was.«

»Einen anerkennenden Klaps von dem Mann, der nie inhaliert hat.«

241

»Geld«, sagte Farrar. »Sie wollen, was Ihnen zusteht, das Geld, das Sie bekommen hätten, wenn ich mich nicht als jemand anderer ausgegeben hätte. Das ist es doch, oder?«

»Fast.«

»Fast?«

»Was ich will«, sagte Keller, »ist das und noch etwas mehr. Wenn ich vom Finanzamt wäre, würde ich auf den Unterschied zwischen Strafzahlungen und Zinsen verweisen.«

»Wie viel?«

Keller nannte eine Zahl. Sie war groß genug, um Farrar das Wasser in die Augen zu treiben. Er sagte, das schiene ihm etwas viel, und sie verhandelten eine Weile, bis Keller seine Forderung um ein Drittel reduzierte.

»Das meiste davon kann ich aufbringen«, sagte Farrar. »Nicht über Nacht, denn ich muss ein paar Wertpapiere verkaufen. Ich kann bis zum Wochenende oder allerspätestens bis Anfang nächster Woche etwas Bargeld beschaffen.«

»Das ist gut«, sagte Keller.

»Und ich habe mehr Arbeit für Sie.«

»Mehr Arbeit?«

»Diese Frau in Colorado«, sagte Farrar. »Sie haben sich gefragt, was ich gegen sie hatte. Sie hat mal eine Bemerkung fallen gelassen, aber das hat nicht den Ausschlag gegeben. Ich habe eine Möglichkeit gefunden, mich zum zweiten Begünstigten der Rentenversicherung einer bestimmten Person zu machen. Es ist ein bisschen zu kompliziert, um es Ihnen zu erklären, aber es müsste klappen wie geschmiert.«

»Ganz schön raffiniert.« Keller stand auf. »Ich will Ihnen mal was sagen, Farrar. Ich bin bereit, eine Woche auf das Geld zu warten, vor allem wegen der Aussicht auf einen weiteren Auftrag. Aber zur Sicherheit möchte ich schon heute Abend etwas Cash. Sie haben bestimmt Bargeld im Haus.«

»Ich sehe mal nach, was im Safe ist«, sagte Farrar.

»Zweiundzwanzigtausend Dollar«, sagte Keller, streifte einen Gummi um den Packen Scheine und steckte sie ein. »Das sind wie viel, fünftausendfünfhundert Dollar pro Job?«

»Den Rest bekommen Sie nächste Woche«, versicherte ihm Farrar. »Oder zumindest einen beträchtlichen Anteil davon.«

»Wunderbar.«

»Übrigens, wie kommen Sie eigentlich auf fünf-fünf? Es waren drei, und zweiundzwanzigtausend durch drei ist sieben ein Drittel. Das wären«, er rechnete stirnrunzelnd im Kopf, »siebentausend und dreihundertdreiunddreißig Dollar pro Kopf.«

»Finden Sie?«

»Und dreiunddreißig Cents«, fügte Farrar hinzu.

Keller kratzte sich am Kopf. »Habe ich mich etwa verzählt? Ich komme auf vier Leute.«

»Wer ist der Vierte?«

»Sie«, sagte Keller.

»Wenn ich gewartet hätte«, erzählte er Dot am Tag danach, »hätte er wahrscheinlich noch mal ordentlich Cash rüberwachsen lassen. Aber ich konnte ihn unmöglich die Sonne noch mal aufgehen sehen lassen.«

»Wer weiß schließlich, was sich diese Ratte noch alles hätte einfallen lassen.«

»Genau«, sagte Keller. »Er war ein Amateur und ein Irrer und hatte mich bereits einmal reingelegt.«

»Und einmal ist genug.«

»Einmal ist mehr als genug«, stimmte ihr Keller zu. »Er hat alles bis ins Kleinste geplant. Er hat die Sozialversicherungsunterlagen manipuliert und mich wildfremde Leute umlegen lassen, damit er ihre Bezüge kassieren konnte. Wildfremde Menschen!«

»Du tötest eigentlich immer wildfremde Menschen, Keller.«

»Für mich sind sie Fremde«, sagte er, »aber nicht für den Kunden. Außerdem habe ich beschlossen, den Spatz in der Hand zu nehmen, und der Spatz beläuft sich auf zweiundzwanzigtausend Dollar. Das ist sicher besser als nichts.«

»Auf jeden Fall«, sagte Dot. »Und es war ja auch keine Arbeit. Du hast es aus Liebe gemacht.«

»Aus Liebe?«

»Zu deinem Vaterland. Du bist ein Patriot, Keller. Was zählt, ist einzig und allein die Absicht.«

»Wenn du das sagst.«

»Ja, sage ich. Und die Blume finde ich übrigens richtig klasse, Keller. Ich hätte nicht gedacht, dass du der Typ für so was bist, aber ich muss zugeben, sie steht dir ganz hervorragend. Sieht richtig gut aus. Verleiht dir ein gewisses Etwas.«

»Aplomb«, sagte er. »Was sonst noch?«

Keller in Rente

»Dich zur Ruhe setzen, Keller, du?« Dot sah ihn stirnrunzelnd an und schüttelte den Kopf. »Also, ich weiß nicht.«

»Ich überlege es mir jedenfalls«, sagte er.

»Ein typischer New Yorker wie du, Keller? Was willst du dann tun, dich in Roseburg, Oregon, niederlassen? Dir ein kleines Häuschen aus Lehm und Stroh kaufen?«

»Aus Lehm und Stroh?«

»Ach, vergiss es.«

»Es war ein nettes Städtchen«, sagte er. »Roseburg. Aber du hast natürlich recht, ich bin ein eingefleischter New Yorker. Ich sollte besser hierbleiben.«

»Aber du wärst in Rente.«

Er nickte. »Ich habe es durchgerechnet. Ich kann es mir leisten. Ich habe im Lauf der Jahre Einiges auf die hohe Kante gelegt. Meine Rente wäre zwar nicht sehr hoch, aber ich war noch nie jemand, der auf großem Fuß lebt, Dot.«

»Aber du hattest auch Ausgaben. Allein die Ohrringe, die du diesem Mädchen gekauft hast.«

»Andria.«

»Ich weiß noch, wie sie geheißen hat, Keller. Ich wollte ihren Namen bloß nicht sagen, weil ich dachte, er könnte alte Wunden aufreißen.«

Er schüttelte den Kopf. »Sie ist eines Tages aufgetaucht und mit meinem Hund Gassi gegangen und irgendwann wieder verschwunden.«

»Und hat deinen Hund mitgenommen.«

»Er ist mir sowieso mehr oder weniger zugelaufen, weshalb ich immer davon ausgegangen bin, dass er eines Tages wieder weglaufen würde. Eine Weile haben mir beide gefehlt, und jetzt fehlt mir keiner mehr von ihnen, und ich muss sagen, für mich ist es okay so.«

»Hört sich jedenfalls so an.«

»Ich habe nie wirklich viel Geld für die Ohrringe ausgegeben und überhaupt, was sollen die Ohrringe damit zu tun haben?«

»Das darfst du mich nicht fragen, Keller. Noch Tee?«

Er nickte, und sie schenkte nach. Sie waren in einem chinesischen Restaurant in White Plains, etwa eine halbe Meile von dem großen alten Haus am Taunton Place, in dem sie mit dem alten Mann lebte. Keller hatte vorgeschlagen, zusammen mittagessen zu gehen, und sie hatte dieses Lokal vorgeschlagen, und das Essen war etwa so, wie er erwartet hatte. Es sah zwar chinesisch aus, schmeckte aber vorstädtisch.

»Er baut merklich ab«, sagte Keller. »Er hat gute Tage und schlechte.«

»In letzter Zeit kaum mehr gute«, sagte Dot.

»Ich weiß. Wir haben ja auch schon darüber gesprochen, dass wir früher oder später etwas unternehmen müssen. Und dann bin ich ins Nachdenken gekommen und zu dem Ergebnis gelangt, dass ich eigentlich nur in Rente zu gehen brauche.«

»Dich zur Ruhe setzen«, sagte Dot. »Deinen Job an den Nagel hängen.«

»Etwas in der Art, ja.«

»Und?«

»Was und?«

»Du bist noch jung, Keller. Was willst du mit dem Rest deines Lebens anfangen?«

»Dasselbe, was ich auch jetzt mache«, sagte er, »außer dass ich nicht mehr acht- bis zehnmal im Jahr verreisen muss. Abgesehen von diesen kurzen Unterbrechungen, könnte man sagen, bin ich schon seit Jahren im Ruhestand. Ich gehe ins Kino, ich lese ein Buch, ich trainiere im Fitnessstudio, ich mache lange Spaziergänge, ich gehe ins Theater, ich genehmige mir hin und wieder ein Bier, ich treffe mich mit der einen oder anderen Frau ...«

»Und wer geht mit deinem einen oder anderen Hund Gassi?«

Er bedachte sie mit einem Blick. »Worauf ich hinauswill, ist, ich werde weiterhin tun, was ich schon die ganze Zeit mache, außer dass ich keine Aufträge mehr annehme.«

»Weil du in Rente gehst.«

»Genau. Was soll daran verkehrt sein?«

Sie dachte kurz nach. »Es könnte beinahe hinhauen«, sagte sie schließlich.

»Beinahe? Wieso nur beinahe?«

»Womit du dir die Zeit vertreibst«, sagte sie, »ist nicht, was du machst.«

»Häh?«

»Alle diese Dinge unternimmst du nur, um dir die Zeit zu vertreiben, während du darauf wartest, dass das Telefon läutet. Das sind Dinge, die du zwischen Aufträgen machst. Aber wenn es keine Aufträge mehr gibt, wenn du dich irgendwann damit abgefunden hast, dass das Telefon nicht mehr läuten wird, müssten diese Dinge dein ganzes Leben ausfüllen. Und das würde dir nicht genügen, Keller. Du würdest durchdrehen.«

»Meinst du wirklich?«

»Klar.«

»Ich glaube, ich weiß, was du meinst«, gab er zu. »Ich empfinde die Arbeit als Störung, und normalerweise bin ich genervt, wenn das Telefon läutet. Aber wenn es gar nicht mehr läuten würde ...«

»Siehst du?«

»Was soll's?«, sagte er. »Es gehen ständig Leute in Rente, darunter Männer, die ihre Arbeit geliebt und Sechzig-Stunden-Wochen runtergerissen haben. Was haben sie, was ich nicht habe?«

Sie antwortete wie aus der Pistole geschossen. »Ein Hobby.«

»Ein Hobby?«

»Etwas, worin man total aufgeht«, sagte sie, »wobei ziemlich egal ist, was es ist. Ob du nun tauchen oder fliegenfischen oder golfen gehst oder irgendwas aus Makramee machst.« Sie runzelte die Stirn. »Machst du denn was aus Makramee?«

»Nein.«

»Was genau ist eigentlich Makramee, weißt du das zufällig? Das hat doch nichts mit Pappmaché zu tun, oder?«

»Da fragst du den Falschen, Dot.«

»Oder ist es dieses Zeug, wo man lauter Knoten knüpft? Aber es stimmt, ich frage den Falschen, denn egal, was Makramee ist, ist es nicht dein Hobby. Wenn es das wäre, könntest du eine Hütte daraus bauen, zusammen mit dem ganzen Lehm und Stroh.«

»Was hast du eigentlich immer mit deinen Lehm-und-Strohhütten? Aber wenn ich ein Hobby hätte ... «

»Egal welches, solange du nur total darin aufgehst. Modellflugzeuge bauen, Carrerabahn fahren, Bienen züchten ... «

»Mein Vermieter wäre begeistert.«

»Jedenfalls irgendwas. Münzen sammeln oder Knöpfe oder Erstausgaben. Es soll Leute geben, die Stacheldraht sammeln, stell dir mal vor. Wer weiß überhaupt, dass es verschiedene Arten von Stacheldraht gibt?«

»Als kleiner Junge hatte ich eine Briefmarkensammlung«, sagte Keller dem Briefmarkenhändler. »Ich wüsste gern, was aus meiner Sammlung geworden ist.«

»Da könnten Sie sich auch fragen, wohin die ganzen Jahre gegangen sind«, sagte der Mann. »Die Chancen, dass Sie sie wiedersehen, dürften etwa genauso hoch sein.«

»Da haben Sie natürlich recht. Trotzdem, es würde mich interessieren, was sie nach all den Jahren wert ist.«

»Das kann ich Ihnen sagen«, sagte der Mann.

»Tatsächlich?«

Er nickte. »Praktisch nichts«, sagte er. »Vielleicht fünf, zehn Dollar, Album inklusive.«

Keller sah den Mann scharf an. Er war um die Siebzig, mit vollem Haar und klaren blauen Augen. Er trug ein weißes Hemd mit hochgekrempelten Ärmeln, und seine Brusttasche teilten sich ein paar Stifte mit philatelistischen Gerätschaften, die Keller auch nach all der Zeit noch vertraut waren – eine Pinzette, ein Vergrößerungsglas, ein Zähnungsschlüssel.

»Woher ich das weiß?«, sagte der Mann. »Sagen wir einfach, ich habe jede Menge Jungs-Briefmarkensammlungen gesehen, und sie unterscheiden sich nicht groß voneinander. Sie hatten nicht etwa reiche Eltern, oder?«

»Nicht annähernd.«

»Sie haben monatlich nicht tausend Dollar Unterhalt bekommen und die Hälfte davon für Briefmarken ausgegeben? Habe ich auch schon ein paarmal gesehen. Verwöhnte kleine Fratzen, aber sie hatten zum Teil schöne Sammlungen. Woher haben Sie Ihre Briefmarken bekommen?«

»Ein Freund meiner Mutter hat mir ausländische Marken mitgebracht, die auf der Geschäftspost in seinem Büro waren.« Plötzlich hatte Keller den Mann wieder vor Augen, vermutlich das erste Mal seit fünfundzwanzig Jahren. »Und ein paar habe ich auch gekauft oder mit anderen Jungs getauscht.«

»Was war das Meiste, was Sie für eine Briefmarke ausgegeben haben?«

»Keine Ahnung.«

»Ein Dollar?«

»Für eine Briefmarke? Wahrscheinlich weniger.«

»Wahrscheinlich wesentlich weniger«, pflichtete ihm der Mann bei. »Die meisten Briefmarken, die Sie gekauft haben, haben Sie wahrscheinlich nicht mehr als ein paar Cents gekostet. Mehr waren sie damals nicht wert, und mehr sind sie auch heute nicht wert.«

»Nach so langer Zeit? Dann sind Briefmarken wohl doch keine so gute Geldanlage?«

»Jedenfalls nicht die, die man für ein paar Cents kaufen kann. Dazu müssen Sie wissen, dass es keine Rolle spielt, wie alt eine Briefmarke ist. Eine gewöhnliche Briefmarke bleibt immer gewöhnlich, und eine billige Briefmarke bleibt immer billig. Seltene Briefmarken dagegen bleiben selten, und wertvolle Briefmarken werden wertvoller. Eine Briefmarke, die vor zwanzig, dreißig Jahren einen Dollar gekostet hat, könnte heute zwei- oder dreimal so viel wert sein. Eine Fünf-Dollar-Marke könnte zwanzig, dreißig, vielleicht sogar fünfzig Dollar bringen. Und eine Tausend-Dollar-Marke von damals könnte heute für zehn- oder zwanzigtausend oder sogar noch mehr den Besitzer wechseln.«

»Interessant«, sagte Keller.

»Finden Sie? Ich bin nämlich ein alter Knacker, der gern redet, und vielleicht erzähle ich Ihnen mehr, als Sie wissen wollen.«

»Ganz und gar nicht«, sagte Keller und stützte seine Ellbogen auf den Ladentisch. »Ich finde das alles hochinteressant.«

»Wenn Sie also wirklich eine Sammlung anlegen wollen«, sagte Wallens, »können Sie das auf unterschiedliche Weise tun. Es gibt etwa genauso viele Arten, Briefmarken zu sammeln, wie es Markensammler gibt.«

Der Händler hieß Douglas Wallens, und sein Laden war in New York eins der letzten Geschäfte auf Straßenniveau. Er befand sich im Erdgeschoss eines schmalen dreistöckigen Backsteinbaus in der Twenty-Eighth Street, gleich östlich der Fifth Avenue. Er konnte sich noch an die Zeiten erinnern, sagte Wallens, in denen es in Midtown Manhattan fast in jedem Block ein Briefmarkengeschäft gab und in der Nassau Street, weit unten in Downtown, *nur* Briefmarkenhändler.

»Der einzige Grund, warum ich mich hier noch halten kann, ist, dass mir das Haus gehört«, sagte er. »Sonst könnte ich mir die Miete nicht leisten. Ich komme ganz gut über die Runden, verstehen Sie mich da nicht falsch, aber heutzutage wird fast alles über den Versandhandel abgewickelt. Was die Laufkundschaft angeht ... was rede ich denn, Sie sehen ja selbst. Nichts, was der Rede wert wäre.«

Trotzdem blieb die Philatelie ein großartiges Hobby, die Königin der Hobbys. Kids ordneten noch immer Marken in ihre Alben ein – wenn es auch im Zeitalter der Computer immer weniger wurden. Und erwachsene Männer, jung und alt, gut gestellt und nicht so gut gestellt, widmeten weiterhin einen beträchtlichen Anteil ihrer Freizeit und ihres verfügbaren Einkommens dieser Leidenschaft.

Und es gab unzählige Möglichkeiten zu sammeln.

»Motive sind sehr beliebt«, sagte Wallens. »Marken mit Tieren drauf, Marken mit Vögeln, Marken mit Blumen. Oder mit Insekten – es gibt zum Beispiel endlos Sätze mit Schmetterlingen. Statt mit einem Netz durch die Gegend zu laufen, sammelt man die Schmetterlinge auf Briefmarken.« Er fuhr mit dem Daumen über eine Schachtel mit eingeschweißten Päckchen und zog ein paar Muster heraus. »Sehr schöne Marken, einige davon. Marken mit Lokomotiven, mit Autos, mit Gemälden – man kann seine eigene kleine Galerie aufmachen und alles in einem Album aufbewahren. Marken mit Münzen drauf, sogar Marken mit *Marken* drauf. Moderne Marken mit Bildern bekannter Briefmarken aus dem neunzehnten Jahrhundert. Schön, nicht?«

»Und man sucht sich einfach eine Kategorie aus?«

»Oder ein Motiv, wie man es normalerweise nennt. Und für die beliebtesten Motive gibt es Kataloge und Clubs, denen man beitreten kann. Sie können sich auch Ihr eigenes Album entwerfen und sogar ein eigenes Motiv sammeln, wie zum Beispiel Marken, die mit Ihrem Beruf zu tun haben.«

Killer auf Marken, dachte Keller. Mörder auf Briefmarken.

»Hunde«, sagte er.

Wallens nickte. »Ein außerordentlich beliebtes Motiv. Hundemarken. Die verschiedenen Rassen, wie Sie sich bestimmt denken können ... hier zum Beispiel, Marken mit vierundzwanzig verschiedenen Hunden, für acht Dollar plus Mehrwertsteuer. Aber an Ihrer Stelle würde ich sie nicht kaufen.«

»Nicht?«

»So was legt man einem kleinen Jungen unter den Weihnachtsbaum. Ein ernsthafter Sammler würde so etwas nie anfassen. Einige Marken sind die niedrigen Werte von kompletten Sätzen, und früher oder später müssten Sie sowieso den ganzen Satz kaufen. Und viele der Marken in solchen Sammlerpaketen sind aus philatelistischer Sicht Müll. Inzwischen bringt jedes Land tonnenweise irgendwelche bunten Marken heraus, bloß um sie an Sammler zu verkaufen. Es gibt Länder, in denen werden im Monat wahrscheinlich nicht mal hundert Briefe ins Ausland geschickt, aber sie bringen jedes Jahr Hunderte verschiedener Briefmarken heraus. Die Marken werden hier in den USA gedruckt und verkauft, ohne jemals in Dubai oder Saint Vincent oder Äquatorialguinea in Umlauf gekommen zu sein, oder welches poplige Land sonst ihre Herausgabe gegen eine Gewinnbeteiligung genehmigt hat ...«

Als Keller den Laden schließlich verließ, schwirrte ihm der Kopf. Wallens hatte praktisch zwei Stunden ohne Punkt und Komma geredet, und Keller hatte die ganze Zeit buchstäblich an seinen Lippen gehangen. Es war unmöglich, sich alles zu merken, aber das Eigenartige war, dass er es sich überhaupt merken *wollte*. Es war interessant.

Nein, es war mehr als das. Es war faszinierend.

Er hatte keinen Cent ausgegeben, aber er war mit einem Armvoll Lesestoff nach Hause gekommen – die drei letzten Ausgaben einer Briefmarkenzeitung, zwei ältere Nummern einer Monatszeitschrift und ein paar Kataloge von Briefmarkenauktionen, die in letzter Zeit stattgefunden hatten.

In seiner Wohnung machte sich Keller eine Kanne Kaffee, schenkte sich eine Tasse ein und setzte sich mit einer der Wochenzeitungen aufs Sofa. In einem Artikel auf der Titelseite ging es um die Frage, wie man die neuen selbstklebenden Marken befestigen sollte. Auf der Seite mit den Leserbriefen machten mehrere Sammler ihrem Ärger über Postbeamte Luft, die sammelnswerte Marken ruinierten, indem sie sie nicht, wie es sich gehörte, mit einem Stempel entwerteten, sondern mit einem Stift.

Als er den ersten Schluck von seinem Kaffee nahm, war er kalt. Er schaute auf die Uhr und merkte, warum. Er hatte drei volle Stunden ohne Unterbrechung gelesen.

»Schon komisch«, erzählte er Dot. »Ich kann mich nicht erinnern, dass ich mich als Kind mal so lange mit meinen Briefmarken beschäftigt habe. Ich glaube, ich war viel draußen, und überhaupt hatte ich eine Aufmerksamkeitsspanne, wie man sie in diesem Alter eben hat.«

»Etwa die einer Fruchtfliege.«

»Aber ich muss mich mehr damit beschäftigt haben, als ich dachte, denn ich stoße ständig auf Briefmarken, an die ich mich erinnern kann. Ich sehe zum Beispiel ein Schwarzweißfoto von einer Marke und kann mich sofort an die Farben erinnern.«

»Schön für dich, Keller.«

»Ich habe einiges von Briefmarken gelernt. Ich kann die Präsidenten der Vereinigten Staaten in der richtigen Reihenfolge aufzählen.«

»Und wozu?«

»Da gab es diesen Satz«, sagte er. »George Washington war unser erster Präsident, und er war auf der Ein-Cent-Marke. Sie war grün. John Adams war auf der rosa Zwei-Cent-Marke und Thomas Jefferson auf der violetten Drei-Cent und immer so weiter.«

»Wer war der neunzehnte, Keller?«

»Rutherford B. Hayes«, sagte er, ohne überlegen zu müssen. »Und ich glaube, die Marke war rotbraun, aber beschwören könnte ich es nicht.«

»Das wird wahrscheinlich auch niemand von dir verlangen«, sagte Dot. »Ich kann es kaum glauben, Keller, aber wie es sich anhört, scheinst du tatsächlich ein Hobby gefunden zu haben. Du bist ein – wie nennt man so jemand? – Philatelist.«

»Sieht ganz so aus.«

»Ich finde es jedenfalls klasse«, sagte sie. »Wie viele Briefmarken hast du schon in deiner Sammlung?«

»Noch keine einzige.«

»Wie das?«

»Man muss sie kaufen«, sagte er, »und bevor man das tut, muss man sich entscheiden, was man sammeln will. Und so weit bin ich noch nicht.«

»Ach so. Aber egal, es hört sich so an, als wärst du auf einem guten Weg.«

»Ich habe mir überlegt, ob ich ein bestimmtes Motiv sammeln soll«, sagte er Wallens.

»Sie haben Hunde ins Auge gefasst, wenn ich mich recht entsinne.«

»Ja, ich habe an Hunde gedacht«, sagte Keller, »weil ich Hunde schon immer gemocht habe. Etwa zur gleichen Zeit, als ich die Briefmarkensammlung hatte, hatte ich auch einen Hund. Er hieß Soldier. Aber ich habe auch über ein paar andere Motive nachgedacht. Aber irgendwie finde ich ein Motiv sammeln ein bisschen ... wie soll ich sagen?«

Wallens ließ ihn darüber nachdenken.

»Seicht«, sagte er schließlich. Seine Wortwahl erfüllte ihn mit Zufriedenheit, und er überlegte, ob er dieses Wort überhaupt schon einmal verwendet hatte. Man lernte nicht nur die Präsidenten in der richtigen Reihenfolge, sondern erweiterte auch seinen Wortschatz.

»Ich kenne einige Motivsammler, die engagierte, ernst zu nehmende Philatelisten sind«, sagte Wallens. »Und sehr anspruchsvoll. Trotzdem muss ich Ihnen recht geben. Wenn man Motive sammelt, sammelt man keine Briefmarken. Man sammelt, was auf ihnen abgebildet ist.«

»Genau«, sagte Keller.

»Nicht, dass daran etwas auszusetzen wäre, aber es ist nicht, was Sie interessiert.«

»So ist es.«

»Wollen Sie dann vielleicht ein bestimmtes Land sammeln, oder eine Gruppe von Ländern. Gibt es da eines, zu dem sie sich besonders hingezogen fühlen?«

»Da bin ich für Anregungen offen.«

»Anregungen. Also, Westeuropa ist immer gut. Frankreich und seine Kolonien. Deutschland und die deutschsprachigen Länder. Die Benelux-Staaten – das sind Belgien, die Niederlande und Luxemburg.«

»Ich weiß.«

»Auch das British Empire ist interessant – oder zumindest war es das, als es noch existiert hat. Jetzt sind alle früheren Kolonien unabhängig, und einige gehören zu den schlimmsten Vertretern, was die massenhafte Ausgabe von wertlosen Marken angeht. Auch unser Land entwickelt sich mehr und mehr in diese Richtung. Ich bitte Sie, wo sind wir eigentlich, Briefmarken, um toter Rockstars zu gedenken?«

»Wenn ich die Zeitschriften so lese«, sagte Keller, »möchte ich am liebsten alles sammeln, aber die meisten neueren Marken ...«

»Sind reine Fototapeten.«

»Marken mit Disney-Figuren. Geht's noch?«

»Meine Rede.« Wallens verdrehte die Augen und trommelte auf dem Ladentisch. »Wissen Sie, langsam weiß ich, glaube ich, was etwas für Sie wäre. Soll ich Ihnen sagen, was ich an Ihrer Stelle täte?«

»Ich bitte darum.«

»Ich würde weltweit sammeln.« Wallens begann Feuer zu fangen. »Allerdings mit einer Einschränkung.«

»Mit einer Einschränkung?«

»In den letzten drei Jahren sind weltweit mehr Briefmarken herausgekommen als in den ersten hundert. Deshalb, sammeln Sie nur die ersten hundert Jahre. Briefmarken aus der ganzen Welt, von 1840 bis 1940. Das hat Hand und Fuß. Das sind noch lauter richtige Briefmarken, jede einzelne von ihnen. Sie sind nicht auf eine spektakuläre Art schön anzusehen, sie sind im Stichtiefdruckverfahren hergestellt und nicht mit Offset-Druck. Und sie sind meistens einfarbig. Aber es sind richtige Briefmarken und keine Fototapeten.«

»Die ersten hundert Jahre«, sagte Keller.

»Eigentlich bin ich versucht«, sagte Wallens, »noch ein Dutzend Jahre dranzuhängen. 1840 bis 1952. So haben Sie noch die George-the-Sixth-Sätze und hören kurz vor Elizabeth auf, also etwa zu dem Zeitpunkt, zu dem das British Empire aufgehört hat, noch etwas herzumachen. Und auf diese Weise haben Sie auch noch die ganzen Kriegs- und Nachkriegsausgaben, die philatelistisch alle hochinteressant sind und beim Sammeln viel Spaß machen. Hundert Jahre hören sich zwar wie eine runde Sache an, aber 1952 ist eindeutig ein besseres Jahr, um eine Grenze zu ziehen.«

Bei Keller machte es klick. »Hört sich reizvoll an.«

Wallens schlug vor, damit anzufangen, dass er eine Sammlung kaufte. Auf diese Weise würde er Geld sparen und hätte einen fliegenden Start. Im Hinterzimmer hatte Wallens zwei Borde voller Sammlungen, allgemeine und spezialisierte. Er zeigte Keller eine dreibändige Sammlung, ganze Welt, von 1840 bis 1949. Keine großen Raritäten, sagte Wallens beim Durchblättern der Alben, aber viele gute Marken und in durchwegs annehmbarem Zustand. Der Katalogwert der Sammlung belief sich auf knapp 50.000 Dollar, und Wallens hatte sie mit 5450 Dollar ausgezeichnet.

»Aber über den Preis ließe sich noch reden«, sagte er. »Fünftausend. Damit machen Sie ein gutes Geschäft. Andererseits ist es eine große Investition für jemand, der nie mehr als zehn oder zwanzig Cent für eine Briefmarke gezahlt hat – oder zweiunddreißig Cent, wenn er einen Brief verschicken wollte. Deshalb, lassen Sie sich Zeit und denken noch einmal in Ruhe darüber nach.«

»Das ist genau, was ich will«, sagte Keller.

»Es ist eine schöne Sammlung, zu einem anständigen Preis, auch wenn ich sie nicht gerade als einzigartig bezeichnen würde. Es sind eine Menge solcher Sammlungen auf dem Markt, und Sie wären sicher nicht schlecht beraten, sich vorher noch woanders umzusehen.«

Warum? »Ich nehme sie«, sagte Keller.

*   *   *

Keller saß an seinem Schreibtisch, hob mit seiner Pinzette eine Briefmarke hoch, befestigte einen Pergaminfalz an ihrer Rückseite und klebte sie in sein neues Album ein. Auf Wallens' Empfehlung hatte er einen schönen Set neuer Alben gekauft und ordnete darin jetzt die Marken der Sammlung ein, die er gekauft hatte. Die neuen Alben waren von wesentlich höherer Qualität, aber das war nicht der einzige Grund, weshalb er die Marken jetzt dort einordnete.

»So lernen Sie alle Marken kennen«, hatte ihm Wallens gesagt, »und sie werden zu Ihren. Sonst würden Sie nur der Sammlung von jemand anderem eine neue Marke hinzufügen. So legen Sie dagegen eine eigene Sammlung an.«

Und natürlich hatte Wallens recht. Es erforderte Zeit, und man ging völlig darin auf und lernte die Briefmarken kennen. Manchmal hatte der Vorbesitzer die Marken an einer falschen Stelle eingeordnet, und es erfüllte Keller mit großer Genugtuung, diesen Fehler zu korrigieren. Und als er jedes Land in die neuen Alben übertragen hatte, machte er sich eine Liste, damit er sofort sehen konnte, welche Marken er besaß und welche er brauchte.

Im Moment war Belgien dran, und er war bis zu Leopold II. gekommen. Die Marken, mit denen er sich gerade beschäftigte, waren mit kleinen Reitern versehen, auf denen in den zwei Landessprachen Französisch und Flämisch stand, dass die Briefe nicht sonntags ausgeliefert werden durften. (Wenn man eine Auslieferung am Sonntag wünschte, entfernte man den Reiter, bevor man die Marke ableckte und auf den Umschlag klebte.) Einigen von Kellers Marken fehlte der Sonntagsreiter, was sie weniger begehrt machte, weshalb Keller beschloss, sie zu ersetzen, wenn sich eine Gelegenheit fand. Das wollte er gerade in seiner Liste vermerken, als das Telefon klingelte.

»Keller«, sagte Dot. »Ich wette, du spielst gerade mit deinen Briefmarken.«

»Arbeiten wäre wohl treffender.«

»Ich nehme alles zurück. Apropos Arbeit, warum kommst du nicht auf einen kleinen Besuch zu mir raus?«

»Jetzt?«

»Du bist nur ein Teilzeitphilatelist«, rief sie ihm in Erinnerung. »Noch bist du nicht in Rente. Die Pflicht ruft.«

Keller flog nach New Orleans und nahm ein Taxi zu einem Hotel am Rand des French Quarter. Nachdem er seine Sachen ausgepackt hatte, setzte er sich mit einem Stadtplan und einem Foto aufs Bett. Auf dem Foto war ein Mann mittleren Alters mit dichtem welligem Haar, einer gesunden Bräune und einem 32-Zähne-Lächeln. Er hatte einen breitkrempigen Panamahut auf und eine Zigarre in der Hand. Er hieß Richard Wickwire und hatte mindestens eine, wenn nicht sogar zwei Ehefrauen umgebracht.

Vor sechs Jahren hatte Wickwire Pam Shileen geheiratet, die Tochter eines lokalen Geschäftsmanns, der mit Schwefel und natürlichen Gasvorkommen zu Geld gekommen war. Nach ein paar turbulenten Ehejahren war Pam Wickwire in ihrem Swimmingpool ertrunken. Nach einer kurzen Trauerzeit stellte Richard Wickwire sein ungebrochenes Faible für die Familie Shileen unter Beweis, indem er Pams jüngere Schwester Rachel heiratete.

Auch die zweite Ehe verlief allem Anschein nach nicht ohne Höhen und Tiefen. Rachel, sagte eine Freundin später, habe um ihr Leben gefürchtet und ihr erzählt, Wickwire habe damit gedroht, sie umzubringen. Reiß dich gefälligst zusammen, hatte er gesagt, sonst ersäufe ich dich genauso wie deine dämliche Schwester.

Das tat er allerdings nicht. Stattdessen erstach er sie mit einem Messer aus dem Barbecue-Set der Familie. So sah es zumindest der Staatsanwalt, und die Beweislage war ziemlich eindeutig, aber nicht alle der maßgeblichen zwölf Personen schlossen sich seiner Auffassung an. Der erste Prozess endete ohne ein Mehrheitsvotum der Geschworenen, und beim Wiederaufnahmeverfahren stimmten die Geschworenen für einen Freispruch.

Darauf kippte sich Jim Paul Shileen ein paar hinter die Binde, schnappte sich einen Revolver und machte sich auf die Suche nach seinem Schwiegersohn. Fand ihn, nannte ihn einen Hurensohn und feuerte den Revolver auf ihn leer. Dabei traf er ihn einmal an der Schulter und einmal an der Hüfte. Wickwires weibliche Begleitung erwischte er an der linken Pobacke, und die restlichen drei Kugeln ballerte er komplett daneben.

Shileen stellte sich, worauf er wegen Körperverletzung und versuchten Mordes angeklagt wurde, in allen Anklagepunkten freigesprochen wurde und vom Richter eine eindringliche Warnung mit auf den Weg bekam. »Die wohl darauf hinauslief«, hatte Dot Keller erklärt. »›Sie haben es nicht getan, also tun Sie es auch nicht noch mal.‹ Und weil der gute Mann diesen Rat beherzigt, kommst du ins Spiel, Keller.«

Wickwire, wieder vollständig von seinen Schussverletzungen genesen, wohnte immer noch in derselben Garden-District-Villa, die er zuerst mit Pam, dann mit Rachel Shileen geteilt hatte. Er hatte wieder geheiratet und als Braut nicht die junge Frau an den Traualtar geführt, die Shileen angeschossen hatte, sondern ein süßes junges Ding, das, wie es der Zufall wollte, an seinem zweiten Prozess als Geschworene teilgenommen hatte. Sie hatte ihn nach der Schießerei im Krankenhaus besucht, und eins hatte zum anderen geführt.

»Die Schüsse auf ihn scheinen nicht ohne Wirkung geblieben zu sein«, hatte Dot gesagt. »Er hat sich zwei Bodyguards zugelegt, und man könnte meinen, Sie sind seine AmEx-Karten.«

»Weil er nie ohne sie aus dem Haus geht.«

»Offensichtlich nicht. Der Kunde meint, am besten wäre vielleicht ein Sprengsatz, und was ihn anginge, könnten auch die neue Frau und die Bodyguards mit Wickwire hopsgehen. Aber ich glaube nicht, dass das nach deinem Geschmack wäre.«

»Auf keinen Fall.«

»Zu viel Schnickschnack, zu viel Krach, zu viel Polizei. Du wirst es natürlich auf deine Tour durchziehen, Keller. Du hast zwei Wochen Zeit. Der Kunde will außer Landes sein, wenn es passiert, und so lange wird er weg sein. Ich schätze, wenn du es überhaupt schaffst, schaffst du es in zwei Wochen.«

So war es meistens, sagte er. Und was hielt der alte Mann davon?

»Wenn er nicht gerade über telepathische Fähigkeiten verfügt«, sagte Dot, »hat er dazu keine Meinung. Ich habe den Anruf selbst entgegengenommen und alles auf eigene Faust geregelt.«

»Da hatte er wohl mal wieder einen schlechten Tag.«

»Eigentlich hatte er einen eher besseren Tag«, sagte sie. »Aber ich habe den Anruf trotzdem abgefangen, weil ich dachte, ich biete ihm lieber erst gar nicht die Möglichkeit, alles zu vermasseln. Findest du, das hätte ich nicht tun sollen?«

»Nein, überhaupt nicht. Ich habe damit keinerlei Probleme. Mein einziges Problem ist Wickwire.«

»Und du hast zwei Wochen Zeit, es zu lösen. Oder bis er seine dritte Frau ermordet, je nachdem, was zuerst eintritt.«

Keller studierte den Stadtplan, studierte das Foto. Wickwires Adresse schien problemlos zu Fuß zu erreichen sein, und er fühlte sich in der Lage, eine Lösung zu finden. Und das Wetter war schön, und es täte ihm bestimmt gut, ein bisschen frische Luft zu schnappen und sich die Beine zu vertreten.

Er ging zu Wickwires Villa und blieb auf der anderen Straßenseite stehen, um sich das Haus anzusehen. Er versuchte zwar, keine Aufmerksamkeit zu erregen, aber eine Frau, die gerade ihre Rosen beschnitt, bemerkte sein Interesse und sagte: »Da wohnt er, der Frauenmörder.«

»Oh«, sagte er.

»Es ist nur eine Frage der Zeit, bis er den Hattrick schafft«, fuhr die Frau fort und zerschnippelte die Luft mit ihrer Gartenschere. »Seine neue Frau spielt bloß die Motte an seiner Flamme. Wenn ein Mädchen so dumm ist ... man möchte natürlich nicht, dass ihr was zustößt, aber dass sie Nachwuchs produziert, möchte man auch nicht.«

Keller sagte, da hätte sie nicht ganz unrecht.

»Der Schwiegervater? Nicht der Vater dieser unterbelichteten Tussi, nein, ich meine Mr. Shileen. Das ist ein echter Gentleman, aber er war leider so in Rage, dass er nicht richtig getroffen hat.«

»Vielleicht macht er es ja beim nächsten Mal besser«, sagte Keller.

»Ich habe allerdings gehört«, fuhr die Frau fort, »dass er inzwischen eingesehen hat, dass es Dinge gibt, die man lieber anderen überlassen sollte. Er hat einen Profi angeheuert, damit er aus Chicago hier runterkommt und das Ganze in bester Mafiamanier regelt.«

O Mann, dachte Keller.

*   *   *

Keller hatte es Spaß gemacht, zu Fuß zu Wickwires Villa zu gehen, aber irgendwann war auch genug. Er fuhr mit der St.-Charles-Avenue-Straßenbahn ins Hotel zurück, und am nächsten Morgen stattete er dem Garden District mit einem Leihwagen einen Besuch ab und verbrachte die nächsten drei Tage größtenteils damit, Wickwires Lincoln hinterherzufahren. Einer der Bodyguards fuhr, der andere saß auf dem Beifahrersitz, und Wickwire saß allein im Fond.

Wäre er tatsächlich aus Chicago, dachte Keller, gäbe es eine naheliegende Mafiamethode, sich der Sache anzunehmen. Er müsste nichts weiter tun, als auf gleicher Höhe neben dem Lincoln herzufahren, das Fenster runterzulassen und eine Salve auf das hintere Seitenfenster abzugeben. Aller Wahrscheinlichkeit nach verfügte Wickwires Wagen nicht über kugelsichere Türen und Fenster, und der Fall wäre erledigt. Wenn er schon dabei war, konnte er auch noch gleich die zwei Gorillas auf dem Vordersitz abknallen. Wumm! Fresst Blei, ihr Penner! Jetzt wisst ihr, wie wir so was in der Stadt mit den dicken Schulterpolstern regeln!

Nicht mein Stil, dachte Keller. Er nahm zwar an, dass es nicht unmöglich wäre, vor Ort jemand zu finden, der ihm die Waffe und die Munition verkaufte, die für ein solches Vorgehen nötig waren, aber trotzdem, so packte er es nicht an. Er war New Yorker. Er ging unauffälliger und raffinierter vor.

Außerdem, egal, wie wasserdicht das Alibi des Kunden war, die Cops würden trotzdem annehmen, dass er den Auftrag erteilt hatte. Je weniger das Ganze also nach dem Werk eines Profis aussah, umso besser für Jim Paul Shileen.

Keller ging im Quarter herum. Er kam an Bars vorbei, die mit authentischem New Orleans Jazz lockten, und an Restaurants, die sich mit authentischer New-Orleans-Küche brüsteten. Wenn sie so penetrant mit ihrer Authentizität warben, war es wahrscheinlich nicht weit her damit, fand er. Als ein Stripclub-Schlepper mit seinem Sermon loslegte, winkte Keller entschieden ab. Er wollte nichts von authentischen Mädchen mit authentischen Brüsten hören.

Plötzlich ertappte er sich dabei, dass er vor einem Antiquitätenladen stehenblieb und die Ohrringe im Schaufenster betrachtete. Er wandte sich ab und machte sich auf den Weg zu seinem Hotel.

*   *   *

Auf seinem Zimmer zappte er durch die Kanäle, als wollte er der Fernbedienung den Garaus machen. Er schaltete den Fernseher aus, griff nach einer Zeitschrift, blätterte darin, legte sie lustlos beiseite.

Die Sache war ganz einfach, er wollte nicht hier sein. Er wollte zu Hause in seiner Wohnung sein und sich mit seinen Briefmarken beschäftigen.

Das hieß, er musste Folgendes tun: sich etwas für Richard Wickwire einfallen lassen, es in die Tat umsetzen und nach Hause zurückkehren. Raus aus New Orleans, zurück nach Belgien.

Er warf seinen Hirnkasten an. Wickwire verließ das Haus oft, aber immer in Begleitung der Bodyguards. Die neue Frau dagegen blieb die meiste Zeit zu Hause. Folglich konnte ihr Keller in Wickwires Abwesenheit einen Besuch abstatten.

Einmal im Haus, konnte er die neue Frau in einem Kleiderschrank verstauen und sich auf die Lauer legen, bis Wickwire zurückkam, und ihn und die Bodyguards ausschalten, bevor sie überhaupt wussten, wie ihnen geschah. Aber das war plump, genauso typisch Chicago wie Deep-Dish Pizza. Es musste eine raffiniertere Möglichkeit geben ... und dann, einfach so, fiel ihm eine ein.

Er musste nur ins Haus kommen. Für Frau Nummer drei einen Unfall inszenieren. Sie zum Beispiel nach draußen bringen und im Pool ertränken. Oder ihr den Hals brechen und sie am Fuß der Treppe liegen lassen, als ob sie kopfüber hinuntergestürzt wäre. Es gab unzählige Möglichkeiten, sie umzubringen, und eine war einfacher als die andere. Denn nur zu offensichtlich hatte die Frau den Selbsterhaltungstrieb eines Lemmings.

Und dann sollte Wickwire das mal der Polizei erklären.

Es hatte einen Hauch von ausgleichender Gerechtigkeit, und das gefiel ihm ganz besonders daran. Wickwire, der ungestraft zwei Ehefrauen ermordet hatte, bekäme eine Spezial-Grippeimpfung des Staates Louisiana für einen Mord verpasst, den er gar nicht begangen hatte. Das hatte doch was.

Keller verließ sein Zimmer und holte sich etwas zu essen, und bis er in seinem Zimmer zurück war, hatte er den Plan wieder verworfen. Er hatte zu viele Schwachpunkte, einer davon der ungewisse Ausgang der Sache. Wenn sie ihn schon die ersten beiden Male nicht hatten verurteilen können,

261

obwohl jedem außer den Geschworenen klar war, dass er es gewesen war, wer garantierte ihm dann, dass sie es jetzt schaffen würden? Vielleicht hielt ja die Glückssträhne dieses Dreckskerls an. Man durfte sich nicht darauf verlassen, dass es nicht so war.

Außerdem hatte der Kunde dafür gezahlt, dass Wickwire getötet und nicht bloß hingehängt wurde. Der Kunde wurde nicht jünger und hatte nicht mehr endlos Zeit. Und sollte Wickwire tatsächlich schuldig gesprochen und zum Tod verurteilt werden, hatte er immer noch genügend Geld, um die Berufungsphase jahrelang hinauszuzögern. Rache, hatte Keller gehört, war ein Gericht, das am besten kalt serviert wurde, aber dass es bereits zu schimmeln anfing, wollte man auch nicht. Wie befriedigend konnte es schon sein, wenn einen sein Opfer überlebte?

Denk an was anderes, redete sich Keller gut zu, und überlass das Ganze deinem Unterbewusstsein. Er griff nach der Philatelistenzeitung, die er mitgenommen hatte – die aktuelle Ausgabe, er hatte das Heft inzwischen abonniert –, und blätterte darin, bis er auf einen Artikel über entwertete Briefmarken stieß. Er las ihn und die Hälfte eines weiteren Beitrags. Dann setzte er sich auf und legte die Zeitung beiseite.

Ha, dachte er.

Er ließ sich die Idee durch den Kopf gehen, und diesmal fand er nichts daran auszusetzen. Dafür brauchte er zwar eine Spezialausrüstung, aber sie durfte nicht allzu schwer zu beschaffen sein. Er hatte sich das gleiche Gerät schon einmal zugelegt, in einer Kleinstadt im Herzen Amerikas. Und wenn man es in Muscatine, Iowa, bekam, wie schwer konnte es dann ein paar hundert Meilen flussabwärts sein, an so ein Gerät zu kommen?

Er schaute im Branchenbuch nach und fand eine mögliche Bezugsquelle, die sogar zu Fuß zu erreichen war. Er rief dort an, und sie hatten, was er wollte. Er legte auf und schlug Motels im Branchenbuch nach. Dann kam ihm eine bessere Idee, und er sah unter einer anderen Rubrik nach.

Der Händler war ein pummeliger Mittfünfziger mit hängenden Schultern. Er trug ein hellblaues Cordhemd, dessen Kragen zuzuknöpfen er nicht für nötig befunden hatte. Auf seinen Hosenträgern waren römische Münzen, aber in seinem Laden verkaufte er ausschließlich Briefmarken; im Schaufenster hing ein Schild mit der Aufschrift KEIN AN- ODER VERKAUF VON MÜNZEN.

»Nicht, dass ich was gegen sie hätte«, sagte der Mann, der Hildebrand hieß. »Aber ich kaufe oder verkaufe ja auch keinen Kaugummi. Der einzige Unterschied ist, dass ich kein Schild ins Schaufenster hängen muss, um mir die Kaugummikauer vom Leib zu halten. Ich weiß nichts über Münzen, ich kenne mich nicht aus mit Münzen, ich habe kein Händchen für Münzen, warum sollte ich also so tun, als würde ich mit den blöden Dingern handeln.«

Unwillkürlich wanderte Kellers Blick zu den Hosenträgern. Hildebrand merkte es und verdrehte die Augen. »Frauen«, seufzte er.

Das schien nach einer Entgegnung zu verlangen, aber Keller fiel nichts Rechtes ein.

»Meine Frau wollte mir Hosenträger kaufen«, sagte Hildebrand, »und sie hätte gern Hosenträger mit Briefmarken gehabt, weil ich schon mein ganzes Leben lang sammle und *fast* mein ganzes Leben lang mit ihnen handle. Vor ein paar Jahren hat sie mir eine Krawatte mit Briefmarken drauf gekauft – amerikanische Klassiker, die Black Jack, die Inverted Jenny, die Ein-Dollar-Trans-Mississippi. Schöne Marken, und es ist auch eine schöne Krawatte, die ich allerdings nur trage, wenn ich eine Krawatte tragen muss, was nicht allzu oft der Fall ist.«

»Mhm.«

»Jedenfalls, sie konnte keine Hosenträger mit Briefmarken finden«, fuhr Hildebrand fort, »deshalb hat sie diese gekauft, mit *Münzen* drauf, weil das für sie auf dasselbe hinausläuft, stellen Sie sich mal vor.«

»Tja.«

»Nach all den Jahren denkt sie immer noch, Briefmarken und Münzen laufen auf dasselbe hinaus. Was soll man da noch sagen?«

»Mhm.«

»Andererseits, wo kämen wir hin ohne sie? Ohne Frauen, meine ich. Oder auch Münzen, aber ...« Er gebot sich selbst Einhalt. »Genug. Was kann ich für Sie tun?«

»Ich bin geschäftlich hier«, sagte Keller, »und habe etwas Zeit, und da dachte ich mir, ob ich mir vielleicht ein paar Briefmarken ansehen könnte.«

»Da sind Sie hier genau am richtigen Ort, würde ich sagen. Was sammeln Sie, wenn die Frage gestattet ist?«

»Die ganze Welt. Vor 1952.«

»Ah, das waren noch richtige Marken.« In dem Ton, in dem Hildebrand das sagte, schwangen Anerkennung und Respekt mit. »Die Klassiker. Wenn das so ist, kann ich Ihnen Einiges zeigen. Haben Sie dabei an bestimmte Länder gedacht?«

»Wie wär's mit Österreich? Das ist eine der Listen, die ich dabeihabe.«

»Österreich«, sagte Hildebrand. »Nehmen Sie doch erst mal Platz, ja? Da kann ich Ihnen Einiges zeigen, gebraucht und postfrisch, darunter auch einige dieser frühen Zuschlagmarken, die von Mal zu Mal schwerer zu finden sind. Müssen sie ungefalzt sein?«

»Nein«, sagte Keller. »Ich falze meine.«

»Das nenne ich einen Mann ganz nach meinem Geschmack. Machen Sie es sich einfach bequem. Hier ist eine Pinzette, oder haben Sie Ihre eigene dabei?«

»Ich habe nicht daran gedacht, sie einzupacken.«

»Was manche Leute tun«, sagte Hildebrand, »sie lassen eine zweite Pinzette in ihrem Koffer, damit sie sie immer zur Hand haben. Hier ist ein Einsteckalbum – Österreich – und hier sind welche in Pergaminhüllen, ebenfalls Österreich. Dann mal viel Spaß, und wenn Sie Hilfe brauchen, melden Sie sich einfach.«

»Mr. Wickwire? Ich bin Sue Ellen? Sue Ellen Bates?«

»Ja?«

»Wahrscheinlich erinnern Sie sich nicht mehr an mich. Im Restaurant? Ich habe Ihnen Ihre Cocktails gebracht, und Sie haben mich angelächelt?«

»Jetzt beginnt es mir zu dämmern«, sagte Wickwire.

»Ich habe gesagt, dass ich schon die ganze Zeit wusste, dass Sie unschuldig sind, und als ich das nächste Mal an Ihren Tisch gekommen bin, haben

Sie mir einen Zettel zugesteckt. Mit Ihrem Namen und Ihrer Telefonnummer drauf.«

»Habe ich das? Wann war das, Sue Ellen?«

»Oh, das ist schon eine Weile her. Ich habe ziemlich lang gebraucht, um den nötigen Mut aufzubringen, und dann war ich länger nicht in der Stadt. Ich bin eben erst wieder zurückgekommen und wohne noch in einem Motel, bis ich eine Wohnung finde.«

»Aha.«

»Und jetzt erinnern Sie sich nicht mal mehr an mich. Zu dumm, dass ich nicht schon früher angerufen habe.«

»Wer sagt denn, dass ich mich nicht mehr an Sie erinnere? Helfen Sie meinem Gedächtnis auf die Sprünge, Schätzchen. Wie sehen Sie denn aus?«

»Also, ich bin blond.«

»Das habe ich mir schon fast gedacht.«

»Und ich bin schlank, außer dass man vielleicht sagen würde, an den richtigen Stellen eher weniger.«

»Langsam fange ich an, mich an Sie zu erinnern, Kindchen.«

»Und ich bin vierundzwanzig Jahre alt und eins siebzig groß, und ich habe blaue Augen.«

»Irgendwelche Tattoos oder Piercings, von denen ich wissen sollte?«

»Nein, so was finde ich irgendwie billig. Und meine Mom würde mich umbringen.«

»Also, das hört sich an, als wären Sie richtig zum Fressen.«

»Mr. Wickwire!«

»Das sagt man doch nur so. Wissen Sie was? Warum treffen wir uns nicht einfach? Das wäre die beste Möglichkeit, mein Gedächtnis aufzufrischen.«

»Sollen wir uns in einem Restaurant treffen?«

»Da wären vielleicht ein bisschen viele Leute, Sue Ellen. Und in meiner Position ...«

»Ach so, ich verstehe, was Sie meinen.«

»Haben Sie nicht gesagt, Sie wohnen in einem Motel, Sue Ellen? Wo ist es?«

*　　*　　*

»Hallo, hier ist Sue Ellen Bates?«

»Wie bitte?«

»Mein Name ist Sue Ellen Bates? Ich bin blond und habe blaue Augen?«

»Jetzt aber wirklich«, sagte Dot. »Wann wirst du endlich erwachsen, Keller?«

»Das frage ich mich auch.«

»Du verwendest einen dieser Stimmenverzerrer fürs Telefon! Könntest du das blöde Ding bitte abstellen. Du hörst dich an wie ein Mädchen, und ein ziemlich doofes noch dazu.«

»Ich verstehe nicht, wie du so etwas sagen kannst.«

»Mit diesem Ding klingt jeder Satz wie eine Frage«, sagte sie. »Nicht schlecht, so viel muss man dir jedenfalls lassen. Damit hörst du dich an wie einer dieser gehirnamputierten Teenager in der Mall, die sich nicht erinnern können, wo sie das Auto ihrer Mutter geparkt haben.«

»*Er* findet mich jedenfalls süß«, sagte Keller.

»Wer? Ach so, jetzt verstehe ich.«

»Ich treffe mich übermorgen mit ihm. Bei mir.«

»Nicht schon früher?«

»Eher kann er nicht weg.«

»Na ja, wenigstens bist du in einer Stadt, in der es eine Menge zu tun gibt. Du dürftest keine Probleme haben, dich die nächsten zwei Tage zu amüsieren.«

»Das kannst du laut sagen.«

»Australien«, sagte der Händler. Er war eine Generation jünger als Hildebrand, und sein Laden war im ersten Stock eines Bürogebäudes in der Rampart Street.

»Ich habe eine große Auswahl früher Kangaroos, falls Sie sich die mal ansehen wollen. Wie wär's mit den australischen Staaten, wenn wir schon in diesem Teil der Welt sind? Queensland, Victoria, Tasmania, New South Wales ...«

»Für die habe ich meine Liste nicht dabei.«

»Dann ein andermal«, sagte der junge Händler. »Hier ist eine Pinzette und hier ein Zähnungsmesser, falls Sie die Zähnung kontrollieren wollen. Und wenn Sie was brauchen, sagen Sie mir einfach Bescheid.«

»Mache ich«, sagte Keller.

Vor seinem Telefonat mit Richard Wickwire hatte Keller den Stimmenverzerrer an der Rezeptionistin eines Motels in Metairie ausprobiert. Er rief dort an und buchte ein Zimmer auf Sue Ellen Bates. Anschließend fuhr er hin, zahlte bar eine Woche im Voraus, ging aufs Zimmer, legte ein paar Frauenkleider in Kommode und Kleiderschrank und brachte das Bett in Unordnung.

Danach suchte er das Zimmer erst eine Stunde vor Sue Ellens Verabredung mit Wickwire wieder auf. Er stellte den Pontiac eine Straße weiter auf dem Parkplatz eines Einkaufszentrums ab, ging auf das Zimmer und machte eine Flasche Bourbon auf. Er schenkte etwas von dem Bourbon in zwei Gläser des Motels, brachte an einem davon Lippenstiftspuren an und stellte beide auf den Nachttisch. Er verschüttete etwas Bourbon auf dem Teppich und etwas auf dem Sessel und ließ die Flasche offen auf der Kommode stehen.

Dann entriegelte er die Tür und ließ sie einen Spaltbreit offenstehen. Er schaltete den Fernseher ein, suchte einen Sender, auf dem eine Talkshow lief, drehte die Lautstärke leiser. Dann kam das Schwerste – dasitzen und warten. Er hätte die Briefmarkenzeitung mitnehmen sollen. Er hatte sie schon ausgelesen, aber er hätte sie noch mal lesen können. Man bekam immer etwas mit, was man beim ersten Mal übersehen hatte.

Wickwire hatte sich für zwei Uhr angekündigt. Zehn vor zwei klingelte das Telefon auf dem Nachttisch. Keller sah es stirnrunzelnd an, dann nahm er ab und sagte hallo.

»Sue Ellen?«

»Mr. Wickwire?«

»Könnte sein, dass ich mich fünf, zehn Minuten verspäte, meine Süße. Nur damit du Bescheid weißt.«

»Ich werde warten«, sagte Keller. »Kommen Sie einfach rein.«

Er legte auf, und als er den Stimmenverzerrer aussteckte, fragte er sich, was er getan hätte, wenn er nicht daran gedacht hätte, ihn anzuschließen. Aber wozu sich über nicht verschüttete Milch einen Kopf machen?

Um 2:10 Uhr war Wickwire immer noch nicht aufgetaucht. Um 2:15 Uhr klopfte es an der Tür. »Sue Ellen?« Keller sagte nichts.

»Bist du hier, Sue Ellen?«

Wickwire öffnete die Tür. Keller, der dahinter wartete, ließ ihn ganz ins Zimmer kommen. Man konnte nie wissen, wer alles zusah.

»Sue Ellen? Mädchen, wo steckst du denn?«

Keller legte dem großen Mann von hinten den Arm um den Hals und drückte zu. Gleichzeitig stieß er mit der Ferse die Tür zu. Zuerst setzte sich Wickwire mit bockenden Schultern zur Wehr, aber dann erschlaffte er in Kellers Armen und sackte vornüber.

Keller ließ ihn los, machte einen Schritt zurück und trat ihm dreimal ins Gesicht. Dann kniete er neben dem Bewusstlosen nieder und brach ihm das Genick. Er zog den Toten bis auf Socken und Unterwäsche aus, hievte ihn aufs Bett und goss den größten Teil des Bourbons in seinen offenen Mund. Er nahm einen Stuhl und legte ihn auf die Seite, er nahm ein Kissen und warf es durchs Zimmer, die Kommodenschubladen ließ er halb offen. Er packte den Stimmenverzerrer und die Frauenkleider aus Kommode und Kleiderschrank ein und vergaß nicht, Wickwires Geldbörse und Geldspange aus seiner Hose zu nehmen.

Er schloss die Tür ab und legte die Kette vor. Durch den Spion war nicht viel zu erkennen, aber am Rand seines Blickfelds konnte er eine Limousine stehen sehen, die nach Wickwires Lincoln Town Car aussah. Höchstwahrscheinlich saßen die zwei Bodyguards darin und hörten im Radio grauenhafte Musik, während ihr Boss die Zuckerschnecke flachlegte.

Oder umgekehrt, dachte Keller.

Er wischte die glatten Oberflächen ab, auf denen er Fingerabdrücke hinterlassen haben könnte, kletterte durchs Badezimmerfenster und ging zum Parkplatz des Einkaufszentrums, auf dem er den Leihwagen abgestellt hatte.

Zurück in seinem Motel, packte Keller und studierte die Flugpläne. Er fand, es bestand kein Grund, noch länger zu bleiben. Der Auftrag war erledigt und, wie er sogar selbst sagen musste, nicht auf die schlechteste Art.

Es würde aussehen wie eine aus dem Ruder gelaufene sexuelle Erpressung. Die Frau, die sich als Sue Ellen Bates ausgegeben hatte, hatte Wickwire in das Motelzimmer gelockt, und dann war ihr Partner aufgetaucht, um ihn zu erpressen. Dabei war es zu einem Handgemenge gekommen, bei dem Wickwire Verletzungen an Gesicht und Kopf davontrug, bevor ihm, versehentlich oder absichtlich, das Genick gebrochen wurde.

Danach hatten die zwei Gauner die Geistesgegenwart besessen zu versuchen, den Tathergang zu verschleiern, indem sie Wickwire Bourbon einflößten, obwohl die Obduktion ergeben würde, dass sich nichts davon in seinem Magen befand. Sie hatten sich jedoch nicht die Mühe gemacht, im Zimmer aufzuräumen, sondern waren nur lang genug geblieben, um den Toten auszurauben, bevor sie sich aus dem Staub machten.

Wahrscheinlich gab es ein paar offene Fragen und Ungereimtheiten, aber Keller konnte sich nicht vorstellen, dass sie jemand schlaflose Nächte bereiten würden. Alles in allem war es ein Tod, der die logische Konsequenz des Lebens zu sein schien, das Richard Wickwire geführt hatte, und sowohl die Polizei als auch die Bürger von New Orleans wären sich darin einig, dass es keinen sympathischeren Menschen hätte treffen können. Was im Übrigen auch Kellers Sicht der Dinge entsprach.

Sue Ellens Kleider hatte er in einem Müllcontainer entsorgt, den Stimmenverzerrer in einem anderen. Wickwires Geldbörse hatte er nach althergebrachter Sitte von Taschendieben und Handtaschenräubern, ohne Bargeld und Kreditkarten versteht sich, in einen Briefkasten geworfen. Das Plastik wanderte, in nicht mehr identifizierbare Schnipsel zerkleinert, in einen Gully. Wickwires Geldspange – Sterlingsilber, mit eingraviertem Monogramm – war identifizierbar, weshalb er sie nach New York mitnehmen und dort verlieren würde, damit sie der dortige Finder behielt oder verhökerte oder einschmolz oder einem Freund mit den gleichen Initialen schenkte.

Vorerst war sie jedoch noch voller Geldscheine, die jetzt Keller gehörten. Er zählte sie, zusammen mit den Scheinen aus Wickwires Geldbörse, und war überrascht über den Betrag, der dabei herauskam: knapp eineinhalb-tausend Dollar.

Er dachte an Hildebrand, den Mann mit den Hosenträgern, und an die österreichischen Briefmarken, die er von ihm gekauft hatte. Es hatte noch einige andere gegeben, die er gern gekauft hätte, vor allem ein postfrisches Exemplar der ersten österreichischen Marke, der 1 Kreuzer orange, Scott Nr. 1. Es war ein Fehldruck, auf beiden Seiten bedruckt, und ihr Preis war im Katalog mit 1450 Dollar angegeben. Hildebrand hatte sie mit 1000 Dollar ausgezeichnet und gesagt, er würde sie für 900 Dollar verkaufen, aber das schien Keller eine Menge Geld für eine Marke, für die in seinem Album nicht einmal ein Platz vorgesehen war. Außerdem konnte er für ein Zehntel des Preises eines postfrischen Exemplars ein abgestempeltes bekommen.

Trotzdem war ihm die Marke nicht aus dem Kopf gegangen. Und jetzt, nach einem solchen Geldregen ...

Und er hatte es ja auch nicht wahnsinnig eilig, nach New York zurück-zukommen.

Etwa einen Monat später klingelte das Telefon in Kellers Wohnung. Er saß an seinem Schreibtisch und beschäftigte sich mit seiner Briefmarkensamm-lung. Er hatte immer noch nicht alle Marken in seine neuen Alben einge-ordnet, aber er kam gut voran und war vor Kurzem mit Schweden fertig geworden und nahm sich jetzt die Schweiz vor.

Er nahm ab, und Dot sagte: »Keller, du arbeitest zu viel. Ich finde, du solltest Urlaub machen. «

»Urlaub? «

»Ja. Kehr der Stadt eine Weile den Rücken und bleib mindestens eine Woche weg. «

»Eine Woche? «

»Soll ich dir was sagen? So gestresst, wie du bist, reicht eine Woche ei-gentlich nicht, um dich wieder einigermaßen zu regenerieren. Noch besser wären zehn Tage. «

»Wo soll ich hinfahren? «

»Was fragst du mich das, Keller? Es ist dein Urlaub. Ist mir doch egal, wo du hinfährst.«

»Ich dachte, du hättest vielleicht einen Vorschlag.«

»Irgendwohin, wo es schön ist«, sagte sie. »Solange es dort ein schönes Hotel gibt, am besten eins, in dem du auch bedenkenlos unter deinem richtigen Namen einchecken kannst.«

»Mhm.«

»Buche einen Flug.«

»Unter meinem richtigen Namen?«

»Warum nicht? Bezahle mit deiner Kreditkarte, damit du es für die Steuer belegen kannst.«

Keller legte auf und setzte sich zurück, um nachzudenken. Urlaub? Er machte nie Urlaub, zumindest nicht die Art, für die man verreisen musste. Sein Leben in New York war ein einziger Urlaub, und wenn er verreiste, dann nur geschäftlich.

Er hatte schon eine Idee, was hinter dem Ganzen steckte, wollte sich aber nicht zu ausführlich damit beschäftigen. Erst einmal musste er sich für ein Urlaubsziel entscheiden und aus der Stadt verschwinden. Aber wohin?

Er griff nach der letzten Ausgabe der Briefmarkenzeitung und blätterte darin. Dann nahm er den Hörer ab und rief bei den Fluggesellschaften an.

Im Lauf der Jahre war Keller mehrere Mal in Kansas City gewesen. Beruflich war dort alles glatt gelaufen, und er hatte die Stadt in guter Erinnerung. Sie hatten dort ein ausgeprägtes Faible für Brunnen, erinnerte er sich. Es gab an jeder Ecke einen. Wenn sich eine Stadt ein Motiv aussuchte, konnte sie es vermutlich wesentlich schlechter treffen als mit Brunnen. Sie erfreuten das Herz erheblich mehr als zum Beispiel Kernreaktoren.

Es war eine ungewöhnliche Erfahrung, unter seinem richtigen Namen zu reisen und seine eigenen Kreditkarten zu verwenden. Es gefiel ihm, aber er fühlte sich auch angreifbar und verletzlich. Als er in einem frisch renovierten Hotel in der Innenstadt eincheckte, gab er nicht nur seinen richtigen Namen, sondern auch seine richtige Adresse an. Das war ja ganz was Neues.

Als Rentner würde er das ständig machen. Dann gab es keinen Grund mehr, es nicht zu tun. Vorausgesetzt, er verreiste mal.

Er packte aus und duschte, dann schlüpfte er in ein Jackett, legte eine Krawatte an und ging in den Veranstaltungssaal im zweiten Stock, um sich einen Auktionskatalog zu holen.

Es waren ein halbes Dutzend Männer da, zwei davon Angestellte der Firma, die die Auktion veranstaltete, der Rest potentielle Bieter, die gekommen waren, um sich die Auktionslose, die sie interessierten, schon vorher anzusehen. Sie saßen an Kartentischen, zogen mit Pinzetten Briefmarken aus Glassinhüllen, begutachteten sie durch Lupen, überprüften die Zähnung, machten sich an den Rändern ihrer Kataloge Notizen.

Keller kehrte mit dem Katalog auf sein Zimmer zurück. Er hatte seine Listen dabei, einen ganzen Stoß davon, und jetzt setzte er sich und machte sich an die Arbeit. Am nächsten Tag stellten sie immer noch Lose zur Ansicht bereit, weshalb er wieder nach unten ging und sich einige der Lose ansah, die er im Katalog angekreuzt hatte. Er hatte seine eigene Pinzette und seine eigene Lupe dabei, um sich die Marken anzusehen.

Er kam mit einem Mann ins Gespräch, der ein paar Jahre älter war als er. Er hieß McEwell und war wegen der Auktion aus St. Louis heruntergekommen. McEwell interessierte sich ausschließlich für Deutschland und deutsche Staaten und Kolonien, und weil die Wahrscheinlichkeit gering war, dass sie sich bei der Auktion in die Quere kommen würden, hatten sie keine Bedenken, sich näher kennenzulernen. Bei einem Abendessen in einem Steakhouse unterhielten sie sich bis tief in die Nacht hinein über Briefmarken, und Keller bekam ein paar nützliche Tipps in Sachen Auktionsstrategie. Er war dankbar und wollte die Rechnung übernehmen, aber McEwell bestand darauf, sie zu teilen. »Die Auktion dauert drei Tage«, sagte er Keller, »und Sie sind ein breitgefächerter Sammler mit jeder Menge Lose, die Sie reizen könnten. Sparen Sie sich Ihr Geld lieber für die Briefmarken auf.«

Die Auktion dauerte tatsächlich drei Tage, und Keller war an allen drei Tagen an seinem Platz. Der erste Tag war den USA vorbehalten, weshalb es für ihn nichts zu bieten gab, trotzdem fand er den Ablauf faszinierend. Es gab für alle Lose per Post eingereichte Gebote, aber für den größten Teil wurde im Saal geboten, und die Auktion ging mit erstaunlichem Tempo vonstatten. Es war gut, erst einmal nur Beobachter zu sein; das half ihm, den Dreh herauszubekommen.

An den nächsten beiden Tagen nahm er aktiv am Geschehen teil.

Er hatte viel Bargeld mitgenommen, mehr, als er auszugeben vorhatte, und er bekam mehr in Gestalt eines Bargeldvorschusses auf seine Visa-Karte. Als alles vorbei war, saß er mit seinen Erwerbungen am Schreibtisch seines Hotelzimmers. Er war zufrieden mit den Marken, die er ersteigert hatte, und mit den Preisen, die der dafür bezahlt hatte, aber er war auch ein wenig besorgt, weil er so viel Geld ausgegeben hatte.

An diesem Abend war er wieder mit McEwell essen und vertraute ihm Verschiedenes von dem an, was in ihm vorging.

»Ich weiß, was du meinst«, sagte McEwell, »weil ich es selbst schon durchgemacht habe. Ich kann mich noch genau an das erste Mal erinnern, als ich über tausend Dollar für eine Briefmarke gezahlt habe.«

»Das war wohl so eine Art Schmerzgrenze.«

»So könnte man es durchaus nennen. Und ich habe damals zu dem Händler gesagt: ›Das ist eine Menge Geld.‹ Und er: ›Klar. Aber Sie werden diese Marke auch nur ein einziges Mal kaufen.‹«

»So habe ich es noch nie gesehen«, sagte Keller.

Er blieb auch noch im Hotel, als die Auktion vorüber war, und las jeden Morgen beim Frühstück die *New York Times*. Am Donnerstag stieß er auf die Meldung, auf die er mehr oder weniger gewartet hatte. Er las sie mehrere Male und hätte gern telefoniert, hielt es aber für besser, es nicht zu tun.

Er blieb an diesem Tag, und auch am nächsten noch, in Kansas City. Er ging ein paar Stunden in einem Kunstmuseum herum, ohne groß darauf zu achten, was dort zu sehen war. Er schaute bei ein paar Briefmarkenhändlern vorbei, von denen er einen bei der Auktion gesehen hatte, und gab ein paar Dollar aus, aber er war nicht richtig bei der Sache.

Am nächsten Tag packte er seinen Koffer und flog nach New York zurück. Am nächsten Morgen nahm er als Erstes einen Zug nach White Plains hinaus.

*　　*　　*

273

In der Küche schenkte ihm Dot ein Glas Eistee ein und machte den Ton des Fernsehers aus. Wie viele Male war er schon hier gewesen und hatte so dagesessen? Mit einem Unterschied. Diesmal waren die beiden allein in dem großen alten Haus.

»Es will einfach nicht in meinen Kopf, dass er nicht mehr da ist«, sagte er.

»Wem sagst du das?« Dot schüttelte den Kopf. »Ich denke ständig, ich sollte ihm das Tablett mit seinem Frühstück und die Zeitung hochbringen. Und dann muss ich mir fast ins Hirn prügeln, dass ich das nie mehr werde tun müssen. Er ist tot.«

»All die Jahre ...«

»Für dich wie für mich, Keller.«

»In der Zeitung war nur von einer natürlichen Ursache die Rede. Genaueres stand dort nicht.«

»Nein.«

»So natürlich kann die Ursache aber nicht gewesen sein. Sonst hättest du mich nicht nach Kansas City geschickt.«

»Dort warst du? In Kansas City?«

Er nickte. »Schöne Stadt.«

»Aber leben würdest du dort nicht wollen?«

»Ich bin New Yorker«, sagte er. »Weißt du doch.«

»Allerdings.«

»Eine natürliche Ursache«, half er ihr auf die Sprünge.

»Was könnte schon natürlicher sein? Du lebst zu lang, dein Verstand will nicht mehr so richtig, du wirst unberechenbar und unzuverlässig, was ist für so jemand das Natürlichste, was er tun kann?«

»War es so schlimm?«

»Keller«, sagte sie. »Vor drei Wochen ist ein Reporter hier aufgetaucht. Kaum alt genug, um sich schon rasieren zu müssen, es war sein erster Job bei der Lokalzeitung. Und glaub mir, ich dachte, er wäre gekommen, um mir ein Abo anzudrehen, aber von wegen, er wollte den alten Mann interviewen.«

»Man möchte meinen, da hätte der Chefredakteur jemand mit mehr Erfahrung geschickt.«

»Es war nicht die Idee irgendeines Chefredakteurs«, sagte sie. »Und auch nicht die dieses Bubis. Wer bleibt dann noch?«

»Doch nicht ...«

»Er fand, es wäre Zeit, seine Memoiren zu schreiben. Zeit, diese ganzen unerzählten Geschichten zu erzählen, Zeit zu erzählen, wo die Leichen begraben sind. Und damit meine ich Leichen, Keller, und auch begraben.«

»Also wirklich.«

»Er hat die Verfasserzeile dieses Jüngelchens in irgendeinem Highschool-basketballbeitrag gesehen und gedacht, er wäre genau der Richtige für sein Vorhaben.«

Keller schüttelte nur den Kopf.

»Muss ich noch mehr sagen? Ich habe schon eine ganze Weile davor veranlasst, dass alle eingehenden Anrufe nach unten umgeleitet wurden. Aber jetzt musste ich mir auch noch Gedanken wegen der Telefonate machen, die er von sich aus geführt hat. Keller, es war die schwerste Entscheidung, die ich in meinem ganzen Leben treffen musste.«

»Kann ich mir vorstellen.«

»Aber hatte ich denn eine Wahl? Es ging einfach nicht anders.«

»Hört sich ganz so an.« Er griff nach seinem Glas, stellte es aber wieder ab, ohne daraus zu trinken. »Wen hast du es machen lassen, Dot?«

»Na, wen wohl, Keller? Kennst du die Geschichte von der kleinen roten Henne?«

»Nein.«

»Keine Angst, ich werde sie dir nicht erzählen. Nur so viel: Sie konnte niemand finden, der ihr helfen wollte, deshalb hat sie es selbst gemacht.«

»Du ...«

»Richtig.«

»Dot, was hast du dir dabei gedacht? Das hätte genauso ich übernehmen können.«

»Ich wollte auf keinen Fall, dass du dich in fünfhundert Meilen Umkreis von hier aufhältst, Keller. Ich wollte, dass du ein Alibi hast, das niemand anfechten kann. Nur für den Fall, dass jemand von dieser Verbindung wusste und auf die Idee gekommen wäre, die Schachtel ein bisschen zu schütteln und zu schauen, ob was herausfällt.«

»Schon klar«, sagte er, »aber unter diesen Umständen ...«

»Nein«, sagte sie. »Und ich muss gestehen, es ist mir nicht schwer gefallen, Keller. Es war eine schwere Entscheidung, aber sie in die Tat umzusetzen war so leicht wie nur was. Ein Pülverchen in seinen Kakao, damit er einschläft, und ein Kissen auf sein Gesicht, damit er nicht mehr aufwacht.«

»Genau so was kommt bei einer Obduktion an den Tag.«

»Nur, wenn eine vorgenommen wird«, sagte sie. »Bei seinem Alter. Sein Hausarzt ist vorbeigekommen und hat den Totenschein ausgestellt, und mehr ist nicht nötig. Ich habe ihn einäschern lassen. Es war sein letzter Wunsch.«

»Tatsächlich?«

»Woher soll ich das wissen? Ich habe es jedenfalls behauptet, und sie haben mir eine Blechbüchse mit seiner Asche übergeben, und wenn jetzt irgendein Witzbold eine Obduktion machen will, dann viel Spaß, kann ich nur sagen. Ich habe keine Ahnung, was ich mit der Asche machen soll. Aber irgendwas wird mir schon einfallen. Es hat ja keine Eile.«

»Nein.«

»Ich hätte nie geglaubt, dass ich mal so was tun müsste, und ich hätte auch nicht geglaubt, dass ich dazu in der Lage wäre. Aber man kann nie wissen, oder?«

»Nein.«

»Es beschäftigt mich ziemlich, aber ich werde schon darüber hinwegkommen. Auch das wird vergehen, oder?«

»Klar, das wird schon wieder.«

»Ich weiß. An sich geht es mir jetzt schon wieder einigermaßen. Jetzt muss ich mir nur noch überlegen, was ich mit dem Rest meines Lebens anfange.«

»Das wollte ich dich auch schon fragen.«

Sie runzelte die Stirn. »Wahrscheinlich werde ich mich zur Ruhe setzen. Leisten kann ich es mir. Ich habe was auf die hohe Kante gelegt, und er hat mir das Haus hinterlassen. Ich kann es verkaufen.«

»Dafür kriegst du wahrscheinlich Einiges.«

»Möchte man eigentlich meinen. Und da ist noch das ganze Bargeld, das er mir zwar nicht ausdrücklich hinterlassen hat, aber da ich die Einzige bin, die davon weiß ...«

»Ist es deines.«

»Richtig. Ich habe also genug zum Leben. Ich kann es mir sogar leisten, hin und wieder zu verreisen. Eine Kreuzfahrt machen, die Beine hochlegen, mir die Welt von einem Schiff anschauen.«

»Besonders begeistert hört sich das aber nicht an, Dot.«

»Das liegt wahrscheinlich daran, dass ich es nicht bin. Lieber würde ich einfach weitermachen.«

»Du meinst, hierbleiben?«

»Klar, und das Geschäft weiterführen. In letzter Zeit habe mehr oder weniger sowieso ich den Laden geschmissen.«

»Ich weiß.«

»Aber nachdem du den Job an den Nagel hängen willst, müsste ich neue Leute finden, mit denen ich zusammenarbeite, und von den paar, die dafür in Frage kämen, bin ich nicht sonderlich begeistert. Deshalb weiß ich noch nicht.«

»Man darf nicht mit jemand zusammenarbeiten, mit dem man nicht hundert Prozent auf einer Linie liegt.«

»Wem sagst du das? Es wäre wirklich das Beste aufzuhören. Alles, was ich tun müsste, wäre, den Rat zu befolgen, den ich dir gegeben habe.«

»Und dir ein Hobby zulegen.«

»Genau. Bei dir hat es doch bestens funktioniert. Du bist ein begeisterter Philatelist, aber verlange bitte nicht von mir, das dreimal zu sagen.«

»Keine Angst. Aber das bin ich, keine Frage.«

»Würde mich nicht wundern, wenn du in Kansas City einen Briefmarkenhändler aufgetan hättest. Um dir die Zeit zu vertreiben.«

»Nur deshalb habe ich mich für Kansas City entschieden«, sagte er und erzählte ihr von der Auktion. »Du würdest es nicht glauben, aber da sitzt du neben einem Penner in einem verdreckten T-Shirt und Baggy Pants, und dann hebt der Typ ein paarmal seinen Zeigefinger und haut eben mal fünfzig- oder hunderttausend Dollar für ein paar Postmasters' Provisionals raus.«

»Was auch immer das ist«, sagte sie. »Aber erzähl es mir lieber nicht.

Ich habe das Gefühl, dass Briefmarkensammeln nicht mein Hobby werden wird, Keller, aber ich finde es klasse, dass es deines ist. Dann können wir wohl sagen, dass du dich zur Ruhe gesetzt hast? Und bestens gerüstet bist, deinen Lebensabend zu genießen?«

»Na ja.«

»Was na ja?«

»Na ja, nicht ganz.«

»Wieso?«

»Es ist ein teures Hobby«, sagte er. »Muss es zwar nicht sein, denn du kannst dir Tausende von Marken für zwei oder drei Cent das Stück kaufen, aber wenn du es ernsthaft betreibst ...«

»Geht es ins Geld.«

»Allerdings«, sagte er. »Ich fürchte, ich habe meinen Rentenfonds letzten Monat ganz ordentlich angezapft. Ich habe mehr Geld ausgegeben, als ich eigentlich wollte.«

»Was du nicht sagst?«

»Und dazu kommt, dass es mir richtig Spaß macht und dass ich immer mehr dazulerne. Ich würde gern weiterhin ordentlich Geld für Briefmarken ausgeben.«

Sie sah ihn nachdenklich an. »Das hört sich nicht so an, als würdest du wirklich aufhören wollen.«

»Dazu bin ich gar nicht in der Lage. Nicht mehr jedenfalls. Und eigentlich will ich es auch nicht. Im Gegenteil, ich hätte gern so viel Aufträge wie möglich, weil ich das Geld brauchen kann.«

»Um Briefmarken zu kaufen.«

»Hört sich komisch an, ich weiß, aber ...«

»Nein, tut es nicht«, sagte Dot. »Es hört sich an wie die Antwort auf die Gebete einer jungen Frau. Wir haben immer gut zusammengearbeitet, Keller, oder?«

»Immer.«

»Einige der Trottel, die ich in Erwägung gezogen habe, ich glaube, sie hätten Schwierigkeiten damit, für eine Frau zu arbeiten. Aber bei uns beiden sehe ich da keine Probleme.«

»Sicher nicht.«

»Na dann. Gott sei Dank gibt es Briefmarken, kann ich da nur sagen. Noch ein Glas Eistee, Keller? Und du darfst mir sogar von den Postmasters' Promotionals erzählen, wenn es dich glücklich macht.«

»Provisionals«, korrigierte er sie. »Und du brauchst dir keine Vorträge über sie anzuhören. Ich bin bereits glücklich.«

An meine deutschen Leser: Ich hoffe, dass Sie Gefallen an diesem Keller-Roman gefunden haben. Wenn Sie über zukünftige Veröffentlichungen meiner Bücher auf Deutsch informiert werden möchten, schicken Sie einfach eine E-Mail mit dem Betreff »German mailing list« an lawbloc@gmail.com. (Ich versende auch einen Newsletter auf Englisch und würde Sie mit Freude auch auf diese Liste setzen; falls gewünscht, fügen Sie einfach »English also« hinzu.)

Über den Autor

Lawrence Block schreibt seit einem halben Jahrhundert preisgekrönte Kriminalromane und Spannungsliteratur. In seinem neuesten Buch, einer Fortsetzung seiner erfolgreichen Hopper-Anthologie *In Sunlight or in Shadow*, finden sich unter dem Titel *Alive in Shape and Color* 17 von einem bekannten Gemälde inspirierte Kurzgeschichten von Autoren wie Lee Child, Joyce Carol Oates, Michael Connelly, Joe Lansdale, Jeffery Deaver und David Morrell.

Blocks zuletzt erschienener Roman ist *The Girl with the Deep Blue Eyes*, von seinem Hollywood-Agenten als »James M. Cain auf Viagra« gerühmt. Zu seinen neueren Romanen zählen außerdem *The Burglar Who Counted the Spoons*, in dem Bernie Rhodenbarr im Mittelpunkt steht, *Hit Me* mit dem Briefmarkensammler und Auftragsmörder Keller sowie *A Drop of the Hard Stuff* mit Matthew Scudder. 2014 wurde Scudder von Liam Neeson in der Verfilmung von *Ruhet in Frieden – A Walk Among the Tombstones* brillant auf der Leinwand verkörpert. Auch andere Romane Blocks wurden verfilmt, allerdings mit geringerem Erfolg.

Block erhielt auch für seine Bücher für Autoren große Anerkennung, darunter Klassiker wie *Telling Lies for Fun & Profit* und *Write for Your Life*. Zuletzt hat er mit *The Crime of Our Lives* eine Sammlung von Aufsätzen über das Genre des Kriminalromans und dessen Vertreter veröffentlicht.

Neben seinen Prosawerken hat Block auch Drehbücher für die Fernsehserie *Tilt* und den Film *My Blueberry Nights* von Wong Kar-wai geschrieben. Block soll ein zurückhaltender und bescheidener Mann sein, auch wenn man das aufgrund dieser autobiographischen Skizze keinesfalls erwarten würde.

Email: lawbloc@gmail.com
Twitter: @LawrenceBlock
Facebook: lawrence.block
Homepage: lawrenceblock.com

Über den Übersetzer:

Sepp Leeb hat Amerikanistik und Germanistik studiert und lebt als Übersetzer in München. Neben Lawrence Block hat er auch Thomas Harris und Michael Connelly ins Deutsche übersetzt.

Die Keller-Romane:

Kellers Metier (*Hit Man*)
Kellers Konkurrent (*Hit List*)
Kellers Hitparade (*Hit Parade*)

Die Matthew-Scudder-Romane:

#1 *Die Sünden der Väter* (*The Sins of the Fathers*)
#2 *Drei am Haken* (*Time to Murder and Create*)
#3 *Mitten im Tod* (*In the Midst of Death*)
#4 *Tief bei den ersten Toten* (*A Stab in the Dark*)
#5 *Acht Millionen Wege zu sterben* (*Eight Million Ways to Die*)
#6 *Nach der Sperrstunde* (*When the Sacred Ginmill Closes*)
#7 *Am Rand des Abgrunds* (*Out on the Cutting Edge*)
#8 *Ein Ticket für den Friedhof* (*A Ticket to the Boneyard*)
#9 *Tanz im Schlachthof* (*A Dance at the Slaughterhouse*)
#10 *Ruhet in Frieden* (*A Walk Among the Tombstones*)
#11 *In Teufels Küche* (*The Devil Knows You're Dead*)
#12 *Der Club der Toten* (*A Long Line of Dead Men*)
#13 *Im Namen des Volkes* (*Even the Wicked*)
#14 *Alle sterben* (*Everybody Dies*)
#15 *Der zweite Tod* (*Hope to Die*)
#16 *Die Blumen, sie sterben alle* (*All the Flowers are Dying*)
#17 *Ein Schluck vom harten Stoff* (*A Drop of the Hard Stuff*)
#18 *Die Nacht und die Musik* (*The Night and the Music* – the
    complete short stories)
#19 *Das letzte Licht des Tages* (*A Time to Scatter Stones*)

Auf Deutsch erschienene Matthew-Scudder-Kurzgeschichten:

#1 Aus dem Fenster (Out the Window)

#2 Eine Kerze für die Stadtstreicherin (A Candle for the Bag Lady)

#3 Im frühen Licht des Tages (By the Dawn's Early Light)

#4 Batmans Gehilfen (Batman's Helpers)

#5 Der barmherzige Engel des Todes (The Merciful Angel of Death)

#6 Auf der Suche nach David (Looking for David)

#7 Verloren und gefunden (Let's Get Lost)

#8 Ein Moment falschen Denkens (A Moment of Wrong Thinking)

#9 Ein letzter Abend im Grogans (One Last Night at Grogan's)

Weitere Bücher von Lawrence Block:

Mit leichtem Gepäck (Resume Speed)

www.ingramcontent.com/pod-product-compliance
Lightning Source LLC
Chambersburg PA
CBHW051530260626
47170CB00003B/863